立川文庫セレクション

立川文庫セレクション

Sarutobi Sasuke

Sekka Sanjin

雪花山人◉著

猿飛佐助

論創社

猿飛佐助　目次

猿飛佐助

◎イデヤ組打御参《くみうちござん》なれ

　虎《とら》は死《し》して皮《かわ》を遺《のこ》し、人《ひと》は死《し》して名《な》を遺《のこ》す。建武《けんむ》の昔《むかし》は大楠公正成《だいなんこうまさしげ》、降《くだ》って真田幸村《さなだゆきむら》、元禄《げんろく》四十七義士《ぎし》の快挙《かいきょ》、明治聖代《めいじせいだい》の乃木大将《のぎたいしょう》、各々其《おのおのそ》の目的《もくてき》は異《ことな》りと雖《いえど》も、志《こころざし》は一《いつ》なり。或《あるい》は勤王《きんのう》と云《い》い、忠君《ちゅうくん》と云《い》い、節義《せつぎ》と云《い》う、何《いず》れも武士道《ぶしどう》の亀鑑《きかん》として、千載《せんざい》に伝《つた》うべきの大人物《だいじんぶつ》に相違《そうい》なく、当時《とうじ》の天下《てんか》を背負《せお》って立《た》ったる大器量人《だいきりょうじん》と云《い》って然《しか》りである。左《さ》ればにや勇将《ゆうしょう》の下《もと》に弱卒《じゃくそつ》なし、一門郎党《もんろうとう》にも豪傑勇士又勘《ごうけつゆうしまたすく》なからず。就中今回説《なかんずくこんかいと》き出《いだ》す忍術《にんじゅつ》の大名人猿飛佐助《だいめいじんさるとびさすけ》は、真田幸村《さなだゆきむら》の郎党《ろうとう》にして、七人勇士《にんゆうし》の随《ずい》一と呼《よ》ばれ、変現出没極《へんげんしゅつぼつきわ》まりなき快男子《かいだんし》であった。之《これ》よりボツ〳〵其《そ》の物語《ものがた》りに取《と》り掛《かか》ろう。豪傑猿飛佐助《ごうけつさるとびさすけ》は、ソモ如何《いか》なる素性《すじょう》の人物《じんぶつ》であろう。処《ところ》は信州鳥居峠《しんしゅうとりいとうげ》の麓《ふもと》に、鷲塚佐太夫《わしづかさだゆう》と云《い》う郷士《ごうし》があった。元《もと》は信州川中島《しんしゅうかわなかじま》の城主森武蔵守長可《じょうしゅもりむさしのかみながよし》の家来《けらい》であったが、主君武蔵守小牧山《しゅくんむさしのかみこまきやま》の合戦《かっせん》に討死以来《うちじにいらい》、根《ね》が忠義無類《ちゅうぎむるい》の鷲塚佐太夫《わしづかさだゆう》二君《くん》に仕《つか》える心《こころ》はないと、浪人《ろうにん》して程遠《ほどとお》からぬ鳥居峠《とりいとうげ》の麓《ふもと》に閑居《かんきょ》なし、少々《しょうしょう》の貯《たくわ》えあるに任《まか》せ、田地田畑《でんちでんばた》を買求《かいもと》めて郷士《ごうし》となった。此《こ》の佐太《さだ》夫《ゆう》に二人《ふたり》の子《こ》があり、姉《あね》は小夜《さよ》、弟《おとうと》は佐助《さすけ》。処《ところ》が姉《あね》の小夜《さよ》は、生《うま》れながらの美人《びじん》であって気質《きしつ》も到《いた》って嬌《やさ》しい、夫《そ》れに引替《ひきかえ》弟《おとうと》佐助《さすけ》は、当年《とうねん》漸々《ようよう》十才《さい》だが、生来《うまれついて》の大力無双《だいりきむそう》、お負《ま》けに身軽《みがる》な事《こと》は驚《おどろ》くばかり、毎日《まいにち》鳥居峠《とりいとうげ》の山中《さんちゅう》へ入《い》り込《こ》み大木《たいぼく》に攀《よ》じ登《のぼ》り、木《き》から木《き》へ伝《つた》って飛《と》び廻《まわ》り、樹《き》の上《うえ》で猿《さる》なぞと、鬼来《おにこ》いごっこをして遊《あそ》ぶと云《い》う有様《ありさま》。真逆左様《まさかそん》な事《こと》もなかろうが、何《な》んしろ身軽《みがる》な事《こと》は非常《ひじょう》なもの、十間《けん》二十間《けん》の高《たか》い処《ところ》より、平気《へいき》で飛降《とびお》り飛上《とびあが》り、又《また》は鹿《しか》も通《かよ》わぬ断岩絶壁《だんがいぜっぺき》を駆《か》け廻《まわ》る事《こと》、宛然《さながら》平地《へいち》を行《ゆ》くが如《ごと》く、村人《むらびと》は何《いず》れも舌《した》を捲《ま》き、甲「鷲塚《わしづか》の佐助坊様《さすけぼうさま》は、人間《にんげん》の出来《でき》ない事《こと》をなさるじゃないか」乙「ウム、此《こ》の間《あいだ》も乃公《おれ》が猿《さる》を見付《みつ》けて、昵《じっ》と覘《ねら》って居《い》ると、坊様《ぼうさま》が飛《と》んで来《き》て、与太爺《よたじい》、彼《あ》の猿《さる》は坊《ぼう》が生捕《いけど》って遣《や》るから、鉄砲《てっぽう》なぞ放《はな》すなと仰《おっ》しゃって、驚《おどろ》くじゃねえか、猿《さる》よりも早《はや》く、スラ〱と樹《き》の梢《こずえ》へ攀《よ》じ登《のぼ》り、枝《えだ》の上《うえ》で頻《しき》りに猿《さる》を追《お》っ掛《か》けて居《い》たが、到頭猿奴《とうとうさるめ》が負《ま》けて仕舞《しま》い、逃《に》げ場《ば》を失《うしな》って生捕《いけど》られたよ。乃公《おれ》は今迄《いままで》彼《あ》んな身《み》の軽《かる》い人《ひと》は見《み》た事《こと》ないよ」丙「ウム、何《ど》うも奇体《きたい》だ。此《こ》の間《あいだ》も谷間《たにま》を猪《しし》と駆《か》け比《くら》べをやって居《い》たよ。事《こと》に依《よ》ると猿《さる》の生《うま》れ変《かわ》りじゃあるまいか」と、様々《さまざま》に噂《うわさ》をして居《い》る。佐助《さすけ》は左様《そん》な事《こと》には頓着《とんちゃく》ない。相変《あいかわ》らず鳥《とり》居峠《いとうげ》の奥深《おくふか》く分《わ》け登《のぼ》り、猿鹿猪《さるしかしし》なぞ相手《あいて》に、飛《と》び廻《まわ》るのを仕事《しごと》にして居《い》たが、一日《じつ》何《なに》かツク〳〵と思案《しあん》の体《てい》、佐「待《ま》てよ、乃公《おれ》も早《は》や十才《さい》だ。只毎日猿《ただまいにちさる》や鹿《しか》を相手《あいて》に跳《は》ね廻《まわ》って居《い》た処《ところ》で仕方《しかた》がない。昨夜《ゆうべ》も阿父《おとっ》さんの仰《おっ》しゃったには、当時戦国《とうじせんごく》の時代《じだい》だから、腕次第何《うでしだいど》んな出世《しゅっせ》でも出来《でき》る、腕《うで》を磨《みが》き胆力《たんりょく》を鍛《きた》えるには、武術《ぶじゅつ》を修業《しゅぎょう》するに限《かぎ》るとのお言葉《ことば》、一つ之《これ》より武術《ぶじゅつ》の稽古《けいこ》を始《はじ》めよう」何《な》んしろ末《すえ》には真田家《さなだけ》の郎党《ろうとう》となり、天晴天下《あっぱれてんか》に名《な》を轟《とどろか》す人物《じんぶつ》だ。少年《しょうねん》とは云《い》え豪《えら》い考《かんが》えを起《おこ》した。サア其《そ》の翌日《よくじつ》より、朝《あさ》は早《はや》くから鳥居峠《とりいとうげ》の奥《おく》の院《いん》へ出《で》て参《まい》り、立木《たちき》を相手《あいて》に、エイヤポン〳〵と剣法《けんぽう》を励《はげ》んで居《い》る。スルト村《むら》の者《もの》は、甲「オイ、佐助坊様《さすけぼうさま》は、此《こ》の節商売替《せつしょうばいが》えだよ」乙「ウン、手前《てまい》も見《み》たか、奥《おく》の院《いん》で一生懸《しょうけん》命《めい》に立木《たちき》を打《ぶ》ン殴《なぐ》って居《い》るよ」丙「ハッハヽヽ、何《な》んと可笑《おか》しな真似《まね》をするだやアないかい」と、寄《よ》ると触《さわ》ると此《こ》の噂《うわさ》。佐助《さすけ》は左様《そん》な事《こと》は耳《みみ》にも入《い》れず、例《れい》に依《よっ》てポン〳〵エイヤッと、毎日烈《まいにちはげ》しく遣《や》って居《い》る。処《ところ》が一日《じつ》一心不乱《しんふらん》に立木《たちき》に打《ぶ》っ附《つ》かり、佐「お突《つ》きッ、お胴《どう》ッ、お面《めん》ッ」果《は》ては木剣投《ぼっけんな》げ捨《す》て、佐「ヤア、打物業《うちものわざ》は面倒《めんどう》なり、イデヤ組打御参《くみうちござん》なれ」と、無手《むんず》と大木《たいぼく》に抱《だ》きつき、佐「ヤッ、ウーン、何《なに》を糞《くそ》ッ」と、夢中《むちゅう》になって大木《たいぼく》を捻《ね》じ倒《たお》さんと、力味返《りきみかえ》って居《い》る折柄何処《おりからいずく》ともなく呵々《からから》と嘲笑《あざわら》う声《こえ》が聞《きこ》える。佐助《さすけ》は憤《むっ》として、佐「ヤイ、何奴《どいつ》だい、乃公《おれ》が必死《ひっし》に剣法《けんぽう》を遣《や》って居《い》るのに、笑《わら》うと云《い》うがあるか。出《で》て来《こ》い承知《しょうち》せんぞッ」と、云《い》いつつヒョイと振《ふ》り向《む》いて見《み》ると、惣髪《そうはつ》にして白雪《ゆき》を戴《いただ》くかと疑《うたが》われたる一人《ひとり》の老人《ろうじん》が、ニコ〳〵笑《わら》って立《た》って居《い》る。佐「オヤッ、今笑《いまわら》ったのは貴様《きさま》じゃな」老「ウム、左様《そう》だ」佐「何故《なぜ》、笑《わら》った。返答《へんとう》せい、次第《しだい》に依《よっ》ては老人《ろうじん》でも許《ゆる》さんぞ」老「ハッハヽヽヽ、コリャ佐助《さすけ》、其方《そち》が幾等立木《いくらたちき》を相手《あいて》に剣法《けんぽう》を学《まな》んでも、夫《それ》では死物《しぶつ》を敵《てき》とするも同然《どうぜん》、更《さら》に上達《じょうたつ》する気遣《きづか》いはない。夫《そ》れほど其方《そち》は剣法《けんぽう》が覚《おぼ》えたいか……」と、心《こころ》ありげな老人《ろうじん》の詞《ことば》に、佐助《さすけ》も気色《けしき》を和《やわら》げ、佐「叔父《おじ》さん、私《わし》は武術《ぶじゅつ》の極意《ごくい》を覚《おぼ》えたいのじゃ」老「シテ、何《ど》うする積《つも》りじゃ」佐「腕前優《うでまえすぐ》れた人間《にんげん》となり、天下《てんか》に名《な》を挙《あ》げたい考《かんが》えでございます」老「豪《えら》いッ、少年《しょうねん》ながら天晴《あっぱれ》なる精神《せいしん》、ヨシ其方《そち》の熱心《ねっしん》なる志《こころざし》に愛《め》で、之《これ》から乃公《おれ》が教《おし》えてやる」聞《き》いた佐助《さすけ》はハッと夫《そ》れへ平伏《へいふく》なし、佐「叔父《おじ》さん、何《ど》うぞお願《ねが》い申《もう》します」老「オヽ心得《こころえ》た、サア来《こ》い」と、佐助《さすけ》を頂上《ちょうじょう》の広場《ひろば》へ連《つ》れ行《ゆ》き、老「コリャ佐助《さすけ》、ソモ武術《ぶじゅつ》と云《い》うは、一芸《げい》に秀《ひい》ずれば沢山《たくさん》だ。武芸《ぶげい》は十八般《ばん》あり、悉《ことごと》く会得《えとく》する事《こと》は容易《ようい》でない。其《そ》の一つに図抜《ずぬ》けさえすれば、余《よ》の者《もの》は学《まな》ばずとも出来《でき》る。一以《もっ》て万《まん》に通《つう》ずとは此処《ここ》の事《こと》。慾張《よくば》って彼《あ》れも此《こ》れもと遣《や》りたがる奴《やつ》に限《かぎ》り、少《すこ》しも上達《じょうたつ》する者《もの》ではない。尚又武術《なおまたぶじゅつ》と云《い》うものは、自分《じぶん》の胆力《たんりょく》を練《ね》り、変化《へんか》を考《かんが》え、人《ひと》に打《う》たせない様《よう》にするが肝腎《かんじん》。宜《よ》いか……分《わか》ったか。ソレ乃公《おれ》が斯《こ》うやって身構《みがま》えて居《い》る、身体《からだ》に何処《どこ》か隙《すき》があるか何《ど》うじゃ」佐「ヘエ、隙《すき》はあります」老「然《しか》らば、打《う》って見《み》ろ」佐「叔父《おじ》さん、打《う》っても宜《よ》うございますか」老「オ、、宜《よ》いとも……」佐「御免《ごめん》……」と、云《い》うより早《はや》く佐助《さすけ》は、エイと正面《しょうめん》より打《う》ち込《こ》んだ。スルト斯《こ》は如何《いか》に、今迄《いままで》居《い》た老人《ろうじん》の姿《すがた》は、パッと消《き》え失《う》せて仕舞《しま》った。

◎後《うしろ》に目《め》はないか不自由《ふじゆう》な奴《やつ》だ

不思議《ふしぎ》と云《い》うも愚《おろか》なり、少年佐助《しょうねんさすけ》は迂路《うろ》〳〵と、四辺見廻《あたりみまわ》して居《い》る処《ところ》を、突然背後《いきなりうしろ》より足《あし》をすくわれて、バッタリ前《まえ》に打《ぶ》っ倒《たお》れた。老人《ろうじん》はニコ〳〵と笑《わら》いながら、ヒョイと前《まえ》に姿《すがた》を現《あら》わし、老「ソレ見《み》ろ、何故足許《なぜあしもと》に気《き》をつけぬ。人《ひと》の隙《すき》が見《み》えても、自分《じぶん》の隙《すき》を防《ふせ》ぐ術《じゅつ》を知《し》らぬ様《よう》では駄目《だめ》だ。我《わ》が身《み》の油断《ゆだん》をしないのが武術《ぶじゅつ》の極意《ごくい》だ、万事其《ばんじそ》の心得《こころえ》で居《い》ろ。今日《きょう》は最《も》う之《こ》れで宜《よ》い。毎日此処《まいにちここ》へ来《く》るのだぞ、忘《わす》れては不可《いか》んぞ」と、云《い》うかと思《おも》えば、老人《ろうじん》の姿《すがた》は掻《か》き消《け》す様《よう》に消《き》え失《う》せる。佐助《さすけ》は夢《ゆめ》に夢見《ゆめみ》る心地《ここち》。佐「オヤッ、奇態《きたい》な叔父《おじ》さんだ。マア宜《よ》いわい、毎日《まいにち》来《き》て遣《や》ろう」と、其《そ》の後《ご》は雨《あめ》の降《ふ》る日《ひ》も風《かぜ》の日《ひ》も、怠《おこた》りなく広場《ひろば》へ出掛《でか》け、怪《あや》しき老人《ろうじん》に従《したが》い、一生懸命《しょうけんめい》武術《ぶじゅつ》を励《はげ》んで居《お》る。果《は》ては傲性我慢《ごうじょうがまん》の佐《さ》助《すけ》、家《いえ》へ帰《かえ》るは面倒臭《めんどうくさ》いと、四五日分《にちぶん》の弁当《べんとう》を用意《ようい》して来《き》て、夫《そ》れが食《く》って終《しま》う迄《まで》は少《すこ》しも家《いえ》へ帰《かえ》らない。奥《おく》の院《いん》の籠堂《こもりどう》へ来《き》て其処《そこ》へ寝《やす》み、夜《よ》が明《あ》けると又出掛《またでか》ける。処《ところ》が或夜《あるよ》の事《こと》、佐助《さすけ》は昼間《ひるま》の疲《つか》れで、グッスリ寝込《ねこ》んで居《い》ると、丁度真夜中頃《ちょうどまよなかごろ》と思《おも》う刻限《こくげん》、件《くだん》の老人《ろうじん》忽然《こつぜん》と立《た》ち現《あら》われ、老「コリャ佐助《さすけ》〳〵、汝《なんじ》は何故正体《なぜしょうたい》なく寝込《ねこ》んで居《お》る。乃公《おれ》が此処《ここ》へ来《き》たのが分《わか》らぬか」と、叱《しか》り付《つ》けられ、佐助《さすけ》は目《め》を擦《こす》り〳〵起《お》き直《なお》り、佐「ヤア、之《これ》はお師匠様《ししょうさま》……、昼間《ひるま》の稽古《けいこ》で、身体《からだ》がヘナ〳〵になり、疲《つか》れてグッスリ……」老「黙《だま》れッ、武術《ぶじゅつ》を心掛《こころが》けて居《い》る者《もの》が、前後《ぜんご》を知《し》らぬ程寝《ほどね》ると云《い》う事《こと》があるか。暗夜《あんや》の礫《つぶて》と云《い》うではないか。何日何時敵《いつなんどきてき》に出喰《でく》わすやも分《わか》らん、万事《ばんじ》に油断《ゆだん》は大敵《たいてき》じゃ。今夜《こんや》は許《ゆる》すが、此《こ》の後《のち》何日《いつ》来《く》るやも分《わか》らぬから、乃公《おれ》が来《き》た時《とき》寝《ね》て居《い》ると、殴《なぐ》りつけるぞッ」と、云《い》い捨《す》てて何処《どこ》ともなく立《た》ち去《さ》った。之《これ》じゃア佐助《さすけ》も堪《たま》らない。昼間《ひるま》は一生懸命隙間《しょうけんめいすきま》もなく稽《けい》古《こ》を励《はげ》み、疲《つか》れ切《き》っても楽々《らくらく》と寝《ね》る事《こと》が出来《でき》ない。何日何時老人《いつなんどきろうじん》が歩《や》って来《く》るか分《わか》らないのだから、油断《ゆだん》も隙《すき》もあったものじゃアない。流石《さすが》の佐助《さすけ》もブツ〳〵愚痴《ぐち》を溢《こぼ》し出《だ》した。佐「アヽ睡《ねむ》い〳〵、稽古《けいこ》をして貰《もら》うのは有難《ありがた》いけど、之《これ》では身体《からだ》が続《つづ》かない。お負《ま》けに夜分《やぶん》何時《いつ》来《く》るか分《わか》らぬと云《い》われては、辛棒《しんぼう》が出来《でき》なくなる。乃公《おれ》は彼《か》の老人《ろうじん》に責《せ》め殺《ころ》されるのかも知《し》れない……。イヤ〳〵左様《そん》な弱音《よわね》を吐《は》いては又叱《またしか》られる。ナニッ糞《くそ》ッ、之《こ》れ位《くら》いでウ……ム……」と、力味返《りきみかえ》り、我《わ》れと我《わ》が心《こころ》を励《はげ》まし、油断《ゆだん》なく目《め》を見張《みは》って居《い》るが、思《おも》わず知《し》らず、ツイトロ〳〵と居睡《いねむ》りますると、突然腰《いきなりこし》をポンと蹴《け》られ、アッと驚《おどろ》き目《め》を覚《さま》すと、例《れい》の老人《ろうじん》が枕頭《まくらもと》に突《つ》っ立《た》って、老「コリャ、白痴者《たわけもの》奴ッ、乃公《おれ》が来《き》た事《こと》も知《し》らず、腰《こし》を蹴《け》られて驚《おどろ》く奴《やつ》があるかッ。若《も》し敵《てき》であったら、貴様《きさま》の命《いのち》は最《も》う無《な》くなって居《い》るのだぞ。馬鹿者奴《ばかものめ》ッ、何《ど》うも生命《いのち》を粗末《そまつ》にする奴《やつ》だ」と、小言《こごと》を云《い》って立《た》ち去《さ》った。佐《さ》助《すけ》は茫然《ぼうぜん》として、佐「何時《いつ》の間《ま》に来《き》たのだろう。生命《いのち》を取《と》られると思《おも》えば寝《ね》るんじゃアないが、真逆左様《まさかそん》な事《こと》もあるまいと、ツイ油断《ゆだん》をすると蹴《け》られる。コリャ何《ど》うも堪《たま》ったものじゃない。ヨシ明日《あす》の晩《ばん》は一つ乃公《おれ》の方《ほう》で、反対《あべこべ》に声《こえ》を掛《か》けて遣《や》ろう」豪胆不敵《ごうたんふてき》の少年《しょうねん》佐《さ》助《すけ》は、其《そ》の翌晩《よくばん》になると、佐「サア、今夜《こんや》は死物狂《しにものぐる》いだぞ……」と、夜具《やぐ》の中《なか》に寝《ね》て居《い》る様《よう》な風《ふう》に見《み》せかけ置《お》き、片隅《かたすみ》へ身《み》を潜《ひそ》め、今《いま》か〳〵と待《ま》ち受《う》けて居《い》ると、真夜中頃《まよなかごろ》になって、漸々《ようよう》件《くだん》の老人《ろうじん》が歩《や》って来《き》た。佐助《さすけ》は目早《めばや》く見《み》つけ、佐「イヨー、来《き》たぞ〳〵、大方《おおかた》蒲《ふ》団《とん》の処《ところ》へ来て、寝《ね》て居《い》ると思《おも》って蹴《け》るに違《ちが》いない」と、呼吸《いき》を凝《こら》して窺《うかが》って居《い》ると、二三間《げん》手前《てまえ》迄《まで》来《き》た老人《ろうじん》は、ヒョイと立《た》ち止《どま》って、老「ハヽヽヽ、佐助今夜《さすけこんや》は乃公《おれ》を一杯掛《ばいか》ける積《つも》りで、其処《そこ》に隠《かく》れて居《い》るじゃアないか」と、云《い》われて佐助《さすけ》は悸《ぎょっ》といたし、佐「オヤッ、此《こ》の老爺犬《おやじいぬ》か猫《ねこ》みた様《よう》に、暗《くら》い処《とこ》でも目《め》が見《み》えるのか知《し》ら……。お師匠様《ししょうさま》隠《かく》れて居《い》るのではないので……一つ今夜《こんや》は貴公《あなた》を驚《おどろ》かそうと思《おも》って……」老「ハッハヽヽヽ貴様《きさま》今夜《こんや》一生懸命《しょうけんめい》になって居《い》るが、乃公《おれ》が来《き》た足音《あしおと》が分《わか》るか」佐「ヘエ、少《ちっ》とも分《わか》りません」老「夫《それ》では、未《ま》だ修業《しゅぎょう》が足《た》りない。何《ど》んなに忍《しの》んで来《き》ても、足音《あしおと》が分《わか》る様《よう》でなければ駄目《だめ》だ。以後《いご》気《き》をつけい」と、云《い》い捨《す》てて立《た》ち去《さ》る。後《あと》に佐助《さすけ》は、佐「何《ど》うも、恐《おそ》ろしい人間《にんげん》もあったものじゃ。真暗闇《まっくらがり》を来《く》るのが分《わか》って堪《たま》るものか。お負《ま》けにワザと跣足《はだし》で来《く》る仕事《しごと》なのだ。怪《け》しからん事《こと》を云《い》う老爺《おやじ》だ」と、佐助《さすけ》は呟《つぶ》やいて居《い》る。然《しか》るに翌晩《よくばん》も余程《よほど》気《き》をつけて居《い》たが、何《ど》うしても側迄《そばまで》来《く》るのが分《わか》らない。俄《にわ》かにエイッと云《い》う声《こえ》に、ハッと背後《うしろ》を振《ふ》り向《む》く内《うち》に、最《も》う肩《かた》を打《う》たれる。老「コリャ、左様《そん》な事《こと》では不可《いか》ん。唐朝《もろこし》の公冶長《こうやちょう》は鳥《とり》の啼声《なきごえ》さえ聞《き》き分《わ》けたと云《い》う位《くら》い、人間《にんげん》は心眼《しんがん》と云《い》って、心《こころ》の眼《まなこ》を開《ひら》いて居《お》れば、何《ど》んな小《ちい》さい物音《ものおと》でも聞《きこ》え、鼻《はな》を摘《つま》む様《よう》な闇夜《あんや》でも、歴然《ありあり》と見《み》えるものだ。貴様後《きさまうしろ》に目《め》はないか不自由《ふじゆう》な奴《やつ》だ。前《まえ》に目《め》のある人間《にんげん》は世《よ》の中《なか》に沢山《たくさん》ある。四方《ほう》八方《ぼう》に目《め》を持《も》たなければ、迚《とて》も豪《えら》い者《もの》にはなれん。気《き》を附《つ》けろ」叱《しか》り飛《と》ばしてプイと立《た》ち去《さ》る。佐助《さすけ》は腕組《うでぐ》みして、佐「フーン、妙《みょう》な事《こと》を云《い》う老爺《おやじ》だ。鰈《かれい》や比良目《ひらめ》じゃあるまいし、後《うしろ》に目《め》があって堪《たま》るものか。夫《そ》れこそ化物《ばけもの》じゃ……然《しか》し大方《おおかた》油断《ゆだん》をするな、八方《ぼう》へ眼《まなこ》を配《くば》れと云《い》う事《こと》なんだろう」斯《こ》う云《い》う塩梅《あんばい》で、毎日毎夜《まいにちまいや》一通《とお》りならぬ稽古《けいこ》を受《う》け、丁度《ちょうど》三年許《ねんばか》り修業《しゅぎょう》をすると、今《いま》は早《は》や佐《さ》助《すけ》も全《まった》く其《そ》の極意《ごくい》に達《たっ》し、暗夜《あんや》でもアリ〳〵と物《もの》が見《み》える、鳥《とり》の啼声《なきごえ》こそ分《わか》らないが、十間《けん》二十間《けん》向方《むこう》より忍《しの》んで来《く》る人《ひと》の足音《あしおと》は、歴然《はっきり》聞《きこ》える様《よう》になって来《き》た。

◎予《よ》の腕前《うでまえ》を見《み》よやッ

人学《ひとまな》ばざれば智《ち》なし、玉磨《たまみが》かざれば光《ひか》りなし。佐《さ》助《すけ》は図《はか》らずも鳥居峠《とりいとうげ》に於《おい》て、奇体《きたい》の老《ろう》人《じん》より昼夜《ちゅうや》の別《わか》ちなく、一心不乱《しんふらん》に武術《ぶじゅつ》を教《おそ》わった。夫《そ》れが為《た》め僅《わず》か三ケ年《ねん》で天晴《あっぱれ》なる腕《うで》前《まえ》となり、尚《なお》も勇《いさ》み励《はげ》んで、怠《おこた》らず勉強《べんきょう》して居《い》る。或朝《あるあさ》の事例《ことれい》に依《よ》って稽古場《けいこば》と定《さだ》めたる広場《ひろば》へ来《き》たって見《み》ると、老人《ろうじん》は既《すで》に来《き》たって待《ま》ち兼《か》ねたと云《い》わぬばかりに、老「イヤ、今朝《けさ》は其方《そち》に我《わ》が妙術《みょうじゅつ》の極意《ごくい》を伝《つた》える。有難《ありがた》く頂戴《ちょうだい》に及《およ》べよ」と、恭《うやうや》しく一巻《かん》の巻物《まきもの》を取《とり》出《だ》し、老「コリャ佐助《さすけ》、之《これ》を汝《なんじ》に与《あた》える間《あいだ》、生涯肌身《しょうがいはだみ》につけて身《み》の行《おこない》を謹《つつし》めよ。或《あるい》は戦《たたかい》を為《な》すにつけても、英雄豪傑《えいゆうごうけつ》に出合《であ》う際《さい》にも、此《こ》の中《うち》に認《したた》めてある事《こと》を弁《わきま》えて居《お》れば、決《けっ》して遅《おく》れを取《と》る事《こと》はない」と、懇《ねんご》ろに教訓《きょうくん》を垂《た》れ、件《くだん》の一巻《かん》を手渡《てわた》しする。佐助《さすけ》は天《てん》にも登《のぼ》る心地《ここち》して、佐「ハッ、貴重《きちょう》なる御巻物《おんまきもの》を譲《ゆず》り下《くだ》さるのみならず、懇々《こんこん》との御教訓《ごきょうくん》、決《けっ》して忘却《ぼうきゃく》は仕《つかまつ》りませぬ。就《つき》ましては何卒御姓名《なにとぞごせいめい》を承《うけたまわ》りとう存《ぞん》じまする」老「成程《なるほど》、今迄《いままで》我《わ》が名《な》を明《あか》さざりし故《ゆえ》、其《そ》の不審《ふしん》は道理千万今《どうりせんばんいま》こそ名乗《なの》って聞《き》かす。我《われ》こそは摂州花隈《せっしゅうはなくま》の城主戸沢山城守《じょうしゅとざわやましろのかみ》の実父戸沢白雲斎《じっぷとざわはくうんさい》と云《い》える者《もの》である。我家《わがいえ》には祖先《そせん》より代々伝《だいだいつた》わる一つの妙術《みょうじゅつ》あり。世《よ》に所謂忍術之《いわゆるにんじゅつこ》れなり。今日本《いまにほん》に於《おい》て此《こ》の術《じゅつ》を極《きわ》めたる者《もの》、倅山城守《せがれやましろのかみ》と其《そ》の他《た》数人《すうにん》ある。我《わ》れ年来諸国《ねんらいしょこく》を漫遊致《まんゆういた》し、如何《どう》にかして天晴《あっぱれ》なる少年《しょうねん》を見出《みいだ》し、此《こ》の術《じゅつ》を譲《ゆず》らんと思《おも》えども、目鏡《めがね》に叶《かな》いしもの嘗《かつ》てなし。然《しか》るに三ケ年《ねん》以前《いぜん》、当山中《とうさんちゅう》を通行《つうこう》いたせし際《さい》、其方《そち》が身軽《みがる》の働《はたらき》と云《い》い、武術《ぶじゅつ》に熱心《ねっしん》なる殊勝《しゅしょう》の心掛《こころが》け、我《われ》ながら心密《こころひそか》に感心《かんしん》の余《あま》り、斯《かか》る少年《しょうねん》に我《わ》が忍術《にんじゅつ》を授《さず》けなば、所謂鬼《いわゆるおに》に金棒天下《かなぼうてんか》に敵《てき》なしと心得《こころえ》、白昼《ひる》は武術《ぶじゅつ》を仕《し》込《こ》み、其《そ》の上夜分《うえやぶん》に忍術《にんじゅつ》を授《さず》けたのである。最早汝《もはやなんじ》の腕前《うでまえ》ならば、水遁《すいとん》、木遁《もくとん》、金遁《きんとん》、土《ど》遁《とん》、火遁《かとん》、其《そ》の他《た》有《あら》ゆる術《じゅつ》を行《おこな》う事《こと》が出来《でき》る。此《こ》の上共《うえとも》に身《み》の行《おこない》を謹《つつし》み、良《よ》き主《しゅ》を撰《えら》んで奉公《ほうこう》せよ。屹《きっ》と天下《てんか》に名《な》を挙《あ》げるは必定《ひつじょう》である」と、聞《き》いた佐助《さすけ》は愈々平伏《いよいよへいふく》なし、佐「ハヽッ、斯《こ》は有難《ありがた》き御言葉《おことば》、三ケ年《ねん》の永《なが》の年月《としつき》、日夜御教導下《にちやごきょうどうくだ》されし御恩《ごおん》は、海《うみ》より深《ふか》く山《やま》より高《たか》く、お礼《れい》は言葉《ことば》に尽《つく》されませぬ。必《かな》らず御教訓《ごきょうくん》を守《まも》り、師匠《ししょう》の御名《おんな》を汚《けが》す様《よう》な事《こと》は仕《つかまつ》らず、此《こ》の段御安心下《だんごあんしんくだ》されまする様《よう》」と、三拝《ばい》九拝《はい》して、不図顔《ふとかお》を上《あ》げて見《み》ると、斯《こ》はソモ如何《いか》に老人《ろうじん》の姿《すがた》は、何《いず》れに参《まい》りしや更《さら》に影《かげ》さえ見《み》えない。流石《さすが》の佐助《さすけ》もハッと驚《おどろ》き、四辺見廻《あたりみまわ》して居《い》ると、何処《いずく》ともなく声《こえ》あって、老「ヤア、佐助驚《さすけおどろ》く事勿《ことなか》れ。最早之《もはやこ》れが此《こ》の世《よ》の別《わか》れである。折《おり》があれば悴山城守《せがれやましろのかみ》に対面《たいめん》せよ。其《そ》の時《とき》の印《しるし》に之《こ》れを取《と》らすぞ」と云《い》うと共《とも》に、パッタリ前《まえ》に落《お》ちたる鉄扇《てっせん》、之《これ》は佐助《さすけ》二度吃驚《どびっくり》、件《くだん》の鉄扇取《てっせんと》り上《あ》げて見《み》ると、十三本骨《ぼんぼね》の立派《りっぱ》な鉄扇《てっせん》、親骨《おやぼね》は銀《ぎん》の象眼《ぞうがん》を以《もっ》て「振《ふ》り下《おろ》す剣《つるぎ》の下《した》の深見川《ふかみがわ》、踏《ふ》み込《こ》んでこそ浮《うか》む瀬《せ》もあり」と、武術《ぶじゅつ》の極意《ごくい》が刻《きざ》んである。佐助《さすけ》は押《お》し戴《いただ》き、佐「ハヽッ、師匠《ししょう》の御遺品《おかたみ》として、肌身放《はだみはな》さず所持致《しょじいた》すでございましょう。夫《そ》れにしても今《いま》一度《ど》お顔《かお》を……」と、云《い》う時又《ときまた》も声《こえ》あって、老「コリャ佐助《さすけ》、折角《せっかく》三ケ年《ねん》の間習《あいだなら》い覚《おぼ》えし忍術《にんじゅつ》も、身《み》の行《おこな》い悪《わる》ければ役《やく》には立《た》たぬ。呉々《くれぐれ》も忠孝《ちゅうこう》の道《みち》な忘《わす》れなよ。最《も》う左《さ》らばだ」と、云《い》うかと思《おも》えば、パッと立《た》ったる白雲《はくうん》と共《とも》に、師匠白雲斎《ししょうはくうんさい》は雲《くも》に乗《の》って東《ひがし》の方《かた》へ飛《と》び去《さ》った。佐助《さすけ》は奇異《きい》の思《おもい》を為《な》し、暫《しば》らく其《そ》の後姿《うしろすがた》を伏《ふ》し拝《おが》んで居《い》たが、漸々《ようよう》に気《き》を取《と》り直《なお》し、佐「ア、お名残《なごり》惜《お》しい事《こと》である。只此《ただこ》の鉄扇《てっせん》を師匠《ししょう》と思《おも》い、常《つね》に肌身離《はだみはな》さず持《も》って居《い》るより外《ほか》に仕方《しかた》がない」と、悄然《しょうぜん》として件《くだん》の一巻《かん》と鉄扇《てっせん》を懐中《かいちゅう》なし、籠堂《こもりどう》へ引返《ひきかえ》し、夜具《やぐ》引《ひ》っ担《かつ》ぎ我《わ》が家《や》を差《さ》して戻《もど》って来《く》る。大体此《だいたいこ》の頃合忍術《ころおいにんじゅつ》と云《い》えば、日本《にほん》に於《お》ては戸沢白雲斎《とざわはくうんさい》の右《みぎ》に出《いず》るものなく、其《そ》の極意《ごくい》を極《きわ》めた人《ひと》であったが、生涯弟子《しょうがいでし》を取《と》らなかった為《た》め、門人《もんじん》は沢山《たくさん》ない。夫《そ》れゆえ日本武術《にほんぶじゅつ》の聖《ひじり》と呼《よ》ばれた塚原小太郎勝義《つかはらこたろうかつよし》、亀井流槍術《かめいりゅうそうじゅつ》の元祖亀井新《がんそかめいしん》十郎《ろう》、まった石川《いしかわ》五右衛《え》門等《もんなど》も、皆此《みなこ》の白雲斎《はくうんさい》の一子《し》戸沢山城守《とざわやましろのかみ》の門人《もんじん》であって、何《いず》れも忍術《にんじゅつ》の奥義《おくぎ》に達《たっ》しては居《い》たが、猿飛佐助程《さるとびさすけほど》の腕前《うでまえ》はなかったのであった。夫《そ》れは偖《さ》て置《お》き、豪《ごう》胆不敵《たんふてき》の少年佐助《しょうねんさすけ》は、十一才《さい》より十五才《さい》の暁迄《あかつきまで》、一心不乱《しんふらん》に忍術《にんじゅつ》と武術《ぶじゅつ》を修業《しゅぎょう》した結果《けっか》、素晴《すば》らしい腕前《うでまえ》と相成《あいな》ったが、片田舎《かたいなか》には相手《あいて》がないから、左様《そん》な術《じゅつ》を実地《じっち》に行《おこな》って見《み》せる訳《わけ》にも行《ゆ》かない。深《ふか》くも包《つつ》み隠《かく》し素知《そし》らぬ顔《かお》で相変《あいかわ》らず、鳥居峠《とりいとうげ》へ分《わ》け登《のぼ》り、以前《いぜん》の如《ごと》く猿《さる》や鹿《しか》を相手《あいて》に、毎日《まいにち》〳〵遊《あそ》び暮《くら》して居《い》る。或日《あるひ》の事名主善右衛門《ことなぬしぜんえもん》が、村内軒別《そんないけんべつ》へ触《ふ》れ廻《まわ》り、名「明日《あす》は、上田《うえだ》の御領主真田様《ごりょうしゅさなださま》の若君与三郎様《わかぎみよろうさま》が、猪狩《ししが》りの御催《おもよお》しで、鳥居峠《とりいとうげ》へお越《こ》しになるのじゃ。万《まん》一粗相《そそう》があっては相成《あいな》らぬから、明日《あす》一日《にち》は遠慮《えんりょ》をして、村《むら》の者《もの》は誰一人《たれひとり》も峠《とうげ》へ行《ゆ》く事《こと》はならぬ」と、夫々申《それぞれもう》し渡《わた》す。スルト少年佐助《しょうねんさすけ》は、佐「何《な》んじゃ、真田家《さなだけ》の若君《わかぎみ》が猪狩《ししが》り……、面白《おもしろ》いな、ヨーシ名主《なぬし》が何《な》んと云《い》ったって構《かま》うものか。一番《ばん》内処《ないしょ》で乗《の》り込《こ》み、樹《き》の上《うえ》で見物《けんぶつ》して遣《や》ろう。若《も》し乃公《おれ》の遊《あそ》び朋友《ともだち》の猿《さる》や猪《しし》を討《う》ち取《と》ろうとした時《とき》は、邪魔《じゃま》をして助《たす》けて遣《や》らねばならぬ。之《こ》れが朋友《ほうゆう》の好誼《よしみ》と云《い》うものじゃ」と、妙《みょう》な考《かんがえ》を起《おこ》した佐助《さすけ》は、素知《そし》らぬ振《ふ》りして、翌日《よくじつ》を待《ま》ち兼《か》ねて居《い》る。愈々其《いよいよそ》の当日《とうじつ》と相成《あいな》った。朝《あさ》は早天《そうてん》より、信州上田《しんしゅううえだ》の城主真田《じょうしゅさなだ》安房守昌幸《あわのかみまさゆき》の嫡子与《ちゃくしよ》三郎幸村《ろうゆきむら》、生年此処《せいねんここ》に十六才《さい》とは云《い》え、智仁勇《ちじんゆう》三徳兼備《とくけんび》の麒麟児《きりんじ》と云《い》われたる若大将《わかだいしょう》。例《れい》に依《よ》って気《き》に入《い》りの郎党《ろうとう》、望月《もちづき》六郎《ろう》、穴山岩千代《あなやまいわちよ》、海野《うんの》六郎《ろう》、三好清海入道《みよしせいかいにゅうどう》、同《おな》じく伊三入道《いさにゅうどう》、筧十造《かけいぞう》の六人《にん》を左右《さゆう》に従《したが》え、家来《けらい》二百名許《めいばか》りを勢子《せこ》として召連《めしつ》れ、威風堂々《いふうどうどう》として馬上悠《ばじょうゆた》かに鳥居峠《とりいとうげ》へ繰《く》り出《い》だし、此処《ここ》に狩倉《かりくら》は始《はじ》まった。幸村自身《ゆきむらじしん》は峠《とうげ》の八合目《ごうめ》の程好《ほどよ》き場処《ばしょ》に陣《じん》を取《と》り、勢子《せこ》が追《お》い出《だ》す獲物《えもの》を、近侍《きんじゅう》の郎党《ろうとう》と共《とも》に、遠矢《とおや》にかけて射倒《いたお》し〳〵、主従互《しゅじゅうたが》いに功名手柄《こうみょうてがら》を争《あらそ》いつつ、今《いま》や狩倉《かりくら》は酣《たけなわ》と相成《あいな》り、頻《しき》りに興《きょう》に入《い》って居《い》る折《おり》しも、丁度幸村《ちょうどゆきむら》の立《た》ったる頭上《ずじょう》に、生《お》い茂《しげ》ったる杉《すぎ》の枝《えだ》が、風《かぜ》もなきにガサ〳〵と怪《あや》しき物音《ものおと》がした。側《そば》に控《ひか》えし海野《うんの》六郎《ろう》、佶《きっ》と頭上《ずじょう》に目《め》をつけ、六「ハテナ、何《なん》だか怪《あや》しいぞ……」と、昵《じ》っと見揚《みあ》げて居《い》たが、忽《たちま》ち驚《おどろ》きの声高《こえたか》く、六「ヤ、、若様《わかさま》彼《あ》れを御覧遊《ごらんあそ》ばせ、大《おお》きな猿奴《さるめ》が密《ひそ》んで居《お》りますぞ」幸「ナニ、猿《さる》が居《い》ると申《もう》すか……ドレ何処《どこ》に……」と、六郎《ろう》の指《ゆび》さす方《ほう》を眺《なが》めると、如何様《いかさま》小牛程《こうしほど》もあらんかと思《おも》われる大猿《おおざる》が、爛々《らんらん》たる両眼怒《りょうがんいか》らし、幸村主従《ゆきむらしゅじゅう》を睨《にら》み下《おろ》して居《い》る。

幸「オッ、好《よ》き狩物御参《えものござん》なれ。六郎始《ろうはじ》め皆《みな》の者《もの》、予《よ》の腕前《うでまえ》を見《み》よやッ」と、弓《ゆみ》を満月《まんげつ》の如《ごと》くキチ〳〵と引絞《ひきしぼ》り、狙《ねらい》を定《さだ》めてヤッと一声《せい》、兵弗《ひょうふつ》と切《き》って放《はな》した。咄嗟猿《あわやさる》は射貫《いぬ》かれたかと思《おも》いの外《ほか》、飛《と》び来《く》る矢《や》を右《みぎ》の手《て》で確《しっ》かと受《う》け留《と》め、幸村眺《ゆきむらなが》めて呵々《からから》と嘲笑《あざわら》う。流石物《さすがもの》に動《どう》ぜぬ幸村《ゆきむら》も、此《こ》の体見《ていみ》るより或《あるい》は驚《おどろ》き且《か》つは怒《いか》り、幸「ヤア此奴畜生《こやつちくしょう》の分際《ぶんざい》として予《よ》が射《い》て放《はな》せし矢《や》を、右手《めて》に受《う》け留《と》めるなぞとは小癪千万《こしゃくせんばん》、イデ今度《こんど》こそは……」と、又《また》も矢継早《やつぎばや》に二の矢《や》を番《つが》え、勢《いきお》い鋭《するど》く射《い》て放《はな》せば、又《また》もや左手《ゆんで》に丁《ちょう》と受《う》け留《と》め、相変《あいかわ》らず怪《あや》しき声《こえ》して嘲笑《あざわら》う。二本迄遣《ほんまでや》り損《そん》じて幸村怒《ゆきむらいか》り心頭《しんとう》より発《はっ》し、幸「ヤア、武田家《たけだけ》の旗下大名《はたしただいみょう》に於《おい》て、今孔明《いまこうめい》と呼《よ》ばれたる真田安房守昌幸《さなだあわのかみまさゆき》の嫡男《ちゃくなん》与《よ》三郎《ろう》幸村《ゆきむら》に向《むか》い、小癪《こしゃく》な振舞推参《ふるまいすいさん》なり」と、大喝《だいかつ》一声《せい》ハッタとばかり睨《にら》み据《す》えると、偖《さ》ても不思議《ふしぎ》や件《くだん》の大猿《おおざる》は、幸村《ゆきむら》の威光《いこう》に恐《おそ》れたものか、身体《からだ》を竦《すく》めて居《い》たと見《み》る間《ま》に、キャッ〳〵と苦《くる》しき悲鳴《ひめい》の声諸共枝《こえもろともえだ》の上《うえ》より大地《だいち》へ差《さ》して、頭顚倒《ずでんどう》と落《お》ち来《きた》り、ブル〳〵震《ふる》えて逃《に》げもやらず、幸村《ゆきむら》の足下《そっか》へ平伏《へいふく》する。

◎天《てん》から降《ふ》ったか地《ち》から湧《わ》いたか

窮鳥懐《きゅうちょうふところ》に入《い》る時《とき》は、猟師《りょうし》も之《こ》れを獲《と》らず、幸村始《ゆきむらはじ》め臣等《しんら》一統《とう》、何《いず》れも奇異《きい》の思《おもい》を為《な》し、四方《ほう》を囲《かこ》んで見《み》て居《い》る折《おり》しも横紙破《よこがみやぶ》りの三好清海入道《みよしせいかいにゅうどう》ズカ〳〵と進《すす》み寄《よ》り、三「オヤッ、此《こ》ン畜生奴《ちくしょうめ》、誰《たれ》あって矢面《やおもて》に立《た》つ事《こと》の出来《でき》ない若様《わかさま》の矢《や》を、二度迄《どまで》も美事《みごと》に受《う》け留《と》め、天《あっ》晴《ぱれ》武術《ぶじゅつ》の心掛《こころが》けある奇体《きたい》な猿《さる》だと思《おも》って居《い》たが、到頭若様《とうとうわかさま》の威光《いこう》には敵《かな》わないで、睨《にら》み落《おと》されたものだから、人間《にんげん》らしい真似《まね》をしやアがって、助《たす》けて下《くだ》さいと云《い》わぬばかりに、手《て》を合《あわ》してお辞儀《じぎ》をするとは洒落《しゃ》れた事《こと》をしやアがる。若様斯《わかさまこ》んな者《もの》は叩《たた》き殺《ころ》し、煮《に》て猿汁《さるじる》にして食《く》いましょう」と、突然猿《いきなりさる》の首筋《くびすじ》引《ひ》っ摑《つか》んだ。無茶苦茶者《むちゃくちゃもの》の清海入道《せいかいにゅうどう》に掛《かか》っては堪《たま》らない。今《いま》や拳骨《げんこつ》で殴《なぐ》り据《す》えられんとする危機《きき》一髪《ぱつ》の折《おり》しもあれ、忽《たちま》ち頭上《ずじょう》の杉《すぎ》の枝《えだ》より、ヒラリ飛降《とびお》りた一人《ひとり》の少年《しょうねん》あり。突然清海入道《いきなりせいかいにゅうどう》の手許《てもと》へ躍《おど》り込《こ》むよと見《み》る間《ま》に、振《ふ》り上《あ》げたる利腕《ききうで》ムッと掴《つか》み、ヤッと叫《さけ》んで、左《さ》しも大兵肥満《たいひょうひまん》の清海入道《せいかいにゅうどう》を目《め》よりも高《たか》く差《さ》し上《あ》げ、少「ヤイ坊主《ぼうず》、乃公《おれ》の友達《ともだち》を煮《に》て食《く》うとは何《ど》うだ。叩《たた》き殺《ころ》されて堪《たま》るものか」と、傍《かた》えの松《まつ》の根元《ねもと》を目掛《めが》け微塵《みじん》になれと投《な》げつけた。投《な》げられたる清海入道《せいかいにゅうどう》も、何《な》んしろ真《さな》田家名題《だけなだい》の豪傑《ごうけつ》だ。クル〳〵と筋斗《もんどり》打《う》たせ、中途《ちゅうと》でヒラリと身《み》を翻《ひるが》えし、スックと向《む》うへ突《つ》っ立《た》ち上《あが》り、眼《まなこ》を怒《いか》らしハッタと睨《にら》まえ、三「ヤイ小僧《こぞう》、天《てん》から降《ふ》ったか地《ち》から沸《わ》いたか、僅《わず》か十四五才《さい》の小悴《こせがれ》の分際《ぶんざい》で、人《ひと》も恐《おそ》るる三好清海入道《みよしせいかいにゅうどう》を取《と》って投《な》げるとは猪虎《ちょこ》才《ざい》なり。汝《うぬ》ッ勘弁《かんべん》ならん、覚悟《かくご》しろう」と、云《い》うより早《はや》く、突然《いきなり》少年《しょうねん》に掴《つか》み掛《かか》った。少年《しょうねん》はヒラリ〳〵と身《み》を躱《かわ》す其《そ》の早《はや》さ。流石《さすが》負《ま》けず嫌《ぎら》いの清海入道《せいかいにゅうどう》も、彼方《あなた》ヘウロ〳〵此方《こなた》ヘウロ〳〵。三「ウム……、此奴《こやつ》ナカ〳〵素敏《すばし》こい……、オヤッ姿《すがた》が消《き》えて無《な》くなった……」と四辺《あたり》キョロ〳〵見廻《みまわ》して居《い》る。スルと少年《しょうねん》は何時《いつ》の間《ま》にやら、四五間《けん》向《むこ》うの松《まつ》の枝《えだ》に腰《こし》打《う》ち掛《か》け、少「ハヽヽヽ、坊主《ぼうず》此処《ここ》じゃ〳〵」と、手《て》を拍《たた》かれ、ヒョイと見揚《みあ》げる清海入道《せいかいにゅうどう》、三「オヤッ、宛《まる》で天狗《てんぐ》の孫《まご》の様《よう》な事《こと》をする小僧《こぞう》だ。オノレ松《まつ》の木《き》諸共《もろとも》引倒《ひったお》してくれん」と、坊主頭《ぼうずあたま》に向鉢巻《むこうはちまき》キリヽと締《し》め、双肌《もろはだ》押《お》し脱《ぬ》ぎ、件《くだん》の松《まつ》の幹《みき》に双手《もろて》を掛《か》け、引《ひ》っ抱《かか》えて金剛力《こんごうりき》を出《だ》し、ヤッウーンと押《お》し切《き》ると、松《まつ》は根元《ねもと》から揺《ゆる》ぎ出《だ》した。少年《しょうねん》は此《こ》の体見《ていみ》るより、猿猴《ましら》の梢《こずえ》を伝《つた》うが如《ごと》く、枝《えだ》から枝《えだ》へヒョイ〳〵飛《と》び移《うつ》り、少「ヤア坊《ぼう》主《ず》、其処《そこ》には居《お》らんぞ此処《ここ》だ〳〵……」と云《い》われて清海入道《せいかいにゅうどう》、ヒョイと見上《みあ》げて切歯《はがみ》を為《な》し、三「ワア、忌々《いまいま》しい小倅《こせがれ》だッ。是非共《ぜひとも》引《ひ》っ捕《とら》えねば承知《しょうち》が出来《でき》ない」と、又《また》も其《そ》の木《き》へ抱《いだ》きつき、エッウーン、松《まつ》の木《き》と角力《すもう》を取《と》って居《い》る。漸々《ようよう》揺《ゆる》ぎ出《だ》して、ヒョイと上《うえ》を見《み》ると、早《は》や少年《しょうねん》は隣《となり》の樹《き》へ移《うつ》って居《い》ると云《い》う有様《ありさま》。流石大力自慢《さすがたいりきじまん》の清海入道《せいかいにゅうどう》も、最《も》う力《ちから》も根《こん》も尽《つ》き果《は》て、夫《そ》れへ平倒《へた》り込《こ》んでフウ〳〵と、三「アヽ、苦《くる》しい〳〵、弟貴様平気《おとうときさまへいき》で見物《けんぶつ》して居《い》るとは怪《け》しからん奴《やつ》だ。海野《うんの》、望月《もちづき》、筧《かけい》、穴山《あなやま》、貴様等《きさまら》も朋友甲斐《ともだちがい》のない奴《やつ》だぞ。ワヽ若様《わかさま》、ニコ〳〵笑《わら》って居《い》られるとは余《あま》り殺生《せっしょう》じゃアございませんか」と、ソロ〳〵愚痴《ぐち》を溢《こぼ》し始《はじ》める。此《こ》の時迄《ときまで》始終少年《しじゅうしょうねん》の挙動《ようす》に目《め》を附《つ》けて居《い》た幸村《ゆきむら》は、幸「アイヤ、清海入道《せいかいにゅうどう》腹《はら》を立《た》てるな。彼《あ》れなる少年《しょうねん》は如何《いか》にも身軽《みがる》な振舞《ふるまい》であるぞ。ヤア夫《そ》れなる処《ところ》の少年《しょうねん》、尋《たず》ね問《と》うべき仔細《しさい》あり。苦《くる》しゅうない之《こ》れへ参《まい》れッ」聞《き》いた少年《しょうねん》は、ヒラリ身《み》を翻《ひるが》えすよと見《み》えたるが、十間《けん》ばかり頭上《ずじょう》なる松《まつ》の梢《こずえ》より、飛鳥《ひちょう》の如《ごと》く身《み》を躍《おど》らせ、幸村《ゆきむら》の面前《めんぜん》へスックとばかり降《お》り立《た》った。幸村始《ゆきむらはじ》め郎党家来《ろうとうけらい》の面々《めんめん》、今更《いまさ》らながら少年《しょうねん》の振舞《ふるまい》を見《み》て、或《あるい》は驚《おどろ》き又《また》は感《かん》じ、今《いま》の今迄《いままで》ブツ〳〵怒《おこ》って居《い》た清海入道《せいかいにゅうどう》さえも、思《おも》わず手《て》を拍《う》って賞《ほ》め讃《そや》す。清「イヨー、此奴鳥《こやつとり》の生《うま》れ変《かわ》りかも知《し》れない。身軽《みがる》い事《こと》は軽業師《かるわざし》も遠《とお》く及《およ》ばん。何《ど》うも奇体《きたい》な少年《しょうねん》もあるものだ」と、呆《あき》れ返《かえ》って珍《めず》らしそうに眺《なが》めて居《い》る。スルト与三郎幸村《よろうゆきむら》も、幸「如何様《いかさま》、奇体《きたい》の少年《しょうねん》である。彼《かれ》を我《わ》が家来《けらい》といたし置《お》けば、何《なに》かと都合《つごう》の宜《よ》い事《こと》もあるであろう」と、思《おも》って居《い》ると少年《しょうねん》も、幸村《ゆきむら》の人品骨格《じんぴんこっかく》を見《み》て、自然《しぜん》と敬慕《けいぼ》の心《こころ》を起《おこ》し、佐「ハヽア、之《こ》れが真田家《さなだけ》の麒麟児《きりんじ》と云《い》われた与三郎幸村殿《よろうゆきむらどの》だな。乃公《おれ》の朋友《ともだち》の猿奴《さるめ》を睨《にら》み落《おと》した処《ところ》なんぞは、迚《とて》も普通《ふつう》の人間《にんげん》では出来《でき》ない仕事《しごと》だ。師匠白雲斎先生《ししょうはくうんさいせんせい》の仰《おっ》しゃった通《とお》り、主《しゅ》を持《も》つなら斯《こ》う云《い》うお方《かた》を主人《しゅじん》と仰《あお》ぎたいものだ」と、密《ひそ》かに胸中《きょうちゅう》に覚悟《かくご》を定《さだ》め、幸村《ゆきむら》の言葉《ことば》を今《いま》や遅《おそ》しと待《ま》って居《い》る。此《こ》の時幸村《ときゆきむら》は言葉《ことば》を和《やわら》げ、幸「ヤヨ少年《しょうねん》、其方《そのほう》は何《いず》れの者《もの》にて、名《な》は何《なん》と申《もう》すぞ」少「ハッ、私《わたくし》は此《こ》の麓《ふもと》に住《す》んで居《お》ります、郷士鷲塚佐太夫《ごうしわしづかさだゆう》の一子佐助《しさすけ》と申《もう》します」幸「フム、何処《どこ》となく人品賤《じんぴんいや》しからずと思《おも》いしが、偖《さて》は郷士《ごうし》の悴《せがれ》なりしか。シテ汝《なんじ》の身軽《みがる》な振舞《ふるまい》は、天然自然《てんねんしぜん》に習《なら》い覚《おぼ》えしや、又《また》は誰《た》れかに教導《きょうどう》を受《う》け、斯《か》く鍛錬《たんれん》なしたか何《ど》うじゃ……」佐「ハッ、実《じつ》は云々斯様《しかじかかよう》でございまする」と、戸沢白雲斎《とざわはくうんさい》より譲《ゆず》り受《う》けたる一伍一什《ぶしじゅう》を申述《もうしの》べる。幸村聞《ゆきむらき》く毎《ごと》に感《かん》じ入《い》り、幸「然《しか》らば我《わ》が国《くに》で、忍術《にんじゅつ》の大名人《だいめいじん》と呼《よ》ばれたる戸沢白雲斎先生《とざわはくうんさいせんせい》より習《なら》い受《う》けしよな。道《どう》理《り》で比類稀《たぐいまれ》なる働振《はたらきぶ》りだと思《おも》った。夫《そ》れに付《つ》けても之《これ》なる猿《さる》の腕前《うでまえ》も却々天晴《なかなかあっぱれ》、定《さだ》めし汝《なんじ》が仕込《しこ》んだ業《わざ》であろう」佐「ハッ、此《こ》の猿《さる》は私《わたくし》が七八才《さい》の時《とき》より、互《たが》いに友達同様仲好《ともだちどうようなかよ》くいたし、毎日《まいにち》〳〵遊《あそ》び戯《たわむ》れて居《お》りました為《た》め、自然《しぜん》と物《もの》を受《う》ける術《じゅつ》を覚《おぼ》え、今《いま》では弓矢《ゆみや》を持《もっ》ては、迚《とて》も仕留《しと》める事思《ことおも》いも依《よ》りません」幸「フヽム、畜生《ちくしょう》と雖《いえど》も、自然《しぜん》の功《こう》は恐《おそ》ろしいもの。何《ど》うじゃ佐助《さすけ》、予《よ》が家来《けらい》となる気《き》はないか」佐「ハッ、私《わたくし》も師匠《ししょう》の言葉《ことば》に従《したが》い、之《これ》より天下《てんか》に名《な》を揚《あ》げたいと思《おも》い居《お》りますれば、お差《さ》し支《つか》えなくば、何《ど》うぞ御家来《ごけらい》にして下《くだ》さいませ」幸「オヽ、宜《よ》く申《もう》した。此処《ここ》に居《い》る六人《にん》は、予《よ》が大切《たいせつ》なる家来《けらい》である。汝《なんじ》を加《くわ》えて七人《にん》といたし、真田家《さなだけ》の七人勇士《にんゆうし》といたすであろう。ヤヨ穴山《あなやま》、海野《うんの》、筧《かけい》、望月《もちづき》、三好兄弟《みよしきょうだい》、此《こ》の後《ご》は之《これ》なる佐助《さすけ》を、兄弟同様《きょうだいどうよう》に思《おも》って労《いた》わり取《と》らせよ」と、家来《けらい》一統《とう》に披《ひ》露《ろう》に及《およ》ぶ。

◎腕前《うでまえ》は此方《こっち》が兄貴《あにき》だぞ

婦女《おんな》は己《おの》れを愛《あい》する者《もの》の為《た》めに粧《よそお》い飾《かざ》り、勇士《ゆうし》は己《おの》れを愛《あい》する者《もの》の為《た》めに生命《いのち》を捨《すつ》るとかや。真田幸村《さなだゆきむら》は図《はか》らずも鳥居峠《とりいとうげ》に於《おい》て、少年佐助《しょうねんさすけ》を得《え》て、大喜《おおよろこ》び此《こ》の事《こと》一同《どう》に披露《ひろう》をすると、三好清海入道《みよしせいかいにゅうどう》は先刻《さっき》苦《くる》しめられた意恨《いこん》があるから、三「ヤイ佐助《さすけ》、貴様《きさま》此《こ》の後《ご》は我々《われわれ》を兄貴《あにき》だと思《おも》って、能《よ》く云《い》う事《こと》を聞《き》くのだぞ。万《まん》一少年《しょうねん》の癖《くせ》に、乃公等《おれら》の云《い》い付《つ》けを背《そむ》くと承知《しょうち》しないぞ。能《よ》く心得《こころえ》て居《い》ろ」と、早《は》や兄貴風《あにきかぜ》を吹《ふ》かして居《い》る。佐助《さすけ》はニコ〳〵打《う》ち笑《わら》って、佐「ハヽヽヽヽ、年齢《とし》は兄貴《あにき》だが、腕前《うでまえ》は此方《こっち》が兄貴《あにき》だぞ」三「オヤッ、又小癪《またこしゃく》な事《こと》を吐《ぬか》しやアがる。ジャア此処《ここ》で我々《われわれ》六人《にん》と一々腕前比《いちいちうでまえくら》べに及《およ》んで見《み》ろ。若様《わかさま》如何《いかが》でございます」幸「フム、夫《そ》れは面白《おもしろ》かろう。一人《ひとり》〳〵佐助《さすけ》に立《た》ち向《む》かえ。決《けっ》して卑怯《ひきょう》な振舞《ふるまい》は成《な》らぬぞ」六人「心得《こころえ》ました」と、狩倉《かりくら》なぞは其方除《そっちの》け、六人《にん》の勇士《ゆうし》は互《たが》いに身《み》仕度《じたく》に及《およ》び、先《ま》ず第《だい》一番《ばん》に三好伊三入道《みよしいさにゅうどう》が飛《と》んで出《で》た。佐助《さすけ》は別《べつ》に身仕度《みじたく》もせず、手頃《てごろ》の樫《かし》の棒《ぼう》を提《ひっさ》げて立《た》ち向《む》かい、佐「サア、坊主《ぼうず》の叔父《おじ》さん来《こ》い」伊「オヤッ、乃公《おれ》は未《ま》だ叔父《おじ》さんと云《い》われる年《とし》ではないぞ。汝《うぬ》ッ此《こ》の小悴奴《こせがれめ》ッ」と、伊三入道最初《いさにゅうどうさいしょ》から怒《おこ》って掛《かか》り、エイと叫《さけ》んで只《ただ》一撃《うち》と打《う》ち込《こ》んだ。佐助《さすけ》は心得《こころえ》たりと、発止《はっし》と受《う》け留《と》め、稍暫《ややしば》らくは上段下《じょうだんげ》段《だん》と、秘術《ひじゅつ》を尽《つく》して渡《わた》り合《あ》って居《い》たが、佐助《さすけ》は少年《しょうねん》ながら怜悧《りこう》な男《おとこ》であるから、佐「待《ま》てよ、此奴《こやつ》を殴《なぐ》り据《す》えると、返《かえ》って悪《にく》まれて都合《つごう》が悪《わる》い。一つ驚《おど》かして置《お》いて遣《や》ろう」と、早《はや》くも思案《しあん》を定《さだ》め、今《いま》しも伊三入道《いさにゅうどう》が勢《いきお》い烈《はげ》しく、打《う》ち込《こ》んで来《き》た棍棒《こんぼう》を、パッと跳《は》ね返《かえ》し、エイと一声大地《せいだいち》を叩《たた》くと見《み》る間《ま》に、斯《こ》はソモ如何《いか》に佐助《さすけ》の姿《すがた》は、俄《にわ》かに消《き》えて無《な》くなった。伊三入道《いさにゅうどう》はウロ〳〵と、伊「オヤッ、ハテ面妖《めんよう》な……、何処《どこ》へ来《う》せたのであろう……」と、四辺《あたり》キョロ〳〵見廻《みまわ》して居《い》ると、遥《はる》か向《むこ》うの高《たか》さ二三丈《じょう》もあろうと云《い》う岩角《いわかど》に腰打《こしう》ち掛《か》け、師匠《ししょう》より譲《ゆず》り受《う》けたる鉄扇《てっせん》をサッと開《ひら》き、平気《へいき》の平左《へいざ》で頻《しき》りに風《かぜ》を入《い》れて居《い》る。イヤ伊三入道《いさにゅうどう》は地団太踏《じだんだふ》んで口惜《くや》しがり、伊「ワア、何時《いつ》の間《ま》に彼処《かしこ》へ飛《と》んで行《ゆ》き居《お》ったか。ヤイ佐助奴《さすけめ》、逃《に》げるとは卑怯《ひきょう》な奴《やつ》、早《はや》く降《お》りて来《こ》い。今度《こんど》は許《ゆる》さんぞ」と、プン〳〵力味《りき》んで居《い》る。幸村《ゆきむら》は此《こ》の体眺《ていなが》めて、幸「アハヽヽヽ、伊三入道《いさにゅうどう》最《も》う宜《よ》い。貴様《きさま》は退《さが》れッ」伊「イヤ、未《ま》だ勝負《しょうぶ》は相附《あいつ》きません。是非共此《ぜひともこ》の棍棒《こんぼう》を奴《やつ》の頭《あたま》にお見舞《みま》い申《もう》さねば……」幸「ハッハヽヽヽ、怒《おこっ》た処《ところ》で其方《そのほう》には、佐助程《さすけほど》の妙術《みょうじゅつ》はあるまい。マア勝負《しょうぶ》なしだ、引《ひ》き分《わ》け〳〵」と、云《い》われて伊三入道不承無承《いさにゅうどうふしょうぶしょう》に引下《ひきさが》る。続《つづ》いて清海入道《せいかいにゅうどう》、弟《おとうと》の仇《かたき》と飛《と》んで出《で》た。之《これ》も同《おな》じく佐助《さすけ》の忍術《にんじゅつ》に掛《かか》って、キリ〳〵舞《まい》をさせられ、プン〳〵怒《おこ》って引《ひき》退《さが》る。其《そ》の次《つぎ》には穴山岩千代《あなやまいわちよ》、筧《かけい》十造《ぞう》、望月《もちづき》六郎《ろう》、海野《うんの》六郎《ろう》と、交《かわ》る〴〵打《う》ち向《むか》ったが、何《な》んしろ七八合《ごう》ポン〳〵と打合《うちあわ》したと思《おも》うと、佐助《さすけ》が樹《き》の上《うえ》、岩角《いわかど》へ飛《と》び上《あが》り、パッ〳〵

く〵飛《と》び廻《まわ》るものだから、流石《さすが》の六人《にん》も何《ど》うする事《こと》も出来《でき》ない。六「エイ、忌々《いまいま》しい奴《やつ》だなア。人《ひと》を馬鹿《ばか》にして居《い》やアがる。夫《そ》れにしても妙《みょう》な曲芸《きょくげい》があるものだ」と、怒《おこ》るやら呆《あき》れるやら感心《かんしん》するやらで、流石《さすが》の豪傑《ごうけつ》も佐助一人《さすけひとり》に掛《かか》って、惨散《さんざん》な目《め》に遭《あ》わされて居《い》る。幸村悉《ゆきむらことごと》く感心《かんしん》いたし、幸「イヤ、思《おも》ったよりも天晴腕前《あっぱれうでまえ》、戸沢白雲斎《とざわはくうんさい》が仕込《しこ》んだ程《ほど》あり、末頼《すえたの》もしき少年《しょうねん》である。ヤヨ佐助《さすけ》、汝《なんじ》は今《いま》より鷲塚《わしづか》の姓《せい》を改《あらた》め、猿《さる》の如《ごと》く飛廻《とびまわ》るに妙《みょう》を得《え》て居《い》るに依《よ》り、猿飛佐助幸吉《さるとびさすけゆきよし》と名乗《なの》るべし」と、幸村至極満足《ゆきむらしごくまんぞく》の体《てい》にて、夫《それ》より佐助《さすけ》の父親佐太夫《おやさだゆう》を尋《たず》ね、委細《いさい》を打《う》ち明《あ》け、家来《けらい》へ申《もう》し受《う》けたい由《よし》を話《はな》し込《こ》むと、佐太夫《さだゆう》も外《ほか》ならぬ真田与三郎幸村《さなだよろうゆきむら》の懇望《こんもう》と云《い》い、佐助《さすけ》の出世《しゅっせ》にもなる事《こと》とて、快《こころ》よく承諾《しょうだく》の上《うえ》、父「コリャ佐助《さすけ》、其方《そち》は今日《こんにち》より此《こ》の若殿様《わかとのさま》を御主君《ごしゅくん》と仰《あお》ぎ、天晴忠義《あっぱれちゅうぎ》を尽《つく》さねばならぬぞ。父《ふ》母姉弟《ぼきょうだい》は無《な》き者《もの》と思《おも》い、只管御主君《ひたすらごしゅくん》を大切《たいせつ》に致《いた》せよ」と、懇々《こんこん》と教訓《きょうくん》を加《くわ》える。佐助《さすけ》は嬉《うれ》しくもあり悲《かな》しくもあり、云《い》うても未《ま》だ十五才《さい》の少年《しょうねん》、初《はじ》めて父母《ふぼ》の膝下《ひざもと》を離《はな》れるのであるから、佐「ハイ、御教訓《ごきょうくん》は決《けっ》して忘《わす》れは致《いた》しませぬ。何《ど》うぞ御機嫌《ごきげん》よくお暮《くら》し下《くだ》さいませ。屹度出世《きっとしゅっせ》をして天下《てんか》に名《な》を揚《あ》げて御覧《ごらん》に入《い》れます」と、勇《いさ》ましき其《そ》の言葉《ことば》に、何《いず》れも安堵《あんど》の思《おもい》を為《な》し、父《ちち》の佐太夫《さだゆう》は幸村《ゆきむら》に向《むか》い、呉々《くれぐれ》も依頼《いらい》に及《およ》ぶ。遂《つい》に佐助《さすけ》は其《そ》の日《ひ》より、姓《せい》を猿飛《さるとび》と改《あらた》め幸村《ゆきむら》の郎党《ろうとう》と相成《あいな》った。幸村《ゆきむら》の喜《よろこ》び一方《かた》ならず、幸「イヤ、今日《こんにち》の狩倉《かりくら》は大《たい》した獲物《えもの》であった。之《こ》れ程嬉《ほどうれ》しき事《こと》はない。早《はや》く立《た》ち帰《かえ》り、御父上《おちちうえ》にお話《はな》し申《もう》さねば相《あい》成《な》らぬ」と、猪鹿《ししか》の獲物《えもの》は士卒《しそつ》に担《かつ》がせ、佐助《さすけ》と仲好《なかよ》しの大猿《おおざる》は鳥居峠《とりいとうげ》に放《はな》ち遣《や》り、夫《それ》より隊伍《たいご》を整《ととの》え、正々堂々《せいせいどうどう》と信州上田《しんしゅううえだ》へと帰城《きじょう》に及《およ》び、直様《すぐさま》父《ちち》安房守《あわのかみ》に逐《ちく》一物語《ものがた》りの上《うえ》、佐《さ》助幸吉《すけゆきよし》を目通《めどお》りさせる。安房守昌幸《あわのかみまさゆき》も大《おお》いに喜《よろこ》び、昌「フム、夫《そ》れは好《よ》き家来《けらい》が見付《みつ》かった。万卒《ばんそつ》は得易《えやす》く一将《しょう》は得難《えがた》し。当時戦国《とうじせんごく》の時代《じだい》には、斯《かか》る人物《じんぶつ》こそ望《のぞ》ましけれ」と、佐《さ》助《すけ》には改《あらた》めて君臣《くんしん》の盃《さかずき》を取《と》らせ、昌「ヤヨ佐助《さすけ》、汝若年《なんじじゃくねん》なりと雖《いえど》も、天晴豪傑《あっぱれごうけつ》となるべき人品骨柄《じんぴんこつがら》。以来《いらい》は一子幸村《しゆきむら》の補佐《ほさ》となり、能《よ》く忠勤《ちゅうきん》を抽《ぬき》んでくれよ」と、あって、其《そ》の上《うえ》当座《とうざ》の引出物《ひきでもの》として、三池伝太光世《みいけでんたみつよ》鍛《きた》えの一刀《とう》を与《あた》える。佐助《さすけ》は面目《めんぼく》身《み》に余《あま》って感銘胆《かんめいたん》に徹《てっ》し、有難《ありがた》く御礼《おれい》を申《もう》し上《あ》げて目通《めどお》りを下《さが》り、自分《じぶん》の居間《いま》と定《さだ》められたる一室《しつ》に引取《ひきと》り、翌日《よくじつ》より他《た》の六勇士《ゆうし》と共《とも》に、幸村《ゆきむら》の近侍役《きんじゅやく》を勤《つと》め、始終側《しじゅうそば》へ附《つ》き切《き》り、何《なに》かと御用《ごよう》を勤《つと》めて居《い》る。何《な》んしろ年《とし》こそ未《ま》だ十五才《さい》ではあるが、忍術《にんじゅつ》の奥義《おくぎ》を極《きわ》めた猿飛佐助《さるとびさすけ》、殊《こと》に大力無双《たいりきむそう》にして武術《ぶじゅつ》の腕前《うでまえ》も浅《あさ》からずと来《き》て居《い》るから、幸村《ゆきむら》は大層佐助《たいそうさすけ》を寵愛《ちょうあい》いたし、殆《ほと》んど兄弟同様《きょうだいどうよう》に、一も佐助《さすけ》二も佐助《さすけ》、幸「ソレ佐助《さすけ》、彼《あ》の屋根《やね》に鳩《はと》が一羽遊《わあそ》んで居《い》る。彼《あ》れを捕《とら》えて来《こ》い」佐「ハッ、心得《こころえ》ました」直《ただち》に摑《つか》んで来《く》る。幸「コリャ佐助《さすけ》、其《そ》の松《まつ》の梢《こずえ》に登《のぼ》って飛《と》び降《お》りろ」佐「ハッ……」他人《たにん》の出来《でき》ない事《こと》ばかりを容易《たやす》く遣《や》るのだから、大《たい》層幸村《そうゆきむら》の気《き》に入《い》り、今《いま》は古参《こさん》の六勇士《ゆうし》を凌《しの》ぎ、幸村《ゆきむら》は佐助《さすけ》でなくば夜《よ》も日《ひ》も明《あ》けない様《よう》になって来《き》た。スルト六人《にん》はソロ〳〵不平《ふへい》を云《い》い出《だ》し、中《なか》にも横紙破《よこがみやぶ》りの三好清海入道《みよしせいかいにゅうどう》と弟《おとうと》伊三入道《いさにゅうどう》は承知《しょうち》せず、或日《あるひ》六人《にん》が密《ひそ》かに一室《しつ》に集《あつま》り、三「オイ皆《みな》の者《もの》、彼《か》の佐助奴《さすけめ》が来《き》てから、若君《わかさま》は我々《われわれ》を有《あ》って無《な》きが如《ごと》く、只《ただ》佐助《さすけ》〳〵と云《い》って居《い》らっしゃるが、何《な》んと癪《しゃく》に障《さわ》るじゃないか」筧「ウム、左様《そう》だ〳〵、乃公《おれ》も内々《ないない》其《そ》の事《こと》を思《おも》って居《い》るのだが、奴《やつ》は化《ばけ》物見《ものみ》たような男《おとこ》で、闇《やみ》でも目《め》が見《み》える、三丁《ちょう》四方《ほう》で話《はな》して居《い》る声《こえ》は能《よ》く聞《きこ》えると云《い》う代物《しろもの》だから、迂闊《うかつ》な事《こと》をしては返《かえ》って計略《けいりゃく》の裏《うら》を掻《か》かれる恐《おそ》れがあるので、少々弱《しょうしょうよわ》って居《い》るのだ」海「ハヽヽヽ、貴様等《きさまら》は焼《や》いて居《い》るな。廃《よ》せ〳〵、乃公《おれ》は猿飛《さるとび》が来《き》たので大《おお》いに楽《らく》になったと喜《よろこ》んで居《い》る……」清「ナニイ、何《なに》が楽《らく》になったのだ」海「ハヽヽヽ、左様《そう》怒《おこ》るな、此《こ》の頃若様《ごろわかさま》の御用《ごよう》は猿飛一人《さるとびひとり》が引受《ひきう》けて遣《や》ってるだろう。ダカラ結局《つまり》気楽《きらく》で結構《けっこう》だ。何《なに》も腹《はら》を立《た》てる事《こと》はない。佐助《さすけ》に礼《れい》を云《い》って宜《い》い訳《わけ》のものだ」伊「オヤッ、此奴猿飛《こやつさるとび》の肩《かた》を持《も》ちやアがる。考《かんが》えて見《み》い海野《うんの》、我々《われわれ》の家《いえ》は先君弾正忠幸隆公《せんくんだんじょうちゅうゆきたかこう》より真田家《さなだけ》の郎党《ろうとう》として譜代恩顧《ふだいおんこ》の家柄《いえがら》だぞ。夫《そ》れに何《なん》ぞや、不意《ふい》に飛出《とびだ》して来《き》た猿《さる》の様《よう》な人間《にんげん》に、下馬《したうま》を喰《く》って堪《たま》るものかい。幾等奴《いくらやつ》が忍術《にんじゅつ》を知《し》って居《い》たって、矢張《やっぱ》り人間《にんげん》だ。油断《ゆだん》と云《い》う事《こと》があるに違《ちが》いない。其《そ》の油断《ゆだん》をつけ込《こ》んで、一つ思《おも》う存分遣《ぞんぶんや》っ付《つ》けて置《お》くのだ。左様《そう》すると以後《いご》我々《われわれ》に頭《あたま》が上《あが》らない。何《ど》うだ巧《うま》い計略《けいりゃく》だろう」望「然《そ》うだ〳〵、一度《ど》は凹《へこ》まして置《お》くも宜《よ》かろう。シテ計略《けいりゃく》とは……」清「今夜《こんや》、奴《やつ》の寝呼吸《ねいき》を窺《うかが》い、部屋《へや》へ忍《しの》び込《こ》み、六人《にん》で夜具《やぐ》の上《うえ》より押《おさ》えつけ、雁字搦目《がんじがらめ》に引《ひ》き縛《くく》り、若君《わかぎみ》のお次《つぎ》の間《ま》へ投《ほ》り込《こ》んで置《お》くのだ。左様《そう》すると若君《わかぎみ》も少々《しょうしょう》お気《き》がついて、我々《われわれ》にも御用《ごよう》をお命《めい》じになるかも分《わか》らん。何《ど》うだ穴山《あなやま》」穴「其奴《そいつ》は、面白《おもしろ》い、乃公《おれ》は大賛成《だいさんせい》だが、気《き》をつけないと反対《あべこべ》に遣《や》られるよ。奴《やつ》は目《め》が利《き》くのと、耳《みみ》が好《よ》く聞《きこ》えるのと、身軽《みがる》い男《おとこ》だから、一筋縄《すじなわ》で行《ゆ》く奴《やつ》でない……」三「ナアニ、大丈夫《だいじょうぶ》だ。万事《ばんじ》は乃公《おれ》に任《まか》して置《お》け」と、三人《にん》は別《べつ》に悪意《あくい》がある訳《わけ》ではないが、一度《ど》凹《へこ》まして置《お》かないと、癖《くせ》になると云《い》う処《ところ》より、密《ひそ》かに示《しめ》し合《あわ》せ、素知《そし》らぬ振《ふ》りして其《そ》の夜《よ》の来《き》たるを待《ま》ち受《う》けて居《い》る。

◎反対《あべこべ》に一泡《あわ》吹《ふ》かせて遣《や》ろう

人《ひと》を呪《のろ》わば穴《あな》二ツ、六人《にん》は新参《しんざん》の猿飛佐助《さるとびさすけ》が、殊《こと》の外幸村《ほかゆきむら》の気《き》に入《い》るを忌々《いまいま》しく思《おも》い、密《ひそか》に手段《しゅだん》を示《しめ》し合《あわ》し、日《ひ》の暮《く》れるを待《ま》って居《い》る。何《な》んしろ戦国時代《せんごくじだい》で人《ひと》の気《き》は荒《あら》く、殺伐《さつばつ》な事《こと》は有《あ》り勝《がち》だ。少々気《しょうしょうき》に入《い》らないと、或《あるい》は袋叩《ふくろたた》き、蒲団蒸《ふとんむ》しと色《いろ》んな悪戯《いたずら》を遣《や》ったものだ。殊《こと》に六人《にん》の豪傑《ごうけつ》は、真田家名題《さなだけなだい》の荒小姓《あらこしょう》で、主君《しゅくん》とは云《い》え幸村《ゆきむら》とは、兄弟同様隔《きょうだいどうようへだ》てなき間柄《あいだがら》であるから、一人《ひとり》が斯《こ》う云《い》い出《だ》したら、否《いや》でも応《おう》でも賛成《さんせい》をするのが定法《じょうほう》の様《よう》になって居《い》る。序《ついで》だから云《い》って置《お》くが、三好清海入道《みよしせいかいにゅうどう》、伊三入道《いさにゅうどう》の兄弟《きょうだい》は、大変老人《たいへんろうじん》でもある様《よう》に聞《きこ》えるが、決《けっ》して左様《そう》ではない。此《こ》の兄弟《きょうだい》は幼年《ようねん》の砌《みぎ》り、過《あやま》って人《ひと》を殺《ころ》し、夫《そ》れが為《た》め寺《てら》の小僧《こぞう》となって居《い》た。夫《そ》れを安房守昌幸《あわのかみまさゆき》が聞《き》き及《およ》び、天晴末望《あっぱれすえのぞ》みある少年《しょうねん》を、一生涯坊主《しょうがいぼうず》で終《おわ》らすは惜《おし》いものだとあって、親《おや》の三好丹後春継《みよしたんごはるつぐ》が真田家《さなだけ》の臣《しん》であるを幸《さいわ》い、之《こ》れに申《もう》し聞《き》け寺《てら》より引取《ひきと》らせ、幸村《ゆきむら》の近侍小姓役《きんじゅこしょうやく》に差《さ》し出《だ》させた。処《ところ》が兄弟《きょうだい》ナカ〳〵心掛《こころが》けのある青年《せいねん》であるから、殺《ころ》した相手《あいて》の親《おや》に済《す》まないと云《い》うので、心《こころ》は還俗《げんぞく》して武士《ぶし》になっても、姿《すがた》は矢張《やは》り坊主《ぼうず》で居《い》たいと、頭《あたま》はクリ〳〵坊主《ぼうず》、墨染《すみぞめ》の法衣《ころも》を着《き》て、其《そ》の上《うえ》へ両刀《りょうとう》を帯《たい》し、如何《いか》にも奇妙奇体《きみょうきたい》な風体《ふうてい》、年齢《とし》は漸々《ようよう》十九才《さい》と十七才《さい》だが、自《みずか》ら入道《にゅうどう》〳〵と云《い》って居《い》るのが通《とお》り名《な》となり、清海入道《せいかいにゅうどう》、伊三入道《いさにゅうどう》と呼《よ》ぶ様《よう》になったのである。夫《そ》れは偖《さ》て置《お》き、三好清海入道《みよしせいかいにゅうどう》は、力味返《りきみかえ》って日《ひ》の暮《く》れるを待《ま》ち受《う》けて居《い》る。話転《はなしかわ》って此方《こなた》猿飛《さるとび》佐助《さすけ》は、早《はや》くも忍術《にんじゅつ》の威徳《いとく》に依《よ》って、此《こ》の計略《けいりゃく》を見破《みやぶ》り、佐「ハヽア、乃公《おれ》を蒲団巻《ふとんまき》にする積《つも》りだな。ヨシ反対《あべこべ》に一泡《あわ》吹《ふ》かせて笑《わら》って遣《や》ろう」と、左《さ》あらぬ体《てい》で之《こ》れも日《ひ》の暮《く》れるを待《ま》って居《い》る。左様《そう》斯うする内《うち》日《ひ》は暮《く》れた。宵《よい》の口《くち》は七人《にん》の連中《れんちゅう》、幸村《ゆきむら》の面前《めんぜん》にて、或《あるい》は腕押《うでお》し、座角力《すわりずもう》、頭叩《あたまたた》き、其他《そのた》戦争《せんそう》の物語《ものがたり》なぞして、主従楽《しゅじゅうたの》しく笑《わら》い興《きょう》じて居《い》たが、早《は》や亥《い》の刻《こく》、当今《とうこん》の十時《じ》の刻限《こくげん》となると、夫々暇《それぞれいとま》を告《つ》げて、当直《とうちょく》を除《のぞ》くの外《ほか》は、己《おの》れの部屋《へや》〳〵に引取《ひきと》った。三好清海入道外《みよしせいかいにゅうどうほか》五人《にん》は、口《くち》には云《い》わねど互《たが》いに顔見合《かおみあわ》せ、三「己《おの》れッ、猿飛今《さるとびいま》に見《み》ろ、グル〳〵巻《まき》にするんだぞ」と、ペロリ舌《した》を出《だ》して笑《わら》って居《い》る。思《おも》いは同《おな》じ佐助《さすけ》も胸中《きょうちゅう》に、佐「ハッハヽヽヽ、六人《にん》の奴乃公《やつおれ》が何《なん》にも知《し》らぬと思《おも》って、巧《うま》く成就《じょうじゅ》する様《よう》に考《かんが》えて居《い》るのが可笑《おか》しいわい。今《いま》の今吼面《いまほえづら》掻《か》くのを知《し》らんのか」と、狐《きつね》と狸《たぬき》の欺《だま》し合《あ》い、佐助《さすけ》は急《いそ》ぎ居間《いま》へ引取《ひきと》り夜具《やぐ》引《ひ》っ被《かむ》り狸寝入《たぬきねい》り。夜《よ》は次第《しだい》に更《ふ》け渡《わた》り、今《いま》しも打《う》ち出《だ》す真夜中《まよなか》の鐘《かね》は、陰《いん》に響《ひび》いて物凄《ものすご》く、世間《せけん》は森閑《しんかん》として、川《かわ》の流《なが》れも止《とま》ろうと云《い》う時刻《じこく》になるとムク〳〵と夜具《やぐ》を蹴《け》って起《お》き上《あが》った猿飛佐助《さるとびさすけ》は、態《わざ》と枕許《まくらもと》の灯火《あかり》をプッと吹《ふ》き消《け》し、佐「斯《こ》うして置《お》けば、此方《こっち》の者《もの》だ。ハ、ア何《ど》うやら廊下《ろうか》の方《ほう》に足音《あしおと》が聞《きこ》えるわい。乃公《おれ》の代《かわ》りに張本人《ちょうほんにん》の清海入道《せいかいにゅうどう》を蒲団巻《ふとんまき》にして遣《や》ろう」と、打《う》ち点頭《うなず》きつつ、片脇《かたわき》の壁《かべ》に倚《もた》れて息《いき》を殺《ころ》して突《つ》っ立《た》って居《い》ると、案《あん》に違《たが》わず六人《にん》は清海入道《せいかいにゅうどう》を真先《まっさき》に立《た》て、部屋《へや》の入《いり》口《ぐち》へ忍《しの》び寄《よ》り、耳聳《みみそばだ》てて内部《うち》の様子《ようす》を窺《うかが》った上《うえ》、清海入道《せいかいにゅうどう》は声《こえ》を密《ひそ》め、清「オイ、能《よ》く寝《ね》入《い》って居《い》るよ。之《これ》なら遣《や》り損《そん》じる事《こと》はない。乃公《おれ》と穴山《あなやま》と海野《うんの》とが夜具《やぐ》の四隅《すみ》を押《おさ》えるから、望月《もちづき》と筧《かけい》と伊三入道《いさにゅうどう》は、手早《てばや》くグル〳〵と縛《しば》って仕舞《しま》え。宜《よ》いか、慌《あわ》てちゃア不可《いけ》ないぞ」五「ウム、心得《こころえ》た。然《しか》し暗《くら》いな……」清「ナアニ、暗《くら》くっても勝手《かって》は能《よ》く分《わか》って居《い》る。静《しず》かに乃公《おれ》に続《つづ》いて来《こ》い」と、スーッと音《おと》せぬ様《よう》に障子《しょうじ》を開《ひら》き、六人《にん》は内部《うち》へ入《い》り込《こ》み、ジリ〳〵と手探《てさぐ》りに夜具《やぐ》の方《ほう》へ這《は》い寄《よ》った。先刻《せんこく》より此《こ》の様子《ようす》を見《み》て居《い》た猿飛佐助《さるとびさすけ》は、闇《やみ》でも目《め》の利《き》く代物《しろもの》だから、六人《にん》の這《は》って居《い》る風体《ふうてい》を見《み》て可笑《おか》しくって堪《たま》らない。佐「イヨー、六人《にん》ながら彼《あ》の態《ざま》は何《な》んだ。夜這《よば》いにでも来《き》た様《よう》な風《ふう》で居《い》やアがる。オヤ〳〵清海入道奴《せいかいにゅうどうめ》、素裸体《すはだか》の上《うえ》に赤褌《あかふんどし》を垂《た》らして……、お負《ま》けに向《むこ》う鉢巻《はちまき》をして居《い》る処《ところ》は、イヤハヤ何《なん》とも云《い》えた態《ざま》じゃアない」と、嘲笑《あざわら》いながらノソ〳〵と清海入道《せいかいにゅうどう》の背後《うしろ》へ廻《まわ》り、今《いま》しも夜具《やぐ》に手《て》を掛《か》けんとする一刹那《せつな》、突然力《いきなりちから》に任《まか》せて、パッと夜具《やぐ》の中《なか》へ突《つ》っ込《こ》み、アッと驚《おどろ》き声《こえ》を立《た》てんとする処《ところ》を、素早《すばや》く頭《あたま》より蒲団《ふとん》を引《ひ》っ被《かぶ》せた。素《もと》より忍術《にんじゅつ》の大名人《だいめいじん》だから、仮声《こわいろ》も却々《なかなか》巧《うま》い。片手《かたて》で鼻《はな》を摘《つま》み、清海入道《せいかいにゅうどう》の似声《にごえ》を出《だ》し、佐「今《いま》だ〳〵、押《おさ》えたぞ〳〵、愚図《ぐず》〳〵しちゃ不可《いけ》ない。早《はや》く〳〵」穴「オヽ合点《がってん》だ。然《しか》し闇《くら》くって薩張《さっぱ》り分《わか》らない……」伊「何処《どこ》だ〳〵」佐「此処《ここ》だ〳〵、早《はや》くしないと飛《と》び出《だ》すぞ、何《なに》をして居《い》るんだ」二「オヽ、之《これ》か〳〵、ヨシ来《き》た。此《こ》ん畜生《ちくしょう》、忍術使《にんじゅつつか》いも糸瓜《へちま》もあるかい。最《も》う斯《こ》うなったら迚《とて》も駄目《だめ》だ。ジタバタ藻掻《もが》くな、糞《くそ》ッ垂《た》れ奴《め》がッ」真逆之《まさかこれ》が清海入道《せいかいにゅうどう》とは知《し》ろう筈《はず》がない、五人《にん》は思《おも》い知《し》れやとばかりに、踏《ふ》む、蹴《け》る、殴《なぐ》る、中《なか》には清海入道《せいかいにゅうどう》、蒲団《ふとん》で口《くち》を押《おさ》えられ、物云《ものい》う事《こと》が出来《でき》ない。ウーン〳〵と唸《うな》って居《い》るに頓着《とんちゃく》せず、到頭夜具諸共《とうとうやぐもろとも》、雁《がん》字搦目《じがらめ》に縛《しば》り上《あ》げた。佐「サア、之《これ》で宜《い》い。佐助奴中《さすけめなか》で泣《な》いて居《い》るだろう。早《はや》く若君《わかぎみ》の次《つぎ》の間《ま》へ担《かつ》ぎ込《こ》めい。宿直《とのい》の者《もの》に見附《みつ》からん様《よう》にしろ。乃公《おれ》は後《あと》を片付《かたづ》けて置《お》いて直《すぐ》に帰《かえ》る」五「オヽ、承知《しょうち》した。ソレ担《かつ》げ〳〵、エッショイ〳〵」五人《にん》は目的《もくてき》を達《たっ》した積《つも》りで、大威張《おおいば》りで清海入道《せいかいにゅうどう》を引担《ひっかつ》ぎ、軈《やが》て幸村《ゆきむら》の次《つぎ》の間《ま》へ歩《や》って来《まい》り、襖《ふすま》の隙間《すきま》より内部《うち》を覗《のぞ》いて見《み》ると、宿直《とのい》の武士《ぶし》は三人《にん》ながら、コクリ〳〵と居眠《いねむ》りをして居《い》る。仕合《しあわ》せよしと五人《にん》は密《ひそ》かに、襖《ふすま》をスーッと開《ひら》き、床《とこ》の間《ま》へ件《くだん》の蒲団包《ふとんづつみ》を据《す》え、筧「斯《こ》うして置《お》けば之《こ》れで宜《よ》し。サア引取《ひきと》れ〳〵」と、其《そ》の儘己《ままおの》が部屋《へや》〳〵へ立《た》ち帰《かえ》る。佐助《さすけ》は五人《にん》の立《た》ち去《さ》る姿《すがた》を眺《なが》め、佐「ハッハヽヽヽ、朝《あさ》になったら吃驚《びっくり》する癖《くせ》に、威張《いば》って居《い》やアがる。馬鹿《ばか》な奴《やつ》もあったものだ」と、之《こ》れ又自分《またじぶん》の部屋《へや》へ帰《かえ》り、グウ〳〵と心地《ここち》快《よ》く寝込《ねこ》んで仕舞《しま》った。

◎裸体踊《はだかおど》りを御覧《ごらん》に入《い》れん

己《おの》れに出《い》ずるものは己《おの》れに返《かえ》る。清海入道《せいかいにゅうどう》こそ宜《よ》い面《つら》の皮《かわ》だ。偖《さ》ても夜《よ》が明《あ》けた。宿直《とのい》の武士《ぶし》は初《はじ》めて床《とこ》の間《ま》の怪《あや》しき夜具《やぐ》に気《き》がつき、武「オヤッ、誰《たれ》が斯《こ》んなものを此処《ここ》へ持《も》ち込《こ》んだのだろう。佐藤氏御存知《さとうじごぞんじ》ないか」佐「イヤ、某少《それがしちっ》とも知《し》らない。山本氏《やまもとうじ》は何《ど》うでござる」山「拙者《せっしゃ》も、憚《はばか》りながら存知申《ぞんじもう》さぬ。然《しか》し何《なに》か中《なか》でウン〳〵唸《うな》って居《い》るではござらぬか。ハテ気味《きみ》の悪《わる》い蒲団包《ふとんづつ》みだわい。シテ何《ど》うしよう」武「左《さ》れば、何《ど》うと云《い》って若君様《わかぎみさま》へ申《もう》し上《あ》げるより外《ほか》はござらぬ。我々《われわれ》が居眠《いねむ》りをして居《い》た落度《おちど》はあるが、黙《だま》って居《い》る訳《わけ》には参《まい》りますまい」と、三人《にん》の宿直《とのい》は心配《しんぱい》しながら、此《こ》の事《こと》を幸村《ゆきむら》に言上《ごんじょう》する。幸村《ゆきむら》も眉《まゆ》を顰《ひそ》め、幸「フム、合点《がてん》が行《ゆ》かぬ。苦《くる》しゅうない其《そ》の包《つつ》み之《こ》れへ持《も》て……」ハッと答《こた》えて三人《にん》は、件《くだん》の蒲団包《ふとんづつみ》を幸村《ゆきむら》の目通《めどお》りへ運《はこ》び出《だ》す。幸村《ゆきむら》は昵《じっ》と目《め》をつけて居《い》たが、幸「オヤッ、何《なに》か中《なか》で唸《うな》って居《い》る様《よう》だ。早《はや》く包《つつみ》を解《と》いて見《み》よ」云《い》われて三人《にん》は気味悪《きみわる》そうに、佐「山本氏《やまもとうじ》、貴殿《きでん》お解《と》きなさい」山「イヤ、某《それがし》は御免蒙《ごめんこう》むる。万《まん》一解《と》いた処《ところ》で、パッと咽喉《のど》笛《ぶえ》に喰《く》いつかれては夫《そ》れこそ大変《たいへん》、真平《まっぴら》〳〵」佐「然《しか》らば、三谷氏《たにうじ》……」三「拙者《せっしゃ》も、命《いのち》は惜《お》しゅうござる。祭礼《まつり》の提灯《ちょうちん》にいたそう」佐「ナニ、祭礼《まつり》の提灯《ちょうちん》とは……」三「ハテ、悟《さと》りの悪《わる》い、門並《かどなみ》〳〵……」佐「之《これ》は怪《け》しからん、洒落処《しゃれどころ》ではござらん。然《しか》らば三人《にん》が一処《しょ》に解《と》こうではござらんか」二「イヤ、夫《それ》が宜《よ》かろう」と、臆病者《おくびょうもの》の三人《にん》は恐《おそ》る〳〵包《つつみ》の側《そば》に寄《よ》り、既《すで》に解《と》かんとする折柄《おりから》、ドヤ〳〵と入《い》り込《こ》み来《き》たった、望月《もちづき》、穴山《あなやま》、海野《うんの》、筧《かけい》、伊《い》三《さ》入道《にゅうどう》の五人連《にんづ》れ、五「ハッ、麗《うる》わしき御尊顔《ごそんがん》を拝《はい》し恭悦至極《きょうえつしごく》に存《ぞん》じまする……、シテ我《わ》が君《きみ》此《こ》の包《つつみ》は一体《たい》何《な》んでございまする」と、素知《そし》らぬ顔《かお》で尋《たず》ねると、幸「オヽ、此《こ》れなる包《つつみ》は斯様《かよう》〳〵、更《さら》に合点《がてん》が参《まい》らん。誰《たれ》かの悪戯《いたずら》に相違《そうい》あるまいと心得《こころえ》、只今《ただいま》解《と》かせて中《なか》を検《あらた》めんと存《ぞん》じ居《い》る処《ところ》である」五「ヘエ……、妙《みょう》な包《つつ》みが……オヤ〳〵成程《なるほど》何《なに》か唸《うな》って居《い》る様《よう》だ。佐藤氏山本氏《さとううじやまもとうじ》三谷氏《たにうじ》、お身達《みたち》はお控《ひか》えあれ、斯《か》く云《い》う海野《うんの》六郎《ろう》が検《あらた》めて見《み》よう」三人《にん》を追《お》いのけ、海野《うんの》六郎《ろう》ズカ〳〵と進《すす》みより、咄嗟包《あわやつつみ》を解《と》かんと、縄《なわ》に手《て》をかけたる其《そ》の処《ところ》へ、静《しず》かに出仕《しゅっし》なしたる猿飛佐助《さるとびさすけ》、主君幸村《しゅくんゆきむら》に挨拶《あいさつ》なし、五人《にん》を尻眼《しりめ》にかけて悠然《ゆうぜん》と片脇《かたわき》に控《ひか》える。驚《おどろ》いたのは五人《にん》の連中《れんちゅう》。海「オヤッ、猿飛《さるとび》……貴様《きさま》何《ど》うした」伊「ハテ面妖《めんよう》な、確《たし》かに夜前《やぜん》遣《や》った筈《はず》だが……、之《これ》は妙《みょう》だ。夫《そ》れにつけても乃公《おれ》の兄貴《あにき》は何処《どこ》へ行《い》ったのだろう……」と、五人《にん》は佐助《さすけ》の顔《かお》を穴《あな》の開《あ》く程《ほど》打ち眺《なが》め、何《なに》かブツ〳〵言《い》って居《い》る。佐助《さすけ》は可笑《おか》しくって堪《たま》らないが、真面目《まじめ》な顔《かお》して、佐「イヨー、何日《いつ》も出仕《しゅっし》の遅《おそ》い連中《れんちゅう》が、今日《きょう》に限《かぎ》ってお早《はよ》うござるな。シテ清海入道《せいかいにゅうどう》は何《ど》うした……、何処《どこ》か工合《ぐあい》が悪《わる》いのでは……」と、尋《たず》ねられて五人《にん》は極《きま》り悪気《わるげ》に、望「イエ、其《そ》の何《なん》で……、之《これ》は愈々分《いよいよわか》らん……益々怪《ますますけ》しからん……」と、流石《さすが》の五人《にん》も目《め》をパチツカせて呆《あき》れ返《かえ》って居《い》る。スルト幸村《ゆきむら》も不審《ふしん》の顔色《おももち》にて、幸「ヤヨ者共《ものども》、互《たがい》に何《なに》か可笑《おかし》な挨拶《あいさつ》をして居《い》るが、一体《たい》何《ど》うしたのだ。此《こ》の包《つつみ》には何《なに》か曰《いわく》がありそうに考《かんが》えられる。早《はや》く解《と》け〳〵」主君《しゅくん》の厳命《げんめい》に五人《にん》は絶体絶命《ぜったいぜつめい》、解《と》かねばならず、解《と》けば三好清海入道《みよしせいかいにゅうどう》に極《きま》って居《い》る。伊「アヽ、忌々《いまいま》しいなア、反対《あべこべ》に猿飛奴《さるとびめ》に一杯《ばい》喰《く》わされたか。之《こ》りゃ困《こま》った事《こと》になって来《き》た……」と、五人《にん》は気《き》が気でない。此《こ》の時猿飛佐助《ときさるとびさすけ》はズイと進《すす》み出《い》で、佐「ハッ、我君様《わがきみさま》に申《もう》し上《あ》げます」幸「何事《なにごと》じゃ」佐「余《よ》の義《ぎ》ではございません。之《これ》なる包《つつみ》の中《なか》に何《なに》か唸《うな》って居《い》る様《よう》に心得《こころえ》ます。此《こ》の儘解《ままと》いては興《きょう》が薄《うす》うございますゆえ一人《ひとり》〳〵が何《なん》であると申《もう》し上《あ》げ、果《はた》して其《そ》の云《い》い当《あ》てた者《もの》に、御褒美《ごほうび》をお遣《つかわ》しに相成《あいな》っては如何《いかが》でございましょう。之《こ》れも当座《とうざ》のお慰《なぐさ》みかと存《ぞん》じまする」と、五人《にん》の顔《かお》をジロ〳〵眺《なが》めながら言上《ごんじょう》する。五人《にん》は額《ひたい》よりダラ〳〵と汗《あせ》を流《なが》して、五「オヤッ、猿飛奴意地《さるとびめいじ》の悪《わる》い事《こと》を云《い》い出《だ》した。仮令之《よしこれ》が三好清海《みよしせいかい》と分《わか》って居《い》ても、我々《われわれ》は夫《そ》れを言《い》う事《こと》が出来《でき》ない。左《さ》すれば猿飛奴《さるとびめ》が褒美《ほうび》を貰《もら》うに極《きま》って居《い》る。失策《しくじ》った上《うえ》に褒美迄取《ほうびまでと》られるとは情《なさ》けない。泣面《なきづら》に蜂《はち》とは此《こ》の事《こと》だ」と五人《にん》は悄気返《しょげかえ》って居《い》る。明智《めいち》の幸村早《ゆきむらはや》くも夫《そ》れと推《すい》し、幸「ウム、佐助《さすけ》の申《もう》す処面白《ところおもしろ》し。ヤヨ夫《そ》れなる海野《うんの》六郎《ろう》、汝《なんじ》より当《あて》て見《み》よ」と、退引《のっぴき》ならぬ厳命《げんめい》に、海野六郎渋面作《うんのろうじゅうめんつく》って、六「ハッ、ソヽ某《それがし》はサヽ猿《さる》が這入《はい》って居《い》るかと思《おも》います」幸「ナニ猿《さる》……フム……、次《つぎ》は……」穴「拙者《せっしゃ》は、猫《ねこ》であるまいかと……」望「恐《おそ》れながら、狸《たぬき》の様《よう》に考《かんが》えます」筧「某《それがし》は、狐《きつね》と思《おも》います」伊「イヤ、兄貴《あにき》……オット犬《いぬ》にして置《お》きましょう」五人《にん》は苦《くる》しい答弁《とうべん》をする。幸「ハヽア、猿《さる》に猫《ねこ》、狸《たぬき》に狐犬《きつねいぬ》と申《もう》したな。然《しか》らば猿飛佐助《さるとびさすけ》は何《ど》うじゃ」佐「ハッ、私《わたくし》は畜生《ちくしょう》ではないと睨《にら》み居《お》ります」幸「フム、畜生《ちくしょう》でなくば人間《にんげん》か」佐「御意《ぎょい》の通《とお》り……」幸「成《なる》程《ほど》、人間《にんげん》と睨《にら》む位《くらい》ならば、誰《たれ》と云《い》う事《こと》が分《わか》るであろう」佐「ハッ、素《もと》より分《わか》って居《お》ります」幸「然《しか》らば誰《たれ》れじゃ」佐「余人《よじん》ではございません、三好清海入道《みよしせいかいにゅうどう》かと存《ぞん》じます」幸「ハヽヽヽ、巧《うま》い事《こと》を云《い》い当《あ》てた。予《よ》も同意見《どういけん》じゃ。ソレ解《と》いて見《み》よ」ハッと答《こた》えて佐助《すけ》は、ズカ〳〵と進《すす》みより、手早《てばや》く縛《しば》った縄《なわ》を解《と》き、蒲団《ふとん》を引《ひ》き捲《まく》ると、ムックと飛《と》んで出《で》た清海入道《せいかいにゅうどう》は、素裸体《すはだか》で向鉢巻赤褌《むこうはちまきあかふんどし》と云《い》う不体裁《ふていさい》な風体《ふうてい》だ。余《あま》りの可笑《おか》しさに、幸村始《ゆきむらはじ》め五人《にん》の連中迄《れんちゅうまで》も、思《おも》わず知《し》らず噴出《ふきだ》して、幸「アハヽヽヽ」五「ハヽヽヽ」佐「ウハヽヽヽ……」と、何《いず》れも腹《はら》を抱《かか》えて大笑《おおわら》い。清海入道《せいかいにゅうどう》は苦《くる》し紛《まぎ》れに、ヤレ嬉《うれ》しやと飛《と》び出《だ》して見《み》れば、豈《あ》に図《はか》らんや主君幸村《しゅくんゆきむら》の目通《めどお》りと言《い》い、然《しか》も白昼《はくちゅう》の事《こと》であるから、今更《いまさ》ら逃《に》げ出《だ》す事《こと》もならず、糞度胸《くそどきょう》を据《す》え俄《にわ》かの頓智《とんち》、澄《すま》し返《かえ》って平伏《へいふく》なし、清「ハッ、麗《うる》わしき御尊顔《ごそんがん》を拝《はい》して、不肖身《ふしょうみ》に取《と》り、如何《いか》ばかりか恐悦《きょうえつ》の次第《しだい》。本日《ほんじつ》は清海入道《せいかいにゅうどう》の裸体踊《はだかおどり》を御覧《ごらん》に入《い》れん為《た》め、ワザ〳〵斯《かく》の通《とお》り……」と、暢気《のんき》な奴《やつ》もあったもの、突《つ》っ立《た》ち上《あが》って両手《りょうて》を振《ふ》り、可笑《おか》しな身振《みぶ》りで、スタコラサッサ、主君《しゅくん》の目通《めどお》りとも憚《はばか》らず、ドシン〳〵と踊《おど》り出《だ》す。幸村《ゆきむら》も余《あま》りの可笑《おか》しさに、腹《はら》を抱《かか》えて笑《わら》い崩《くず》れて居《い》る隙《すき》を窺《うかが》い、得《え》たりと清海入道《せいかいにゅうどう》、踊《おど》りながら次《つぎ》の間《ま》へ飛《と》び出《だ》すが早《はや》いか、一目散《もくさん》に自分《じぶん》の部屋《へや》へ逃《に》げ帰《かえ》り、清「アヽ苦《くる》しい〳〵、昨夜《さくや》一晩蒲団蒸《ばんふとんむし》に遭《あ》わされて、今又斯《いままたこ》んな情無《つら》い事《こと》はない。猿飛《さるとび》と云《い》う奴《やつ》、年《とし》は若《わか》いがナカ〳〵容易《ようい》ならん奴《やつ》だ。乃公《おれ》も生《うま》れて斯《こ》んな酷《ひど》い目《め》に出喰《でくわ》した事《こと》はない」と、汗《あせ》を拭《ふ》き〳〵手早《てばや》く衣服《いふく》を着込《きこ》み、真面目臭《まじめくさ》って主君《しゅくん》の目通《めどお》りへ出《で》る。

◎詩《し》を作《つく》るより田《た》を作《つく》れ

人間《にんげん》は兎角頓智《とかくとんち》が必要《ひつよう》なもの。流石《さすが》の清海入道《せいかいにゅうどう》も、テレ隠《かく》しに裸体踊《はだかおど》りの一曲《きょく》で其《そ》の場《ば》を誤魔化《ごまか》し、衣服《いふく》を改《あらた》め、真面目《まじめ》な顔《かお》して主君《しゅくん》の目通《めどお》りへ出《で》ると幸村《ゆきむら》は莞爾《かんじ》として、幸「ヤヨ清海入道《せいかいにゅうどう》、裸体踊《はだかおどり》の一曲《きょく》は面白《おもしろ》かったぞ」清「ハッ之《こ》れは誠《まこと》に恐《おそ》れ入《い》ります」幸「然《しか》し之《こ》れには何《なに》か仔細《しさい》ぞあらん。包《つつ》まず申《もう》し立《た》てよ」と、仰《おお》せられた。何《な》んしろ六勇士《ゆうし》は磊落《らいらく》な気象《きしょう》の人物《じんぶつ》ばかしだから、昨夜《さくや》の失策談《しっさくだん》を詳《くわ》しく言上《ごんじょう》に及《およ》んだ。幸「ハッハヽヽヽ、左様《さよう》であったか。三町四方《ちょうほう》は蚤《のみ》が飛《と》ぶのも分《わか》ると云《い》う猿飛佐助《さるとびさすけ》を、計略《けいりゃく》に掛《か》けんとしても夫《そ》れは難《むず》かしい。人《ひと》を呪《のろ》わば穴二《あなふた》ツ、以後《いご》は七人《にん》が互《たが》いに兄弟同様《きょうだいどうよう》、予《よ》が手《て》足《あし》となり働《はたら》くべし。一視同仁《しどうじん》、汝等《なんじら》七人《にん》は我《わ》が為《ため》の大切《たいせつ》なる郎党《ろうとう》。何《いず》れに甲乙《こうおつ》はないのである。其《そ》の旨心得《むねこころえ》て宜《よ》かろう」年齢《とし》は漸々《ようよう》十六才《さい》でも、家来《けらい》を懐《なつ》けるは巧《うま》いもの、直《すぐ》様酒肴《さまさけさかな》を命《めい》じ、幸村《ゆきむら》は七勇士相手《ゆうしあいて》に打《う》ち寛《くつろ》いで酒宴《しゅえん》を催《もよお》し、尚《な》お夫々引出物《それぞれひきでもの》を下《さ》げ取《と》らす。七人《にん》は今更《いまさら》ながら面目身《めんぼくみ》に余《あま》り、感涙《かんるい》に咽《むせ》び、清「アヽ、有難《ありがた》い事《こと》じゃ。御主人《ごしゅじん》に迄《まで》御心配《ごしんぱい》を掛《か》けては相済《あいす》まぬ。オイ猿飛今度《さるとびこんど》の事《こと》は帳消《ちょうけ》しだぞ。乃公《おれ》が発起人《ほっきにん》で遣《や》った仕事《しごと》だが、以来《いらい》、義兄弟《ぎきょうだい》の交《まじわ》りを結《むすぼ》うではないか」佐「オヽ、承知《しょうち》した。取《と》るにも足《た》らぬ争《あらそ》いから、若君《わかぎみ》に御心配《ごしんぱい》を掛《かけ》ては相済《あいす》まん。何《ど》うか新参《しんざん》の某《それがし》、気《き》に入《い》らぬ処《ところ》もあろうが、目《め》をかけて引《ひ》き立《た》てて頂《いただ》きたい」と、一々挨拶《いちいちあいさつ》する。此処《ここ》で七人《にん》は義兄弟《ぎきょうだい》の約《やく》を結《むす》び、苦楽《くらく》を共《とも》にし、主家《しゅか》の為《た》めに尽《つく》そうと誓《ちか》った。サア斯《こ》うなって来《く》ると、新参《しんざん》なれども猿飛佐助《さるとびさすけ》は、次第《しだい》に其《そ》の名《な》が高《たか》まり、上田城内《うえだじょうない》では若手豪傑七人勇士《わかてごうけつにんゆうし》の花方《はながた》として、人々《ひとびと》の尊敬《そんけい》を受《う》くる様《よう》になって来《く》る。然《しか》るに此《こ》の上田城主真田安房守昌幸《うえだじょうしゅさなだあわのかみまさゆき》と云《い》う大将《たいしょう》は、武田家《たけだけ》に於《お》いては軍師《ぐんし》を勤《つと》め、我国《わがくに》の孔明張良《こうめいちょうりょう》と云《い》われた天晴人物《あっぱれじんぶつ》、天文地理人情風俗《てんもんちりにんじょうふうぞく》、日本《にほん》六十余州《よしゅう》の事《こと》、何《な》に一《ひと》つとして知《し》らない事《こと》はないと云《い》う位《くらい》、博学多才《はくがくたさい》の名将《めいしょう》であったが、取分《とりわ》け一子幸村《しゆきむら》は、父《ちち》に優《まさ》ろうとも劣《おと》らない大器量人《だいきりょうじん》。夫《そ》れゆえ僅《わず》か五万石《まんごく》の大名《だいみょう》ではあるが、信州上田《しんしゅううえだ》の真田家《さなだけ》と云《い》えば、関《かん》八州《しゅう》は云《い》うも更《さら》なり、日本全国《にほんぜんこく》に鳴《な》り響《ひび》いた由緒《ゆいしょ》ある家柄《いえがら》であった。処《ところ》が幸村《ゆきむら》の父昌幸《ちちまさゆき》は、日夜日本全国《にちやにほんぜんこく》の形勢《けいせい》に目《め》をつけ、沢山《たくさん》の間者《かんじゃ》を出《だ》して、其《そ》の身《み》は信州上田《しんしゅううえだ》に居《い》ながら、諸国大名《しょこくだいみょう》の動静《ようす》は、時々刻々《じじこくこく》と探《さぐ》って居《い》る。斯様《かよう》な明《めい》智《ち》の大将《たいしょう》であるから、文学《ぶんがく》の心掛《こころがけ》も又格別《またかくべつ》、毎月《まいつき》一回《かい》夜分《やぶん》に歌合会《うたあわせかい》と云《い》うものがある。此《こ》の歌合会《うたあわせかい》の時《とき》には、表御殿奥御殿《おもてごてんおくごてん》の男女《だんじょ》が打《う》ち交《まざ》り、夫々歌《それぞれうた》を考《かんが》え、主君昌幸《しゅくんまさゆき》の手許《てもと》へ差《さし》出《だ》す。昌幸公《まさゆきこう》は夫《そ》れを一々閲覧《いちいちえつらん》して、秀逸《しゅういつ》の者《もの》には褒美《ほうび》を与《あた》える。其《そ》の褒美《ほうび》が貰《もら》いたさに歌合会《うたあわせかい》は大層盛《たいそうさか》んであるが、新御殿《しんごてん》に居《い》る幸村《ゆきむら》は、余《あま》り此《こ》の会《かい》へは出席《しゅっせき》した事《こと》がない。従《したが》って七勇士《ゆうし》も一度《ど》も顔出《かおだ》しをしなかった。丁度今夜《ちょうどこんや》が歌合会《うたあわせかい》と云《い》う当日《とうじつ》の事《こと》、三「何《ど》うだ筧《かけい》、今夜親殿様《こんやおやとのさま》がお歌合《うたあわ》せのお慰《なぐさ》みだ。一《ひと》つ出席《しゅっせき》して三十一文字《もんじ》を読《よ》み、褒美《ほうび》を頂《いただ》く気《き》はないか」筧「アハヽヽヽ、柄《がら》にない事《こと》を云《い》うな。我々《われわれ》は一番槍《ばんやり》一番乗《ばんの》りの功名《こうみょう》は存《ぞん》知《じ》て居《い》るが、其様《そん》な悠長《ゆうちょう》な事《こと》は知《し》らない。詩《し》を作《つく》るより田《た》を作《つく》れだ。歌《うた》なんかを読《よ》む暇《ひま》に、角力《すもう》の一番《ばん》でも取《と》るに限《かぎ》る……」清「左様《そう》だ〳〵、彼《あ》んな事《こと》をやる人間《にんげん》の気《き》が知《し》れない」と、七人《にん》の豪傑《ごうけつ》は更《さら》に見向《みむ》きもしない。然《しか》るに此《こ》の歌《うた》の会《かい》で、毎度秀逸《まいどしゅういつ》に出《で》て褒美《ほうび》を取《と》るのが、奥方附《おくがたづ》きの女中《じょちゅう》で楓《かえで》と云《い》うもの。之《これ》は真田家《さなだけ》の侍大将海野太郎左衛門守勝《さむらいたいしょううんのたろうざえもんもりかつ》の娘《むすめ》で、芳紀《とし》は十八才《さい》、縹緻《きりよう》も頗付《すこぶるつき》の美人《びじん》、殊《こと》の外《ほか》和歌《わか》の道《みち》に秀《ひい》でて居《い》る。夫《そ》れゆえ若武士共《わかざむらいども》は寄《よ》ると障《さわ》ると、△「何《ど》うだ松原《まつばら》、楓殿《かえでどの》が又《また》御褒美《ごほうび》を頂《いただ》いたよ。我々《われわれ》は歌《うた》は下手《へた》で、薩張《さっぱ》り満《つま》らぬわい」松「アハヽヽヽ、貴公《きこう》は歌《うた》を読《よ》みに行《ゆ》くのではない。楓殿《かえでどの》の顔《かお》を見《み》に行《ゆ》くのだから、上達《じょうたつ》する筈《はず》がないよ」△「オイ〳〵、左様《そう》素破抜《すっぱぬ》いちゃア困《こま》る。御身《おんみ》とても其通《そのとお》り、内々《ないない》思召《おぼしめ》しがあるんだろう」松「エヘヽヽヽ、実《じつ》を云《い》うと某《それがし》も、男《おとこ》と生《うま》れたからには、彼《あ》ア云《い》う婦人《おんな》を生涯《しょうがい》の妻《つま》といたしたら、嘸楽《さぞたのし》みな事《こと》であろうと思《おも》って……エヘヽヽヽ」△「ハヽヽヽヽ、到頭白状《とうとうはくじょう》したな。及《およ》ばぬ鯉《こい》の滝登《たきのぼ》り。マア諦《あきら》めるに限《かぎ》るよ」と、何《いず》れも思《おも》いを焦《こが》して居《い》る者《もの》ばかり。此《こ》の噂《うわさ》をチラリ耳《みみ》にしたのが真田家《さなだけ》の一老職《ろうしょく》伊《い》勢崎《せざき》五郎兵衛《ろべえ》成政《なりまさ》の嫡子《ちゃくし》五郎《ろ》三郎成清《ろうなりきよ》だ。五「ハヽア、若武士《わかざむらい》が楓《かえで》の評判《ひょうばん》をして居《い》るな。何《ど》うかして乃公《おれ》の妻《つま》にしたいと思《おも》って居《い》るのだ。愚図《ぐず》〳〵して居《い》ると人《ひと》に取《と》られて終《しま》うかも知《し》れない」と、少々智恵《しょうしょうちえ》の足《た》りない五郎《ろ》三郎成清《ろうなりきよ》であるから、煩悩《ぼんのう》の犬《いぬ》は追《お》えども去《さ》らず、恋《こい》は曲者《くせもの》とは能《よ》く云《い》ったもの。色々思案工風《いろいろしあんくふう》を廻《めぐ》らして居《い》る。然《しか》し不義《ふぎ》はお家《いえ》の法度《はっと》であるから、直接《じきじき》に口説《くど》くと云《い》う訳《わけ》には行《ゆ》かん。漸々《ようよう》思《おも》い付《つ》いて一通《つう》の艶書《えんしょ》を認《したた》め、機会《おり》があったら手渡《てわた》しをしようと待《ま》ち構《かま》えて居《い》る。スルト一日《じつ》楓《かえで》の召使《めしつか》いの奈良菊《ならぎく》と云《い》う女中《じょちゅう》が、表御殿《おもてごてん》へ用事《ようじ》があって歩《や》って来《き》た。之《これ》を見付《みつ》けた五郎《ろ》三郎《ろう》は、五「巧《うま》い此《こ》の女《おんな》に頼《たの》んでやろう」と、ズカ〳〵側《そば》により、五「アヽコリャ〳〵奈良菊《ならぎく》」奈「オヤッ、之《これ》は五郎《ろ》三郎様《ろうさま》、何《なん》ぞ御用《ごよう》で……」五「チト、其方《そち》に頼《たの》みたい事《こと》がある」奈「ヘエ、何《ど》う云《い》うお頼《たの》みで……」五「イヤ、実《じつ》は極内々《ごくないない》で……其《そ》の……」と、顔《かお》を赤《あか》らめ云《い》い悪《に》くそうにして居《い》ると、奈良菊《ならぎく》は早合点《はやがてん》して、奈「オホヽヽヽ、否《いや》ですよ五郎《ろ》三郎様《ろうさま》、人《ひと》をお嬲《なぶ》り遊《あそ》ばす。妾《わたし》の様《よう》な者《もの》に貴公様《あなたさま》が……」五「アヽ、待《ま》て〳〵、お前《まえ》に何《ど》う云《い》うのじゃない。誠《まこと》に済《すま》んが、此《こ》の手紙《てがみ》を楓殿《かえでどの》に差《さ》し上《あ》げて……色好《いろよ》い返事《へんじ》を……と申《もう》してくれ……」奈「オヤ〳〵、妾《わたし》とした事《こと》が……ツイ其《そ》の妾《わたし》だと思《おも》いまして……ホヽ、夫《それ》では貴公様《あなたさま》が御主人《ごしゅじん》にお惚《ほ》れ遊《あそ》ばしたので……ハイ承知《しょうち》いたしました、屹度《きっと》お手渡《てわた》し申《もう》しましょう……」五「ウム、早速《さっそく》の承知忝《しょうちかたじけ》ない。之《これ》は軽少《けいしょう》なれど受取《うけと》ってくれ……」奈「之《こ》れは〳〵、左様《そん》なお心添《こころぞえ》に預《あずか》りましては……、何《ど》うも済《す》みません事《こと》で……」と、到頭手数料《とうとうてすうりょう》をせしめ、件《くだん》の艶書《ふみ》を主人《しゅじん》の楓《かえで》に手渡《てわた》しすると、厳格《ものがた》い楓《かえで》は、手《て》にだも触《ふ》れず、楓「コレ奈良菊《ならぎく》、お前《まい》は斯《こ》んな物《もの》を受取《うけと》ってはなりません。以後《いご》は決《けっ》して頼《たの》まれるではありませんぞえ……」と、叱《しか》り付《つ》けて手紙《てがみ》は手文庫《てぶんこ》へ投《ほ》り込《こ》んで終《しま》う。又《また》五六日《にち》過《す》ぎて、奈良菊《ならぎく》が表御殿《おもてごてん》へ出《で》ると、待《ま》ち兼《か》ねて居《い》た五郎《ろ》三郎《ろう》は、五「コレ奈良菊《ならぎく》、待《ま》て〳〵」奈「オヽ、五郎《ろ》三郎様《ろうさま》で……」五「コリャ〳〵、五郎《ろ》三郎《ろう》は分《わか》って居《い》る。此《こ》の間頼《あいだたの》んだ一件《けん》は何《ど》うした」奈「ホンニ、彼《あ》のお手紙《てがみ》は直々《じきじき》御主人《ごしゅじん》へ差上《さしあ》げました」五「ウム、渡《わた》して呉《く》れたか、夫《そ》れは御苦労《ごくろう》。シテ御開封《ごかいふう》になったか」奈「ハイ、其処迄《そこまで》は一向《こう》存知《ぞんじ》ません」五「オヤッ、夫《そ》れは余《あま》り胴慾《どうよく》な。乃公《おれ》は嬉《うれ》しい返事《へんじ》を待《ま》って居《い》たのじゃが、何《ど》うだろう」奈「ホヽヽ、五郎《ろ》三郎様《ろうさま》不可《いけ》ませんよ。初恋《はつこい》と云《い》うものは一通《つう》や二通《つう》でお返事《へんじ》が出来《でき》るものではございません。気永《きなが》く遊《あそ》ばして最《も》う一通《つう》お書《か》きなされ」五「フム、却々難《なかなかむつか》しいものだ」又《また》一通《つう》の艶書《えんしょ》を認《したた》め、五「何《ど》うか、頼《たの》む」奈「ハイ、畏《かしこ》まりました」五「之《これ》は、軽少《けいしょう》ではあるが、其方《そち》の気《き》に入《い》った物《もの》を求《もと》めてくれ」奈「マア〳〵、毎度《まいど》お心附《こころづ》けを……有難《ありがと》う存《ぞん》じます」横《よこ》を向《む》いてペロリ舌《した》を出《だ》す。何《な》んしろ奈良菊《ならぎく》は手数料《てすうりょう》を取込《とりこ》む目的《あて》だから、又持《またも》ち帰《かえ》って楓《かえで》に渡《わた》す。楓「オヤッ、彼《あ》れ程《ほど》云《い》うのに又《また》かえ。五月蠅《うるさ》い事《こと》ねえ」手文庫《てぶんこ》の中《うち》へ投《ほう》り込《こ》む。

◎不義《ふぎ》はお家《いえ》の御法度《ごはっと》

馬鹿《ばか》に附《つ》ける薬《くすり》はない。五郎《ろ》三郎《ろう》は首《くび》を長《なが》くして、楓《かえで》の返事《へんじ》を待《ま》ち詫《わ》びて居《い》る。スルト又《また》五六日《にち》経《た》つ、奈良菊《ならぎく》が表御殿《おもてごてん》へ出《で》る。五「コレ奈良菊《ならぎく》、二通迄差《つうまでさ》し上《あ》げたに……」奈「不可《いけ》ませんよ、最《も》う一通《つう》……気永《きなが》く遊《あそ》ばせ」又《また》一通書《つうか》いて渡《わた》す、楓《かえで》へ渡《わた》す、手文庫《てぶんこ》へ投《ほ》り込《こ》む。斯《こ》んな塩梅《あんばい》で書《か》いたも〱、二十七通《つう》と云《い》う艶書《えんしょ》を送《おく》った。或日楓《あるひかえで》は奈良菊《ならぎく》を呼《よ》びよせ、楓「コレ奈良菊《ならぎく》……」奈「ハイ……」楓「此《こ》の間《あいだ》よりの五郎《ろ》三郎殿《ろうどの》のお艶書《ふみ》、御《ご》苦労《くろう》であったが、仮令《よし》何《ど》の様《よう》に仰《おっ》しゃっても、お周旋《とりもち》は出来《でき》ませぬと、何故《なぜ》御辞退《ごじたい》を申上《もうしあ》げぬ」奈「恐入《おそれい》ります……」楓「イヤ、叱《しか》るのではない。不義《ふぎ》はお家《いえ》の堅《かた》き御法度《ごはっと》ではないか。其《そ》の位《くらい》の事《こと》は和女《そなた》も存知《ぞんじ》て居《い》る筈《はず》。此《こ》の後《のち》は決《けっ》して成《な》りません。サア此《こ》の艶書《ふみ》は悉皆《しっかり》五郎《ろ》三郎殿《ろうどの》へお返《かえ》し申《もう》し、以後斯様《いごかよう》な御冗談《ごじょうだん》を遊《あそ》ばすなと、確《しか》とお答《こた》えを申《もう》してたも……」と、二十七通《つう》の文《ふみ》を一つに集《まと》めて奈良菊《ならぎく》へ渡《わた》す。奈良菊《ならぎく》も今更《いまさら》詮方《せんかた》なく、奈「ハイ畏《かしこ》まりました」件《くだん》の文《ふみ》を受取《うけと》り、表御殿《おもてごてん》へ出《で》て来《き》たものの、五郎《ろ》三郎《ろう》に顔《かお》を合《あわ》すのが何《なん》だか極《きま》りが悪《わる》い。奈「ア、困《こま》った事《こと》じゃ。有体《ありてい》に云《い》う訳《わけ》に行《ゆ》かず、何《ど》うしたら宜《よ》かろう」と、気《き》を揉《も》むのも無理《むり》はない。一通《つう》に付《つ》き、幾等《いくら》かずつ手数料《てすうりょう》が貰《もら》ってある。奈良菊《ならぎく》は思案《しあん》を為《な》しつつ、五郎《ろ》三郎《ろう》の詰処《つめしょ》へ来《き》たって見《み》ると五郎《ろ》三郎《ろう》は机《つくえ》に向《むか》い、何《なに》か茫然《ぼんやり》と考《かんが》え込《こ》んで居《い》る様子《ようす》。之《こ》れ幸《さいわい》と奈良菊《ならぎく》は、密《ひそか》に障子《しょうじ》を開《ひら》き、件《くだん》の二十七通《つう》の文《ふみ》を五郎《ろ》三郎《ろう》の背中《せなか》へ向《む》けて、ポンと投《な》げつけ、其《そ》の儘《まま》バタ〳〵逃《に》げ帰《かえ》った。五郎《ろ》三郎《ろう》は吃驚《びっくり》した。五「オ、、何《なん》じゃ之《こ》れは……オヤッ大変《たいへん》に文《ふみ》が来《き》たぞ。ハヽア背後姿《うしろすがた》は確《たしか》に奈良菊《ならぎく》だった。フヽム二十七通此方《つうこちら》から出《だ》した返事《へんじ》が一度《ど》に来《き》たのだな。何《ど》うも鄭寧《ていねい》な事《こと》じゃ。イヤ忝《かたじけ》ない、定《さだ》めし色好《いろよ》い返事《へんじ》であろう。一番先《ばんさき》のから順々《じゅんじゅん》に読《よ》んで見《み》よう」馬鹿《ばか》な奴《やつ》もあるものだ。二十七通括《つうくく》ってある文《ふみ》を取《と》り上《あ》げ、押《お》し頂《いただ》いて机《つくえ》の上《うえ》に置《お》き、五「ドヾ何《ど》れが最初《さいしょ》の分《ぶん》か知《し》ら……、余《あま》り嬉《うれ》しくって身体《からだ》がゾク〳〵する……左様《そう》だ一応調《おうしら》べて見《み》よう」と、解《と》き放《はな》して一通取《つうと》り上《あ》げ、表書《おもて》を眺《なが》めると「恋《こい》しき楓殿《かえでどの》へ、焦《こが》るる五郎《ろ》三郎《ろう》より」と、ある。五「オヤッ、之《これ》は乃公《おれ》が遣《や》った文《ふみ》じゃ、ハテナ……」一々調《いちいちしら》べて見《み》ると、未《ま》だ一通《つう》も開封《かいふう》してない。五「フヽム、返事《へんじ》のない筈《はず》だ。最初《さいしょ》の中《うち》に断《ことわ》って呉《く》れたら、二十七通《つう》も文《ふみ》を遣《や》るのではなかったに……今迄豈夫《いままでよもや》〳〵と思《おも》って、心待《こころま》ちにして居《い》たに、素気《すげ》なく断《ことわ》るとは何事《なにごと》だ。ヨシ乃公《おれ》も一老職《ろうしょく》伊勢崎《いせざき》五郎《ろ》兵衛《べえ》成政《なりまさ》の一子《し》五郎《ろ》三郎《ろう》成清《なりきよ》だ。此《こ》の儘《まま》済《ます》す事《こと》は相成《あいな》らん。是非共本望《ぜひともほんもう》を遂《と》げなければ措《お》く者《もの》か」と、何《なに》か思案《しあん》に及《およ》んで居《い》る。然《しか》るに其《そ》の翌晩《よくばん》が丁度歌合《ちょうどうたあわせ》の会《かい》だ。首尾《しゅび》能《よ》く会《かい》も済《す》み跡《あと》は無礼講《ぶれいこう》とあって酒宴《しゅえん》となる。一ケ月《げつ》一度《ど》の愉快《ゆかい》の日《ひ》であるから、男女《だんじょ》打ち交《まざ》ってワイ〳〵騒《さわ》ぐ。処《ところ》が幾等物堅《いくらものがた》いと云《い》っても、得《え》てして斯《こ》う云《い》う時《とき》には間違《まちがい》の起《おこ》り安《やす》いもの。主君《しゅくん》や奥方《おくがた》の前《まえ》では謹《つつ》しんで居《い》るが、影《かげ》へ行《ゆ》くと能《よ》く疎忽《そこつ》が出来《でき》る。万《まん》一左様《さよう》の事《こと》あっては、殿中《でんちゅう》の風紀《ふうき》に関《かか》わり、取《と》り締《しま》り方《かた》の失策《しくじり》になる。楓《かえで》は当年《とうねん》十八才《さい》の水《みず》も滴《したた》る若盛《わかざか》りではあるが、真田家《さなだけ》の侍大将海野太郎左衛門守勝《さむらいたいしょううんのたろうざえもんもりかつ》の娘《むすめ》、品行《ひんこう》の正《ただ》しい事《こと》は此《こ》の上《うえ》ない。夫《そ》れゆえ奥向《おくむ》き女中《じょちゅう》の取締《とりしま》りが命《めい》じてある。其処《そこ》で楓《かえで》は万《まん》一疎忽《そこつ》があっては、我《わ》が身《み》の失策《しくじり》ばかりでなく、物堅《ものがた》い父《ちち》の顔《かお》にも関《かか》わると、絹地《きぬじ》に遠山《とおやま》を描《えが》いた雪洞《ぼんぼり》を左手《ゆんで》に持《も》ち、重草履《かさねぞうり》を穿《は》き、右《みぎ》の手《て》で襠衣《うちかけ》の褄《つま》を取《と》り上《あ》げ、間毎《まごと》〳〵を検《あらた》めて廻《まわ》る。松《まつ》の間《ま》も竹《たけ》の間《ま》も梅《うめ》の間《ま》も検《あらた》め終《おわ》り、今《いま》しも雪《ゆき》の間《ま》を検《あらた》めんと、殿中《でんちゅう》名題《なだい》の三十六間畳廊下《けんたたみろうか》を静々通《しずしずとお》り掛《かか》ると、俄《にわか》に横合《よこあい》よりバラリ飛出《とびだ》したる伊勢崎《いせざき》五郎《ろ》三郎《ろう》、突然楓《いきなりかえで》の行手《ゆくて》に立《た》ち塞《ふさが》り、五「アイヤ、楓殿暫《かえでどのしば》らく……」と声掛《こえか》けられて楓《かえで》も愕《ぎょっ》としたが、其処《そこ》は謹《つつし》み深《ぶか》き女《おんな》だから、左《さ》あらぬ体《てい》で、楓「オヽ、誰方《どなた》かと思《おも》いますれば伊勢崎《いせざき》五郎《ろ》三郎様《ろうさま》ではございませんか。人《ひと》も通《かよ》わぬお廊下《ろうか》で何《なに》をして居《い》らっしゃいます……」五「コレサ楓殿《かえでどの》、何《なに》をしてとは強項《つれの》うござる。此《こ》の間《あいだ》から二十七通《つう》の文《ふみ》を差上《さしあ》げたに、其《そ》の儘開封《ままかいふう》もせず戻《もど》されるとは余《あま》りと云《い》えば情《なさ》けない。拙者《せっしゃ》も伊勢崎《いせざき》の一子《し》五郎《ろ》三郎《ろう》、一旦思《たんおも》い込《こ》んだ事《こと》に跳《は》ねつけられたとあっては、刀《かたな》の手前武士《てまえぶし》の一分《ぶん》が相立《あいた》たん。只《ただ》一度《ど》でも宜《よろ》しい……何《ど》うか思《おも》いを叶《かな》えて……」と、云《い》いつつ雪洞《ぼんぼり》をプッと吹《ふ》き消《け》した。楓《かえで》は佶《きっ》と身構《みがま》え飛《と》び退《しざ》り、楓「ヤ、何《なに》をなさる。妾《わたし》はお役目《やくめ》で廻《まわ》って居《い》るもの……」五「コレサ、宜《い》いではござらぬか楓《かえで》どの……」と、弱腰《よわごし》に犇《ひしっ》と抱《だ》きついた。楓《かえで》は打《う》ち驚《おどろ》いたが、弁《わきま》えのある女《おんな》だから、大《おお》きな声《こえ》は出《だ》さない。四辺《あたり》を憚《はばか》る声《こえ》も密《ひそや》かに、楓「アレ、何《なに》をなさいます、お廃《よ》し遊《あそ》ばせ、之《こ》はしたり、失礼《しつれい》な事《こと》をなさいますな」と、振《ふ》り放《はな》さんと藻掻《もが》いて居《い》る。五郎《ろ》三郎《ろう》は胸中《きょうちゅう》は、五「占《し》めたッ、大《おお》きな声《こえ》を出《だ》さない処《ところ》を見《み》ると、万更《まんざ》ら否《いや》でもないらしい。尤《もっと》も此方《こちら》は出来《でき》て居《い》るのじゃが、相手《あいて》さえ出来《でき》れば大丈夫《だいじょうぶ》」と、無作法《ぶさほう》にも其処《そこ》へ押《お》し伏《ふ》せんとする。楓《かえで》は一生懸命《しょうけんめい》、楓「之《これ》は、五郎《ろ》三郎様《ろうさま》とも覚《おぼ》えませぬ。余《あま》りと云《い》えば……」五「イヤ、宜《よ》いではないか。幸《さいわ》い人通《ひとどお》りもない真暗闇《まっくらがり》、何《なに》も恥《はず》かしい事《こと》はない。只《ただ》の一度《ど》で……」と、日頃《ひごろ》の本望遂《ほんもうと》げるは此《こ》の時《とき》なりと、力強《ちからづよ》き五郎《ろ》三郎《ろう》が、ウンと押《お》し付《つ》けた。幾等《いくら》男勝《おとこまさ》りとは云《い》え、根《ね》が女《おんな》の悲《かな》しさ、小雀《こすずめ》の荒鷲《あらわし》に於《お》けるが如《ごと》く、今《いま》しも廊下《ろうか》の真中《まんなか》へ押《お》し倒《たお》され、咄嗟《あわや》落花《らっか》狼藉《ろうぜき》危機《きき》一髪《ばつ》の場合《ばあい》となって来《き》た。

◎女《おんな》を摘《つま》むなんて太《ふと》い奴《やつ》だ

血気《けっき》未《いま》だ定《さだ》まらず之《こ》れを誡《いまし》むる色《いろ》にあり、伊勢崎《いせざき》五郎《ろ》三郎《ろう》は楓《かえで》を押《お》し倒《たお》して馬乗《うまの》りとなり、咄嗟《あわや》一番槍《ばんやり》の功名《こうみょう》に及《およ》ばんとする折《おり》こそあれ、天《てん》から降《ふ》ったか地《ち》から沸《わ》いたか、ヌッと現《あら》われ出《い》でたる此《こ》の一人《にん》は、之《これ》なん新御殿《しんごてん》の宿直番《とのいばん》に当《あた》ったる猿飛《さるとび》佐《さ》助幸吉《すけゆきよし》なり。何《な》んしろ闇《くらがり》でも目《め》が利《き》くと云《い》う代物《しろもの》だから、昵《じ》っと此《こ》の体眺《ていなが》めて、佐「ハヽア、上《うえ》に居《い》る奴《やつ》が伊勢崎《いせざき》五郎《ろ》三郎《ろう》だな。下《した》は楓殿《かえでどの》だ。此奴《こやつ》怪《け》しからん色狂人《いろきちがい》だ」と、ズイと進《すす》み寄《よ》り、猿臂《えんぴ》を伸《のば》して五郎《ろ》三郎《ろう》の袴《はかま》の腰帯《こしおび》をムッと摑《つか》み、グッと宙《ちゅう》に提《ひっさ》げた。五郎《ろ》三郎《ろう》は吃驚仰天《びっくりぎょうてん》、亀《かめ》の子《こ》を釣《つ》り下《さ》げた如《ごと》く、手足《てあし》をバタ〳〵動《うご》かして居《い》る。楓《かえで》はヤレ嬉《うれ》しやと、虎《とら》の口《くち》を遁《のが》れた心地《ここち》して、慌《あわ》てて起上《おきあが》り、逃《に》げ出《だ》そうとするを、佐「アイヤ、逃《に》ぐるに及《およ》ばん、待《ま》てッ」左手《ゆんで》を伸《のば》して、楓《かえで》を小脇《こわき》に抱《か》い込《こ》み、其《そ》の儘自分《ままじぶん》の詰処《つめしょ》へ戻《もど》り来《きた》り、プッと燈火《あかり》を消《け》して真暗《まっくら》にいたし、両人《りょうにん》を其《そ》れへ降《おろ》し、佐「ヤア、両人共確《りょうにんともたしか》に聞《き》け。今夜新御殿《こんやしんごでん》の宿直当《とのいとう》番《ばん》は猿飛佐助《さるとびさすけ》である。万《まん》一の事《こと》があってはならぬと存《ぞん》じ、御本丸《ごほんまる》へも警固《けいご》に参《まい》る某《それがし》。然《しか》るに図《はか》らずも、人《ひと》も通《とお》らぬ長廊下《ながろうか》に於《おい》て、乱《みだ》りがましき振舞《ふるまい》は何事《なにごと》である。見受《みう》ける処女《ところおんな》は未《ま》だ肌身《はだみ》を汚《けが》されては居《お》らぬ様子《ようす》。拙者《せっしゃ》だから宜《い》い様《よう》なものの、余人《よじん》であったら両人共《りょうにんとも》明日《あす》は、不義《ふぎ》の成敗《せいばい》として引出《ひきだ》され、生恥《いきはじ》を晒《さら》さねば相成《あいな》らぬ。斯《かく》の通《とお》り灯火《あかり》を消《け》したれば、誰《たれ》であるか顔《かお》も分《わか》らぬ。今夜《こんや》の処《ところ》は見遁《みのが》し申《もう》そう。以後必《いごかなら》ず改心召《かいしんめ》されい。明日《あす》になって体裁《きまり》が悪《わる》いなぞと云《い》って、病気届《びょうきとどけ》を出《だ》しては宜《よ》くない。早《は》や〳〵お帰《かえ》りあれい」と、誡《いまし》められて五郎《ろ》三郎《ろう》、ヤレ嬉《うれ》しやと夫《そ》れへ手《て》を支《つか》え、五「イヤ、誠《まこと》に早《は》や恐《おそ》れ入《い》ったる次《し》第《だい》。拙者《せっしゃ》も伊《い》……」佐「イヤ〳〵、名前《なまえ》は聞《き》くに及《およ》ばぬ。元来名《がんらいな》を聞《き》く位《くらい》なら、斯《か》く暗《くら》闇《やみ》にはいたさぬ。人目《ひとめ》に掛《かか》っては大変《たいへん》でござる。早《はや》く〳〵」追《お》い立《た》てる様《よう》に両人《りょうにん》を返《かえ》した跡《あと》で、佐助《さすけ》はペロリと舌《した》を出《だ》し、佐「ハヽヽヽ、楓殿《かえでどの》が不憫《ふびん》だから、五郎《ろ》三郎《ろう》も助《たす》けてやったが、暗闇《くらやみ》にすれば顔《かお》が見《み》えないと思《おも》って、五郎《ろ》三郎《ろう》奴喜《めよろこ》んで居《い》るとは馬鹿《ばか》な奴《やつ》だ……」と誰《たれ》にも云《い》わず素知《そし》らぬ顔《かお》を致《いた》して居《い》る。然《しか》るに此方楓《こなたかえで》は、口《くち》にこそ云《い》わないが何《ど》の位《くらい》嬉《うれ》しかったであろう。自分《じぶん》の居間《いま》へ戻《もど》り来《きた》るや、楓「アヽ、猿飛様《さるとびさま》のお扱振《あつかいぶ》り、忝《かたじけ》ないやら有難《ありがた》いやら、ホンにマア殿御振《とのごぶ》りと云《い》い、彼《あ》んな慈悲深《じひぶか》いお方《かた》はない。若殿附《わかとのづき》のお小姓《こしょう》には、勇《いさ》ましいお方《かた》も沢山《たくさん》あるが、仲《なか》にも一際優《きわすぐ》れた猿飛様《さるとびさま》……」妙《みょう》なもので、石《いし》部金吉金兜《べきんきちかなかぶと》、小野《おの》の小町《こまち》が穴無《あなな》しかと云《い》われた物堅《ものがた》い楓《かえで》だ。万魂佐助《ぞっこんさすけ》に恋慕《れんぼ》して仕舞《しま》った。或日《あるひ》楓《かえで》は部屋《へや》で何《なに》かコソ〲して居《い》たが、楓「コレ奈良菊《ならぎく》や……」奈「ハイ、何《なに》か御《ご》用《よう》でございますか」楓「其方大義《そなたたいぎ》ながら、此《こ》の文《ふみ》を内々《ないない》で猿飛様《さるとびさま》へ差上《さしあ》げてたも」奈「オヤ、何《なん》でございます。不義《ふぎ》はお家《いえ》の御法度《ごはっと》、豈夫御存知《よもやごぞんじ》ない事《こと》はございますまい」飛《と》んだ処《ところ》で仇《かたき》を討《う》つ。楓「イヤ、左様《そう》云《い》うは道理《もっとも》じゃが、実《じつ》は一寸其《ちょっとそ》の……」奈「ホヽヽ今《いま》のは冗談《じょうだん》でございます。お物堅《ものがた》い御主人《ごしゅじん》でも、彼《あ》の猿飛様《さるとびさま》にホ……ヽヽ又彼《またあ》んな凛々《りり》しい殿御《とのご》はございませぬ。御恋慕遊《ごれんぼあそ》ばすも御無理《ごむり》はございません」と、余計《よけい》な事《こと》を口喋《しゃべ》り立《た》て、件《くだん》の文《ふみ》を受取《うけと》って、新御殿《しんごてん》へ出《で》て参《まい》り、猿飛佐助《さるとびさすけ》の詰処《つめしょ》へ来《く》ると、丁度佐助《ちょうどさすけ》は只《ただ》一人《ひとり》、何《なに》か書見《しょけん》をいたして居《い》る。之《こ》れが他《ほか》の者《もの》なら分《わか》らないが、佐助《さすけ》は障子《しょうじ》の向《む》うへ忍《しの》びよった足音《あしおと》を早《はや》くも聞《き》きつけ、佐「誰《たれ》だ、其処《そこ》へ忍《しの》んで来《き》たのは……」先《せん》を越《こ》されて奈良《なら》菊《ぎく》は吃驚《びっくり》したが、前後《ぜんご》を見廻《みまわ》し、居間《いま》の内部《うち》へ這入《はい》り込《こ》み、奈「ハイ、申上《もうしあ》げます」佐「オヤッ、女《おんな》が来《く》るとは怪《け》しからん。何《なん》の用《よう》だ」奈「妾《わたし》は、楓《かえで》の召使《めしつか》い奈良菊《ならぎく》でございます。主人楓《しゅじんかえで》より貴公様《あなたさま》へ……此《こ》のお文《ふみ》を……」佐「ナニ、楓殿《かえでどの》より文《ふみ》……之《これ》は奇怪千万《きかいせんばん》、楓殿《かえでどの》より文《ふみ》を頂《いただ》く仔細《しさい》はない。然《しか》し折角持参《せっかくじさん》したもの、受取《うけと》る丈《だ》けは受取《うけと》って遣《つか》わす」奈「有難《ありがと》う存《ぞん》じます」佐「サア、早《はや》く帰《かえ》れ」奈「御免遊《ごめんあそ》ばせ」奈良菊《ならぎく》は帰《かえ》って行《ゆ》く。跡《あと》に佐助《すけ》は件《くだん》の文《ふみ》を取上《とりあ》げ、苦笑《にがわらい》をして、佐「此《こ》の間助《あいだたす》けてやって、嬌《やさ》しく云《い》えば附《つ》け上《あが》り、直《じき》に附文《つけぶみ》をするとは驚《おどろ》いた。女子《じょし》と小人《しょうじん》は養《やしな》い難《がた》し。未《ま》だ〱佐助《さすけ》は婦女《おんな》の為《た》めに笑《わら》いを受《う》ける様《よう》な事《こと》はしないぞッ。何《なに》を馬鹿《ばか》なッ……」其《そ》の儘文《ままふみ》を懐中《ふところ》へ捻《ね》じ込《こ》み、自分《じぶん》の部屋《へや》へ立《た》ち帰《かえ》り、手文庫《てぶんこ》の中《うち》へ放《ほ》り込《こ》んで仕舞《しま》った。楓《かえで》は左様《そん》な事《こと》とは知《し》らず、七八日経《かた》っても返事《へんじ》がないから、楓「奈良菊《ならぎく》や、何《ど》うしたのであろう。猿飛様《さるとびさま》から未《ま》だお返事《へんじ》がないが」奈「ホヽ、左様《そん》なにお急遊《せきあそ》ばしても不可《いけ》ません。最《も》一つお書《か》きなさいませ」五郎《ろ》三郎《ろう》に云《い》った通《とお》りを云《い》って居《い》る。又文《またふみ》を遣《や》る、返事《へんじ》がない。到頭三通出《とうとうつうだ》したが、待《ま》てど暮《くら》せど梨《なし》の礫《つぶて》で何《なん》の音沙汰《おとさた》もない。楓《かえで》は気《き》を焦《いら》ち、楓「コレ奈良菊《ならぎく》、三通《つう》も文《ふみ》を差上《さしあ》げたに、何《なん》のお返事《へんじ》もないとは不思議《ふしぎ》じゃないかえ」奈「ホヽ、貴女《あなた》とした事《こと》が、五郎《ろ》三郎様《ろうさま》よりは二十七通《つう》もお文《ふみ》をお貰《もら》い遊《あそ》ばして、少《ちっ》ともお返事《へんじ》を為《な》さらなかったではございませんか。夫《そ》れに三通位《つうぐら》いで諾《うん》と仰《おっ》しゃる筈《はず》がございません。根気《こんき》よく降《ふ》る程《ほど》お遣《や》り遊《あそ》ばせ」楓

「成程《なるほど》、夫《そ》れも左様《そう》じゃ……」と、思《おも》ったが、然《しか》し根《ね》が発明《はつめい》な女《おんな》の事《こと》ゆえ、無闇《むやみ》に遣《や》る様《よう》な事《こと》はしない。其《そ》の儘我慢《ままがまん》して控《ひか》えて居《い》る。然《しか》るに或日《あるひ》の事《こと》、猿飛佐助《さるとびさすけ》は何《なに》か探《さが》しもんでもあったと見《み》え、手文庫《てぶんこ》を上下転覆《うえしたひっくりかえ》して居《い》る処《ところ》へ、三好清海入道《みよしせいかいにゅうどう》と穴山岩千代《あなやまいわちよ》がヒョックリ歩《や》って来《き》た。三「イヨー、猿飛《さるとび》何《なに》をして居《い》る」穴「無闇《むやみ》に、マゼッ返《かえ》して居《い》るではないか」佐「マア夫《そ》れへ座《すわ》れ、一寸物《ちょっともの》を探《さが》して居《い》るのだ」三「フン、左様《そう》か……」と、二人《ふたり》は撞乎《どっか》と夫《そ》れへ座《すわ》り込《こ》み、ジロ〱見《み》て居《い》ると、不図目《ふとめ》に着《つ》いた三通《つう》の文《ふみ》、穴「オヤッ、可笑《おかし》な文《ふみ》があるぞ。猿飛貴様怪《さるとびきさまけ》しからん奴《やつ》だ」佐「ナニ、何《なに》が怪《け》しからん……」穴「此《こ》奴《やつ》、空惚《そらとぼ》けるな。貴様《きさま》が探《さが》す物《もの》は之《これ》だろう。何《ど》うも見下《みさ》げ果《は》てた奴《やつ》だ」佐「アハヽヽヽ、夫《そ》れは文《ふみ》でないか」穴「左様《そう》だ、確《たしか》に女《おんな》の手蹟《しゅせき》で、奥女中取締《おくじょちゅうとりしまり》の楓殿《かえでどの》から来《き》て居《い》るぞ」と、争《あらそ》って居《い》るを側《そば》で聞《き》いた清海入道《せいかいにゅうどう》は、三「此《こ》の野郎《やろう》、未《ま》だ十九才《さい》の少年《しょうねん》の癖《くせ》に、婦女《おんな》を摘《つま》むなんて太《ふと》い奴《やつ》だ。サア白状《はくじょう》して仕舞《しま》え。愚図《ぐず》〱吐《ぬか》すと此《こ》の文《ふみ》を持《も》って、御主人《ごしゅじん》幸村公《ゆきむらこう》へ申《もう》し上《あげ》るが何《ど》うだ」佐「アハヽヽヽ、貴様等両人《きさまらりょうにん》は目《め》がないのか」二「ナニイ、目《め》は人並《ひとなみ》より大《おお》きい奴《やつ》が二《ふた》ツ整然《ちゃん》とあるわい。然《しか》し貴様《きさま》の様《よう》な闇《やみ》に見《み》える畜生目《ちくしょうめ》ではないぞ」佐「アハヽヽヽ、ジャア能《よ》く其《そ》の文《ふみ》を見《み》ろ。三通共開封《つうともかいふう》してはないぞ。夫《そ》れが潔白《けっぱく》な証拠《しょうこ》だ。此《こ》の猿飛佐助《さるとびさすけ》は今《いま》から女《おんな》に迷う様《よう》な腐《くさ》った性根《しょうね》は持《も》たぬわい。へゝン何《ど》んなもんじゃい」云《い》われて両人《りょうにん》は、文《ふみ》を仔細《しさい》に取調《とりしら》べて見《み》ると、成程《なるほど》未《ま》だ開封《かいふう》してない。穴「ハ、アスルト貴様《きさま》取《と》り放《ばな》しに遭《あわ》して居《い》るのか」佐「左様《そう》だ、夫《それ》でも疑《うたがい》があるか」三「フン、左様《さよう》な訳《わけ》か、然《しか》らば許《ゆる》して呉《く》れる。ダガ取《と》り放《ばな》しては酷《ひど》い。否《いや》なら否《いや》と返事《へんじ》を遣《や》るのが当然《あたりまえ》だ。何《ど》うだ穴山《あなやま》……文《ふみ》と云《い》う物《もの》は、我々《われわれ》生《うま》れて貰《もら》った事《こと》はないが、一つ読《よ》んで見《み》ようではないか」穴「オヽ、宜《よ》かろう、後学《こうがく》の為《た》めに拝見《はいけん》しよう。又戦場《またせんじょう》で役《やく》に立《た》つかも知《し》れない」佐「ハッハヽヽ、後学《こうがく》の為《た》めに文《ふみ》なんか拝見《はいけん》する奴《やつ》があるものか満《つま》らない廃《よ》せ〱」佐助《さすけ》は引《ひ》き取《と》ろうとする。両人《りょうにん》は押《お》し留《と》め、三「待《ま》て、此奴見《こやつみ》られるのを憚《はばか》る様《よう》では怪《あや》しいぞ。愈々潔白《いよいよけっぱく》な精神《せいしん》なら、兄弟同様《きょうだいどうよう》の我々《われわれ》に隠《かく》す筈《はず》がない。殊《こと》に今迄《いままで》斯んな一大《だい》事件《じけん》を義兄《ぎけい》の乃公《おれ》に話《はな》さないとは不届《ふとどき》な奴《やつ》。黙《だま》って夫《そ》れに控《ひか》えて居《お》れ。穴山苦《あなやまくる》しゅうない破《やぶ》れ〱」穴「オヽ、合点《がってん》だ」と、穴山岩千代《あなやまいわちよ》は最初《さいしょ》に来《き》た文《ふみ》をベリ〱と開封《かいふう》に及《およ》んだ。

◎此《こ》の野郎場処《やろうばしょ》に事欠《ことか》いて

何《なに》か事《こと》あれかしと待《ま》ち構《かま》え居《い》たる両人《りようにん》は大喜《おおよろこ》び。三「サア、構《かま》う事《こと》はない見《み》せしめに、声高々《こえたかだか》と読《よ》み上《あ》げい」穴「ヨシ、能《よ》く聞《き》けよ、エヘン……」三「オイ〳〵、勿体振《もったいぶ》らんでも宜《い》い。エヘンは抜《ぬ》きにして早《はや》く読《よ》め、面白《おもしろ》く節《ふし》を附《つ》けて……」穴「ハヽヽ、難《むつ》かしい注文《ちゅうもん》だな。ヨーシ読《よ》むぞ……初《はじ》まり左様《さよう》……、何々《なになに》……お歌合《うたあわ》せの其《そ》の晩《ばん》に……、お長廊《ながろう》下《か》に於《おい》て……」三「此《こ》の野郎《やろう》、場処《ばしょ》に事欠《ことか》いて、お長廊下《ながろうか》とは怪《け》しからん……」穴「オイ〳〵、中途《ちゅうと》で邪魔《じゃま》をしては不可《いか》ん。黙《だま》って聞《き》け……エヽお長廊下《ながろうか》に於《おい》て、悪漢《わるもの》の為《た》めに辱《はずか》しめを受《う》けんとする最《いと》も危《あや》うき場合《ばあい》をお助《たす》け下《くだ》され、誠《まこと》に以《もっ》て忝《かたじけの》う存《ぞん》じます。お礼《れい》にも参《まい》るべきでありますれど、何《なに》を申《もう》すも掟厳《おきてきび》しい御殿勤《ごてんつと》め、取敢《とりあ》えず拙《つた》なき筆《ふで》を以《も》って、此《こ》の段御礼申上候《だんおんれいもうしあげそろ》、あら〳〵かしく……」到《いた》って高尚《こうしょう》な文面《ぶんめん》、穴「オヤッ、之《こ》れは別《べつ》に猥《みだ》りがましい事《こと》は書《か》いてないぞ。危難《きなん》を救《すく》われた礼状《れいじょう》だ」三「ヘーン、猿飛貴様《さるとびきさま》は楓《かえで》を助《たす》けて遣《や》った事《こと》があるのか」佐「ウム、有《あ》る」穴「左様《そう》なら、左様《そう》と云《い》やア喧《やか》ましく云《い》うのじゃなかった。此《こ》の礼状《れいじょう》を今迄《いままで》開封《かいふう》せんと云《い》う事《こと》があるか。楓殿《かえでどの》は何《ど》んなに怒《おこ》って居《い》るか分《わか》らん。一体《たい》貴様《きさま》は男振《おとこぶ》りは好《い》いが、余《あま》り野暮《やぼ》過《す》ぎる。斯《こ》んな文《ふみ》なら立派《りっぱ》なものだ。人《ひと》に助《たす》けられて礼《れい》を云《い》うのは当然《あたりまえ》だ。チト気《き》を利《き》かせ、忍術《にんじゅつ》を使《つか》う位《くらい》の者《もの》が、中《なか》の文句《もんく》位《ぐら》い見《み》えそうなものだ」と、二人《ふたり》は惨散《さんざん》佐助《さすけ》を悪《わる》く云《い》う。猿飛《さるとび》も頭掻《あたまか》き〳〵、佐「ウム、失策《しま》った。乃公《おれ》は又惚《またほ》れたの腫《は》れたのと、汚《けが》らわしい文《ふみ》だと思《おも》ってたのだ。何《ど》うも済《す》まん事《こと》をした。猿飛佐助《さるとびさすけ》は仁義《じんぎ》を知《し》らぬ奴《やつ》だと軽蔑《けいべつ》せられるのが苦《くる》しい。オイ穴山《あなやま》、早《はや》く次《つぎ》の手紙《てがみ》を読《よ》んでくれ」穴「ヨシ、貴様《きさま》が読《よ》むなと云《い》っても読《よ》むのだ。何《なに》か立腹《りっぷく》の文句《もんく》があるに違《ちが》いない」穴山岩千代《あなやまいわちよ》は声高々《こえたかだか》と二通目《つうめ》を読《よ》んで見《み》ると、イヤ書《かい》たとも〳〵、寝《ね》ても覚《さ》めても忘《わす》れられない、貴公《あなた》の面影《おもかげ》が目《め》の先《さき》に散《ち》らついて居《い》ると云《い》う文《ふみ》だ。穴山《あなやま》と清海入道《せいかいにゅうどう》は目《め》に角立《かどた》て、二「エヽイ、忌々《いまいま》しいなア。最初《さいしょ》は真面目《まじめ》で、二通目《つうめ》は斯《こ》んな汚《けが》らわしい文句《もんく》だ。エヘン寝《ね》ても覚《さ》めてもなんて癪《しゃく》に障《さわ》るわい。猿飛《さるとび》斯《こ》んなものは焼《や》いて仕舞《しま》え、見《み》るも目《め》の汚《けが》れだ。糞《くそ》ッ腹《ぱら》が立《た》つわい」佐「アハヽヽ、上《あげ》たり下《さげ》たり、好《い》い加減《かげん》な事《こと》を云《い》うな。然《しか》し何《ど》うせ読《よ》み始《はじ》めたのだ。残《のこ》りの奴《やつ》を読《よ》んでくれ」三「知《し》れた事《こと》を云《い》え。斯《こ》うなったら焼糞《やけくそ》だ。穴山《あなやま》読《よ》め〳〵」穴「ヨシ来《き》た」と、穴山岩千代《あなやまいわちよ》三通目《つうめ》を開《ひら》いて見《み》ると、之《これ》は又転《またころ》りと趣《おもむき》が異《かわ》って、「二通目《つうめ》に不当《ふとう》な文《ふみ》を差上《さしあ》げましたが、定《さだ》めて御立腹《ごりっぷく》とは存《ぞん》じながらも、妾《わたし》が殿御《とのご》を思《おも》いますは、貴公《あなた》より外《ほか》にはない。若《も》し此《こ》の願《ねが》い叶《かな》いませねば、生涯《しょうがい》良人《おっと》は持《も》ちませぬ。現世《このよ》の縁《えん》は薄《うす》うとも、未来《みらい》は夫婦《ふうふ》一蓮托生《れんたくしょう》、何《ど》うぞ彼《あ》の世《よ》で添《そ》うて下《くだ》さいませ」と、実《じつ》に何《ど》うも涙《なみだ》の溢《こぼ》れる様《よう》な憐《あわ》れな文句《もんく》だ。尚《な》お其《そ》の末《すえ》に三十一文字《もんじ》の歌《うた》が書《か》いてある。「恋《こい》すてふ胸《むね》の思《おも》いの苦《くる》しさは、未来《みらい》で許《ゆる》せ末《すえ》の契《ちぎ》りを」之《これ》を読《よん》で清海入道《せいかいにゅうどう》と穴山岩千代《あなやまいわちよ》はポロリ〱と涙《なみだ》を流《なが》し、三「アヽ、不憫《ふびん》なものじゃ。ヤイ猿飛《さるとび》、此《こ》の文《ふみ》を今迄《いままで》読まんと云《い》う事《こと》があるかい。貴様《きさま》は木《き》の股《また》から生《うま》れたのだろう。情《じょう》を知《し》らぬにも程《ほど》がある……」穴「左様《そう》だ〱、之《こ》れ程《ほど》思《おも》い詰《つ》めて居《い》るものを、何故《なぜ》貴様諾《きさまうん》と云《い》わない。サア我々両人《われわれりょうにん》の前《まえ》で返事《へんじ》を書《か》け」佐「オイ〱、怒《おこ》ったり泣《な》いたり笑《わら》ったり、宛《まる》で乃公《おれ》を玩弄器《おもちゃ》の様《よう》に思《おも》って居《い》やアがる。貴様等《きさまら》が何《なん》と云《い》っても、勝手《かって》に返事《へんじ》を書《か》くのは否《いや》だ。返事《へんじ》を遣《や》れば既《すで》に不義《ふぎ》を働《はたら》いたも同然《どうぜん》だ。馬鹿《ばか》な事《こと》を云《い》うな」三「フム、何《ど》うしても貴様《きさま》返事《へんじ》を書《か》かんな」穴「何《ど》うしても、書《か》かんか」佐「オヽ、此《こ》の猿飛《さるとび》は滅多《めった》に不義《ふぎ》はしないのだ」三「フン左様《そう》か、イヤ感心《かんしん》〱左様《そう》なくっちゃアならない。ジャア此《こ》の文《ふみ》を御主人《ごしゅじん》に見《み》て頂《いただ》き、其《そ》の仰《おお》せに従《したが》うより外《ほか》はない。サア穴山《あなやま》も猿飛《さるとび》も来《こ》い」穴「オヽ、合点《がってん》だ、猿飛来《さるとびこ》い」佐「オイ〱、左様《そん》な馬鹿《ばか》な事《こと》をしては困《こま》る。乃公《おれ》は否《いや》だ」三「エヽイ、可惜貞女《あたらていじょ》を見殺《みごろ》しにする積《つも》りか。来《く》るも来《こ》ないもあるかッ、穴山《あなやま》引《ひ》っ立《た》てい」乱暴者《らんぼうもの》の両人《りょうにん》は否《いや》がる佐助《さすけ》を引《ひ》っ立《た》て、ドス〱主君幸村《しゅくんゆきむら》の目通《めどお》りへ出《で》て、三通《つう》の文《ふみ》を差出《さしだ》し、委細物語《いさいものがた》りに及《およ》んだ上《うえ》、三「夫《そ》れに付《つ》きまして、猿飛《さるとび》の意見《いけん》を確《たしか》めましたる処《ところ》、佐助《さすけ》は至極大賛成《しごくだいさんせい》……下《げ》駄穿《たは》いて首《くび》ッ丈《た》け……」佐「オイ〱、三好《みよし》宜《い》い加減《かげん》な事《こと》を云《い》っては困《こま》る。実《じつ》は我《わ》が君《きみ》……」穴「エヽイ、猿飛貴様本人《さるとびきさまほんにん》ではないか。花婿《はなむこ》が何《なに》を云《い》うのだ黙《だま》って居《お》れ。其処《そこ》で双《そう》方相惚《ほうあいぼ》れと来《き》て居《お》りますので……。若《も》し此《こ》の恋叶《こいかな》わずば、首《くび》を縊《くく》って死《し》ぬと猿飛《さるとび》は申《もう》しますので……」佐「コリャ穴山《あなやま》、一婦人《ふじん》の為《ため》に首《くび》を縊《くく》って死《し》ぬとは怪《け》しからん……。我《わ》が君《きみ》彼《あ》れは皆偽《みないつわ》りでございます。其《そ》の証拠《しょうこ》は既《すで》に半年以上《はんとしいじょう》も、此《こ》の文《ふみ》を読《よ》まずに居《い》ましたのを見《み》ても、私《わたくし》の精神《せいしん》の潔白《けっぱく》な事《こと》は御推察《ごすいさつ》を願《ねが》い上《あ》げまする」幸村《ゆきむら》は始終《しじゅう》ニコ〱と聞《き》いて居《い》たが、幸「ヤヨ、清海入道《せいかいにゅうどう》も穴山岩千代《あなやまいわちよ》も控《ひか》えろ。汝等両人《なんじらりょうにん》は媒取口《なこうどぐち》と云《い》って、宜《い》い加減《かげん》な事《こと》を申《もう》すから分《わか》らん」と、佐助《さすけ》より詳《くわ》しく聞《き》き取《と》り、幸「ヨシ、然《しか》らば予《よ》が宜《よ》きに計《はか》らって取《と》らせる」幸村《ゆきむら》は快《こころよ》く引受《ひきう》けた。清海入道《せいかいにゅうどう》と岩千代《いわちよ》は大喜悦《おおよろこ》び。三「何《ど》うだ佐助《さすけ》、巧《うま》く行《い》ってこう、伊勢崎《いせざき》五郎《ろ》三郎《ろう》なんかに楓《かえで》を自由《じゆう》にされて堪《たま》るものか。是非共我々仲間《ぜひともわれわれなかま》へ申受《もうしう》けねば、武士《ぶし》の意気地《いきじ》刀《かたな》の手前《てまえ》、先祖《せんぞ》へ対《たい》して相済《あいす》まん」穴「左様《そう》とも〱、万《まん》一五郎《ろ》三郎《ろう》が兎《と》や角《かく》吐《ぬか》したら、乃公《おれ》が乗込《のりこ》み厳《きび》しく談判《だんぱん》に及《およ》んで遣《や》る」と、二人《ふたり》は妙《みょう》な処《ところ》へ力瘤《ちからこぶ》を入《い》れて力味出《りきみだ》した。幸「ハヽヽ、満《つま》らぬ事《こと》で騒《さわ》ぐでない。未《ま》だ父上《ちちうえ》の御意見《ごいけん》も伺《うかが》わない先《さき》に、余計《よけい》な口《くち》を叩《たた》くでないぞ」と、両人《りょうにん》を堅《かた》く誡《いまし》め、夫《それ》より幸村《ゆきむら》は本丸《ほんまる》なる父安《ちちあ》房守昌幸《わのかみまさゆき》の目通《めどお》りに出《い》で、包《つつ》まず物語《ものがた》って相談《そうだん》に及《およ》ぶと、昌「フム、尤《もっとも》なる詞《ことば》なれど、十九才《さい》で妻帯《さいたい》は早《はや》い。二十五才《さい》となれば楓《かえで》と結婚《けっこん》を許《ゆる》す。今《いま》は約束《やくそく》ばかりに留《と》めて置《お》くが宜《よ》かろう」と、快《こころよ》く承諾《しょうだく》となる。尚《な》お楓《かえで》の父海野太郎左衛門《ちちうんのたろうざえもん》にも得心《とくしん》させ、愈々猿飛佐助《いよいよさるとびさすけ》二十五才《さい》の暁《あかつき》に、楓《かえで》と結婚《けっこん》と云《い》う事《こと》に相談《そうだん》がチャンと極《きま》った。楓《かえで》は天《てん》にも登《のぼ》る喜《よろこ》びで、益々《ますます》忠勤《ちゅうきん》を抽《ぬき》んでて居《い》るに引替《ひきか》え、猿飛佐助《さるとびさすけ》は迷惑《めいわく》で堪《たま》らない。佐「イヤ、困《こま》った事《こと》になって来《き》た。未《ま》だ二十五才《さい》と云《い》えば、六年《ねん》も向《むこ》うだから宜《い》い様《よう》なものの、清海入道《せいかいにゅうどう》と穴山《あなやま》が色《いろ》んな事《こと》を云《い》うものだから、飛《と》んでもない事《こと》になって仕舞《しま》った」と、頻《しき》りに鬱《ふさ》ぎ込《こ》んで居《い》る。

◎猿飛佐助《さるとびさすけ》は武士《ぶし》でござる

月《つき》に村雲《むらくも》の憂《うれ》いあり、花《はな》には嵐《あらし》の心配《しんぱい》あり。寸善尺魔《すんぜんしゃくま》の世《よ》の譬《たと》え、此《こ》の事《こと》を聞《き》いた伊勢《いせ》崎《ざき》五郎《ろ》三郎《ろう》は残念《ざんねん》で堪《たま》らない。五「ア、口惜《くちお》しい。二十七通《つう》も文《ふみ》を遣《や》って、お負《ま》けに長廊《ながろう》下《か》で遣《や》り損《そん》じ、其《そ》の上人《うえひと》に取《と》られては、無駄骨《むだぼね》折《お》って鷹《たか》の餌食《えじき》とは此《こ》の事《こと》だ。何《ど》うしよう〳〵」と、悄気《しょげ》返《かえ》って居《い》たが、家来《けらい》の松田源《まつだげん》五郎《ろう》と云《い》うに勧《すす》められ、飽迄《あくまで》思《おも》いを遂《と》げんものと、密《ひそ》かに家来《けらい》引《ひき》連《つ》れ、奥殿《おくでん》なる楓《かえで》の部屋《へや》に忍《しの》び込《こ》み、何《なん》なく楓《かえで》を奪《うば》い出《だ》し、逃《に》げ出《だ》そうとする処《ところ》を、又《また》もや猿飛佐助《さるとびさすけ》の為《た》めに取押《とりおさ》えられた。然《しか》し佐助《さすけ》で見《み》ると、自分《じぶん》の許嫁《いいなずけ》の女《おんな》であるから、此《こ》の事《こと》を世間《せけん》へ知《し》らすに忍《しの》びない。佐「イヤ、何《ど》うも困《こま》った事《こと》が出来《でき》た。然《しか》らば今《いま》一度《ど》内済《ないさい》でお済《すま》せ申《もう》そう。此《こ》の儘貴殿《ままきでん》を役所《やくしょ》へ引立《ひった》つれば、彼《か》れは許嫁《いいなずけ》の楓《かえで》を奪《うば》われた意恨《いこん》でいたしたと云《い》わるるも面目《めんぼく》ない。早《はや》く立帰《たちかえ》り、夜《よ》の明《あ》けない中《うち》に、楓《かえで》を部屋《へや》へソッと返《かえ》して置《お》かれよ。左《さ》すれば御身《おんみ》の顔《かお》を見《み》た者《もの》は某《それがし》ばかり、番卒共《ばんそつども》は口留《くちど》めして都合《つごう》よく取計《とりはか》らいましょう」と、五郎《ろ》三郎《ろう》の縛《いましめ》を手早《てばや》く解《と》いて帰《かえ》してやった。流石《さすが》の五郎《ろ》三郎《ろう》も佐助《さすけ》の情《なさ》けを喜《よろこ》び、這々《ほうほう》の体《てい》で屋敷《やしき》へ引取《ひきと》る。跡《あと》に佐助《さすけ》は番卒《ばんそつ》一同《どう》に口留料《くちどめりょう》を一々《いちいち》摑《つか》ませ、素知《そし》らぬ顔《かお》して部屋《へや》へ帰《かえ》る。此方《こなた》五郎《ろ》三郎《ろう》は青《あお》くなって戻《もど》り来《きた》り、五「松田《まつだ》く、乃公《おれ》は猿飛奴《さるとびめ》に召捕《めしと》られたが、又助《またす》けられた。夫《そ》れで夜《よ》の明《あ》けない中《うち》に、楓《かえで》を奥殿《おくでん》へ返《かえ》して置《お》く約束《やくそく》だ。気《き》の毒《どく》だが最《も》う一度《ど》担《かつ》ぎ戻《もど》してくれ」松「若旦那《わかだんな》、左様《そん》な馬鹿《ばか》くしい……折角骨《せっかくほね》を折《お》って奪取《うばいと》って来《き》た者《もの》を……、又返《またかえ》すなんて……冗談《じょうだん》じゃアありませんで、生命懸《いのちがけ》の仕事《しごと》なんですよ」五「ケド仕方《しかた》がない。乃公《おれ》は猿飛《さるとび》に顔《かお》を見《み》られて居《い》るし、チャンと約束《やくそく》したので、御苦労《ごくろう》だが早《はや》く頼《たの》む」松「オヤく、宛《まる》で労《ろう》して功《こう》なしとは此《こ》の事《こと》だ。馬鹿《ばか》くしい……」と、態《わざ》と愚図《ぐず》くして居《い》る間《ま》に、早《は》や東《ひがし》がホノぐ明《あ》け掛《か》けた。五「アッ失策《しま》った。夜《よ》が明《あ》けては楓《かえで》を城内《じょうない》へ連《つ》れ込《こ》む訳《わけ》に行《ゆ》かないが……ハテ何《ど》うしたら宜《よ》かろう」と、当惑《とうわく》に及《およ》んで居《い》る。然《しか》るに此方奥御殿《こなたおくごてん》では、夜《よ》が明《あ》けると楓《かえで》の姿《すがた》が見《み》えない。サア大騒《おおさわ》ぎとなり、附《つ》き添《そ》いの奈良菊《ならぎく》より委細《いさい》聞《き》き取《と》り、取敢《とりあ》えず此《こ》の事《こと》を親《おや》殿安房守《とのあわのかみ》に言上《ごんじょう》する。安房守昌幸公《あわのかみまさゆきこう》も安《やす》からぬ事《こと》に思《おも》い、直様老臣勇士《すぐさまろうしんゆうし》を集《あつ》めて評定《ひょうじょう》となる。昌「ヤヨ者共《ものども》、昨夜城内《さくやじょうない》へ何《いず》れよりか曲者忍《くせものしの》び込《こ》み、人間《ひと》を盗《ぬす》み出《だ》すとは奇怪千万《きかいせんばん》、此《こ》の儘《まま》に捨《す》て置《お》く時《とき》は、予《よ》が威勢鈍《いせいにぶ》きに似《に》て、隣国《りんごく》への聞《きこ》えも面目《めんぼく》なし。早々詮議《そうそうせんぎ》に及《およ》べよ」と、日頃沈着物《ひごろちんちゃくもの》に動《どう》ぜぬ大将《たいしょう》も、殊《こと》の外《ほか》の立腹《りっぷく》。一老職伊勢崎五郎兵衛《ろうしょくいせざきろべえ》、二家老相木《かろうあいき》源之助《げんのすけ》、三家老筧十兵衛《かろうかけいべえ》、侍大将海野太郎左衛門《さむらいたいしょううんのたろうざえもん》、其《そ》の他穴山小左衛門《たあなやまこざえもん》、海野四郎幸綱等《うんのろうゆきつなら》の一門郎党《もんろうとう》は、互《たがい》に顔見合《かおみあわ》し、黙然《もくぜん》と控《ひか》えて居《い》る。スルト一老職伊勢崎五郎兵衛《ろうしょくいせざきろべえ》は一座《ざ》を見廻《みまわ》し、五「アイヤ方々《かたがた》、警固厳重《けいごげんじゅう》なる城内《じょうない》へ、曲者忍入《くせものしのびい》るさえ奇怪《きかい》なるに、奥方《おくがた》お気《き》に入《い》りの楓《かえで》を盗《ぬす》み出《だ》すとは言語同断《ごんごどうだん》。必竟《ひっきょう》するに奥殿《おくでん》の勝手《かって》を能《よ》く存《ぞん》じ居《お》る若武士《わかざむらい》の所業《しわざ》に相違《そうい》ない。若《も》し曲者前非後悔《くせものぜんびこうかい》に及《およ》んで、名乗《なの》り出《い》でたる節《せつ》は、其《そ》の罪《つみ》を免《めん》じ万《まん》一包《つつ》み隠《かく》して露見《ろけん》に及《およ》んだる時《とき》は、当人《とうにん》は切腹《せっぷく》、一家《け》一族《ぞく》に到《いた》る迄《まで》、厳罰《げんばつ》に処《しょ》するといたしては如何《いかが》でござろう」と、鼻蠢《はなうごめ》かして述《の》べ立《た》てる。真逆自分《まさかじぶん》の子《こ》の所業《しわざ》とは神《かみ》ならぬ身《み》の知《し》ろう筈《はず》がない。一同《どう》も異儀《いぎ》なく、一「成程《なるほど》、夫《そ》れ宜《よろ》しかろう」評定《ひょうじょう》は一決《けつ》なし、此《こ》の段主君《だんしゅくん》に伺《うかが》い上《あ》げる。昌幸公《まさゆきこう》も素《もと》より同意《どうい》、昌「然《しか》らば、至急其《しきゅうそ》の旨厳達《むねげんたつ》に及《およ》ぶべし」と、ある。忽《たちま》ち一般《ばん》へ通知《つうち》に及《およ》んだ。然《しか》るに禍《わざわい》は下《しも》からの譬《たと》え、佐助《さすけ》より何程《なにほど》か口留料《くちどめりょう》を貰《もら》った番卒《ばんそつ》一同《どう》は、之《こ》れを聞《き》くと等《ひと》しく胆《きも》を冷《ひや》し、密《ひそか》に寄合《よりあい》をして、△「オイ、大変《えら》い事《こと》になったよ。猿飛《さるとび》さんより口留料《くちどめりょう》は貰《もら》ったが、万《まん》一露見《ろけん》をすると、我々《われわれ》は飛《と》んだ迷惑《めいわく》を受《う》けんけりゃアならん。前非後悔《ぜんびこうかい》に及《およ》んで、名乗《なの》って来《き》た者《もの》は其《そ》の罪《つみ》を免《ゆる》すとあるからは、昨夜《さくや》の顚末《てんまつ》を申《もう》し出《い》でようではないか」と、相談《そうだん》を纏《まと》め、一同《どう》が連名《れんめい》で書面《しょめん》を作《つく》り留《とど》け出《で》る。伊勢崎《いせざき》五郎兵衛《ろべえ》は件《くだん》の届書《とどけしょ》を読《よ》み終《おわ》り、五「之《これ》は、以《もっ》ての外《ほか》だ。曲者《くせもの》を召捕《めしと》りながら、独断《どくだん》にて差《さし》許《ゆる》すとは其《そ》の意《い》を得《え》ず。仮令若殿附《よしわかとのづき》の家来《けらい》たりとも容赦《ようしゃ》はならぬ。ヤア〳〵者共《ものども》、新御殿《しんごてん》に掛《か》け合《あ》い、猿飛佐助《さるとびさすけ》に縄打《なわう》って引《ひ》っ立《た》てい」と、一老職《ろうしょく》の威光《いこう》を振《ふ》り廻《まわ》して厳命《げんめい》を伝《つた》える。老臣勇士《ろうしんゆうし》は何《いず》れも苦々《にがにが》しく思《おも》ったが仕方《しかた》がない。直様此《すぐさまこ》の事《こと》を幸村《ゆきむら》の方《ほう》へ掛合《かけあい》とする。委細《いさい》を聞《き》き取《と》った幸村《ゆきむら》は、別《べつ》に驚《おどろ》く体《てい》もなく、幸「本丸《ほんまる》よりの掛合至極道理《かけあいしごくもっとも》、ヤヨ誰《たれ》かある。猿飛佐助《さるとびさすけ》を呼《よ》べい」軈《やが》て佐助《さすけ》は目通《めどお》りへ出《で》る。佐「ハッ、何《な》に御用《ごよう》にございまする」幸「佐助《さすけ》、昨夜《さくや》は宿直当番大儀《しゅくちょくとうばんたいぎ》であった」佐「ハッ……、何《ど》う仕《つかまつ》りまして……」幸「聞《き》く処《ところ》に依《よ》れば、斯様《かよう》〳〵と承《うけたま》わる。夫《そ》れに相違《そうい》ないか」云《い》われて佐助《さすけ》は、佐「アッ失策《しま》った。誰《たれ》が云《い》ったのだろ」と、思《おも》ったが今更《いまさ》ら隠《かく》す訳《わけ》にも行《ゆ》かず、佐「仰《おお》せの通《とお》り、曲者《くせもの》の首領《かしら》を召捕《めしと》りましたが、仔細《しさい》あって私《わたくし》一存《ぞん》に許《ゆる》したに相違《そうい》ございません」幸「フム左様《そう》か何《なん》と思《おも》って許《ゆる》した。只今本丸《ただいまほんまる》より掛合《かけあ》って来《き》た。曲者《くせもの》は何者《なにもの》じゃ……」佐「お言葉《ことば》には候《そうら》えども、一旦許《たんゆる》し遣《つかわ》したる曲者《くせもの》、仮令御主人《たとえごしゅじん》の仰《おお》せたりとも、此《こ》の儀《ぎ》ばかりは申《もう》し上《あ》げる訳《わけ》に相成《あいな》りません。まった余人《よじん》なら兎《と》も角《かく》、楓《かえで》と私《わたくし》とは御承知《ごしょうち》の間柄《あいだがら》。其《そ》の意恨《いこん》を以《もっ》て上《かみ》へ突《つ》き出《だ》したと云《い》われては、武士《ぶし》の面目末代迄《めんぼくまつだいまで》の名折《なお》れと心得《こころえ》、差《さ》し許《ゆる》したる儀《ぎ》にございますれば、今《いま》に到《いた》って名前《なまえ》を申《もう》し上《あ》げますは、武士《ぶし》の恥辱《ちじょく》と存《ぞん》じます。何《ど》うか此《こ》の儀《ぎ》ばかりは……」幸「フム、何《ど》うあっても云《い》えぬか」佐「ハイ、此《こ》の佐助《さすけ》の首《くび》が飛《と》んでも申《もう》し上《あ》げる訳《わけ》には参《まい》りませぬ」と、断然《だんぜん》と辞退《じたい》する。幸村莞爾《ゆきむらにっこ》と打《う》ち笑《え》み、幸「ウム、豪《えら》い奴《やつ》じゃ。天晴武士《あっぱれぶし》だ。必《かな》らず名前《なまえ》を申《もう》すでないぞ。之《これ》より汝《なんじ》を本丸《ほんまる》へ引立《ひった》てる間《あいだ》、如何《いか》様《よう》の責苦《せめく》に遭《あ》うとも、一度《ど》人《ひと》を助《たす》けて置《お》いて、苦《くる》し紛《まぎ》れに申《もう》す様《よう》では真《まこと》の武士《ぶし》ではないぞ」佐「ハッ、仰《おお》せにや及《およ》ぶべき、猿飛佐助《さるとびさすけ》は武士《ぶし》でござる。万事御安心下《ばんじごあんしんくだ》さいませ」幸「オヽ、夫《それ》でこそ幸村《ゆきむら》の家来《けらい》だ。然《しか》らば気《き》の毒《どく》だが縄打《なわう》って引立《ひった》てるから、左様心得《さようこころえ》よ」佐「ハッ、畏《かしこ》まりました」幸村《ゆきむら》は四辺《あたり》を見廻《みまわ》し、幸「ヤア〳〵、穴山《あなやま》、筧《かけい》、望月《もちづき》、海《うん》野《の》、三好兄弟《みよしきょうだい》、汝等《なんじら》六人《にん》は猿飛佐助《さるとびさすけ》に縄打《なわう》って本丸《ほんまる》へ引立《ひった》てい」ハッと答《こた》えて六人《にん》は突《つ》っ立《た》ち上《あが》ったが、互《たが》いに顔見合《かおみあわ》せ、穴「オイ、満《つま》らないなア、兄弟分《きょうだいぶん》の猿飛《さるとび》に縄打《なわう》つなんて……」三「左様《そう》だ、猿飛《さるとび》も宜《い》い加減《かげん》に云《い》って仕舞《しま》えば宜《い》いものを……、余《あま》り傲性《ごうじょう》だよ」と、呟《つぶや》いて居《い》ると、幸「コリャ六人《にん》の者《もの》、何故縄《なぜなわ》をかけぬ、早《はや》く引立《ひった》てい。左《さ》る代《かわ》りに呉々《くれぐれ》も云《い》って置《お》くが、一老職伊勢崎五郎兵衛《ろうしょくいせざきごろべえ》は意地《いじ》が悪《わる》いから、或《あるい》は猿飛佐助《さるとびさすけ》を責《せ》め拷問《ごうもん》と申《もう》すであろう。其《そ》の時《とき》には汝等《なんじら》六人《にん》が喧《やか》ましく云《い》って遣《や》れ。尚《な》お岩千代《いわちよ》と海野六郎《うんのろう》は今《こん》夜斯様《やかよう》〳〵にいたして、真《しん》の曲者《くせもの》を探《さが》し出《だ》せよ。佐助《さすけ》が白状致《はくじょういた》さずとも、予《よ》は大抵見当《たいていけんとう》がついて居《い》る」と、夫々計略《それぞれけいりゃく》を授《さず》ける。

◎云《い》わぬが花《はな》かと心得《こころえ》ます

盗人《ぬすびと》を捕《とら》えて見《み》れば我《わ》が子《こ》なり。七度《ど》捜《たず》ねて人《ひと》を疑《うたが》え。全体伊勢崎五郎兵衛成政《ぜんたいいせざきろべえなりまさ》と云《い》うは、真田家譜代《さなだけふだい》の臣《しん》であって、父《ちち》の代《だい》より一老職《ろうしょく》を勤《つと》めて居《い》る処《ところ》より驕《おご》り増長《ぞうちょう》して人《ひと》を見《み》る事芥《ことあくた》の如《ごと》く、余《あま》り評判《ひょうばん》の好《よ》くない人物《じんぶつ》であったが、昌幸《まさゆき》は父成氏《ちちなりうじ》の軍功《ぐんこう》ありしを愛《め》で、矢張《やは》り一老職《ろうしょく》の位置《いち》を与《あた》えて居《い》るのであった。今《いま》しも六人《にん》の豪傑《ごうけつ》は、佐助《さすけ》を引立《ひった》て本《ほん》丸《まる》の大広庭《おおひろにわ》へ歩《や》って来《く》る。意地悪《いじわる》の伊勢崎五郎兵衛《いせざきろべえ》は、猿飛佐助《さるとびさすけ》に赤恥《あかはじ》を掻《か》して遣《や》ろうと云《い》う腹《はら》があるから、ギロ〳〵佐助《さすけ》を睨《ね》めつけて居《い》る。正面《しょうめん》には真田安房守昌幸《さなだあわのかみまさゆき》、悠然《ゆうぜん》として控《ひか》えたり、右手《めて》に無手《むんず》と構《かま》えたるは、之《こ》れぞ一老職伊勢崎五郎兵衛成政《ろうしょくいせざきろべえなりまさ》、続《つづ》いて二家老《かろう》相木源之助《あいきげんのすけ》……此《こ》の人《ひと》は彼《か》の有名《ゆうめい》なる相木森之助《あいきもりのすけ》の嫡子《ちゃくし》である。第《だい》三番《ばん》には三家老《かろう》筧《かけい》十兵《べ》衛《え》、之《これ》は幸村《ゆきむら》の荒小姓《あらこしょう》七人勇士《にんゆうし》の一人《にん》たる筧十造《かけいぞう》の父親《ちちおや》である。左手《ゆんで》には侍大将海野太郎《さむらいたいしょううんのたろう》左衛門《ざえもん》、此《こ》の人《ひと》は海野六郎《うんのろう》の叔父《おじ》だ。次《つぎ》には穴山小左衛門《あなやまこざえもん》、之《こ》れは七勇士《ゆうし》の穴山岩千代《あなやまいわちよ》の父《ちち》で、真田家名題《さなだけなだい》の豪傑《ごうけつ》だ。斯《こ》う一騎当千《きとうせん》の勇士《ゆうし》が綺羅星《きらぼし》の如《ごと》く居列《いなら》んで居《い》る。実《げ》にや我国《わがくに》の軍師《ぐんし》と呼《よ》ばれし真田安房守《さなだあわのかみ》の威勢《いせい》、満座《まんざ》は森閑《しんかん》として、虫《むし》なき原野《げんや》を行《ゆ》くが如《ごと》きの光景《ありさま》。此《こ》の時伊勢崎五郎兵衛《ときいせざきろべえ》は威丈高《いたけだか》に相成《あいな》り、五「アイヤ猿飛佐助《さるとびさすけ》、昨夜奥殿《さくやおくでん》に忍入《しのびい》り、女中取締役楓《じょちゅうとりしまりやくかえで》を奪《うば》い、逃《に》げ去《さ》りし曲者《くせもの》あり、其《そ》の首領《かしら》と覚《おぼ》しき奴《やつ》を、汝新御門《なんじしんごもん》の辺《ほとり》に於《おい》て召捕《めしと》りながら、私《わたくし》の一存《ぞん》にて擅《ほしいまま》に許《ゆる》せし段不届至極《だんふとどきしごく》。全体其《ぜんたいそ》の曲者《くせもの》は何者《なにもの》であるか存知居《ぞんじお》ろう、速《すみやか》に白状《はくじょう》に及《およ》べ」佐「ハッ、恐《おそ》れ入《い》ります。某義《それがしぎ》に依《よ》って其《そ》の者《もの》を助《たす》け遣《つか》わしましたが、姓名《せいめい》は申《もう》し上《あ》げられません」五「フム、然《しか》らば名前《なまえ》は知《し》らぬと申《もう》すか」佐「イヤ、存知《ぞんじ》ては居《お》りますが、申《もう》し上《あ》げられないのでございます」五「黙《だま》れ猿飛《さるとび》、此処《ここ》は何処《いずく》と思《おも》うぞ。当国《とうごく》の領主真田安房守昌幸公《りょうしゅさなだあわのかみまさゆきこう》の御前《ごぜん》なるぞ。速《すみやか》に申《もう》せッ」佐「決《けっ》して申《もう》しませぬ。万《まん》一曲者《くせもの》の姓名《せいめい》を申上《もうしあ》げると、其処等辺《そこらあた》りに少々赤面《しょうしょうせきめん》なさるお人《ひと》がありますゆえ、マア云《い》わぬが花《はな》かと心得《こころえ》ます」五「ナント、云《い》わぬが花《はな》……愈々白状致《いよいよはくじょういた》さぬか」佐「幾等仰《いくらおお》せあっても同《おな》じ事《こと》、猿飛佐助《さるとびさすけ》は武士《ぶし》でござる」五「ウム、然《しか》らば拷問《ごうもん》に掛《かけ》るぞ」佐「拷問《ごうもん》が怖《こわ》くって、白状《はくじょう》いたす様《よう》な佐助幸吉《さすけゆきよし》にあらず。サア存分《ぞんぶん》になされい」と更《さ》らに怯《ひる》まぬ丈夫《じょうぶ》の魂《たまし》い。五郎兵衛《ろべえ》聞《き》くより烈火《れっか》の如《ごと》く憤《いきどお》り、五「ヤア、小癪千万《こしゃくせんばん》ッ、ソレ者共《ものども》猿飛佐助《さるとびさすけ》を拷問《ごうもん》に掛《か》けいッ」と、下知《げち》に応《おう》じて掛《かか》りの者共《ものども》既《すで》に其《そ》の場《ば》を立《た》ち上《あ》がらんとする一刹那《せつな》、遥《はる》か末座《ばつざ》に控《ひか》えし六人《にん》の荒小姓《あらこしょう》は、ズカ〱と一斉《せい》に進《すす》み出《い》で、中《なか》にも横《よこ》紙破《がみやぶ》りの三好清海入道《みよしせいかいにゅうどう》は、破鐘《われがね》の如《ごと》き大声《たいせい》張《は》り上《あ》げ、三「アイヤ、御家老《ごかろう》暫《しば》らく、猿飛佐《さるとびさ》助《すけ》は若殿《わかとの》御寵愛《ごちょうあい》の家来《けらい》でござる。殊《こと》に彼《か》れは義《ぎ》を重《おも》んじて白状《はくじょう》いたさぬ所存《しょぞん》。却々《なかなか》見揚《みあ》げた精神《せいしん》、賞《ほ》めこそすれ咎《とが》むべき点《てん》は少《すこ》しもござらぬ。然《しか》るに拷問《ごうもん》とは以《もっ》ての外《ほか》、お留《とど》まりを願《ねが》いたい」五「ナンダ、此《こ》の場処《ばしょ》は汝等《なんじら》の嘴《くちばし》を出《だ》すべき処《ところ》でない。控《ひか》え居《お》ろ……呆痴者奴《たわけものめ》ッ……」権柄押《けんぺいお》しに怒鳴《どな》りつける。スルト今度《こんど》は弟《おとうと》の伊三入道《いさにゅうどう》が、伊「オヤッ、御家老呆痴《ごかろうたわけ》者《もの》とは無礼《ぶれい》でござろう。腰抜武士《こしぬけぶし》なら知《し》らぬ事《こと》、真《しん》の勇士《ゆうし》は義《ぎ》を守《まも》り、一命《めい》を捨《す》てる例《れい》は幾等《いくら》もある。我々《われわれ》六人《にん》罷《まか》りあるからは、指《ゆび》一本《ぽん》も猿飛《さるとび》に触《ふ》れさす事相成《ことあいな》らん。強《たっ》て拷問《ごうもん》に掛《か》けたいとあらば、腕突《うでずく》でさっしゃい。御主人《ごしゅじん》より預《あずか》った大切《たいせつ》な猿飛《さるとび》、拷問《ごうもん》なぞとは不都《ふつ》合極《ごうきわ》まる。次第《しだい》に依《よ》っては一家老《かろう》と云《い》わさぬが何《ど》うじゃ」と、宛《まる》で喧嘩腰《けんかごし》だ。流石《さすが》の伊勢《いせ》崎《ざき》五郎兵衛《ろべえ》も、無茶苦茶者《むちゃくちゃもの》の六人《にん》に睨《ねら》われては堪《たま》らない。薄気味悪《うすきみわる》くなったと見《み》え、モジ

〱して居《い》ると、正面《しょうめん》の昌幸公《まさゆきこう》は、昌「ヤア、六人《にん》の者控《ものひか》えろ。穏《おだやか》ならざる其《そ》の振舞《ふるまい》、苟《かり》にも予《よ》の一老職《ろうしょく》に向《むか》い、其《そ》の有様《ありさま》は無礼《ぶれい》であろう。兎《と》に角此《かくこ》の度《たび》の一件《けん》、猿飛佐助《さるとびさすけ》にも落《おち》度《ど》あり、依《よ》って二日《か》の猶予《ゆうよ》を与《あた》えるに付《つ》き、真《しん》の曲者《くせもの》を捜《さが》し出《いだ》して差《さ》し出《だ》せ。夫《そ》れ迄《まで》は猿《さる》飛佐助《とびさすけ》を、相木源之助《あいきげんのすけ》の屋敷《やしき》へ預《あず》ける。左様心得《さようこころえ》ろ」と、鶴《つる》の一声《こえ》に、六人《にん》はハッと丁頭《ていとう》平身《へいしん》に及《およ》ぶ。伊勢崎五郎兵衛《いせざきごろべえ》は漸々胸《ようようむね》撫《な》で下《おろ》し、蘇生《そせい》の思《おもい》をいたして居《い》る。其《そ》の日《ひ》の評定《ひょうじょう》は一先《ま》ず相済《あいす》み、佐助《さすけ》は相木源之助《あいきげんのすけ》の屋敷《やしき》へ連《つ》れ行《ゆ》かれ、一同《どう》は思《おも》い〱に退出《たいしゅつ》する。六人《にん》の勇士《ゆうし》は新御殿《しんごてん》へ引《ひ》き取《と》り、委細幸村《いさいゆきむら》に上申《じょうしん》する。幸村莞爾《ゆきむらにっこ》といたし、幸「ハ、、、父上《ちちうえ》も矢張《やは》り予《よ》と同《おな》じ御意見《ごいけん》と見《み》える。夫《そ》れにつき穴山岩千代《あなやまいわちよ》、海野六郎《うんのろう》、先刻申《せんこくもう》し付《つ》けたる通《とお》り、是非共今夜《ぜひともこんや》の中《うち》に……宜《よ》いか其《そ》の手筈《てはず》に及《およ》べよ」二「ハッ、畏《かしこ》まりました」両人《りょうにん》は目通《めどお》りを下《さが》り、何《いず》れへか立《た》ち出《い》ずる。然《しか》るに其《そ》の日《ひ》も何《なん》なく暮《く》れて点灯頃《ひともしごろ》と相成《あいな》ると、伊勢崎五郎兵衛《いせざきごろべえ》の屋敷門前《やしきもんぜん》へ、ヌッと現《あら》われ出《い》でたる覆面頭巾《ふくめんずきん》の二人《ふたり》の曲者《くせもの》あり。互《たが》いに何《なに》か囁《ささや》き合《あ》い、△「何《ど》うだ穴山《あなやま》、最《も》う誰《たれ》か出《で》て来《き》そうなものだが……」穴「ウム、海《うん》野貴様《のきさま》は其《そ》の板塀《いたべい》に引《ひ》っ附《つ》いて居《お》れ。乃公《おれ》は此処《ここ》に居《い》る」海「オヽ合点《がってん》だ」海野六郎《うんのろう》、穴《あな》山岩千代《やまいわちよ》の両人《りょうにん》は、門《もん》の脇《わき》に隠《かく》れて居《い》る。軈《やが》て暫《しばら》くすると、通用門《つうようもん》をギーと開《ひら》き、蹌踉《ひょろ》

〱と立出《たちい》でたる一人《ひとり》の男《おとこ》、△「エーイ、アヽ酔《よ》ったく、宜《い》い気持《きもち》だ。若主人《わかしゅじん》を煽動上《おだてあ》げ、楓《かえで》を盗《ぬす》み出《だ》しはした者《もの》の、余《あま》り事件《じけん》が大仰《おおぎょう》になって、迂闊《うか》〱すると露現《ばれ》そうだ。何《ど》うかして今夜《こんや》の中《うち》に他《ほか》へ隠《かく》さんけりゃア……猿飛奴《さるとびめ》が元《もと》の部屋《へや》へ戻《もど》して置《お》けと云《い》ったそうだが、夫《そ》れは夜前《やぜん》の事《こと》だ。斯《こ》う手遅《ておく》れになっては夫《そ》れも出来《でき》ない……」と独言《ひとりごと》を云《い》って居《い》る。

◎乃公等《おれら》も一寸《ちょっと》手伝《てつだ》おうか

天《てん》に口《くち》なし人《ひと》を以《もっ》て云《い》わしむ。何《なに》か手掛《てがか》りはあるまいかと窺《うかが》って居《い》た穴山海野《あなやまうんの》の両人《りょうにん》は、之《こ》れを聞《き》くと等《ひと》しく、バラ〱と其《そ》の場《ば》へ躍《おど》り出《い》で、穴山岩千代《あなやまいわちよ》は突然襟頭《いきなりえりくび》をグイッ、穴「海野《うんの》、聞《き》いたか。手掛《てがか》りは出来《でき》たぞッ」海「オヽ、聞《き》いた〱。ヤイ貴様《きさま》は何《な》んだ、面《つら》を検《あらた》めてやろう」髷《まげ》を摑《つか》み顔《かお》を上《あ》げ、昵《じ》っと覗《のぞ》き込《こ》んで、穴「オヽ、貴様《きさま》は伊勢崎《いせざき》五郎《ろ》三郎《ろう》の腰巾着《こしぎんちゃく》、松田《まつだ》源《げん》五郎《ろう》だなッ」海「ナニ、松田《まつだ》かッ……汝《うぬ》……ッ」短気《たんき》の海野《うんの》六郎《ろう》、拳骨固《げんこつかた》めて源《げん》五郎《ろう》の横面《よこづら》を、ポカーン、源「痛《いた》ッ、お助《たす》けッ……」穴「痛《いた》いも糸瓜《へちま》もあるかッ」素早《すばや》く源五郎《げんごろう》を縛《しば》り上《あ》げた。源五郎《げんごろう》は酒《さけ》の酔《よい》も醒《さ》め果《は》て、青《あお》くなってガタ〳〵震《ぶる》い、松「コヽ之《これ》は、穴山様《あなやまさま》に海野様《うんのさま》、アヽ余《あま》り乱暴《らんぼう》を……」と、云《い》わせも果《は》てず、両人《りょうにん》は呵々《からから》と打《う》ち笑《わら》い、海「ヤイ、空惚《そらとぼ》けるな源五郎《げんごろう》、汝《うぬ》は乃公《おれ》の従妹《いとこ》の楓殿《かえでどの》を隠《かく》して居《い》るだろう」源「メヽ滅相《めっそう》な、左様《そん》な事《こと》を……」穴「黙《だま》れッ、貴様只今《きさまただいま》酔《よ》った機嫌《きげん》で口喋《しゃべ》って居《い》たじゃアないか。我々両人《われわれりょうにん》の耳《みみ》に入《い》ったら逸《のが》す事《こと》じゃアないぞ。ジタバタ騒《さわ》ぐな此《こ》の野《や》郎《ろう》」二人《ふたり》は力《ちから》に任《まか》せてポカ〳〵打《ぶ》ん殴《なぐ》る。大分弱《だいぶんよわ》った奴《やつ》を手早《てばや》く猿轡《さるぐつわ》を噛《か》ませ、片脇《かたわき》へ放《ほ》り飛《と》ばし、尚《なお》も様子《ようす》を窺《うかが》って居《い》ると、今度《こんど》は本門《ほんもん》をギイと八文字《もんじ》に押《お》し開《ひら》き、ゾロ〳〵担《かつ》ぎ出《だ》した一挺《ちょう》の乗物《のりもの》。五六人《にん》の家来《けらい》が四方《ほう》を取囲《とりかこ》み、△「ソレ、行《ゆ》けッ」□「合点《がってん》だ」と、スタ〳〵二三間歩《げんあゆ》み出《だ》した途端《とたん》に、左右《さゆう》より躍《おど》り出《い》でたる穴山海野《あなやまうんの》の両豪傑《りょうごうけつ》、乗物《のりもの》の棒鼻《ぼっぱな》グイと突《つ》き戻《もど》し、穴「ヤイ、此《こ》の乗物《のりもの》の中《うち》の主《ぬし》が入用《にゅうよう》だ。ソレ海野《うんの》遣《や》っ付《つ》けろ」海「心得《こころえ》たり」と云《い》うが早《はや》いか、海野六郎《うんのろう》は前《まえ》へ立《た》ったる両人《りょうにん》を引《ひ》っ摑《つか》み、頭顛倒《ずでんどう》と投《な》げ出《だ》した。△「ヤヽッ、狼藉者《ろうぜきもの》だ、油断《ゆだん》をするなッ」乗物《のりもの》を打《う》ち捨《す》て、両人目掛《りょうにんめが》けて打《う》って掛《かか》る。海「エッ、猪虎才《ちょこざい》なり蛆虫共《うじむしども》ッ」両豪傑《りょうごうけつ》は瞬《またた》く間《ま》に、六人《にん》の家来《けらい》を打《ぶ》っ倒《たお》し、乗物《のりもの》の戸《と》を蹴外《けはず》し、海「楓殿《かえでどの》、海野六郎《うんのろう》だ。穴山《あなやま》と一緒《しょ》に若君《わかぎみ》の仰《おお》せを聞《き》いて、御身《おんみ》を助《たす》けに来《き》た。早《はや》く〳〵」猿轡《さるぐつわ》を取《と》り除《の》け、縛《いましめ》を解《と》き放《はな》すと、楓《かえで》は夢《ゆめ》に夢見《ゆめみ》る心地《ここち》、楓「オッ、六郎殿《ろうどの》かッ……、穴山様《あなやまさま》も……、誠《まこと》に有難《ありがと》う存《ぞん》じます」海「イヤ、礼《れい》は何《ど》うでも宜《い》い、サア帰《かえ》ろう」と、既《すで》に其《そ》の場《ば》を立《た》ち去《さ》らんとする処《ところ》へ、向《むこ》うより三四人《にん》の人声《ひとごえ》が聞《きこ》えるから、三人《にん》は黒板塀《くろいたべい》に身《み》を躱《かわ》し、密《ひそ》かに様子《ようす》を窺《うかが》って居《い》るとも知《し》らず、彼等《かれら》四人連《にんれん》は四辺構《あたりかま》わず高声《たかごえ》で、△「オイ望月筧《もちづきかけい》、御主人《ごしゅじん》も気《き》が利《き》かんよ。海野《うんの》と穴山丈《あなやまだ》けに仕事《しごと》を云《い》いつけて、我々《われわれ》四人《にん》を打《う》っ放《ちゃ》って置《お》かれるとは余《あま》りじゃないか」望「ウム、少々《しょうしょう》不平《ふへい》だから勝手《かって》に此処《ここ》へ出《で》て来《き》たのだが、何《なん》でも伊勢崎《いせざき》五郎《ろ》三郎奴《ろうめ》が怪《あや》しいと乃公《おれ》は睨《にら》んで居《い》る。一つ乗《のり》込《こ》んで五郎《ろ》三郎《ろう》を詮議《せんぎ》に及《およ》んで遣《や》ろうか」筧「ナアニ、怪《あや》しくなくっても構《かま》うものか。五郎《ろ》三郎《ろう》と云《い》う奴《やつ》、日頃《ひごろ》から虫《むし》の好《す》かん奴《やつ》だ遣《や》っ付《つ》けろ〳〵」伊「賛成《さんせい》〳〵、思惑《おもわく》が間違《まちが》った処《ところ》で、罪《つみ》を引受《ひきう》くれば夫《そ》れで宜《い》いのだ」清「ウム貴様等《きさまら》の云《い》う通《とお》り、申《もう》し訳《わけ》なかったら腹《はら》を切《き》って死《し》ぬ迄《まで》だ。サア乗《の》り込《こ》めい」と、無茶苦茶者《むちゃくちゃもの》の四人《にん》は、ドス〳〵門前《もんぜん》へ歩《や》って来《く》ると、ドンと突《つ》き当《あた》った者《もの》がある。清「ヤイ、誰《たれ》だ突《つ》き当《あた》ったのは……オヤッ乗物《のりもの》らしいぞ……オヽ此処《ここ》に人間《にんげん》が倒《たお》れて居《い》る……ハヽア穴山《あなやま》と海野《うんの》が早《は》や仕事《しごと》を遣《や》ったな」筧「忌々《いまいま》しいなア、事《こと》に依《よ》ると楓殿《かえでどの》を首尾《しゅび》宜《よ》く連《つ》れて帰《かえ》ったかも知《し》れないぞ」伊「左様《そう》だ、違《ちが》いない……然《しか》し我々《われわれ》の目的《もくてき》は五郎《ろ》三郎《ろう》にあるのだから、構《かま》う事《こと》はない丁度門《ちょうどもん》も開《あ》け放《はな》してある。幸《さいわ》いだ入《い》り込《こ》もう……」と、咄嗟《あわや》門内《もんない》へ乱入《らんにゅう》なさんとする折柄《おりから》ドヤ〳〵門内《もんない》より立《た》ち出《い》でたる十五六人《にん》連《づ》れ。先《さき》に立《た》ったるは、之《これ》なん伊勢崎《いせざき》五郎《ろ》三郎《ろう》と相見《あいみ》える。左手《ゆんで》に弓張提灯《ゆみはりちょうちん》を携《たずさ》え、右手《めて》に抜刀《ばっとう》に及《およ》び、五「コリャ六蔵《ぞう》〳〵、曲者《くせもの》が出《で》たと云《い》うが何処《どこ》だ〳〵」六「ヘエ、旦那様此処《だんなさまここ》で……」と、乗物《のりもの》の側《そば》へ寄《よ》らんとする間《かん》一髪《ぱつ》、闇《やみ》の中《うち》よりバラリ飛《と》んで出《で》た四人《にん》の豪傑《ごうけつ》。清海入道《せいかいにゅうどう》は突然《いきなり》五郎《ろ》三郎《ろう》に躍《おど》りかかり、清「ヤイ、神妙《しんみょう》にしろ五郎《ろ》三郎《ろう》、汝《なんじ》には用向《ようむき》があるのだ。此方《こちら》へ来《う》せい」利腕《ききうで》グイと引摑《ひっつか》み、エイと一声《せい》肩《かた》に担《かつ》いで岩石落《がんせきおと》し、頭顚倒《ずでんどう》と投《な》げつけた。アッと驚《おどろ》き起《お》き上《あ》がらんとする処《ところ》を、乗《の》り掛《かか》った筧《かけい》十造《ぞう》は、筧「此《こ》の野郎《やろう》、藻掻《もが》くな。汝《なんじ》の様《よう》な者《もの》は武士《ぶし》の風上《かざかみ》にも置《お》けない奴《やつ》だ。筧《かけい》十造《ぞう》を知《し》らないか」と、到頭打《とうとうぶ》ん縛《じば》って終《しま》った。家来《けらい》の面々《めんめん》は吃驚仰天《びっくりぎょうてん》、△「ソレ、曲者《くせもの》だッ、出合《であ》え〳〵……」と、四人望《にんのぞ》んで打《う》ち掛《かか》る。四人《にん》は得物《えもの》も持《も》たず、望「猪虎才《ちょこざい》なり、一人《ひとり》〳〵は面倒《めんどう》だ、束《たば》になって来《き》やアがれ」と、四ケ処《しょ》に分《わか》れて働《はたら》いて居《い》る。塀際《へいぎわ》に隠《かく》れて居《い》た穴山《あなやま》、海野《うんの》、楓《かえで》の三人《にん》は、穴「オヤッ、四人《にん》が何《ど》うやら暴《あば》れ出《だ》した。海野《うんの》何《ど》うしよう。乃公等《おいら》も一寸手伝《ちょっとてつだ》おうか……」海「廃《よ》せ〳〵、楓殿《かえでどの》の身《み》に万《まん》一の事《こと》あっては大変だ。後《あと》は四人《にん》に任《まか》せて置《お》き、一足先《あしさき》に帰《かえ》ろう」と、三人《にん》は駆《か》け出《だ》した。四人《にん》は喚《おめ》き叫《さけ》んで、手当《てあた》り次第《しだい》に摑《つか》んでは投《な》げ、取《と》っては放《ほ》り、瞬《またた》く間《ま》に十五六人《にん》を悉《ことごと》く夫《そ》れへ気絶《きぜつ》させ、三「ハヽヽ、脆《もろ》い奴《やつ》だ。序《ついで》に屋敷《やしき》へ乗《の》り込《こ》んで、道具襖《どうぐふすま》を滅茶《めちゃ》〱に叩《たた》き潰《つぶ》して遣《や》ろうでないか」望「オイ、廃《よ》せ〱、道具《どうぐ》や襖《ふすま》に罪《つみ》はない。早《はや》く五郎《ろ》三郎《ろう》を引担《ひっかつ》いで帰《かえ》ろう」と、四人《にん》は五郎《ろ》三郎《ろう》を乗物《のりもの》の中《うち》へ投《ほ》り込《こ》み、清海入道《せいかいにゅうどう》は源《げん》五郎《ろう》を提《ひっさ》げ、三「サア、弟《おとうと》後《あと》を担《かつ》げい」伊「合点《がってん》だ」兄弟《きょうだい》の大入道《おおにゅうどう》が向鉢巻《むこうはちまき》で乗物《のりもの》を引担《ひっかつ》ぎ、三「オイ、望月《もちづき》、筧《かけい》……続《つづ》けい」ドシ〱上田城内《うえだじょうない》の裏手《うらて》へ戻《もど》り来《きた》り、一先《ま》ず番卒《ばんそつ》の小屋《こや》へ両人《りょうにん》を投《な》げ込《こ》み、三「コリャ番卒《ばんそつ》、此奴両人《こやつりょうにん》を逃《に》がしては不可《いけ》ないぞ。明朝迄《みょうちょうまで》の処《ところ》張《は》り番《ばん》をするんだ」番「へエー、オヤッ伊勢崎様《いせざきさま》に松田《まつだ》さん……」望「ウム、少々思惑《しょうしょうおもわく》があるのだ」と、番卒《ばんそつ》に堅《かた》く申《もう》し聞《き》け、四人《にん》は部屋《へや》に引《ひ》き取《と》った。夜《よ》が明《あ》けると四人《にん》は幸村《ゆきむら》の目通《めどお》りへ出《い》で、一伍一什《ぶしじゅう》を言上《ごんじょう》する。幸村《ゆきむら》は早《はや》や穴山海野両人《あなやまうんのりょうにん》より委細《いさい》を聞《き》き及《およ》び、承知《しょうち》の事《こと》であるから、幸「イヤ、大儀《たいぎ》〱、穴山海野《あなやまうんの》より聞《き》き及《およ》んだ」此処《ここ》で伊勢崎《いせざき》五郎《ろ》三郎《ろう》、松田源五郎《まつだげんごろう》の両人《りょうにん》を幸《ゆき》村自身取調《むらじしんとりしら》べると、肝腎《かんじん》の楓《かえで》を奪《うば》い返《かえ》されて居《い》る事《こと》ゆえ、一言半句《ごんはんく》の申訳《もうしわけ》もなく恐入《おそれい》る。幸村《ゆきむら》は又《また》もや六人《にん》の勇士《ゆうし》に命《めい》じ、何《なに》か計略《けいりゃく》を授《さず》け、本丸《ほんまる》へ両人《りょうにん》を引立《ひった》てさせる。六人《にん》は二人《ふたり》を縛《しば》り上《あ》げて本丸《ほんまる》へ連《つ》れ来《きた》り密《ひそか》に一室《しつ》へ閉《と》じ込《こ》め置《お》き、中《なか》にも弁舌《べんぜつ》に巧《たく》みなる望月《もちづき》六郎《ろう》は、老臣勇士《ろうしんゆうし》の居並《いなら》ぶ大広間《おおひろま》へ歩《あゆ》って来《きた》り、望「ハッ、御家老《ごかろう》へ申《もう》し上《あ》げます」五「何事《なにごと》じゃ」望「只今曲者《ただいまくせもの》を首尾《しゅび》能《よ》く召捕《めしと》り、次《つぎ》の室迄《ままで》連《つ》れ参《まい》りました。何卒格別《なにとぞかくべつ》の御憐愍《ごれんびん》を以《もっ》て、寛大《かんだい》の御所置《おんしょち》を願《ねが》いたく、本人《ほんにん》は勿論親族縁者《もちろんしんぞくえんじゃ》に到《いた》る迄《まで》、お咎《とが》めなきよう偏《ひと》えに願《ねが》い上《あ》げます」と、真面目臭《まじめくさ》って申《もう》し出《で》ると、五「黙《だま》らっしゃい、名乗《なの》り出《い》でたるものは許《ゆる》すと触《ふ》れ出《だ》したれど、召捕《めしと》られた者《もの》は当人《とうにん》は切腹《せっぷく》、親族縁者《しんぞくえんじゃ》に到《いた》る迄罰《までばっ》すると云《い》う定《さだ》めである」望「如何《いか》にも、仰《おお》せには候《そうら》えども、夫《それ》では余《あま》り気《き》の毒《どく》と……其処等《そこら》にも少々《しょうしょう》其《そ》の……」五「諄《くど》いッ」望「斯様申上《かほどもうしあ》げても御採用《ごさいよう》なくば是非《ぜひ》に及《およ》ばん。只今此《ただいまこ》の処《ところ》へ曲者《くせもの》を呼《よ》び出《だ》すでござろう」五「勿論早《もちろんはや》くさっしゃい。不埒千万《ふらちせんばん》な曲者《くせもの》だ……ウーム……」意地《いじ》悪《わる》の五郎兵衛《ろべえ》、真逆我《まさかわ》が子《こ》とは知《し》らないから、ウーン〳〵と眼《め》を剝《む》いて唸《うな》って居《い》る。

◎豆盗人《まめぬすびと》は此奴《こやつ》でござる

藪《やぶ》を突《つつ》いて蛇《へび》を出《だ》す。此《こ》の時望月《ときもちづき》六郎《ろう》は、心《こころ》の中《うち》で占《しめ》たと喜《よろこ》び、ワザと大音声《だいおんじょう》を張上《はりあ》げて、望「ヤア〳〵、お次《つぎ》に控《ひか》えし五人《にん》の者《もの》、召捕《めしと》ったる二人《にん》の曲者《くせもの》を早《はや》く之《こ》れへ引立《ひった》てい」呼《よば》わる声諸共《こえもろとも》に、次《つぎ》の襖《ふすま》を押開《おしひら》き、縄付《なわつき》の儘引立《ままひきた》てたる二人《ふたり》の曲者《くせもの》。五郎《ろ》兵衛《べえ》成政《なりまさ》は何奴《なにやつ》なるかと眼《め》を据《す》えて睨《にら》み付《つ》けて居《い》る。五人《にん》の勇士《ゆうし》は之《こ》れ見《み》ろと云《い》わぬばかりに、両人《りょうにん》を引据《ひきす》え、三「我《わ》が君様《きみさま》を始《はじ》め一座《ざ》の方々我々《かたがたわれわれ》が召捕《めしと》りし豆盗人《まめぬすびと》は此奴《こやつ》でござる。ヤイ二人《にん》の者《もの》、面《おもて》を上《あ》げて能《よ》く御家老《ごかろう》に面体《めんてい》を検《しら》べて貰《もら》えい。御家老此奴《ごかろうこやつ》でござる、何《なん》と図迂《ずう》〳〵しい曲者《くせもの》ではございませんか」と、両人《りょうにん》の髻《たぶさ》を摑《つか》んで、グイと面《おもて》を上《うえ》へ向《む》ける。昵《じっ》と其《そ》の顔眺《かおなが》めた五郎《ろ》兵衛《べえ》成政《なりまさ》は、五「ヤヽッ、其方《そのほう》は五郎《ろ》三郎《ろう》に源《げん》五郎《ろう》……」と、腰《こし》を抜《ぬ》かさんばかり打《う》ち驚《おどろ》き、妙《みょう》な顔《かお》して面目《めんぼく》なげに差《さ》し俯向《うつむ》く。スルト侍大将海野太郎左衛門《さむらいたいしょううんのたろうざえもん》は夫《そ》れへ躙《にじ》り出《い》で、太「アイヤ御家老《ごかろう》、拙者《せっしゃ》の娘《むすめ》を奪取《うばいと》った曲者《くせもの》は、此奴《こやつ》と極《きま》った上《うえ》は、何《ど》うか当人《とうにん》は切腹《せっぷく》、親族縁者《しんぞくえんじゃ》は夫々《それぞれ》厳罰《げんばつ》に行《おこな》うて頂《いただ》きたい。今迄《いままで》は娘《むすめ》の事《こと》ゆえ、差控《さしひか》え居《お》りましたが、斯《か》く曲者現《くせものあら》われたる上《うえ》は、一刻《こく》も猶予《ゆうよ》すべき場合《ばあい》ではござるまい。御返答《ごへんとう》承《うけたまわ》りたい……」と、短兵急《たんぺいきゅう》に攻《せ》め付《つ》けられ、流石奸佞邪智《さすがかんねいじゃち》なる伊勢崎《いせざき》五郎《ろ》兵衛《べえ》成政《なりまさ》も、一言《ごん》半句《はんく》の言葉《ことば》もなく、只長太息《ただためいき》を吐《は》き、俯向《うつむ》いて居《お》るばかり。実《じつ》に穴《あな》でもあらば這入《はい》りたい心地《ここち》、ダラ〳〵冷汗《ひやあせ》を流《なが》し、泣出《なきだ》しそうな顔付《かおつ》きで居《い》る。一座《ざ》は互《たが》いにクス〳〵と嘲笑《あざわら》って居《お》る。此《こ》の時正面《ときしょうめん》の真田安房守《さなだあわのかみ》は、昌「ヤヨ五郎《ろ》兵《べ》衛《え》、天《てん》に向《むかっ》て唾《つば》きをするとは此《こ》の事《こと》だ。以来《いらい》は心得《こころえ》て宜《よ》かろう。予《よ》に於《おい》て思《おも》う仔細《しさい》もあれば、汝《なんじ》が取調《とりしら》ぶるに及《およ》ばぬ。先《ま》ず夫《そ》れ迄《まで》は両人共屋敷《りょうにんともやしき》に引取《ひきと》り謹慎《きんしん》いたせッ」と、寛大《かんだい》なる上意《じょうい》。五郎《ろ》兵《べ》衛《え》ホッと呼吸《いき》を吐《つ》き、其《そ》の場《ば》に居《い》た堪《たま》らず、病気《びょうき》と云《い》い立《た》て、這々《ほうほう》の体《てい》で退出《たいしゅつ》する。後《あと》に昌幸公《まさゆきこう》は悠々《ゆうゆう》と両人《りょうにん》に意見《いけん》を加《くわ》え、昌「此度《このたび》は、格別《かくべつ》の情《なさけ》を以《もっ》て許《ゆる》し遣《つか》わす。以後《いご》心《こころ》を改《あらた》め、忠孝《ちゅうこう》の道《みち》を忘《わす》れなよ」と、教訓《きょうくん》の上引取《うえひきと》らせる。居列《いなら》ぶ諸士《しょし》は意外《いがい》の事《こと》に思《おも》い、△「何《ど》うも、余《あま》り寛《かん》大過《だいす》ぎる御所置《ごしょち》だ……」と、中《なか》には不平《ふへい》を唱《とな》えて居《い》るものもある。就中《とりわけ》六人《にん》の勇士《ゆうし》は、ズイと進《すす》み出《い》で、穴「ハッ、御前様《ごぜんさま》に申《もう》し上《あ》げます」昌「何《なん》じゃ」穴「我々《われわれ》六人《にん》が、折角《せっかく》苦《く》心《しん》をして召捕《めしと》りし曲者《くせもの》を、一応《おう》のお咎《とが》めもなくお免《ゆる》しになるとは其《そ》の意《い》を得《え》ませぬ。何《ど》うか厳罰《げんばつ》に処《しょ》して頂《いただ》きとう存《ぞん》じます」と、大分鼻息《だいぶんはないき》が荒《あら》い。昌幸莞爾《まさゆきかんじ》と打《う》ち笑《え》み、昌「ヤヨ者共《ものども》、汝等《なんじら》の不審《ふしん》は尤《もっとも》なれど、夫《そ》れは一を知《し》って二を知《し》らぬと申《もう》すもの。予《よ》の考《かんがえ》は幸村能《ゆきむらよ》く存知《ぞんじ》ある。帰《かえ》って尋《たず》ねるが宜《よ》かろう」と、云《い》われて六人《にん》は、プン〱怒《おこ》りながら新御殿《しんごてん》へ戻《もど》り来《きた》り、一同幸村《どうゆきむら》の目通《めどお》りへ出《い》で、海「ハッ、御主人私共《ごしゅじんわたくしども》は残念《ざんねん》で堪《たま》りません」幸「フム……、何《なに》が残念《ざんねん》かな」三「実《じつ》は、斯様《かよう》〱でございまする」幸「フム、左様《さよう》か、夫《そ》れはお父上《ちちうえ》の仰《おっ》しゃる通《とお》りだ。汝等《なんじら》は一を知《し》って二を知《し》らんのじゃ……」六「ヘエ……、ソハ又何故《またなにゆえ》で……」幸「ハヽヽ、父上《ちちうえ》の思召《おぼしめし》は又格別《またかくべつ》である。若《も》しも伊勢崎《いせざき》五郎《ろ》三郎《ろう》と松田源五郎《まつだげんろう》を厳罰《げんばつ》に行《おこな》う時《とき》は、之《これ》を召捕《めしと》りながら重役《じゅうやく》にも相談《そうだん》なく、一存《ぞん》で許《ゆる》した猿飛佐《さるとびさ》助《すけ》も相当《そうとう》の刑《けい》に行《おこな》わんければならぬ。相手《あいて》を許《ゆる》せば佐助《さすけ》にも罪《つみ》を行《おこな》わずに済《す》む。其処《そこ》を悟《さと》らぬ其方等《そのほうら》は、所謂《いわゆる》一を知《し》って二を知《し》らぬ者《もの》である」と、聞《き》いた六人《にん》はハッと平伏《へいふく》なし、六「恐《おそ》れ入《い》り奉《たてまつ》りまする。御恨《おうら》み申《もう》せし罪軽《つみかる》からず何卒御許《なにとぞおゆる》し下《くだ》されたし」と、今更《いまさら》ながら幸村《ゆきむら》の思慮分別《しりょふんべつ》あるに感服《かんぷく》して居《お》る。猿飛佐助《さるとびさすけ》は直様相木源之助《すぐさまあいきげんのすけ》の屋敷《やしき》より呼《よ》び戻《もど》した。折柄安房守昌幸新御殿《おりからあわのかみまさゆきしんごてん》へ来《きた》り、昌「ヤヨ幸村《ゆきむら》、汝《なんじ》は伊勢崎五郎兵衛《いせざきろべえ》の身《み》の上《うえ》に付《つい》て何《なに》か思《おも》う処《ところ》はないか」幸「ハイ、実《じつ》は其《そ》の事《こと》に付《つ》きまして、只今猿飛佐助《ただいまさるとびさすけ》を呼戻《よびもど》したる次《し》第《だい》でございまする」昌「フム、其《そ》の方《ほう》の考《かんが》えは何《ど》うじゃ」幸「失礼《しつれい》ながら、お父上《ちちうえ》のお考《かんが》えは如何《いかが》で……」昌「ハヽヽ、予《よ》の考《かんがえ》より其方《そのほう》の意見《いけん》を聞《き》こう」幸「然《しか》らば、斯《こ》ういたしましょう。お父上《ちちうえ》と私《わたくし》と互《たが》いに掌《てのひら》へ書《か》きまして、一緒《しょ》に開《ひら》いては如何《いかが》で……」昌「ウム、面白《おもしろ》い」此処《ここ》で両人《りょうにん》は掌《てのひら》へ何《なに》か書《か》きつけ、堅《かた》く握《にぎ》って、昌「サア、幸村出《ゆきむらだ》せ」幸「ハイ、斯《こ》の通《とお》りでございます……」同時《どうじ》に開《ひら》いて見《み》ると、昌幸《まさゆき》の掌《てのひら》には「五郎兵衛今夜当地《ろべえこんやとうち》を退散《たいさん》」幸村《ゆきむら》の方《ほう》には「伊勢崎《いせざき》の一族郎党《ぞくろうとう》、今夜《こんや》の中《うち》に逐電《ちくでん》」と、同《おな》じ意味《いみ》の文句《もんく》が書《か》いてある。昌「ウム、出来《でか》した。シテ其方《そのほう》の意見《いけん》は……」幸「ハイ、彼等親子《かれらおやこ》は詰《つま》り真田家《さなだけ》にあって益《えき》なき人物《じんぶつ》、何《いず》れへ参《まい》ろうと敢《あえ》て恐《おそ》るるには足《た》りませんが、三代相恩《だいあいおん》の当家《とうけ》を捨《す》て、他国《たこく》へ奔《はし》る獅子《しし》心中《しんちゅう》の虫《むし》、不忠者《ふちゅうもの》の見《み》せしめに打果《うちはた》して終《しま》う方《ほう》が後日《ごじつ》の為《た》めに宜《よろ》しからんと心得《こころえ》ます」昌「ウム、予《よ》も同意見《どういけん》だ。ヤヨ佐助之《さすけこ》れへ参《まい》れ。実《じつ》は斯様《かよう》〳〵彼等親子《かれらおやこ》が今夜《こんや》一族郎党《ぞくろうとう》を纏《まと》め、密《ひそ》かに他国《たこく》へ奔《はし》るに相違《そうい》ない。汝其《なんじそ》の後《あと》をつけ行《ゆ》き、落付《おちつ》く先《さき》を見定《みさだ》め、仮令隣国大名《たとえりんごくだいみょう》の城内《じょうない》でも苦《くる》しからず、忍込《しのびこ》んで親子《おやこ》の首《くび》を提《ひっさ》げて帰《かえ》れ。此《こ》の役目《やくめ》は汝《なんじ》でなくば勤《つと》まり難《がた》し。確《しか》と申《もう》し付《つ》けたぞ」佐「ハッ、畏《かしこ》まりました。御当家《ごとうけ》に仕《つか》えて既《すで》に四年《ねん》、然《しか》るに未《ま》だ之《これ》と云《い》う寸功《すんこう》もなき此《こ》の佐助《さすけ》、屹度両人《きっとりょうにん》の首《くび》を提《さ》げて立帰《たちかえ》りまする」と、快《こころ》よく引受《ひきう》けた。安房守昌幸公《あわのかみまさゆきこう》は本丸《ほんまる》へ引取《ひきと》る、後《あと》に幸村《ゆきむら》は密《ひそか》に佐助《さすけ》を招《まね》き、幸「ヤヨ佐助《さすけ》、伊勢崎親子《いせざきおやこ》は必《かな》らず隣国海野口《りんごくうんのぐち》の城主平賀修理之助源心入道《じょうしゅひらがしゅりのすけげんしんにゅうどう》の手許《てもと》へ便《たよ》ると心得《こころえ》る。平賀家《ひらがけ》と予《よ》の家《いえ》とは日頃《ひごろ》より睨《にら》み合《あい》の姿《すがた》、殊《こと》に源心入道《げんしんにゅうどう》は力《ちから》七十人《にん》に敵《てき》し、稀《き》代《たい》の豪傑《ごうけつ》である。伊勢崎親子《いせざきおやこ》を討取《うちと》る時《とき》は、必《かな》らず怒《いか》って当上田城《とうえだじょう》を攻《せ》めるは必定《ひつじょう》。其《そ》の時《とき》に当《あた》って彼《かれ》を打《う》ち滅《ほろぼ》さんの父上《ちちうえ》の御所存《ごしょぞん》。名正《なただ》しからざれば戦《たたか》い勝《か》ち難《がた》しとは兵法《へいほう》の云《い》う処《ところ》。不忠者《ふちゅうもの》の伊勢崎親子《いせざきおやこ》を庇《かくま》ったる罪《つみ》を鳴《な》らして戦《たたかい》を交《まじ》えるに於《おい》ては、何《なん》の不都合《ふつごう》が之《こ》れあらん。依《よ》って汝《なんじ》は其《そ》の心得《こころえ》で首尾《しゅび》能《よ》く仕遂《しと》げて呉《く》れよ」佐「ハッ、夥多家臣《あまたかしん》ある其《そ》の中《なか》より、特《とく》に若年《じゃくねん》の私《わたくし》を御撰抜相成《ごせんばつあいな》る段《だん》、面目身《めんぼくみ》に余《あま》って喜《よろこ》び之《こ》れに過《す》ぎず、習《なら》い覚《おぼ》えし忍術《にんじゅつ》の威徳《いとく》を以《もっ》て、首尾《しゅび》能《よ》く仕遂《しと》げて御覧《ごらん》に入《い》れまする」と、堅《かた》く誓《ちか》って自分《じぶん》の部屋《へや》へ引《ひき》取《と》り、夫々《それぞれ》身仕度《みじたく》に及《およ》び、日《ひ》の暮《く》れるを相待《あいま》って居《い》る。処《ところ》が真田親子《さなだおやこ》の天眼通果《てんがんつうはた》して違《たが》わず、伊勢崎《いせざき》五郎《ろ》兵衛《べえ》、一子《し》五郎《ろ》三郎《ろう》、一門縁者《もんえんじゃ》は、真田家《さなだけ》に安閑《あんかん》として居《お》るのは、面目《めんぼく》ないと云《い》う処《ところ》より、隣国海野口《りんごくうんのぐち》の城主平賀源心入道《じょうしゅひらがげんしんにゅうどう》を便《たよ》らんものと、一族郎党《ぞくろうとう》七十余人《よにん》が、其《そ》の夜密《よひそ》かに上田《うえだ》の城下《じょうか》を退散《たいさん》なし、海野口《うんのぐち》を差《さ》して落《お》ち行《ゆ》く事《こと》になる。

◎ヨシ此奴《こやつ》を喧嘩《けんか》させて遣《や》ろう

悪盛《あくさかん》なる時《とき》は天《てん》に勝《か》ち、天定《てんさだ》まって人《ひと》に勝《か》つ。此方猿飛佐助《こちらさるとびさすけ》は、日《ひ》が暮《く》れると急《いそ》ぎ城内《じょうない》を立出《たちい》で、伊勢崎《いせざき》五郎《ろ》兵衛《べえ》の表門前《おもてもんぜん》へ来《きた》り、昵《じっ》と様子《ようす》を窺《うかが》うと、成程表《なるほどおもて》は静《しず》まり返《かえ》って居《い》るが、内部《うちら》は何《ど》うやら混雑《こんざつ》の様子《ようす》。佐「ハヽア、御主人《ごしゅじん》の仰《おっ》しゃった通《とお》り、今夜《こんや》の中《うち》に逃《に》げ出《だ》す積《つも》りだな……」と、思《おも》いながら四辺《あたり》を見廻《みまわ》すと、塀側《へいぎわ》にヌッと出《で》て居《い》る見越《みこ》しの松《まつ》ケ枝《え》がある。佐「オヽ、之《こ》れ幸《さいわ》い枝《えだ》の上《うえ》で一休《ひとやす》み……」スル〳〵と生《お》い茂《しげ》ったる枝《えだ》の真中《まんなか》処《どころ》へ攀《よ》じ登《のぼ》り、腰《こし》打《う》ち掛《か》けて背延《せの》びを為《な》し、佐「ハヽヽヽ、鳥居峠《とりいとうげ》以来久《いらいひさ》しく樹《き》へ登《のぼ》らなかったが宜《い》い気持《きも》ちだ。夫《そ》れは左様《そう》と姉上《あねうえ》は御養子《ごようし》を迎《むか》えられたと云《い》う手紙《てがみ》だが、何《ど》うか仲好《なかよ》く暮《くら》して下《くだ》されば宜《よ》いが……」と、気楽《きらく》な男《おとこ》もあったもの、色《いろ》んな事《こと》を考《かんが》えながら、内部《うち》と表《おもて》を七分《ぶ》三分《ぶ》に見廻《みまわ》して居《い》る。何《な》んしろ闇《やみ》に目《め》の利《き》く代物《しろもの》だから、屋敷《やしき》の内《うち》は隅《すみ》から隅迄《すみまで》アリ〳〵見《み》える。佐「イヨー、頻《しき》りに道具万端《どうぐばんたん》を片付《かたづけ》て居《お》るな。馬鹿《ばか》な奴《やつ》もあるものだ。千里《せんり》を見通《みとお》すと云《い》う我《わ》が君《きみ》の眼力《がんりょく》で睨《にら》まれて居《お》るとは知《し》らず、不心得千万《ふこころえせんばん》の事《こと》を思《おも》い立《た》ったものだ」と、云《い》って居《お》る内《うち》、早《は》や荷造《にづく》りも出来《でき》たと見《み》え、ボツ〳〵夫《そ》れを馬《うま》に積《つ》み、裏門《うらもん》より引出《ひきだ》し、伊勢崎五郎兵衛《いせざきごろべえ》始《はじ》め家族《かぞく》一統《とう》は、密《ひそか》に其《そ》の後《あと》へ続《つづ》き、屋敷《やしき》を立《たち》退《の》き、上田城下《うえだじょうか》の町端《まちはずれ》へ来《く》ると、此処《ここ》には早《は》や一族郎党《ぞくろうとう》が待《ま》ち合《あわ》せ、総勢《そうぜい》七十有余人《ゆうよにん》が足《あし》を早《はや》め、闇夜《やみよ》を幸《さいわ》い望月《もちづき》の方向《ほうこう》差《さ》して落《お》ちて行《ゆ》く。一二丁離《ちょうはな》れて後《うしろ》より、猿飛佐助《さるとびさすけ》はボツ〳〵と、佐「ハッハヽヽ、誰《たれ》も気付《きづ》かないと思《おも》って、安心《あんしん》して居《い》やアがる。乃公《おれ》が尾《つ》けて居《い》るとは仏様《ほとけさま》でも御存知《ごぞんじ》あるまい。彼等親子《かれらおやこ》の生命《せいめい》も此処《ここ》二三日《にち》だ。成《なる》べく早《はや》く大騒動《おおそうどう》を引き起《おこ》さん事《こと》には、兄弟分《きょうだいぶん》の六人《にん》に対《たい》して相済《あいす》まん。左様《そう》だ〱」と、豪胆極《ごうたんきわ》まる猿飛佐《さるとびさ》助《すけ》は、悠々寛々《ゆうゆうかんかん》としてブラ〱と尾《つ》いて行《ゆ》く。漸々《ようよう》その夜《よ》の引明《ひきあ》けに望月《もちづき》へ着《つ》き、夫《それ》より野沢《のざわ》、豊田《とよた》と出《で》て参《まい》り、丁度《ちょうど》三日目《かめ》に海野口《うんのぐち》へと到着《とうちゃく》した。佐助《さすけ》は一軒《けん》の宿《やど》に泊《とま》り込《こ》み、尚《なお》も様子《ようす》を探《さぐ》って居《お》ると、伊勢崎親子《いせざきおやこ》は巧《うま》く平賀源心《ひらがげんしん》を説《と》きつけた者《もの》と見《み》え、当《とう》分《ぶん》は客分《きゃくぶん》と云《い》う事《こと》で、城内《じょうない》に留《とど》まる事《こと》と相成《あいな》った。之《これ》を探《さぐ》り知《し》った猿飛佐助《さるとびさすけ》は、佐「ウム、愈々御主人《いよいよごしゅじん》の推量通《すいりょうどお》り、平賀家《ひらがけ》へ仕官《しかん》をいたしたな。憎《にっ》くき不忠不義者《ふちゅうふぎもの》である。今《いま》に見《み》ろ城内《じょうない》を騒《さわ》がしてやるぞ」と、手具脛《てぐすね》引《ひ》いて待《ま》ち受《う》けて居《お》る。然《しか》るに此《こ》の平賀修理之助《ひらがしゅりのすけ》源心入道《げんしんにゅうどう》は、何《ど》うかして真田家《さなだけ》を打《う》ち滅《ほろ》ぼし、続《つづ》いて武田家《たけだけ》と鋒先《ほこさき》を交《まじ》えようと云《い》う位《くら》いの豪傑《ごうけつ》であるから、真田家《さなだけ》の一老職《ろうしょく》伊勢崎五郎兵衛《いせざきごろべえ》が、一門郎党《もんろうとう》を連《つ》れて降参《こうさん》に及《およ》んだのを此《こ》の上《うえ》もなく喜《よろこ》び、源「ウム、真田家《さなだけ》を亡《ほろぼ》すは近《ちか》きにあり。目出度《めでた》し〱」と、思慮分《しりょふん》別《べつ》の浅《あさ》い大将丈《たいしょうだ》けに、只無闇《ただむやみ》に喜《よろこ》び返《かえ》り、今夜《こんや》は城内《じょうない》にて祝宴《しゅくえん》を催《もよ》おさんとあって、老臣《ろうしん》勇士《ゆうし》を呼《よ》び集《あつ》め、伊勢崎親子《いせざきおやこ》を引合《ひきあわ》し、大酒宴《だいしゅえん》と相成《あいな》った。之《こ》れを知《し》った猿飛佐助《さるとびさすけ》は、佐「ウム、祝宴《しゅくえん》なぞとは猪虎才《ちょこざい》な奴《やつ》。一番之《ばんこれ》より城内《じょうない》へ乗込《のりこ》み、伊勢崎親子《いせざきおやこ》を討取《うちと》り、泡《あわ》を吹《ふ》かして遣《や》ろう」と、海野口城《うんのぐちじょう》の搦手《からめて》へ歩《や》って参《まい》り、人《ひと》なきを見澄《みすま》し、ヤッと一声大地《せいだいち》を叩《たた》くと見《み》る間《ま》に、二丈《じょう》に近《ちか》き黒板塀《くろいたべい》を何《なん》なく飛《と》び越《こ》え、内部《ないぶ》へ首尾《しゅび》能《よ》く忍《しの》び込《こ》み、佐「最《も》う大丈夫《だいじょうぶ》だ、之《これ》からは乃公《おれ》の天下《てんか》だ……」と、ノソリ〳〵と奥手《おくて》へ忍《しの》び寄《よ》り、漸《よう》やく本《ほん》丸《まる》へ出《で》て来《まい》り、玄関口《げんかんぐち》へ差掛《さしかか》ると受附《うけつ》けと見《み》え、若武士《わかざむらい》が三人《にん》、衝立《ついたて》の前《まえ》に車座《くるまざ》となり、酒肴《さけさかな》を前《まえ》に置《お》き、グビリ〳〵と飲《の》んで居《お》る。佐「イヨー、鼻糞程《はなくそほど》の振舞酒《ふるまいざけ》に舌鼓《したつづみ》を鳴《な》らして居《い》やアがる。ヨシ此奴《こやつ》を喧嘩《けんか》さして遣《や》ろう」と、口《くち》に何《なに》か呪文《じゅもん》を唱《とな》え、ヤッと気合《きあい》を掛《か》けると、佐助《さすけ》の姿《すがた》はパッと消《き》えた。佐「之《こ》れで宜《よ》し〳〵……」と、ノコ〳〵三人《にん》の側《そば》に近《ちか》寄《よ》り、一本《ぽん》の燗徳利《かんどくり》を取《と》って、口呑《くちの》みにグイ〳〵飲《の》み干《ほ》し、肴《さかな》を摘《つま》んでムシャ〳〵喰《く》い始《はじ》めた。スルト一人《ひとり》の武士《さむらい》は、佐助《さすけ》の呑《の》んだ燗徳利《かんどくり》を取《と》って、甲「ナヽ内藤氏《ないとうじ》遣《や》り給《たま》え。我《わ》が君《きみ》からの振舞酒《ふるまいざけ》、遠慮《えんりょ》を召《め》さるな。サア酌《つ》ごう」内「イヨー、松山氏《まつやまうじ》の酌《しゃく》とは忝《かたじけ》ない。ジャア一杯《ぱい》……」松山平《まつやまへい》五郎《ろう》がズッと酌《つ》ぐと、斯《こ》は如何《いか》に一滴《てき》もない。松「オヤッ、此徳《このとく》利《り》は今持《いまも》って来《き》たばかしだが……ハヽア林氏冗談《はやしうじじょうだん》じゃないよ。貴公独《きこうひと》りが静《しず》かに遣《や》って居《お》ると思《おも》えば、皆呑《みなの》んで仕舞《しま》って……」林「オイ〳〵、乃公《おれ》は知《し》らないよ……オヤッ乃公《おれ》の肴《さかな》は誰《たれ》が食《く》ったのだ。一切《きれ》もないぞ」内「ハッハヽヽ、林《はやし》が極《きま》りが悪《わる》いと思《おも》って……、誰《たれ》が食《く》うものか、自分《じぶん》が今喰《いまく》って居《い》たじゃアないか」と、互《たがい》に争《あらそ》って居《お》る間《ま》に佐助《さすけ》は燗瓶《かんびん》の酒《さけ》を悉《ことごと》く呑《の》み干《ほ》し、肴《さかな》を一々《いちいち》喰《く》って終《しま》い、プイと立《た》って衝立《ついたて》の側《そば》で見《み》て居《い》ると、三人《にん》は面《かお》に青筋《あおすじ》を立《た》て、内「之《こ》れ見《み》ろ、今迄《いままで》乃公《おれ》の前《まえ》にあった肴《さかな》がなくなった。松山《まつやま》が食《く》ったのだろう」松「怪《け》しからん、乃公《おれ》の分迄《ぶんまで》貴様《きさま》が食《く》いながら、反対《はんたい》に何《なに》を吐《ぬか》す。オヤ〳〵燗瓶《かんびん》の酒《さけ》もないぞ。ハテ不思議《ふしぎ》な事《こと》じゃ」と、三人《にん》は顔見合《かおみあわ》せて居《お》ると、佐助《さすけ》は背後《うしろ》より、鉄扇《てっせん》で松山平五郎《まつやまへいごろう》の頭《あたま》をパンと打《う》つ。松「痛《いた》ッ、貴様等二人《きさまらふたり》は何《なん》の意恨《いこん》があって、乃公《おれ》の頭《あたま》を殴《なぐ》る」内「オヤ、可笑《おかし》な事《こと》を云《い》うな。我々《われわれ》が何《ど》うして貴様《きさま》の頭《あたま》を……ワア痛《いた》いッ、コリャ林鬢《はやしびん》をグイ〳〵引張《ひっぱ》ると云《い》う事《こと》が……」林「ハヽヽヽ、二人《ふたり》は宛《まる》で狐《きつね》に摘《つま》まれて居《お》る様《よう》だ。オヤッ誰《たれ》だい乃公《おれ》の鼻《はな》を摘《つま》むのは……」果《はて》は三人立上《にんたちあが》り、掴《つか》み合《あい》を追《お》っ始《ぱじ》めた。佐助《さすけ》は見《み》るより、佐「ハヽヽヽ、到頭遣《とうとうや》り出《だ》した。面白《おもしろ》い〳〵確《しっか》りやれ斬《き》るなと突《つ》くなと勝手《かって》にしろ」と、其《そ》の儘奥《ままおく》へノシ〳〵乗《の》り込《こ》み、大広間《おおひろま》に来《き》たって見《み》ると、平賀家《ひらがけ》の老臣勇士《ろうしんゆうし》は源心入道《げんしんにゅうどう》の左右《さゆう》に居列《いなら》び、少《すこ》し退《さが》って正面《しょうめん》に伊勢崎《いせざき》五郎《ろ》兵衛《べえ》と一子《し》五郎《ろ》三郎控《ろうひか》え、遥《はる》か下手《しもて》には伊勢崎《いせざき》の一門郎党列《もんろうとうれつ》を正《ただ》し、既《すで》に酒宴《しゅえん》は酣《たけなわ》と見《み》え、源心入道《げんしんにゅうどう》は脇息《きょうそく》に倚《もた》れて早《は》や大分酩酊《だいぶんめいてい》の体《てい》。源「アイヤ、伊勢崎《いせざき》五郎《ろ》兵衛《べえ》苦《くる》しゅうない過《すご》せ〳〵。今《いま》の今汝《いまなんじ》を先鋒《せんぽう》として、信州上田《しんしゅううえだ》に攻《せ》め込《こ》み、真田親子《さなだおやこ》を首《くび》にするか降参《こうさん》さすか、二つに一つの手詰《てづ》めの戦《いくさ》だ。ヤア〱者共酒《ものどもさけ》だ〱」大層上機嫌《たいそうじょうきげん》で居《お》る。伊勢崎五郎兵衛《いせざきごろべえ》は大《おお》いに面目《めんぼく》を施《ほどこ》し、平《ひら》賀家《がけ》の老臣勇士《ろうしんゆうし》と盃《さかずき》を交《まじ》え、献《さ》しつ献《さ》されつ飲《の》んで居《お》る。佐助《さすけ》は大広間《おおひろま》の入口《いりぐち》に突《つ》っ立《た》ち遥《はるか》に此《こ》の体見《ていみ》るより、怒《いか》り心頭《しんとう》より発《はっ》し、佐「オヽ、人面獣心《じんめんじゅうしん》の伊勢崎親子奴《いせざきおやこめ》、イデ打《う》ち取《と》って……」と、行《ゆ》かんとしたが立《た》ち留《ど》まり、佐「待《ま》てよ、此《こ》の儘遣《ままや》っ付《つ》けては興《きょう》が薄《うす》い。一つ計略《けいりゃく》を以《もっ》て、平賀源心入道《ひらがげんしんにゅうどう》の手《て》で、伊勢崎親子《いせざきおやこ》を討《う》たせて遣《や》ろう。左様《そう》だ〱」と、決心《けっしん》なし、今丁度伊勢崎五郎兵衛《いまちょうどいせざきごろべえ》が源心入道《げんしんにゅうどう》の前《まえ》に進《すす》み、酒《さけ》を呑《の》みつつ何《なに》か頻《しき》りに物語《ものがた》って居《お》るを幸《さいわ》いズカ〱と側《そば》に寄《よ》り、突然源心《いきなりげんしん》の持《も》ったる杯《さかずき》をグイと引《ひ》っ手繰《たくっ》た。何《な》んしろ身体《からだ》の見《み》えない人間《にんげん》が遣《や》る仕事《しごと》だから分《わか》ろう筈《はず》がない。源心入道不意《げんしんにゅうどうふい》と杯《さかずき》を取《と》られ、アッと驚《おどろ》いたが、見《み》る〱額《ひたい》に青筋《あおすじ》を立《た》て、源「ヤア、無礼《ぶれい》なり伊勢崎五郎兵衛《いせざきごろべえ》、何等《なんら》の為《た》めに予《よ》の盃《さかずき》を奪《うば》い取《と》った。其《そ》の方大分酒癖《ほうだいぶんさけぐせ》の悪《わる》い奴《やつ》だ」と、云《い》われて五郎兵衛《ろべえ》吃驚《びっくり》いたし、五「コヽ之《これ》はしたり、御前手前《ごぜんてまえ》は此《こ》の通《とお》り盃《さかずき》は一つ持《も》って居《い》ます。其《そ》の上御前《うえごぜん》の盃《さかずき》を奪《うば》い取《と》るなぞとは思《おも》いも依《よ》らぬ事《こと》、滅相《めっそう》な手前《てまえ》は……」と、云《い》い訳《わけ》をして居《お》る時《とき》しも、又《また》もや佐助《さすけ》は、源心《げんしん》の横面《よこづら》をポカーン。源「オヤッ、此奴今度《こやつこんど》は横面《よこづら》を……最《も》う勘弁罷《かんべんまか》り成《な》らぬ」と、一徹短慮《てったんりょ》の平賀源心《ひらがげんしん》、烈火《れっか》の如《ごと》く憤《いきどお》り、スックと立《た》ち上《あが》るが早《はや》いか、小姓《こしょう》の持《も》ったる一刀追《お》っ取《と》り、抜《ぬ》く手《て》も見《み》せずヤッと一声《せい》、五郎兵衛《ろべえ》の肩口深《かたぐちふか》く切《き》り込《こ》んだ。

◎行《ゆ》き掛《が》けの駄賃《だちん》だ

欺《あざむ》くに其《そ》の道《みち》を以《もっ》てすれば君子《くんし》も防《ふせ》ぎ難《がた》し。短気無類《たんきむるい》の源心入道《げんしんにゅうどう》は、猿飛佐助《さるとびさすけ》の計略《けいりゃく》に罹《かか》り、只《ただ》一刀《とう》に伊勢崎五郎兵衛《いせざきろべえ》を斬《き》り倒《たお》した。悴《せがれ》五郎《ろ》三郎《ろう》は此《こ》の体《てい》見《み》るより大《おお》いに驚《おどろ》き、五「ヤヽッ、之《こ》りゃ何《ど》うじゃ」と、遮《さえぎ》らんとする処《ところ》を、源心入道《げんしんにゅうどう》隙《すか》さず飛《と》び掛《かか》り、エイと叫《さけ》んで細首丁《ほそくびちょう》と打《う》ち落《おと》す。思《おも》い掛《が》けなき俄《にわか》の椿事《ちんじ》に、伊勢崎《いせざき》の一族郎党《ぞくろうとう》は惣立《そうだ》ちとなり、ハア〱騒《さわ》ぎ出《だ》す。源心入道血刀提《げんしんにゅうどうちがたなひっさ》げ、怒《いか》りの大音《だいおん》張《は》り上《あ》げて、源「ヤア〱、伊勢《いせ》崎《ざき》の一族郎党《ぞくろうとう》能《よ》く聞《き》け。窮鳥懐《きゅうちょうふところ》に入《い》る時《とき》は猟師《りょうし》も之《これ》を捕《と》らず。伊勢崎五郎兵衛《いせざきろべえ》我《われ》を頼《たよ》って参《まい》りしにより、之《これ》より重《おも》く用《もち》いんと、彼《か》れの為《ため》に今夜《こんや》の祝宴《しゅくえん》。然《しか》るに彼《かれ》は酔興《すいきょう》なし、予《よ》の盃《さかずき》を奪《うば》い取《と》るさえあるに、剰《あまつさ》え予《よ》の横面《よこづら》を殴《なぐ》るとは言語道断《ごんごどうだん》。依《よ》って我《わ》れ親子諸共《おやこもろとも》一刀《とう》両断《りょうだん》に成敗《せいばい》いたしたり。汝等主人《なんじらしゅじん》を討《う》たれて残念《ざんねん》と思《おも》わば、予《よ》に敵対《てきたい》するも宜《よ》し、夫《そ》れとも我《われ》に従《したが》わんと思《おも》わば、今《いま》より臣下《しんか》となれ。何《ど》うじゃ〱」と、云《い》われて七十余人《よにん》の連中《れんちゅう》は、ハッと其《そ》の場《ば》へ平伏《へいふく》なし、中《なか》にも伊勢崎《いせざき》の股肱《ここう》と呼《よ》ばれた松田源五郎《まつだげんろう》は、松「ハッ、最早出来《もはやでき》た事《こと》は仕方《しかた》がございません。考《かんが》えて見《み》れば御主人《ごしゅじん》が悪《わる》いから起《おこ》った事《こと》、何卒《なにとぞ》只今《ただいま》より御当家《ごとうけ》の臣下《しんか》に加《くわ》えて頂《いただ》きたい。此《こ》の源五郎総代《げんろうそうだい》となって願《ねが》い上《あ》げ奉《たてまつ》る」と、実《じつ》に何《ど》うも意苦地《いくじ》のない話《はな》し。主《しゅ》が主《しゅ》なら家来《けらい》も家来《けらい》、一同平蜘蛛《どうひらぐも》の様《よう》になり、三拝《ばい》九拝叩《はいてい》頭平身《とうへいしん》に及《およ》んで居《お》る。先刻《せんこく》より此《こ》の体《てい》見《み》て居《い》た猿飛佐助《さるとびさすけ》は、舌打《したう》ち鳴《な》らし、佐「エッ、腰《こし》抜共《ぬけども》の揃《そろ》いだ。二人《ふたり》は首尾《しゅび》能《よ》く源心《げんしん》の手《て》で殺《ころ》させたが、七十人《にん》の中《うち》で誰一人《たれひとり》主人《しゅじん》の仇《あだ》と切《き》り込《こ》む者《もの》がないとは、情《なさけ》ない奴等《やつら》だ。ヨーシ不忠者《ふちゅうもの》の松田源五郎《まつだげんろう》を真《ま》二つに遭《あわ》して遣《や》ろう」と、怒《いか》りに乗《じょう》じてツカ〳〵と進《すす》み寄《よ》り一刀《とう》抜《ぬ》き打《う》ちにエイとばかりに斬《き》り付《つ》けると、源《げん》五郎《ろう》の首《くび》は転《ころ》りと前《まえ》に落《お》ちる。イヤ驚《おどろ》いたのは平賀源心《ひらがげんしん》始《はじ》め一同《どう》の者《もの》、源「ヤヽッ、源《げん》五郎《ろう》の首《くび》が落《お》ちた。之《こ》りゃ何《ど》うじゃ」と、呆《あき》れ返《かえ》って居《お》る折柄《おりから》、最《も》う大丈夫《だいじょうぶ》と佐助《さすけ》は呵々《からから》と打《う》ち笑《わら》い、佐「アハヽヽ、驚《おどろ》いたか平賀源心《ひらがげんしん》始《はじ》め一同《どう》の奴原《やつばら》、我《わ》が計略《けいりゃく》に罹《かか》って、伊《い》勢崎親子《せざきおやこ》を討《う》ち果《はた》した愚《おろ》かさよ。我《われ》ことは信州上田城主真田安房守昌幸《しんしゅううえだじょうしゅさなだあわのかみまさゆき》の一子与三郎幸村《しよろうゆきむら》の郎党《ろうとう》にいたして、忍術《にんじゅつ》の大名人《だいめいじん》と呼《よ》ばれたる猿飛佐助幸吉《さるとびさすけゆきよし》である。主君《しゅくん》の命《めい》を受《う》け、伊《い》勢崎親子《せざきおやこ》を自滅《じめつ》させん為《た》め、当城内《とうじょうない》に忍《しの》び込《こ》み、姿《すがた》を隠《かく》して我《わ》が仕組《しく》んだる計略《けいりゃく》とは知《し》らざるか、汝《なんじ》の坊主首《ぼうずくび》を提《ひっさ》げるは最《い》と安《やす》き仕事《しごと》なれど、左様《さよう》な卑怯《ひきょう》な振舞《ふるまい》をする我《われ》にあらず。今《いま》こそ姿《すがた》を現《あら》わして遣《や》るから、拝《おが》んで置《お》け。成《な》らば手柄《てがら》に召捕《めしと》って見《み》よやッ」と、云《い》うと等《ひと》しく、佐助《さすけ》の姿《すがた》はスックと彼方《あなた》に現《あら》われた。源心入道之《げんしんにゅうどうこれ》を聞《き》くより、満面朱《まんめんしゅ》を注《そそ》いだる如《ごと》く、源「ヤヽッ、偖《さ》ては又真田《またさなだ》の計略《けいりゃく》に罹《かか》ったか。己《おの》れ憎《にっ》くき汝《なんじ》の振舞《ふるまい》。ソレ者共《ものども》取《と》り逃《にが》すなッ」と、下知《げち》を掛《か》ける間《ま》も遅《おそ》し、佐助《さすけ》は伊勢崎親子《いせざきおやこ》の側《そば》に飛《と》び込《こ》むよと見《み》えたるが、手早《てばや》く両人《りょうにん》の首《くび》掻《か》き落《おと》して左手《ゆんで》に提《ひっさ》げ、右手《めて》に一刀《とう》振《ふ》り翳《かざ》し、寄《よ》れば斬《き》らんと身構《みがま》えた。一座《ざ》の面々《めんめん》佐助《さすけ》の勇気《ゆうき》に恐《おそ》れを為《な》し、我《われ》打《う》ち向《むか》わんと云《い》うものがない。只《ただ》ヤア〳〵と遠巻《とおまき》にして犇《ひしめ》き騒《さわ》ぐばかりなり。源心入道益々《げんしんにゅうどうますます》怒《いか》りの声絞《こえしぼ》り、源「エッ、云《い》い甲斐《がい》なき味方《みかた》の者共《ものども》かな。只《ただ》一人《にん》に辟易《へきえき》なし、躊躇《ちゅうちょ》するとは何事《なにごと》だ。此《こ》の上《うえ》は我《わ》れ自《みずか》ら打《う》ち向《むか》わん」と、咄嗟《あわや》佐助《さすけ》に斬《き》り掛《かか》らんとする一刹那《せつな》、△「アイヤ我《わ》が君暫《きみしば》らく、下素下郎《げすげろう》を討《う》ち果《はた》すに大将《たいしょう》の御手《おて》を下《くだ》し給《たま》う迄《まで》もなく、某美事首《それがしみごとくび》打《う》ち落《おと》して御覧《ごらん》に入《い》れ候《そうら》わん」と大身《おおみ》の槍《やり》を提《ひっさ》げて現《あら》われ出《い》でたる此《こ》の一人《にん》は、之《これ》なん平賀家名題《ひらがけなだい》の豪傑金剛兵衛之助秀春《ごうけつこんごうひょうえのすけひではる》なり。悠々《りゅうりゅう》と槍《やり》を扱《しご》き、猿飛望《さるとびのぞ》んで突《つ》っ掛《かか》る。心得《こころえ》たりと佐助幸吉《さすけゆきよし》、受《う》けつ流《なが》しつ秘術《ひじゅつ》を尽《つく》し、上段下段《じょうだんげだん》、虚々実々《きょきょじつじつ》、陽炎稲妻水《かげろういなずまみず》に月《つき》、暫《しば》らく間渉《あいだわた》り合《あ》って居《い》たが、佐助《さすけ》は全体伊勢《ぜんたいいせ》崎親子《ざきおやこ》の首《くび》さえ取《と》れば、最《も》う他《ほか》の奴《やつ》は殺《ころ》すに及《およ》ばんと云《い》う考《かんが》えであるから、只行《ただゆ》き掛《が》けの駄賃《だちん》に城内《じょうない》を騒《さわ》がして遣《や》ろうの手段《しゅだん》。今《いま》しも金剛兵衛《こんごうひょうえ》は気《き》を焦《いら》ち、エイと電光《でんこう》の如《ごと》く突《つ》っ込《こ》む槍《やり》の塩首《しおくび》を、ヤッと一声《せい》切《き》り放《はな》し、パッと二三間《げん》飛《と》び退《さが》ったかと思《おも》うと、斯《こ》はソモ如何《いか》に、佐助《さすけ》の姿《すがた》は掻《か》きけす如《ごと》く消《き》え失《う》せた。アッと驚《おどろ》く一座《ざ》の面々《めんめん》、中《なか》にも平賀源心《ひらがげんしん》と金剛兵衛《こんごうひょうえ》は血眼《ちまなこ》になり、源「ヤッ、又忍術《またにんじゅつ》で消《き》え失《う》せたか」金「ソレ逃《にが》すな、出口入口《でぐちいりぐち》に二重《じゅう》三重《じゅう》に取《と》り囲《かこ》めい」と、頻《しき》りに下知《げち》して居《い》る折《おり》しも、不思議《ふしぎ》や天主閣《てんしゅかく》の大太鼓《おおたいこ》が、俄《にわか》にドン〳〵と非常《ひじょう》を告《つ》ぐる乱打《らんだ》の響《ひび》き。アッと驚《おどろ》く城将源心入道《じょうしょうげんしんにゅうどう》は、天主閣《てんしゅかく》を睨《にら》み上《あ》げ、火炎《かえん》を吐《は》かんばかりに地団太踏《じだんだふ》み、源「己《おの》れッ、悪《にっ》くき彼奴《きゃつ》の振舞《ふるまい》かな。予《よ》を愚弄《ぐろう》するにも程《ほど》がある。飽迄《あくまで》も彼《か》れを討取《うちと》らねば腹《はら》が癒《い》えぬッ」と、ドン〳〵天主閣望《てんしゅかくのぞ》んで登《のぼ》り行《ゆ》く。此方《こちら》は猿飛佐助《さるとびさすけ》、思《おも》う存分太鼓《ぞんぶんたいこ》を鳴《なら》し、城下《じょうか》が俄《にわ》かに騒《さわ》ぎ立《た》ったる光景《ありさま》を見澄《みすま》し、佐「アハヽヽ、之《こ》れ丈《だ》け源心入道《げんしんにゅうどう》を怒《おこ》らせて置《お》いたら、今《いま》の今軍馬《いまぐんば》を以《もっ》て押《お》し寄《よ》せるは必定《ひつじょう》。之《これ》で兄弟分《きょうだいぶん》への云《い》い訳《わけ》も立《た》つ。何《ど》れボツ〳〵帰《かえ》ろう」スタ〳〵天主閣《てんしゅかく》を降《お》りて来《く》ると、中段処《ちゅうだんどころ》で平賀源心入道《ひらがげんしんにゅうどう》の昇《のぼ》って来《く》るに、バッタリ出合《であ》った。然《しか》し佐助《さすけ》の姿《すがた》が見《み》えないから、入道《にゅうどう》は知《し》ろう筈《はず》がない。源「ウム、不埒《ふらち》な奴《やつ》め……ウム……」唸《うな》りながら昇《のぼ》って来《く》る。佐「オヤッ、入道奴《にゅうどうめ》最《も》う堪《たま》らなくなって、大将自《たいしょうみずか》ら歩《や》って来《き》たな。ヨシ、行《ゆ》き掛《が》けの駄賃《だちん》だ、アッと云《い》う程驚《ほどおどろ》かして置《お》いて逃《に》げ出《だ》して遣《や》ろう」と、今《いま》や源心入道《げんしんにゅうどう》が佐助《さすけ》とスレ逢《あ》わんとする間《かん》一髪《ぱつ》、佐助《さすけ》は握《にぎ》り固《かた》めし拳骨《げんこつ》振《ふ》り上《あ》げ、坊主頭《ぼうずあたま》を力《ちから》に任《まか》せて、ヤッとばかりに殴《なぐ》りつけた。幾等豪勇無双《いくらごうゆうむそう》の源心入道《げんしんにゅうどう》も、不意《ふい》を食《くら》っては堪《たま》らない。アッと躍《おど》り上《あが》ったと思《おも》ったら、段梯子《だんばしご》を踏《ふ》み外《はず》し、転々《ころころ》と下《した》へ落《お》ちる。佐「ハッハヽヽヽ、源心坊主《げんしんぼうず》猿飛佐助《さるとびさすけ》の手並《てなみ》を見《み》たか。近々戦場《きんきんせんじょう》に於《おい》て対面《たいめん》せん。坊主首《ぼうずくび》を洗《あら》って待《ま》って居《お》れ。去《さ》らばだッ」と、飽迄大言《あくまでたいげん》を払《はら》い、飛《と》ぶが如《ごと》くドシ〳〵駆《か》け降《お》り、何処《いずこ》ともなく消《き》え失《う》せた。跡《あと》に源心入道堪《げんしんにゅうどうたま》ったものじゃアない。段梯子《だんばしご》からガラ〳〵〳〵ドスーン、転《ころ》がり落《お》ちる機会《はずみ》に、登《のぼ》って来《く》る家来《けらい》にコツ〳〵頭《あたま》を蹴《け》られる、段梯子《だんばしご》で頭《あたま》を打《う》つ。坊主頭《ぼうずあたま》一面瘤《めんこぶ》だらけ凹《でこ》凸《ぼこ》になって漸々家来《ようようけらい》に助《たす》けられ、奥殿《おくでん》へ戻《もど》り来《きた》り、痛《いた》いのと腹《はら》が立《た》つのとでウン〳〵唸《うな》って怒《いか》り甚《はなはだ》しく、源「斯《か》く迄《まで》、馬鹿《ばか》にされ、此《こ》の儘捨《ますす》て置《お》いては、弓矢《ゆみや》の手前家《てまえいえ》の名折《なお》れ。豪勇《ごうゆう》を以《もっ》て聞《きこ》えたる予《よ》の恥辱《ちじょく》だ。飽迄真田安房守《あくまでさなだあわのかみ》を相手取《あいてど》り、一合戦《かっせん》に及《およ》び、勝敗《しょうはい》を一挙《きょ》に決《けっ》せんければ承知《しょうち》が出来《でき》ない」と、到頭疳癪玉《とうとうかんしゃくだま》を破裂《はれつ》さし、直様総登城《すぐさまそうとじょう》を命《めい》じ、家来《けらい》の意見《いけん》も聞《き》かばこそ、俄《にわ》かに合戦《かっせん》の準備《じゅんび》に取《と》り掛《かか》る。

◎軍《いくさ》を追始《おっぱじ》めないと我々《われわれ》が困《こま》る

山高《やまたか》しと雖《いえど》も尊《とうと》からず、木《き》あるを以《もっ》て尊《とうと》しとなす。人間《にんげん》も其《そ》の通《とお》り、幾等《いくら》豪勇《ごうゆう》でも智恵《ちえ》がなくっては駄目《だめ》だ。平賀源心入道《ひらがげんしんにゅうどう》強《つよ》いには違《ちが》いないが、智恵《ちえ》がないから到頭真田親子《とうとうさなだおやこ》の計略《けいりゃく》に乗《の》せられ、プン〳〵怒《おこ》って出陣《しゅつじん》の準備《じゅんび》に及《およ》んで居《お》る。然《しか》るに此方上田城内《こちらうえだじょうない》では例《れい》の六勇士《ゆうし》が首《くび》を長《なが》くして、筧「オイ、猿飛《さるとび》は遅《おそ》いな。巧《うま》く遣《や》って来《く》れば宜《よ》いが」海「ウム、猿飛《さるとび》の事《こと》だから、何《なに》か土産《みやげ》を持《も》って帰《かえ》るだろう」三「ダガ、只伊勢崎親子《ただいせざきおやこ》の首《くび》を持《も》って帰《かえ》ったばかりでは満《つま》らない。源心坊主《げんしんぼうず》を怒《おこ》らせて、戦《いく》さを追始《おっぱじ》めない事《こと》には、我々《われわれ》が困《こま》る」望「左様《そう》だ〳〵、猿飛《さるとび》ばかりが巧《うま》い汁《しる》を吸《す》って、我々《われわれ》は指《ゆび》を咬《くわ》えて見物《けんぶつ》では始《はじま》らない。最《も》う戻《もど》りそうなものだが……一つ御主人《ごしゅじん》に尋《たず》ねて見《み》ようでないか」と、六人《にん》は打《う》ち揃《そろ》って幸《ゆき》村《むら》の目通《めどお》りへ出《い》で、伊「ハッ、申上《もうしあげ》ます」幸「何事《なにごと》じゃ」伊「猿飛《さるとび》は今日《こんにち》で丁度《ちょうど》七日《か》になりますが、未《ま》だ帰《かえ》っては参《まい》りませんが、何《ど》うも待《ま》ち遠《どお》しくって……」幸「ハヽヽ、先刻《せんこく》から大層気《たいそうき》を揉《も》んで居《お》るではないか」と、星《ほし》を指《さ》したる一言《ごん》に、六人《にん》は顔見合《かおみあわ》せ、三「へエ、夫《そ》れが御主人分《ごしゅじんわか》りますか」幸「ハヽヽ、夫《そ》れ位《くら》いの事《こと》が分《わか》らぬ様《よう》で戦争《いくさ》が出来《でき》ると思《おも》うか。身《み》は上田城内《うえだじょうない》にあっても、天下《てんか》の形勢《けいせい》はチャンと天眼通《てんがんつう》を以《もっ》て見抜《みぬ》いて居《お》る此《こ》の幸村《ゆきむら》。其方等《そのほうら》は佐助《さすけ》の帰《かえ》りを待《ま》って居《お》るのではない、戦争《いくさ》の起《おこ》るのを待《ま》ち兼《か》ねて居《お》るのだろう、アハヽヽ」云《い》われて六人《にん》は閉口頓首《へいこうとんしゅ》、夫《そ》れへ平伏《へいふく》なし、海「今《いま》に初《はじ》めぬ御主人《ごしゅじん》の御《ご》眼力《がんりょく》、恐《おそ》れ入《い》りました。然《しか》し戦争《せんそう》は始《はじ》まりましょうか」幸「ウム、源心《げんしん》が怒《おこ》りさえすれば始《はじ》まる。昨夜以来天文《さくやいらいてんもん》を見《み》るに、海野口方面《うんのぐちほうめん》に殺気漲《さっきみなぎ》って居《お》る様子《ようす》では、多分起《たぶんおこ》るであろう。兎《と》に角今夜辺《かくこんやあた》り佐助《さすけ》は戻《もど》って来《く》る。能《よ》く聞《き》き糺《ただ》して見《み》ねば分《わか》らん。其方等《そのほうら》も先《ま》ず夫《そ》れ迄《まで》は戦争《いくさ》〳〵と騒《さわ》ぐでない。一家中人気《かちゅうにんき》にも関《かか》わる事《こと》だ。成《なる》べく静《しず》かにして居《お》れ」六人《にん》は誡《いまし》められて悄々部屋《すごすごへや》へ引取《ひきと》り、筧「何《ど》うだ、御主人《ごしゅじん》はお年《とし》は若《わか》いが豪《えら》いものだ。戦争《いくさ》が始《はじ》まるのは極《きま》って居《い》ても、泰然自若《たいぜんじじゃく》として居《お》られる処《ところ》が感心《かんしん》だ。貴様等《きさまら》チト御主人《ごしゅじん》を見倣《みなら》え。ガヤ〳〵騒《さわ》いで見苦《みぐる》しい……」三「ハヽヽ、筧《かけい》が俄《にわ》かに澄《すま》して来《き》たぞ。左様《さよう》な事《こと》は何《ど》うでも宜《よ》いが、早《はや》く猿飛《さるとび》が帰《かえ》れば宜《い》いなア……」と、待《ま》ち兼《か》ねて居《い》ると、其《そ》の日《ひ》の夕景《ゆうけい》頃《ごろ》、案《あん》に違《たが》わず猿飛佐助《さるとびさすけ》は帰《かえ》って来《き》た。直様幸村《すぐさまゆきむら》の目通《めどお》りに出《い》で、主従打《しゅじゅうう》ち連《つ》れ立《だ》ち、本《ほん》丸《まる》の安房守昌幸《あわのかみまさゆき》の面前《めんぜん》に伺候《しこう》なし、佐助《さすけ》は伊勢崎親子《いせざきおやこ》の首《くび》を差出《さしだ》し、一伍一什《ぶしじゅう》を物語《ものがた》ると、昌幸《まさゆき》と幸村《ゆきむら》は横手《よこで》を打《うっ》て感心《かんしん》なし、昌「出来《でか》した佐助《さすけ》、伊勢崎親子《いせざきおやこ》を自分《じぶん》の手《て》に掛《か》けず、平賀源心《ひらがげんしん》の手《て》に殺《ころ》さすとは面白《おもしろ》い計略《けいりゃく》。幸村思《ゆきむらおも》う通《とお》り成就《じょうじゅ》したぞ。此《こ》の上《うえ》は至急軍《しきゅうぐん》馬《ば》の用意《ようい》に及《およ》べい。戦《たたかい》の利《り》は機先《きせん》を制《せい》するにあり。途中《とちゅう》に伏兵《ふくへい》を設《もう》け源心《げんしん》の兵《へい》を喰《く》いとめ、一泡吹《あわふ》かせてくれん。明早朝総登城《みょうそうちょうそうとじょう》を申《もう》し付《つ》けよ」と、夫々通知《それぞれつうち》に及《およ》ぶ。此処《ここ》で愈々《いよいよ》双方《そうほう》の合戦《かっせん》、七勇士《ゆうし》の功名手柄《こうみょうてがら》、就中猿飛佐助幸吉《とりわけさるとびさすけゆきよし》の目覚《めざ》ましき働振《はたらきぶ》りに及《およ》ぶの件《くだ》りがあるのであるが、軍《いくさ》の話《はなし》は省略《はぶ》く事《こと》にして置《お》いて、戦争《せんそう》は何《なん》なく真田軍《さなだぐん》の勝《かち》となり海野口城《うんのぐちじょう》は真田与三郎幸村乗取《さなだよろうゆきむらのりと》り、降参《こうさん》の者《もの》は夫々労《それぞれいた》わり取《と》らせ、軍兵《ぐんぺい》三百人残《にんのこ》し置《お》き、幸村《ゆきむら》は七勇士《ゆうし》を従《したが》え、正々堂々《せいせいどうどう》と勝鬨揚《かちどきあ》げ、信州上田城《しんしゅううえだじょう》へと引揚《ひきあ》げる。七勇士《ゆうし》の軍功抜群《ぐんこうばつぐん》は素《もと》よりであるが、中《なか》にも猿飛佐助《さるとびさすけ》は二十才《さい》の初陣功名《ういじんこうみょう》として、敵将平賀源心入道《てきしょうひらがげんしんにゅうどう》を討取《うちと》ったる手《て》柄《がら》は、天晴《あっぱれ》なりとあって、安房守昌幸《あわのかみまさゆき》より感状《かんじょう》を賜《たま》わり、大層《たいそう》なる面目《めんぼく》を施《ほどこ》した。然《しか》るに光陰《こういん》は矢《や》の如《ごと》く月日《つきひ》に関守《せきもり》なく、両《りょう》三年《ねん》は夢《ゆめ》の如《ごと》く打《う》ち過《す》ぎたが、其《そ》の間《あいだ》に甲州《こうしゅう》の武田家《たけだけ》は滅亡《めつぼう》なし、真田家《さなだけ》は独立《どくりつ》の大名《だいみょう》として、矢張《やは》り信州上田《しんしゅううえだ》の城《しろ》に厳然《げんぜん》と構《かま》え、天下《てんか》の形勢《けいせい》を窺《うかが》って居《お》る。近畿《きんき》の織田信長《おだのぶなが》、海道《かいどう》一の良将徳川家康《りょうしょうとくがわいえやす》も、真田安房守《さなだあわのかみ》には多少憚《たしょうはばか》る処《ところ》あり、強《しい》て味方《みかた》につけようともせず、其《そ》の為《な》すが儘《まま》に任《まか》して居《お》る。処《ところ》が図《はか》らずも天正《てんしょう》十年《ねん》五月《がつ》、右大臣信長《うだいじんのぶなが》は都本能寺《みやこほんのうじ》にて、明智光秀《あけちみつひで》の為《た》めに逆殺《ぎゃくさつ》せられ敢《あえ》なき最後《さいご》、続《つづ》いて羽柴筑《はしばちく》前守秀吉《ぜんのかみひでよし》の中国引返《ちゅうごくひっかえ》し、山崎《やまざき》の弔合戦《とむらいかっせん》となる。秀吉《ひでよし》の計略図《けいりゃくず》に当《あた》り、光秀《みつひで》は三日天下《かてんか》の嗤《わらい》を遺《のこ》して山崎《やまざき》の露《つゆ》と消《き》える。此《こ》の一戦《せん》に於《おい》て秀吉《ひでよし》の勢力《せいりょく》は天《てん》に沖《ちゅう》するの光景《ありさま》。天下《てんか》は靡然《びぜん》として秀吉《ひでよし》の幕下《ばっか》に馳《は》せ参《さん》ずる。続《つづ》いて天正《てんしょう》十年《ねん》十月《がつ》十五日《にち》、信長《のぶなが》の法会《ほうえ》とあって大徳寺《だいとくじ》の焼香《しょうこう》となり、秀吉《ひでよし》は天下《てんか》の諸大名《しょだいみょう》を大徳寺《だいとくじ》へ呼寄《よびよ》せた。真田安房守昌幸《さなだあわのかみまさゆき》も、招待状《しょうたいじょう》を受《う》取《と》ったる一人《にん》であったが、大《おお》いに秀吉《ひでよし》の度量《どりょう》に敬服《けいふく》なし、幸村《ゆきむら》を名代《みょうだい》となし、七勇士《ゆうし》と家《け》来《らい》二十人《にん》を従《したが》えさせ、如何《いか》にも質素《しっそ》な行列《ぎょうれつ》で以《もっ》て幸村《ゆきむら》は京都《きょうと》へ乗《の》り込《こ》み、二条通《じょうどお》りに宿《やど》を取《と》り、此《こ》の旨筑前守秀吉《むねちくぜんのかみひでよし》に届《とど》け出《い》で、家来《けらい》一同《どう》には休息《きゅうそく》を命《めい》じ、密《ひそ》かに猿飛佐助《さるとびさすけ》を招《まね》き、幸「ヤヨ佐助《さすけ》、汝《なんじ》に大役《たいやく》を申付《もうしつ》ける」佐「ハッ、有難《ありがと》う存《ぞん》じます」幸「余《よ》の義《ぎ》ではないが、此度《このたび》の法会《ほうえ》は秀吉《ひでよし》が天下《てんか》に威勢《いせい》を示《しめ》す積《つも》りだ。夫《そ》れゆえ織田家《おだけ》の元老柴田《げんろうしばた》、滝川等《たきがわら》と不和《ふわ》を生《しょう》ずるは必定《ひつじょう》。諸大名《しょだいみょう》も皆其《みなそ》の向背《こうはい》に迷《まよ》うて居《お》ると心得《こころえ》る。明智《めいち》の秀吉必《ひでよしかな》らず予《よ》が到着《とうちゃく》したと聞《き》かば、味方《みかた》に引入《ひきい》れんと、予《よ》が胸中《きょうちゅう》を探《さぐ》りに来《く》るは見《み》え透《す》いて居《お》る。其方密《そのほうひそ》かに之《これ》より秀吉《ひでよし》が宿所《しゅくしょ》へ忍《しの》び込《こ》み、篤《とく》と様子《ようす》を探《さぐ》って参《まい》れ。先方《せんぽう》の模様《もよう》により、此方《こちら》にも施《ほどこ》すべき手段《しゅだん》あり」と、聞《き》いた佐助《さすけ》は大喜《おおよろこ》び、佐「ハッ、心得《こころえ》ました」其《そ》の儘身仕度《ままみじたく》して宿《やど》を飛《と》び出《だ》した佐助《さすけ》は、間《ま》もなく戻《もど》り来《きた》り、佐「只今《ただいま》、帰《かえ》りました」幸「何《ど》うであった」佐「御主人《ごしゅじん》の仰《おお》せの通《とお》り、秀吉公《ひでよしこう》の旅館《りょかん》へ忍《しの》び込《こ》み、篤《とく》と様子《ようす》を窺《うかが》いましたる処《ところ》、前田徳《まえだとく》善院《ぜんいん》、長谷川丹後守《はせがわたんごのかみ》、蒲生堅秀《がもうかたひで》、其他秀吉《そのたひでよし》の荒小姓加藤虎之助《あらこしょうかとうとらのすけ》、福島市松《ふくしまいちまつ》、片桐助作《かたぎりすけさく》、脇《わき》坂甚内《さかじんない》、加藤孫六《かとうまご》、平野権平《ひらのごんべい》、粕谷助右衛門《かすやすけえもん》など集《あつま》り、色々評定《いろいろひょうじょう》に及《およ》んで居《お》ります」幸「何《なん》と申《もう》して居《い》た」佐「ハイ、秀吉公《ひでよしこう》の仰《おお》せには、真田安房守《さなだあわのかみ》の名代《みょうだい》として、一子与三郎《しよろう》幸村《ゆきむら》が参《まい》ったとやら、彼《か》れ若年《じゃくねん》ながら父安房守《ちちあわのかみ》に優《まさ》る大器量人《だいきりょうじん》、之《これ》を味方《みかた》に取《と》り込《こ》み、柴田《しばた》、滝《たき》川《がわ》を凹《へこ》ます手段《しゅだん》を尋《たず》ねて見《み》ようでないかと申《もう》されますと、前田《まえだ》、長谷川《はせがわ》、蒲生《がもう》などの連中《れんちゅう》は賛成《さんせい》いたしましたが、七人《にん》の荒小姓《あらこしょう》が承知《しょうち》せず、中《なか》にも福島市松《ふくしまいちまつ》は、ナアニ与三郎幸村《よろうゆきむら》が幾等器量人《いくらきりょうじん》でも高《たか》が二十二三才《さい》の若者《わかもの》だ、之《これ》より我々《われわれ》七人《にん》が乗《の》り込《こ》み、無理矢理《むりやり》引《ひ》っ立《た》てて参《まい》りましょう、天下《てんか》の大将軍《たいしょうぐん》たる秀吉公自《ひでよしこうみずか》ら参《まい》らるるには及《およ》びませんと、斯《こ》う申《もう》して居《お》りました。スルト秀吉公《ひでよしこう》も点頭《うなずか》れ、成程然《なるほどしか》らば汝等《なんじら》に任《まか》す、今《いま》より幸村《ゆきむら》の旅館《りょかん》へ乗《の》り込《こ》み、彼《かれ》の荒胆《あらぎも》を取《と》り挫《ひし》ぎ、引立《ひった》てて参《まい》れ、万一遣《まんや》り損《そん》じたる節《せつ》は、予《よ》に於《おい》て考《かんが》えありと、斯様《かよう》に相談《そうだん》を纏《まと》め、今《いま》に七人《にん》が此処《ここ》へ押《お》し掛《か》けて参《まい》りましょう」幸「ハヽヽ、此《こ》の幸村《ゆきむら》を腕力《わんりょく》を以《もっ》て味方《みかた》に附《つ》けんとは笑止千万《しょうしせんばん》。先方《せんぽう》が左様《そう》云《い》う考《かんがえ》なら、此方《こちら》にも方法《ほうほう》がある。

予《よ》は病気《びょうき》と云《い》って彼等《かれら》に会《あ》わない。其方等《そのほうら》七人《にん》が応対《おうたい》をして、追《お》い返《かえ》して終《しま》え。相手《あいて》も却々《なかなか》の人物《じんぶつ》ばかり、一筋縄《すじなわ》では帰《かえ》るまい。次第《しだい》に依《よ》っては汝《なんじ》の忍術《にんじゅつ》を以《も》って、反対《はんたい》に荒胆《あらぎも》を挫《ひし》いでやれ。ヤヨ穴山《あなやま》、海野《うんの》、筧《かけい》、望月《もちづき》、三好兄弟《みよしきょうだい》、早《はや》く参《まい》れ」と、六人《にん》を呼《よ》び寄《よ》せ、此《こ》の事《こと》を申《もう》し聞《き》け、幸「今《いま》にも、相手《あいて》が参《まい》りなば、喧嘩腰《けんかごし》で応対《おうたい》いたせ。後《うしろ》には幸村《ゆきむら》が控《ひか》えて居《お》る」六人《にん》は躍《おど》り上《あが》って喜《よろこ》んだ。六「イヤ面白《おもしろ》い、羽柴家《はしばけ》の荒小姓《あらこしょう》と喧嘩《けんか》なら、大分《だいぶん》遣《や》り甲斐《がい》があるわい」と、手具脛《てぐすね》引《ひ》いて待《ま》ち受《う》ける。

◎夫《そ》れ相当《そうとう》の礼儀《れいぎ》を以《もっ》て参《まい》られよ

斯《かか》る事《こと》とは夢《ゆめ》にも知《し》らぬ加藤虎之助《かとうとらのすけ》始《はじ》め七人《にん》は、何《な》んしろ戦場万馬《せんじょうばんば》を往来《おうらい》した名題《なだい》の豪《ごう》傑《けつ》、鬼《おに》を裂《さ》いて酢《す》で食《く》い兼《か》ねまじき、無茶者揃《むちゃものぞろ》い、大手《おおで》を振《ふ》ってドン〳〵と、二条通《じょうどお》りの真田幸村《さなだゆきむら》の旅館《りょかん》へ尋《たず》ね来《きた》り、七人《にん》は玄関《げんかん》に立《た》ち開張《はだか》り、市「頼《たの》もう〳〵」猿飛佐助《さるとびさすけ》はブラリと立《た》ち出《い》で、佐「ハイ、何《な》に御用《ごよう》」虎「我々《われわれ》は、云々《しかじか》の者《もの》である。真田幸村殿《さなだゆきむらどの》に対面《たいめん》いたしたい」佐「ハヽア、天下名題《てんかなだい》の豪傑揃《ごうけつぞろ》い夫《そ》れは宜《よ》うこそ……然《しか》しお気《き》の毒《どく》でござるが、主人幸村《しゅじんゆきむら》は病気《びょうき》で迚《とて》も御面会《ごめんかい》は出来《でき》ません。御用《ごよう》の趣《おもむき》を承《うけたま》わりましょう。拙者《せっしゃ》は猿飛《さるとび》佐助幸吉《さすけゆきよし》と申《もう》す者《もの》でござる」と、聞《き》いた福島市松《ふくしまいちまつ》は赫《かっ》と憤《いきどお》り、市「ヤイ、汝《なんじ》は猿飛《さるとび》か犬飛《いぬとび》かは知《し》らないが、我々《われわれ》は秀吉公《ひでよしこう》の名代《みょうだい》で参《まい》ったものだ。其方等《そのほうら》に話《はな》すべき事《こと》ではない。幸《ゆき》村殿病気《むらどのびょうき》とあらば、枕頭《まくらもと》へ推参《すいさん》いたし、用事《ようじ》の趣《おもむき》を申《もう》し述《の》べよう。門前払《もんぜんばら》いなんか喰《く》わされて堪《たま》るものか」と、早《はや》や玄関《げんかん》に片足《かたあし》踏《ふ》みかける。佐助《さすけ》は怯《びく》ともせず、佐「ハヽヽ、方々《かたがた》の用向《ようむき》は整然《ちゃん》と分《わか》って居《お》ります。秀吉公直々《ひでよしこうじきじき》のお越《こ》しなら兎《と》に角《かく》、御身達《おみたち》では少々取《しょうしょうとり》次《つ》ぎ兼《か》ねる……」孫「何《なん》だ此奴《こやつ》、用向《ようむき》が分《わか》って居《お》るとは怪《け》しからん。然《しか》らば云《い》って見《み》ろ。間違《まちが》ったら承知《しょうち》しないぞ」佐「貴殿方《きでんがた》の用向《ようむき》と云《い》うのは、斯様《かよう》〳〵でござろう。唐朝《もろこし》の玄徳《げんとく》は三度《ど》孔明《こうめい》を其《そ》の庵《いおり》に訪《たず》ねたと云《い》う事《こと》がある。主人幸村《しゅじんゆきむら》は秀吉公《ひでよしこう》の旗下《はたした》にあらず、左《さ》れば赤《あか》の他人《たにん》。今回《こんかい》の法会《ほうえ》に列《れっ》せしは、之《こ》れ信長公《のぶながこう》に対《たい》し義《ぎ》を重《おも》んずるの致《いた》す処《ところ》。秀吉公《ひでよしこう》に向《むか》って格別機嫌《かくべつきげん》を取《と》るべき理由《りゆう》はござらん。秀吉公主人幸村《ひでよしこうしゅじんゆきむら》に面会《めんかい》したく思《おも》われれば、夫《そ》れ相当《そうとう》の礼儀《れいぎ》を以《も》って参《まい》られよ。最初《さいしょ》より権柄押《けんぺいお》しに、威《おど》し付《つ》けんなぞとは笑止千万《しょうしせんばん》、五万石《まんごく》の大名《だいみょう》なれども、相伝《そうでん》の弓矢取《ゆみやと》って、清和源氏《せいわげんじ》の嫡流海野小太郎幸氏《ちゃくりゅううんのこたろうゆきうじ》の後胤《こういん》である。義《ぎ》に依《よっ》ては一諾《だく》を千金《せんきん》よりも重《おも》んじ否《いや》と云《い》ったら天下《てんか》の大軍《たいぐん》を引取《ひきう》けても首《くび》を縦《たて》には振《ふ》り申《もう》さぬ。早《は》や〱お帰《かえ》りあれい」と、相手《あいて》を呑《の》んだる其《そ》の勢《いきお》い。処《ところ》が此方《こちら》も天下《てんか》を動《うごか》そうと云《い》う七人《にん》の豪傑《ごうけつ》だ。中《なか》にも横紙破《よこがみやぶ》りと異名《いみょう》を取《と》ったる福島市松《ふくしまいちまつ》は、満面朱《まんめんしゅ》を注《そそ》いで、市「オヤッ、吐《ぬか》したり此奴《こやつ》、オイ加藤片桐《かとうかたぎり》、此奴等《こやつら》に問答無益《もんどうむえき》だ、遣《や》っ付《つ》けて終《しま》えい」と、云《い》うより早《はや》く、突然猿飛佐助《いきなりさるとびさすけ》に飛《と》びついた。先刻《せんこく》より衝立《ついたて》の向《むこ》うに隠《かく》れ、様子《ようす》を窺《うかが》って居《い》た六人《にん》の豪傑《ごうけつ》は、パラリ其《そ》の場《ば》に現《あら》われ出《い》で、三好清海入道《みよしせいかいにゅうどう》は加藤虎之助《かとうとらのすけ》、伊三《いさ》入道《にゅうどう》は片桐助作《かたぎりすけさく》、望月《もちづき》六郎《ろう》は脇坂甚内《わきさかじんない》、海野《うんの》六郎《ろう》は平野権平《ひらのごんべい》、筧《かけい》十造《ぞう》は粕谷勘右衛門《かすやかんえもん》、穴《あな》山岩千代《やまいわちよ》は加藤孫《かとうまご》六に摑《つか》み掛《かか》り、十四人《にん》の豪傑《ごうけつ》は七組《くみ》に分《わか》れ、玄関前《げんかんさき》でドタンバタンと、上《うえ》になり下《した》になり、組打《くみうち》を始《はじ》めた。双方共《そうほうとも》利《き》かぬ気《き》の無茶苦茶連中《むちゃくちゃれんちゅう》、互《たが》いに金剛力《こんごうりき》を出《だ》して捻《ね》じ合《あ》って居《い》る。猿飛佐助《さるとびさすけ》と福島市松《ふくしまいちまつ》とは、最初《さいしょ》は玄関真只中《げんかんまっただなか》で挑《いど》み争《あらそ》って居《い》たが、市「ナニ糞《くそ》ッ、貴様等《きさまら》に負《ま》けて堪《たま》るものか」佐「エヽイ、桶屋《おけや》の市松《いちまつ》が猪虎才《ちょこざい》な事《こと》を吐《ぬか》すな」と、口《くち》と力《ちから》で働《はたら》いて居《い》る。何時迄《いつまで》経《かか》っても勝負《しょうぶ》がつかない。奥《おく》で作病《さくびょう》を使《つか》って居《お》る幸村《ゆきむら》も、少々気掛《しょうしょうきがか》りになり、ゴソ〱起《お》き出《い》で、昵《じ》っと衝立《ついたて》の蔭《かげ》から窺《うかが》って居《お》る折柄《おりから》、遥《はるか》の方《かた》より駒《こま》の嘶《いなな》き蹄《ひづめ》の音《おと》、ヒヽン……カポ〱〱と、乗《の》りつけ来《き》たった騎馬武者《きばむしゃ》一人《にん》、旅館《りょかん》の前《まえ》へ駒《こま》を留《と》め、ヒョイと内部《うちら》を見渡《みわた》してニコ〱笑《わら》い、武「イヨー、早《は》や遣《や》ってるな。

斯《こ》う云《い》う事《こと》もあらんかと、秀吉公《ひでよしこう》より内々《ないない》乃公《おれ》に見届役《みとどけやく》を仰《おお》せつかったのだ。オヤ〱真田《さなだ》の七勇士《ゆうし》と云《い》う奴《やつ》もナカ〱豪《えら》いな。面白《おもしろ》い〱、確《しっか》り遣《や》れ。ヤイ市松《いちまつ》押《お》し付《つ》けられて態《ざま》を見《み》ろ、夫《そ》れで秀吉公《ひでよしこう》の荒小姓《あらこしょう》と威張《いば》るな。跳《は》ね返《かえ》せ〱、其処《そこ》だ〱」と、制止《とめ》るを忘《わす》れて、頻《しき》りに煽動《おだ》て上《あ》げる。今《いま》しも市松《いちまつ》と一生懸命《しょうけんめい》に取《と》り組《く》んで居《い》た佐助《さすけ》は、不図《ふと》見揚《みあ》げて腹《はら》を立《た》て、佐「己《おの》れ、不埒《ふらち》な奴《やつ》だ。身分《みぶん》ある人間《にんげん》らしいが、制止《とめ》もせず嗾《け》しかけるとは何事《なにごと》だ。オイ宜《よ》し〱、一つ驚《おどろ》かしてやろう」と、佐助《さすけ》はヤッと一声諸共《せいもろとも》、忍術《にんじゅつ》の奥義《おくぎ》を現《あら》わし、福島市松《ふくしまいちまつ》を振《ふ》り放《はな》すと見《み》る間《ま》に、件《くだん》の騎馬武者《きばむしゃ》の側《そば》へ躍《おど》り込《こ》み、突然左《いきなりひだ》りの足《あし》を摑《つか》み、エイとばかりに引摺《ひきず》り下《おろ》した。怒《おこ》ったのは騎馬武者《きばさむらい》だ。武「ヤア、下郎《げろう》の分際《ぶんざい》として無礼千万我《ぶれいせんばんわれ》を誰《たれ》とか思《おも》うぞ。摂州茨木《せっしゅういばらき》の城主《じょうしゅ》にして、鬼《おに》と呼《よ》ばれし中川瀬兵衛清秀《なかがわせべえきよひで》なり。汝《うぬ》ッ勘弁《かんべん》ならん」と、突然佐助《いきなりさすけ》に飛《と》び掛《かか》らんとする一刹那《せつな》、衝立《ついたて》の向《むこ》うに声《こえ》あって、幸「アイヤ、大人気《おとなげ》なし中川瀬兵衛殿《なかがわせべえどの》、羽柴筑前守《はしばちくぜんのかみ》の旗下《きか》に於《おい》て豪勇無双鬼《ごうゆうむそうおに》と異名《いみょう》を取《と》ったる御身《おんみ》でありながら、斯《かか》る若武士《わかざむらい》を相手《あいて》となし、勝《か》った処《ところ》が誉《ほま》れにならず、負《ま》けたら恥《はじ》の上塗《うわぬ》りでござろう。幸村此処《ゆきむらここ》にあるからには、相手《あいて》になって勝負申《しょうぶもう》さん。サアお出《い》であれい」と、云《い》いつつ悠然《ゆうぜん》と立出《たちい》で、グッと睨《にら》んだ眼光鋭《がんこうするど》く、年齢《とし》こそ漸々《ようよう》二十一才《さい》だが、威風凛然《いふうりんぜん》として犯《おか》し難《がた》くぞ相見《あいみ》えたり。中川瀬兵衛《なかがわせべえ》も左《さ》るもの、幸村《ゆきむら》に打掛《うちかか》る様《よう》な無謀《むぼう》な事《こと》はしない。面《おもて》を和《やわら》げ、ツカ〱と進《すす》みより、中「ヤア、御身《おんみ》が真田幸村殿《さなだゆきむらどの》か。初《はじ》めて対《たい》面仕《めんつかまつ》る。実《じつ》は秀吉公《ひでよしこう》の命《めい》を蒙《こう》むり、彼等《かれら》七人《にん》の若武士《わかざむらい》、如何《いか》なる乱暴無礼《らんぼうぶれい》を働《はたら》くやも計《はか》り難《がた》しと、見届役《みとどけやく》として罷《まか》り越《こ》したのであるが、余《あま》りの面白《おもしろ》さに、ツイ其《そ》の……ハ、、、許《ゆる》し召《め》されい。ヤイ〱加藤《かとう》、片桐始《かたぎりはじ》め、止《や》めろ〱、最《も》う話《はなし》は判《わか》ったぞ」と、七人《にん》を取《とり》鎮《しず》めると、利《き》かぬ気《き》の加藤福島《かとうふくしま》はウン〱唸《うな》り、加「ウム……中川殿《なかがわどの》止《と》めるとは怪《け》しからん彼《あ》の坊主《ぼうず》の素首《そっくび》を引《ひ》き抜《ぬ》いて遣《や》るものを……」福「左様《そう》だ〱、我々姉川合戦《われわれあねがわかっせん》の初陣《ういじん》以来《このかた》、未《ま》だ甞《かつ》て一度《ど》も人《ひと》に負《ま》けた事《こと》はないのだ。然《しか》るに此《こ》の野郎《やろう》……ウム……」佐「ハッハ、、、豪《えら》そうに唸《うな》っても我々《われわれ》には敵《かな》うまいが。乃公《おれ》が未《ま》だ奥《おく》の手《て》を出《だ》さないから宜《い》いのだが、若《も》しも出《だ》したら貴様等《きさまら》七人《にん》は子供扱《こどもあつか》いにして、キリ〱舞《まい》をさせて見《み》せるのだ」加「ナニッ、糞《くそ》ッ……汝《うぬ》ッ……」加藤等《かとうら》七人《にん》はブツ〱怒《おこ》って居《い》る。スルト幸村《ゆきむら》は、幸「佐助《さすけ》、最《も》う廃《よ》せ。中川殿《なかがわどの》も折角参《せっかくまい》られたのだ、先《ま》ず兎《と》も角《かく》も……」と、瀬兵衛始《せべえはじ》め七人《にん》の豪傑《ごうけつ》を奥《おく》へ案内《あんない》し、直様酒肴《すぐさまさけさかな》を命《めい》じて互《たが》いに酒宴《しゅえん》の催《もよお》しとなる。何《な》んしろ之《こ》れ等《ら》の連中《れんちゅう》は、竹《たけ》を割《わ》った様《よう》な気分《きぶん》だから、先刻《せんこく》の喧嘩《けんか》は忘《わす》れて終《しま》い、早《は》や十年《ねん》も交《まじわ》った朋《ほう》友《ゆう》の如《ごと》く、仲好《なかよ》く酒酌《さけく》み交《かわ》して居《い》る。斯《かか》る処《ところ》へ秀吉《ひでよし》の使者《ししゃ》として、荒木藤内兵衛《あらきとうないひょうえ》、木下《きのした》将監《しょうげん》、松倉《まつくら》十兵衛《べえ》、堀田善右衛門《ほったぜんえもん》、大谷平馬《おおたにへいま》、羽根田長門《はねだながと》の六人《にん》が幸村《ゆきむら》を迎《むか》えとして乗《の》り込《こ》んだ。幸村快《ゆきむらこころ》よく承知《しょうち》に及《およ》び、中川瀬兵衛《なかがわせべえ》と二人駒《ふたりこま》を並《なら》べ、六人《にん》の勇士《ゆうし》まった七人《にん》の荒小姓《あらこしょう》に護衛《ごえい》せられ、自分《じぶん》は只一人《ただひとり》の供《とも》も連《つ》れず、悠然《ゆうぜん》と秀吉《ひでよし》の陣所《じんしょ》へ歩《や》って来《く》る。此処《ここ》で幸村《ゆきむら》は秀吉《ひでよし》と初対面《しょたいめん》の挨拶《あいさつ》をなし、種々物語《いろいろものがた》りに及《およ》ぶと、流石天眼通《さすがてんがんつう》を持《も》ったる幸村《ゆきむら》も、秀吉《ひでよし》の度量《どりょう》に感《かん》じ、自然《しぜん》と尊敬《そんけい》の心《こころ》を生《しょう》じ、天下稀《てんかまれ》なる豪将《ごうしょう》と見抜《みぬ》いた。此方秀吉《こちらひでよし》も其《そ》の通《とお》り、年《とし》は若《わか》いが幸村《ゆきむら》の器量《きりょう》に惚《ほ》れ込《こ》み、大徳寺《だいとくじ》の焼香《しょうこう》につき、万事腹蔵《ばんじふくぞう》なく打《う》ち明《あ》けて相談《そうだん》する。此処《ここ》で幸村《ゆきむら》も自分《じぶん》の意見《いけん》を述《の》べ、柴田勝家《しばたかついえ》、滝川一益《たきがわかずます》の裏《うら》を掻《か》くべく献策《けんさく》した。秀吉悉《ひでよしことごと》く採用《さいよう》なし、幸村《ゆきむら》の計略通《けいりゃくどお》り行《や》った為《た》め、首尾能《しゅびよ》く焼香場《しょうこうば》は秀吉《ひでよし》の思惑通《おもわくどお》り事成就《ことじょうじゅ》、此《こ》の事《こと》は太閤記《たいこうき》に詳《くわ》しく述《の》べてあるから、省略《はぶ》く事《こと》にする。何《な》んしろ芝居《しばい》は巧《うま》く当《あた》った。焼香滞《しょうこうとどこお》りなく相済《あいす》むと、秀吉《ひでよし》は其《そ》の返礼《へんれい》として甲府《こうふ》十万石《まんごく》を進上《しんじょう》しようと云《い》った。幸村之《ゆきむらこれ》を辞退《じたい》し、其《そ》の儘信州上田《まましんしゅううえだ》へ帰城《きじょう》する。

◎一つ事件《じけん》を惹起《ひきおこ》してくれ

治極《ちきわ》まって乱《らん》となり、乱極《らんきわ》まって治《ち》となる。大徳寺焼香場《だいとくじしょうこうば》に於《お》ける秀吉《ひでよし》の計略《けいりゃく》は巧《うま》く当《あた》り、以来秀吉《いらいひでよし》の名声《めいせい》は隆々《りゅうりゅう》として旭《あさひ》の登《のぼ》る有様《ありさま》であった。真田家《さなだけ》は豊臣家《とよとみけ》の客将《きゃくしょう》と云《い》う扱《あつか》いを受《う》け、所謂独立大名《いわゆるどくりつだいみょう》として、密《ひそ》かに天下《てんか》の形勢《けいせい》を窺《うかが》って居《い》る。或日《あるひ》幸村《ゆきむら》は猿飛佐助《さるとびさすけ》を招《まね》き、幸「ヤヨ佐助《さすけ》、其方《そのほう》は此処《ここ》三ケ年間西国地方《ねんかんさいこくちほう》を漫遊《まんゆう》して、諸国大名《しょこくだいみょう》の挙動《きょどう》を探《さぐ》り、まった天下《てんか》の勇士豪傑《ゆうしごうけつ》と交《まじわ》りを結《むす》んで来《く》るが宜《よ》い。呉々《くれぐれ》も云《い》って置《お》くが、自分《じぶん》の術《じゅつ》に慢心《まんしん》し、人《ひと》を侮《あなど》ってはならぬ。諸国大名《しょこくだいみょう》の挙動《きょどう》は一々此《いちいちこ》の幸村《ゆきむら》に通知《つうち》を致《いた》せ」佐「ハッ、畏《かしこ》まりました」佐助《さすけ》は喜《よろこ》び勇《いさ》んで自分《じぶん》の部屋《へや》へ戻《もど》って来《く》ると、待《ま》ち受《う》けたる三好清海《みよしせいかい》入道《にゅうどう》は、三「オイ猿飛《さるとび》、御主人《ごしゅじん》の御用《ごよう》は何《な》んだ」佐「オヽ、諸国漫遊《しょこくまんゆう》の為《た》め三ケ年《ねん》お暇《いとま》が出《で》たんだ」三「エヽ、旨《うま》い事《こと》を遣《や》ったな、乃公《おれ》も一緒《しょ》に行《ゆ》こう」佐「夫《そ》れは不可《いか》んぞ。御《ご》主人《しゅじん》のお許《ゆる》しがあれば兎《と》に角《かく》、勝手《かって》に行《ゆ》く事《こと》は出来《でき》まい」三「ヨシ、乃公《おれ》も御主人《ごしゅじん》に願《ねが》って来《く》る」清海入道《せいかいにゅうどう》ノコ〳〵幸村《ゆきむら》の目通《めどお》りに出《い》で、三「ハッ、申上《もうしあげ》ます」幸「何《な》んじゃ」

三「少々《しょうしょう》お願《ねが》いがございますので……、御主人《ごしゅじん》一つ当《あ》てて御覧《ごらん》なさいませ」遠慮《えんりょ》のない男《おとこ》だから、妙《みょう》な事《こと》を云《い》い出《だ》した。幸「ハヽヽ、天《てん》の事《こと》は天文《てんもん》に依《よっ》て分《わか》り、地《ち》の事《こと》は地理《ちり》に依《よっ》て分《わか》るが、貴様《きさま》が思《おも》って居《い》る事《こと》が分《わか》るものか」三「然《しか》し、人間《にんげん》の事《こと》は人相《にんそう》で分《わか》りましょう。一目《め》御覧《ごらん》なさったら……」幸「ハヽヽ、貴様傲性《きさまごうじょう》な男《おとこ》だから、予《よ》が斯《こ》うと云《い》い当《あ》てても、必《かな》らず反対《はんたい》に出《で》るは必定《ひつじょう》だ」三「イエ、今日《こんにち》は極真面目《ごくまじめ》でございます。決《けっ》して左様《さよう》な事《こと》は申《もう》しません」幸「左様《さよう》か、然《しか》らば云《い》い当《あ》てて見《み》よう」幸村《ゆきむら》は暫《しば》らく清海入道《せいかいにゅうどう》の顔《かお》を見詰《みつ》めて居《い》たが、幸「ハヽヽ、佐助《さすけ》に何《なに》か聞《き》いたな」三「ヘエ、何《なに》を聞《き》きました。夫《そ》れを一つ当《あ》てて頂《いただ》きとう存《ぞん》じます」幸「ウム、佐助《さすけ》と一処《しょ》に諸国漫遊《しょこくまんゆう》がしたい望《のぞ》みだろう。何《ど》うだ当《あた》ったか」三「巧《うま》いッ、妙々《みょうみょう》……感心《かんしん》〳〵、御主人《ごしゅじん》の御眼力《ごがんりょく》には感々服々《かんかんぷくぷく》です。何《ど》うか何《な》にも申《もう》しません。お許《ゆる》しの程《ほど》を願《ねが》います」幸「イヤ、貴様《きさま》は何《な》にも云《い》わないでも宜《よ》かろうが、此《こ》の幸村《ゆきむら》は申《もう》さなければならぬ。其方《そのほう》は元来大酒《がんらいたいしゅ》を好《この》み、兎角乱暴《とかくらんぼう》を働《はたら》いて困《こま》る。夫《そ》れに喧嘩好《けんかずき》で、気《き》に喰《く》わぬ事《こと》でもあると、誰彼《たれかれ》の用赦《ようしゃ》なく打《ぶ》っ附《つ》かるに困《こま》る。此《こ》の二ツを謹《つつし》み、諸国漫遊中《しょこくまんゆうちゅう》は佐助《さすけ》の命《めい》に背《そむ》かないと云《い》えば許《ゆる》して呉《く》れる。何《ど》うじゃ出来《でき》るか」三「夫《そ》れ位《くらい》は、何《なん》でもない事《こと》で……。此《こ》の清海入道《せいかいにゅうどう》誓《ちか》って乱暴《らんぼう》は致《いた》しません。今日只《こんにちただ》今《いま》より断然禁酒《だんぜんきんしゅ》をいたします。佐助《さすけ》を兄《あに》だと思《おも》って云《い》う事《こと》を聞《き》きます」幸「然《しか》らば、許《ゆる》して遣《や》ろう。仲好《なかよ》く行《ゆ》けよ」三「ハイ、大丈夫《だいじょうぶ》でございます」大喜《おおよろこ》びで勇《いさ》み立《た》つ。幸村《ゆきむら》は再《ふたた》び佐助《さすけ》を呼寄《よびよ》せ、幸「佐助《さすけ》、清海入道《せいかいにゅうどう》を連《つ》れて行《ゆ》け。云々斯様《しかじかかよう》〳〵と誓《ちか》ったゆえ、違背《いはい》した節《せつ》は用赦《ようしゃ》なく叱《しか》り付《つ》けて遣《や》れ」佐「ヘイ、何《ど》うも的《あて》にはなりませんが、マア道伴《みちづれ》になって結構《けっこう》でございましょう。清海入道《せいかいにゅうどう》乃公《おれ》の云《い》う事《こと》に背《そむ》きはしないな」三「何《ど》うして〳〵、乃公《おれ》は貴様《きさま》を御主人同様兄《ごしゅじんどうようあに》とも思《おも》って居《い》る」佐「ハヽヽ、旨《うま》い事《こと》を云《い》うわい。マア仕方《しかた》がない、一緒《しょ》に行《ゆ》こう」両人《りょうにん》は充分身仕度《じゅうぶんみじたく》に及《およ》び、猿飛佐助《さるとびさすけ》は武者修業者《むしゃしゅぎょうしゃ》、清海入道《せいかいにゅうどう》は山《やま》伏《ぶし》の姿《すがた》で以《もっ》て、信州上田《しんしゅううえだ》を発足《ほっそく》なし、ドシ〳〵と西国筋《さいこくすじ》へ志《こころざ》し、歩《や》って来《き》たのが、海道《かいどう》一の良将《りょうしょう》と聞《きこ》えたる徳川家康《とくがわいえやす》の居城《きょじょう》のある遠州浜松《えんしゅうはままつ》の城下《じょうか》。両人《りょうにん》は一先《ま》ず此処《ここ》に足《あし》を留《と》め、徳川家《とくがわけ》の挙動《ようす》を探《さぐ》ろうと云《い》う考《かんが》えで、天竜屋松兵衛《てんりゅうやまつべえ》の宅《たく》へ泊《と》り込《こ》み、毎日彼方此方《まいにちあなたこなた》と徘徊《はいかい》して居《い》る。一日《にち》佐助《さすけ》は清海入道《せいかいにゅうどう》に向《むか》い、佐「オイ三好《みよし》、徳川家《とくがわけ》には立派《りっぱ》な家来《けらい》が沢山《たくさん》あるわい。殊《こと》に家康《いえやす》は情《なさ》けある性質《たち》だから、一点《てん》、非難《ひなん》もない。我《わ》が君《きみ》が後世恐《こうせいおそ》るべきは徳川家康《とくがわいえやす》であると仰《おっ》しゃったが、成程其《なるほどそ》の通《とお》りだ」三「ウム、乃公《おれ》も実《じつ》は左様思《そうおも》って居《い》るのだがスルト此処《ここ》では事件《じけん》が起《おこ》らないな。何《なに》か一騒動起《そうどうおこ》さないと云《い》うと、徳川家《とくがわけ》の威勢《いせい》に恐《おそ》れた様《よう》で、我々《われわれ》立《た》ち帰《かえ》って土産話《みやげばな》しがない。気《き》の毒《どく》だが一つ事件《じけん》を引起《ひきおこ》してくれ。後《あと》は乃公《おれ》が引受《ひきう》ける」佐「ハ、、、早《は》や可笑《おか》しな事《こと》を云《い》い出《だ》した。滅多《めった》な事《こと》をして御主人《ごしゅじん》のお顔《かお》に関《かか》わっては大変《たいへん》だ。マア事勿《ことなか》れに限《かぎ》る〳〵」佐助《さすけ》は少《すこ》しも取《と》り合《あ》わない。処《ところ》が或日《あるひ》の事《こと》、佐助《さすけ》がブラリと宿《やど》を立《た》ち出《い》でたる後《あと》で、清海入道《せいかいにゅうどう》一人《ひとり》ツクネンと残《のこ》って居《い》たが、三「ア、、一杯《ばい》呑《の》みたいなア。禁酒《きんしゅ》と云《い》った処《ところ》で、乱暴《らんぼう》をしなけりゃア少々位《しょうしょうぐら》い呑《の》んでも宜《よ》かろう。幸《さいわ》い猿飛《さるとび》が居《い》ないから、久《ひさ》し振《ぶ》りで二三合《ごう》呑《の》んで遣《や》ろう」勝手《かって》な理屈《りくつ》をつけ、急《いそ》ぎ酒肴《さけさかな》を命《めい》じ、グビリ〳〵と独酌《どくしゃく》で飲《の》み始《はじ》めた。処《ところ》が酒好《さけず》きの癖《くせ》で、最《も》う廃《よ》そう〳〵と思《おも》いながら、二合《ごう》が三合《ごう》、一升《しょう》が二升《しょう》になり、清海入道《せいかいにゅうどう》二三合《ごう》で済《す》まそうと思《おも》った奴《やつ》が、到頭《とうとう》三升《しょう》の酒《さけ》を飲《の》み干《ほ》した。イヤ酔《よ》ったの酔《よ》わんのじゃアない。茹蛸《ゆでだこ》の様《よう》な顔《かお》をして、三「エーイ、好《い》い気持《きもち》だ。久《ひさ》し振《ぶ》りで遣《や》ったものだから、五臓《ぞう》六腑《ぷ》に沁《し》み渡《わた》り、何《なん》とも斯《かん》ともーエーイ」と、ソロ〳〵管《くだ》を捲《ま》きつつ立《た》ち上《あが》り、蹌踉《ひょろ》〳〵と一歩《ぽ》は高《たか》く一歩《ぽ》は低《ひく》く、足許危《あしもとあぶな》げに表《おもて》の方《ほう》へ出《で》て参《まい》り、今《いま》しも大手先《おおてさき》へ歩《や》って参《まい》り、三「イヨー、徳川《とくがわ》の武士《さむらい》がゾロ〳〵下城《げじょう》だな。ヨシ一々《いちいち》此処《ここ》で眼張《がんば》り、気《き》に入《い》らない奴《やつ》があったら、喰《く》って掛《かか》って騒動《そうどう》を拵《こしら》えて遣《や》らなくっちゃア、土産話《みやげばな》しが出来《でき》ない」と、酔《よ》った加減《かげん》で妙《みょう》な考《かんがえ》を起《おこ》し、眼《め》を怒《いか》らし立《た》ち開張《はだか》り、下城《げじょう》の武士《さむらい》をジロ〳〵睨《ね》め廻《まわ》して居《い》る。下城《げじょう》の武士《さむらい》は相手《あいて》を酔《よ》っ払《ぱら》いと思《おも》い、何《いず》れも道《みち》を除《よ》けて通《とお》る。清海入道《せいかいにゅうどう》夫《そ》れを宜《よ》い事《こと》にして、三「エヽイ、何奴《どいつ》も此奴《こいつ》も意《い》苦地《くじ》がないなアーゲープーオヽ来《き》たぞ〳〵、大層立派《たいそうりっぱ》な乗物《のりもの》が来《き》た。彼奴《あやつ》何《な》んと云《い》う代物《しろもの》だろう……」と傍《かた》えの町人《ちょうにん》に向《むか》い、三「ヤイ町人《ちょうにん》、其処《そこ》へ来《く》る乗物《のりもの》は何者《なにもの》だ」町「ヘエ、彼《あ》れは貴公《あなた》、お殿様《とのさま》のお気《き》に入《い》りで、山野辺丹後様《やまのべたんごさま》と仰《おっ》しゃるお方《かた》で……」皆迄《みなまで》聞《き》かず清《せい》海入道《かいにゅうどう》、赫《かっ》と両眼《りょうがん》見開《みひら》き突然《いきなり》町人《ちょうにん》の胸倉《むなぐら》引摑《ひっつか》み、三「ナヽ何《な》んじゃア、彼奴《あいつ》が山野辺丹後《やまのべたんご》だッ。オヽ丁度宜《ちょうどい》い処《ところ》で会《あ》った。元《もと》は武田《たけだ》の臣《しん》でありながら、勝頼公天目山《かつよりこうてんもくざん》で討死《うちじに》の後《のち》穴《あな》山伊豆入道梅雪《やまいずにゅうどうばいせつ》と共《とも》に徳川《とくがわ》に降参《こうさん》したと聞《き》いて居《い》る山野辺丹後《やまのべたんご》か。左《さ》すれば不忠不義《ふちゅうふぎ》の犬《いぬ》武士《ざむらい》だ。確《しか》と相違《そうい》ないか……ウーン……」町「ウワーお助《たす》け〳〵私《わたし》は何《なに》も知《し》った事《こと》ではありません。何《ど》うぞ御勘弁《ごかんべん》を……クヽ苦《くる》しい……」三「エヽイ、勘弁《かんべん》も糸瓜《へちま》もあるかい。貴《き》様山野辺丹後《さまやまのべたんご》と知《し》ったら、何故咽喉吭《なぜのどぶえ》に嚙《か》み附《つ》いて遣《や》らん……」町「メヽ滅相《めっそう》な、左様《さよう》な無茶《むちゃ》な事《こと》が……痛《いた》い〳〵……」と町人《ちょうにん》こそ迷惑《めいわく》、青《あお》くなって藻掻《もが》いて居《い》る。

◎頭《あたま》が砕《くだ》けても知《し》らないぞ

酒図《さけはか》りなし乱《らん》に及《およ》ばずとは聖人《せいじん》の誡《いまし》め。鬼《おに》の留守《るす》の間《ま》に洗濯《せんたく》を遣《や》った三好清海入道《みよしせいかいにゅうどう》は、図部七《ずぶしち》に酔《よ》っ払《ぱら》い、山野辺丹後《やまのべたんご》と聞《き》き、町人《ちょうにん》に喰《く》って掛《かか》り、ウン〳〵唸《うな》って居《い》る処《ところ》へ、七八名《めい》の家来《けらい》を従《したが》え、丹後《たんご》は乗物《のりもの》で以《もっ》て下城《げじょう》する。見《み》るより清海入道《せいかいにゅうどう》、突然町人《いきなりちょうにん》を片辺《かたえ》に投《な》げ出《だ》し、パラリ乗物《のりもの》の行手《ゆくて》に立塞《たちふさが》り、天地《てんち》に轟《とどろ》く大音《だいおん》張《は》り上《あ》げ、三「ヤア〳〵、夫《そ》れへ来《き》たるは元甲州武田家《もとこうしゅうたけだけ》の臣山野辺丹後《しんやまのべたんご》と覚《おぼ》えたり。主家《しゅか》の滅亡《めつぼう》を他処《よそ》に見《み》て死損《しにぞこ》ない、敵方《てきがた》の徳川《とくがわ》へ降参《こうさん》するとは何事《なにごと》だ。我《われ》は信州上田《しんしゅううえだ》の城主真田家《じょうしゅさなだけ》の臣三好清海入道《しんみよしせいかいにゅうどう》なるぞ。イデヤ不忠者《ふちゅうもの》を成敗《せいばい》に及《およ》んでくれん、覚悟《かくご》しろう」と、云《い》うより早《はや》く、乗物《のりもの》の棒鼻《ぼうばな》グイと押《お》え、ウンとばかりに突《つ》き戻《もど》した。乗物《のりもの》の中《なか》では山野辺丹後《やまのべたんご》、丹「ヤヽ、斯《こ》は大変《たいへん》だ。真田《さなだ》の荒《あば》れ者《もの》三好清海入道《みよしせいかいにゅうどう》に出喰《でく》わしては敵《かな》わない。ソレ者共引返《ものどもひっか》えせい。早《はや》く城内《じょうない》へ逃《に》げ込《こ》めい」下知《げち》に応《おう》じて家来《けらい》の面々《めんめん》も、清海入道《せいかいにゅうどう》の権幕《けんまく》に恐《おそ》れを為《な》し、俄《にわか》に乗物引返《のりものひっかえ》し、無《む》二無《む》三に駆《か》け出《だ》した。三「オヤッ、相手《あいて》になるかと思《おも》えば、不意《ふい》に逃《に》げ出《だ》すとは卑怯《ひきょう》な奴《やつ》。

返《かえ》せ戻《もど》せい、何処迄《どこまで》も逃《にが》して堪《たま》るかッ」と、韋駄天《いだてん》の如《ごと》く追立《おいた》て〳〵、大手門前迄《おおてもんぜんまで》追《お》い詰《つ》め来《きた》り、咄嗟《あわや》門内《もんない》へ飛《と》び込《こ》まんとする一刹那《せつな》、横手《よこて》よりヒラリ踊《おど》り出《い》でたる此《こ》の一人《にん》は、之《これ》ぞ徳川《とくがわ》四天王《てんのう》の一人《にん》榊原《さかきばら》小平太《こへいた》康政《やすまさ》なり。雷《らい》の如《ごと》き大音声《だいおんじょう》、小「ヤア、大手門前《おおてもんぜん》に於《おい》て無礼《ぶれい》を働《はたら》く狼藉者《ろうぜきもの》、何者《なにもの》だッ」大喝《だいかつ》一声《せい》怒鳴《どな》りつける。清海入道《せいかいにゅうどう》怯《びく》ともせず、三「オヽ、徳川《とくがわ》四天王《てんのう》の横紙破《よこがみやぶ》り榊原《さかきばら》小平太殿《こへいたどの》でござるか。我《われ》は信州上田《しんしゅううえだ》の城主真田《じょうしゅさなだ》の郎党《ろうとう》三好清海《みよしせいかい》入道《にゅうどう》である。其《そ》の乗物《のりもの》の中《なか》には不忠不義《ふちゅうふぎ》の犬武士《いぬざむらい》が乗《の》って居《い》る筈《はず》。依《よ》って成敗《せいばい》の為《た》め追《おっ》駆《か》けたのである。御身《おんみ》は邪魔《じゃま》する積《つも》りか何《ど》うだ」豪《えら》い権幕《けんまく》だ。榊原《さかきばら》小平太《こへいた》莞爾《かんじ》といたし、小「イヤ、様子《ようす》は分《わか》った。苦《くる》しゅうない思《おも》う存分《ぞんぶん》にさっしゃい。成《なる》べく手酷《てひど》く……左《さ》らばである」云《い》い捨《す》てて立《た》ち去《さ》る。清海入道《せいかいにゅうどう》は大喜《おおよろこ》び、三「フヽム、志《こころざし》のある武士《さむらい》は又格別《またかくべつ》。己《おの》れッ逃《にが》しはせぬぞッ」門内《もんない》へパラリ飛《と》び込《こ》み、第《だい》二の木戸《きど》で何《なん》なく追附《おっつ》き、突然猿臂《いきなりえんぴ》を伸《のば》し、迂路《うろ》つく家来《けらい》を引摑《ひっつか》み、エイヤッと人礫《ひとつぶ》て、瞬《また》く間《あいだ》に六人《にん》の家来《けらい》を前後左右《ぜんごさゆう》に投《な》げ飛《と》ばし、手早《てばや》く乗物《のりもの》の垂《たれ》を捲《まく》り、山野辺丹後《やまのべたんご》をズル〳〵と引《ひ》き摺《ず》り出《だ》し、三「ヤイッ、武田家《たけだけ》にて一廉《かど》の武士《さむらい》でありながら、何《なに》が不足《ふそく》で二君《くん》に仕《つか》えたのだ。サア来《う》せい、汝《なんじ》の様《よう》な不忠者《ふちゅうもの》を召抱《めしかか》えた家康《いえやす》に談判《だんぱん》に及《およ》んでくれる。案内《あんない》しろう」と、グイと宙《ちゅう》に提《ひっさ》げ、ドシ

〱と歩《あゆ》み出《だ》した。山野辺丹後《やまのべたんご》は青《あお》くなって震《ふる》え上《あが》り、丹「ミヽ三好清海入道殿《みよしせいかいにゅうどうどの》、其《そ》の腹立《はらだち》は尤《もっとも》だが、之《これ》には段々事情《だんだんわけ》のある事《こと》……」三「エイ、云《い》い訳《わけ》は駄目《だめ》だ。愚図《ぐず》〱申《もう》すな」云《い》いつつ二の木戸《きど》三の木戸《きど》を潜《くぐ》り、今《いま》や本丸玄関《ほんまるげんかん》に差掛《さしか》った。流石《さすが》は当時日《とうじひ》の出《で》の徳川家《とくがわけ》だ。左様《さよう》な事《こと》に騒《さわ》ぐ様《よう》な見苦《みぐる》しい振舞《ふるまい》はしない。小姓頭《こしょうがしら》の大久保彦左衛門忠教《おおくぼひこざえもんただのり》が、バラ〱と立《た》ち現《あら》われ、此《こ》の時分《じぶん》の彦左衛門《ひこざえもん》は、未《ま》だ二十四才《さい》で血気盛《けっきさかん》の豪傑《ごうけつ》だ、彦「ヤア、何奴《なにやつ》なれば無礼《ぶれい》にも狼藉《ろうぜき》に及《およ》ぶぞ。名《な》を名乗《なの》れッ」と、柄《つか》を握《にぎ》って詰《つ》めよせる。清海《せいかい》入道呵々《にゅうどうからから》と打《う》ち笑《わら》い、三「ハッハヽヽヽ、無礼咎《ぶれいとが》めは勝手《かって》にしろ。当城主徳川家康公《とうじょうしゅとくがわいえやすこう》に談判《だんぱん》の筋《すじ》あって罷越《まかりこ》した。早《はや》く案内《あんない》しろ」彦「イヤ、成《な》らぬぞ、仮令不忠《たとえふちゅう》とは云《い》えど目下《もっか》は徳川《とくがわ》の臣山野辺丹後《しんやまのべたんご》である。穏《おだや》かならざる挙動奇怪至極《ふるまいきかいしごく》、大久保彦左衛門此処《おおくぼひこざえもんここ》にあるからには、一寸《すん》も通《とお》す事相成《ことあいな》らん……」三「オヤッ、嬌《やさ》しく云《い》えば増長《つけあが》り、通《とお》す事《こと》ならんとは生意気《なまいき》なり。此《こ》の上《うえ》は汝《なんじ》から片付《かたづ》けて遣《や》る」と、パッと丹後《たんご》を投《な》げ出《いだ》し、大手《おおで》を拡《ひろ》げて彦左衛門《ひこざえもん》に組《く》みついた。彦左衛門《ひこざえもん》も左《さ》るもの、彦「何《なに》をッ、此《こ》の坊主奴《ぼうずめ》ッ」玄関先《げんかんさき》でドタンバタンと組打《くみうち》を始《はじ》めた。処《ところ》へ差《さ》して奥《おく》より、バラ〱と現《あら》われ出《いで》たる家康《いえやす》の荒小姓《あらこしょう》永井伝《ながいでん》八郎《ろう》、松平小源太《まつだいらこげんた》、三浦《うら》亀千代《かめちよ》の三人《にん》、此《こ》の体見《ていみ》るより、三人「ヤヽ、大久保確《おおくぼしっか》りしろ。其《そ》の坊主《ぼうず》此処《ここ》へ渡《わた》せ、乃公《おれ》が相手《あいて》になろう」彦「不可《いか》んぞ〳〵、此《こ》の蛸《たこ》は乃公《おれ》が遣《や》っつける」と、負《ま》けん気《き》の彦左忠教《ひこざただのり》は、一生懸命《しょうけんめい》捻合《ねじあ》って居《い》る。然《しか》るに清海入道《せいかいにゅうどう》の力《ちから》や勝《まさ》りけん、今《いま》しも彦左衛門《ひこざえもん》を組《く》み敷《し》き、三「サア何《ど》うだ、降参《こうさん》したか……案内《あんない》するかッ」彦「ナニッ、降参《こうさん》もせんが……案内《あんない》をして堪《たま》るか……ウーン〳〵」三人《にん》は彦左衛門《ひこざえもん》に加勢《かせい》せんものと、突然背後《いきなりうしろ》より清海入道《せいかいにゅうどう》に抱《だ》きつき、捻《ね》じ返《かえ》さんと力味《りき》んで居《い》るが、清海入道《せいかいにゅうどう》は組《く》み敷《し》いたる彦左衛門《ひこざえもん》に死嚙《しが》みついて居《い》るから、容易《ようい》に離《はな》れそうな事《こと》がない。永「オヤッ、此奴強《こいつつよ》いぞ〳〵、ウーン〳〵」必死《ひっし》と争《あらそ》って居《い》る其《そ》の処《ところ》へ、奥《おく》よりドシ〳〵立出《たちい》でたる此《こ》の一人《にん》は、之《これ》ぞ徳川家随《とくがわけずい》一の勇士《ゆうし》鳥居彦右衛門元忠《とりいひこえもんもとただ》なり。元「ヤア、場所柄《ばしょがら》も弁《わきま》えず何事《なにごと》だ。鎮《しず》まれ〳〵」と、持《も》ったる鉄扇《てっせん》にて、相手嫌《あいてきら》わずパン〳〵殴《なぐ》って廻《まわ》るものだから、五人《にん》は堪《たま》らない。永「痛《いた》いッ誰《たれ》だ〳〵」元「誰《たれ》も糸瓜《へちま》もあるかい、乃公《おれ》は盲目殴《めくらなぐ》りだ。頭《あたま》が砕《くだ》けても知《し》らないぞ」清海入道《せいかいにゅうどう》も坊主頭《ぼうずあたま》を二三度打《どぶ》ン殴《なぐ》られ、之《こ》りゃ堪《たま》らんと飛退《とびの》いて、三「ヤイ、何者《なにもの》だ乃公《おれ》の頭《あたま》を殴《なぐ》ったのは……」元「ハッハヽヽ、何者《なにもの》でもない。徳川家《とくがわけ》の鳥居彦右衛門元忠《とりいひこえもんもとただ》を知《し》らない貴様《きさま》は何《な》んだ」三「オヽ、乃公《おれ》は信州真田《しんしゅうさなだ》の家来三好清海《けらいみよしせいかい》入道《にゅうどう》だ」元「ナニ、貴様《きさま》が真田《さなだ》の三好清海入道《みよしせいかいにゅうどう》と云《い》う無茶坊主《むちゃぼうず》か」三「如何《いか》にも、其《そ》の通《とお》り」元「シテ、何等《なんら》の筋《すじ》あって乱暴《らんぼう》を働《はたら》いて居《お》る」三「実《じつ》は斯様《かよう》〳〵、余《あま》り山野辺丹後《やまのべたんご》の振舞《ふるまい》が癪《しゃく》に障《さわ》るから乗《の》り込《こ》んで来《き》た。何《ど》うか家康公《いえやすこう》に面会《めんかい》させてくれ」元「フム、夫《そ》れは分《わか》ったが、何《なん》の用向《ようむき》あって貴様《きさま》は此《こ》の城下《じょうか》へ来《き》た。何処《どこ》に泊《とま》って一人《にん》か連《つ》れがあるか」三「ハヽヽ、戸籍調《こせきしら》べじゃあるまいし、左様《さよう》な事《こと》は何《ど》うでも宜《よ》い。マア案内《あんない》してくれ」元「ヨシ、此《こ》の元忠《もとただ》が呑《の》み込《こ》んだ、暫《しば》らく待《ま》って居《お》れ」軈《やが》て鳥居元忠《とりいもとただ》の周旋《とりもち》により、清海《せいかい》入道《にゅうどう》は家康《いえやす》の目通《めどお》りに出《い》で、ハッと平伏《へいふく》すると、家康《いえやす》は立腹《りっぷく》の体《てい》にて声《こえ》も荒々《あらあら》しく、家「ヤア夫《それ》なる三好清海入道《みよしせいかいにゅうどう》とやら、汝《なんじ》は察《さっ》する処予《ところよ》が城内《じょうない》の秘密《ひみつ》を探《さぐ》らん為《た》め乗《の》り込《こ》み来《き》たのであろう。殊《こと》に予《よ》が寵愛《ちょうあい》の山野辺丹後《やまのべたんご》を手込《てご》めに遭《あわ》すとは許《ゆる》し難《がた》し。ヤア〳〵誰《たれ》かある、此《こ》の坊主《ぼうず》を召捕《めしと》れい」と、下知《げち》に応《おう》じてバラ〳〵と躍《おど》り出《い》でたる五人《にん》の若武士《わかざむらい》、物《もの》をも云《い》わず清海入道《せいかいにゅうどう》に飛《と》び掛《かか》った。清海入道烈火《せいかいにゅうどうれっか》の如《ごと》く憤《いきどお》り、三「ヤア、斯《こ》は怪《け》しからぬ、某《それがし》の言葉《ことば》も聞《き》き取《と》らずして、有無《うむ》を云《い》わさず召捕《めしと》らんとは何事《なにごと》だ。徳川家康《とくがわいえやす》は海道《かいどう》一の良将《りょうしょう》と聞《き》き及《およ》んだが、見《み》ると聞《き》くとは天地《てんち》の相違《そうい》、此《こ》の清海入道《せいかいにゅうどう》が召捕《めしと》れるものなら、召《めし》捕《と》って見《み》ろ、何《なに》をッ」五人《にん》を相手《あいて》に事《こと》ともせず、手当《てあた》り次第《しだい》に摑《つか》んで投《な》げる取《と》って放《ほ》る何《なん》の苦《く》もなく投《な》げ出《だ》した。続《つづ》いて又《また》もや六七人《にん》、之《こ》れも見《み》る〳〵遣《や》られて終《しま》った。家康怒《いえやすいか》り心頭《しんとう》より発《はっ》し、家「ヤア〳〵、徳川《とくがわ》四天王《てんのう》の面々《めんめん》はあらざるや。悪《にっ》くき坊主《ぼうず》を召捕《めしと》れい」ハッと答《こた》えて、井伊万千代《いいまんちよ》、本多平八郎《ほんだへいはちろう》は是非《ぜひ》なく立上《たちあが》り、左右等《さゆうひと》しく清海入道《せいかいにゅうどう》に躍《おど》り掛《かか》る。

◎人間並《にんげんなみ》に何《なに》を吐《ぬか》す

幾等《いくら》三好清海入道《みよしせいかいにゅうどう》が大力無双《たいりきむそう》でも、徳川《とくがわ》四天王《てんのう》の随《ずい》一人《にん》本多平八郎《ほんだへいはちろう》と井伊万千代《いいまんちよ》に組《く》みつかれては堪《たま》らない。暫《しば》らく挑《いど》み争《あらそ》って居《い》たが、到頭《とうとう》組《く》み敷《し》かれ縛《しば》り上《あ》げられて終《しま》った。三「サア、勝手《かって》にしろ、仁君《じんくん》なぞと猫《ねこ》を被《かぶ》って……家康《いえやす》が何《な》んだ。真田《さなだ》の家来《けらい》三好清海《みよしせいかい》入道《にゅうどう》は殺《ころ》されても、只《ただ》は置《お》かないぞッ」家「ハヽヽヽ、引《ひか》れ者《もの》の小唄《こうた》とは其方《そのほう》の事《こと》だ。殺《ころ》しもせぬが許《ゆる》しもせぬ、暫《しば》らく苦痛《くつう》を見《み》せてやる。ヤア〳〵山野辺丹後《やまのべたんご》、此奴《こやつ》に苦《くる》しめられた意趣晴《いしゅばら》しに、彼奴《かやつ》を引立《ひった》て獄屋《ごくや》へ投《ほ》り込《こ》めい」と、聞《き》いた山野辺丹後《やまのべたんご》は俄《にわか》に力味出《りきみだ》し、丹「ハッ、畏《かしこ》まりました」清海入道《せいかいにゅうどう》の側《そば》へ進《すす》み、丹「ヤイ坊主《ぼうず》、能《よ》くも此《こ》の丹後《たんご》を酷《ひど》い目《め》に遭《あわ》したな。之《これ》から仕返《しかえ》しだ。痛《いた》いと云《い》うなッ」鉄扇《てっせん》振《ふ》り上《あ》げ、ヤッと一声《せい》打《う》ち据《す》えんとする一刹那《せつな》、偖《さ》ても不思議《ふしぎ》や、山野辺丹後《やまのべたんご》の首《くび》は転《ころ》りと前《まえ》に落《お》ち、胴体《どうたい》は血烟《ちけむり》立《た》って打《ぶ》っ倒《たお》れた。驚《おどろ》いたのは家康《いえやす》ばかりでない。老臣勇士《ろうしんゆうし》を始《はじ》め、三好清海入道《みよしせいかいにゅうどう》に到《いた》る迄《まで》、此《こ》の奇態《きたい》なる有様《ありさま》に、只茫然《ただぼうぜん》といたして居《お》る。スルト斯《こ》はソモ如何《いか》に、清海入道《せいかいにゅうどう》の身体《からだ》は縛《しば》られたる儘《まま》、フワリ〳〵と空《そら》を歩《ある》き出《だ》し、向《む》うへ差《さ》して行《ゆ》く様子《ようす》。家康《いえやす》は云《い》う迄《まで》もなく、四天王《てんのう》の連中《れんちゅう》、まった豪傑勇士《ごうけつゆうし》は、重《かさ》ね〴〵の不思議《ふしぎ》さに、愕然《がくぜん》として呆《あき》れ返《かえ》り、一同《どう》アレヨ〳〵と犇《ひしめ》き騒《さわ》いで居《い》るばかり。然《しか》るに清海入道《せいかいにゅうどう》の身体《からだ》が次《つぎ》の間《ま》へパッと消《き》え失《う》せたと思《おも》う間《ま》もなく、何処《いずこ》よりか呵々《からから》と嘲《あざ》けり笑《わら》う声聞《こえきこ》え、△「アハヽヽヽ、家康殿《いえやすどの》を初《はじ》め豪傑《ごうけつ》勇士《ゆうし》の方々《かたがた》聞《き》き候《そうら》え。真田《さなだ》の郎党《ろうとう》にして忍術《にんじゅつ》の大名人《だいめいじん》と呼《よ》ばれたる猿飛佐助幸吉《さるとびさすけゆきよし》が三好清海入道《みよしせいかいにゅうどう》は貰《もら》って帰《かえ》る。各々《おのおの》の首《くび》を申《もう》し受《う》けるは最《い》と易《やす》けれど、別《べつ》に恨《うら》みなき者《もの》を苦《くる》しめるは本意《ほんい》でない。後日改《ごじつあらた》めて見参申《けんざんもう》さん。左《さ》らば〳〵」と、云《い》う声《こえ》は次第《しだい》に遠《とお》くなり、果《はて》は清海入道《せいかいにゅうどう》の身体《からだ》も、到頭見《とうとうみ》えなくなって終《しま》った。流石《さすが》の家康《いえやす》ブル〳〵身《み》を震《ふる》わし、家「偖《さ》ては、真田家《さなだけ》に忍術《にんじゅつ》の名人《めいじん》ありと聞《き》きつるが、何時《いつ》の間《ま》に当城内《とうじょうない》へ忍《しの》び込《こ》みしか。テモ恐《おそ》るべき術《じゅつ》である」と、溜息吐《ためいきつ》いて呆《あき》れ返《かえ》る。此方猿飛佐助《こなたさるとびさすけ》は清海入道《せいかいにゅうどう》を城内《じょうない》より奪《うば》い取《と》り、縛《しば》られたる儘《まま》ドン〳〵駆《か》け出《だ》し、大手門《おおてもん》より二三丁《ちょう》手前《てまえ》へ来《く》ると、漸々背《ようようせなか》より下《おろ》し、縛《いましめ》めの縄《なわ》を解《と》いてやり、佐「オイ三好《みよし》、貴様乃公《きさまおれ》が居《い》ないと早《は》や斯《こ》んな事《こと》を仕出来《しでか》すに困《こま》る。酒《さけ》を飲《の》んだな……」三「何《ど》うも猿飛《さるとび》、実《じつ》は退屈《たいくつ》で……ツイ其《そ》の一杯《ぱい》……、スルト日頃《ひごろ》の気象《きしょう》が俄《にわ》かにムラ〳〵と起《おこ》り、ブラリ表《おもて》へ飛《と》び出《だ》し、大手先《おおてさき》へ歩《や》って来《く》ると、斯様《かよう》〳〵だから、乃公《おれ》かて勢《いきお》い暴《あば》れなくてはなるまいだろう」佐「フム、夫《そ》れも左様《そう》だが、乃公《おれ》が此《こ》の間《あいだ》から一人《ひとり》ブラ〳〵出歩《であ》るいて居《お》るのは、毎日《まいにち》〳〵城内《じょうない》へ忍《しの》び込《こ》んで、城《しろ》の要害《ようがい》や其《そ》の他《た》の事《こと》を検《しら》べて居《い》るのだ。今日《こんにち》も例《れい》に依《よ》って乗《の》り込《こ》んで見《み》ると、貴様《きさま》が彼《あ》の通《とお》りだろう。ダカラ山野辺丹後《やまのべたんご》を斬《き》り殺《ころ》し、貴様《きさま》を奪《うば》い取《と》った訳《わけ》だ」三「夫《そ》れは有難《ありがた》い。乃公《おれ》も一時《じ》は驚《おどろ》いたよ。真逆貴様《まさかきさま》とは思《おも》わないから……」佐「ハッハヽヽ、マア宜《よ》い。充分荒胆《じゅうぶんあらぎも》を挫《ひし》いで置《お》けば大丈夫《だいじょうぶ》だ。之《これ》から出立《しゅったつ》しよう」三「ウム、宜《よ》かろう」と、両人《りょうにん》は其《そ》の日《ひ》の中《うち》に宿屋《やどや》を引払《ひきはら》い、遠州浜松《えんしゅうはままつ》を立退《たちの》き、三州尾州《しゅうびしゅう》も早《は》や過《す》ぎ、勢州鈴鹿山《せいしゅうすずかやま》の麓《ふもと》に差《さ》し掛《かか》ると、日《ひ》もズンブリと暮《く》れ果《は》て、チラ〳〵彼処此処《かしこここ》に灯火《あかり》が見《み》える。然《しか》るに其《そ》の頃合《ころあ》い、鈴《すず》鹿峠《かとうげ》の奥山《おくやま》には、元越前朝倉《もとえちぜんあさくら》の残党《ざんとう》にいたして、由利鎌之助春房《ゆりかまのすけはるふさ》と云《い》う盗賊《とうぞく》の張本《ちょうほん》が楯籠《たてこも》り、軍用金《ぐんようきん》を集《あつ》め味方《みかた》を募《つの》り、朝倉家《あさくらけ》を再興《さいこう》したいと云《い》う考《かんが》えで、近郷界隈《きんごうかいわい》を荒《あら》し廻《まわ》って居《い》る。何《な》んしろ由利鎌之助《ゆりかまのすけ》と云《い》うは、力《ちから》五十人《にん》に敵《てき》し、槍《やり》は無双《むそう》の名人《めいじん》、今迄山賊退治《いままでさんぞくたいじ》に出掛《でか》けた武士《さむらい》で、誰《たれ》一人《にん》無事《ぶじ》で帰《かえ》ったものがないと云《い》う噂《うわさ》。手下《てした》も四五百人《にん》あり、其勢《そのいきお》い却々侮《なかなかあなど》り難《がた》く、領主《りょうしゅ》たる江州《ごうしゅう》瀬田《せた》城主《じょうしゅ》山岡対馬守重純《やまおかつしまのかみしげずみ》も、度々《たびたび》軍勢《ぐんぜい》を駆《か》り催《もよ》おして打《う》ち向《むか》うと雖《いえど》も、何時《いつ》も追《お》い捲《まく》られ、見苦《みぐる》しき敗北《はいぼく》を取《と》る。之《これ》が為《た》め由利鎌之助《ゆりかまのすけ》は愈々増長《いよいよぞうちょう》なし、今《いま》では白昼《はくちゅう》と雖《いえど》も横行《おうこう》なし、界隈《かいわい》は物騒千万《ぶっそうせんばん》、人心恟々《じんしんきょうきょう》として安《やす》き心《こころ》もないと云《い》う有《あり》様《さま》であった。猿飛佐助《さるとびさすけ》と清海入道《せいかいにゅうどう》は、一向左様《こうさよう》な事《こと》は知《し》らないから、日《ひ》の暮《く》れたにも頓着《とんちゃく》せず、ブラ〱麓迄《ふもとまで》歩《や》って来《く》ると、一人《にん》の百姓《ひゃくしょう》が、云々斯様《しかじかかよう》〱と注意《ちゅうい》をした。スルト清《せい》海入道《かいにゅうどう》は俄《にわ》かに力味出《りきみだ》し、三「ナンダ、山賊《さんぞく》が住《す》んで居《お》る……、其奴《そいつ》は愉快《ゆかい》だ。我々《われわれ》両人《りょうにん》が乗込《のりこ》み、諸人《しょにん》の為《た》め退治《たいじ》てやろう。ノオ猿飛《さるとび》」佐「ウム左様《さよう》だ。百姓親切《ひゃくしょうしんせつ》は忝《かたじけ》ないが、我々《われわれ》は天下武者修業者《てんかむしゃしゅぎょうしゃ》だ。左様《そうい》云う者《もの》に出喰《でく》わすのが、途中《とちゅう》の気晴《きばら》しになって極《ご》く好《すき》だ。是非乗《ぜひの》り込《こ》むぞ」と云《い》い捨《す》ててドン〱途《みち》を急《いそ》ぐ。百姓《ひゃくしょう》は後姿《うしろすがた》を見送《みおく》って呆《あき》れ返《かえ》り、

百「何《ど》うも、負《ま》け惜《おし》みの強《つよ》い人《ひと》だ。今《いま》に裸体《はだか》にされて逃《に》げ帰《かえ》るか、首《くび》と胴《どう》とが生《い》き別《わか》れになるであろう」と、心配《しんぱい》そうに気遣《きづか》って居《い》る。此方両豪傑《こちらりょうごうけつ》はノッシ〱と峠《とうげ》を登《のぼ》りつつ、

三「何《ど》うだ猿飛《さるとび》、片端《かたっぱし》から斬《き》り捲《まく》って遣《や》ろうでないか」佐「ウム、夫《そ》れは無論《むろん》だが、相手《あいて》の張本《ちょうほん》もナカ〱強《つよ》いと云《い》うから、油断《ゆだん》をしちゃア不可《いか》んよ。乃公《おれ》は例《れい》の術《じゅつ》があるから構《かま》

わないが、貴様《きさま》が少々不安心《しょうしょうふあんしん》だ」三「ハヽヽヽ、心配《しんぱい》するな猿飛《さるとび》、乃公《おれ》は大丈夫《だいじょうぶ》だよ。然《しか》し泥棒《どろぼう》に知《し》れ安《やす》い様《よう》に、大《おお》きな声《こえ》を出《だ》して行《ゆ》こうじゃないか」と、負《ま》けん気《き》の清海入道《せいかいにゅうどう》、殊更《ことさ》ら大声《おおごえ》を発《はっ》し、或《あるい》は詩《し》を吟《ぎん》じ歌《うた》を唄《うた》い、ズン〳〵、分《わ》け登《のぼ》る。スルト近処《きんじょ》で網《あみ》を張《は》って居《い》た山賊《さんぞく》の手下共《てしたども》は、甲「オイ、人間《にんげん》が来《き》た様《よう》だぜ。大《おお》きな声《こえ》を出《だ》してるじゃねえか」乙「ウム、聞《きこ》える〳〵、オヤ〳〵気狂《きちが》いじゃあるまいか。無茶苦茶《むちゃくちゃ》に面白《おもしろ》そうに遣《や》ってるぜ」丙「ウム、乃公《おれ》が一《ひと》つ見《み》てやろう」と、一人《ひとり》が岩角《いわかど》に攀《よ》じ登《のぼ》り、月光《つきあか》りに小手《こて》を翳《かざ》し、眤《じ》っと透《すか》して居《い》たが、丙「イヨー、武士《さむらい》だ〳〵、大《おお》きい武士《さむらい》に坊主《ぼうず》だ」甲「ナニ、武士《さむらい》か……ヨシ相図《あいず》をしろ」丁「合点《がってん》だ」と、兼《かね》て用意《ようい》の狼烟《のろし》へ火《ひ》を移《うつ》すと、パッと空中《そら》へ舞《ま》い上《あが》ったる一発《ばつ》の狼烟《のろし》、夫《そ》れと同時《どうじ》に彼方此方《あなたこなた》の木蔭《こかげ》より、現《あら》われ出《い》でたる六七十人《にん》の小賊共《しょうぞくども》、突然《いきなり》佐助《さすけ》と清海入道《せいかいにゅうどう》の行手《ゆくて》を遮《さえ》ぎり、中《なか》にも一の手下山上甚内《てしたやまがみじんない》と云《い》える奴《やつ》、隆々《りゅうりゅう》と大身《おおみ》の槍《やり》を引扱《ひきしご》き、真先《まっさき》に立《た》ち現《あら》われ、山「ヤイ、其処《そこ》な武士《さむらい》と坊主《ぼうず》、我々《われわれ》の眼《め》に留《とま》りしは手前等《てめえら》の不運《ふうん》。サア味方《みかた》になるか、夫《そ》れ共身《ともみ》ぐるみ素直《まっすぐ》に置《お》いて行《ゆ》くか、二つに一つの返答《へんとう》しろ。今《いま》ぞ生死《せいし》の境目《さかいめ》だッ」と、怒鳴《どな》りながら睨《にら》みつける。二人《ふたり》は平気《へいき》の体《てい》にて、佐「ハヽヽヽ、豪《つよ》そうに蛆虫《うじむし》の分際《ぶんざい》として、人間並《にんげんなみ》に何《なに》を吐《ぬか》す。乃公《おれ》は許《ゆる》しもしようが、此《こ》の入道《にゅうどう》が承知《しょうち》しないぞ。ノオ三好《みよし》」三「左様《そう》だ〳〵、朝倉《あさくら》の残党《ざんとう》とか吐《ぬか》して、軍用《ぐんよう》金《きん》を集《あつ》めたり味方《みかた》を募《つの》ったり、我々《われわれ》に相談《そうだん》もせず、小癪《こしゃく》な真似《まね》をする奴《やつ》だ。真実《しんじつ》主家《しゅか》を思《おも》う忠臣《ちゅうしん》ならば、山賊夜盗《さんぞくやとう》の汚名《おめい》を受《う》けずとも、他《ほか》に方法《ほうほう》は幾等《いくら》もある。汝等《なんじら》がお家再興《いえさいこう》に名《な》を借《か》りて、一身《しん》の栄華《えいが》を図《はか》る所存《しょぞん》だろう。天《てん》に代《かわ》って三好清海入道《みよしせいかいにゅうどう》が成敗《せいばい》してくれる。覚悟《かくご》しろ」と、大刀《だいとう》をズラリと引抜《ひきぬ》いた。山「エヽイ、何《なに》を吐《ぬか》す。余計《よけい》な講釈《こうしゃく》は勝手《かって》に云《い》えッ」と、喚《おめ》き叫《さけ》んで突《つ》っ掛《かか》った山上甚内《やまがみじんない》の槍先《やりさき》を、サッと躱《かわ》した清海入道《せいかいにゅうどう》、面倒《めんどう》なりと躍《おど》り込《こ》み、ヤッと叫《さけ》んだ声諸共《こえもろとも》、真甲《まっこう》より唐竹割《からたけわり》に斬《き》り下《さ》げた。山上甚内《やまがみじんない》二ツになって即《そく》死《し》をする。此《こ》の時猿飛佐助《ときさるとびさすけ》は、頭上《ずじょう》に生《お》い茂《しげ》ったる大木《たいぼく》の枝《えだ》にヒラリ飛《と》び上《あが》り、程好《ほどよ》い処《ところ》に腰打《こしう》ちかけ、佐「イヨー、能《よ》く見《み》える〳〵、清海入道確《せいかいにゅうどうしっか》り頼《たの》むぞ。乃公《おれ》は此処《ここ》で見物《けんぶつ》だ」三「オヽ大丈夫《だいじょうぶ》、斯《こ》んな奴《やつ》は片端《かたっぱし》から撫《な》で切《ぎ》りだ」と、多勢《たぜい》の中《なか》へ躍《おど》り込《こ》み、四角《かく》八面《めん》に薙《な》ぎ立《た》て斬《き》り伏《ふ》せ、無《む》二無《む》三に暴《あば》れ出《だ》す。

◎天狗《てんぐ》の孫《まご》ではあるまいか

目的《もくてき》の為《た》めには手段《しゅだん》を撰《えら》ばず、何々家《なになにけ》の残党《ざんとう》と云《い》えば、大抵山賊《たいていさんぞく》が極《きま》りものの様《よう》になって居《お》るが、成就《じょうじゅ》した例《ためし》は滅多《めった》にない。矢張《やっぱ》り手段《しゅだん》が宜《よ》くないからであろう。三好清海入道《みよしせいかいにゅうどう》は只《ただ》一人《にん》で、無茶苦茶《むちゃくちゃ》に暴《あば》れ廻《まわ》って居《お》る、処《ところ》へ差《さ》して山賊《さんぞく》の張本由利鎌之助《ちょうほんゆりかまのすけ》は、小賊《しょうぞく》の注進《ちゅうしん》により、大身《おおみ》の槍《やり》を提《ひっさ》げ、百人以上《にんいじょう》の手下《てした》を従《したが》え、ドス〱と現場《そのば》に乗《の》り込《こ》んで来《き》た。猿飛佐助《さるとびさすけ》は此《こ》の体《てい》見《み》るより、佐「ヤア〱、其処《それ》に来《き》たったるは山賊《さんぞく》の張本《ちょうほん》と覚《おぼ》えたり。乃公《おれ》が一番相手《ばんあいて》になってやるからサア来《こ》い」と、云《い》われて張本由利鎌之助《ちょうほんゆりかまのすけ》は、満面《まんめん》に朱《しゅ》を注《そそ》ぎ、由「云《い》うな此奴《こやつ》、汝等《なんじら》は能《よ》くも我《わ》が手下《てした》を討取《うちと》ったり。我《われ》こそは元越前朝倉《もとえちぜんあさくら》の残党《ざんとう》にして、由利鎌之助《ゆりかまのすけ》と云《い》えるものだ。イデヤ召捕《めしと》ってくれん。ヤア〱手下《てした》の者《もの》共《ども》、貴様等《きさまら》彼《か》の大入道《おおにゅうどう》を召捕《めしと》れい。此奴《こやつ》は乃公《おれ》一人《にん》で沢山《たくさん》だ」と、云《い》いつつ大身《おおみ》の槍《やり》を引《ひき》抜《ぬ》き、中段《ちゅうだん》に構《かま》えてジリ〱と詰《つ》めよせる。佐助《さすけ》は見《み》るより、佐「ホヽオ、此奴少《こやつち》と使《つか》えるな。面白《おもしろ》いサア参《まい》れ」と、大刀《だいとう》をズラリと引抜《ひきぬ》いて、之《こ》れ又《また》ジリ〱と詰《つ》めよせる。

由「エヽイ、小癪《こしゃく》の腕立《うでだて》ッ、斃《くたば》り居《お》れい」と大喝《だいかつ》一声《せいっ》突っ掛《かか》る槍《やり》の穂先《ほさき》は電光石火《でんこうせっか》、心得《こころえ》たりと猿飛佐助《さるとびさすけ》、胸《むね》に一物思案《もつしあん》を定《さだ》め、彼方此方《あなたこなた》へ飛《と》び違《ちが》えたる身軽《みがる》の働《はたら》き。丁々発止《ちょうちょうはっし》、上段下段《じょうだんげだん》と、何《いず》れ劣《おと》らぬ勇士《ゆうし》と豪傑《ごうけつ》、約《およ》そ三十有余合《ゆうよごう》の渉合《わたりあい》に及《およ》んで、勝負更《しょうぶさ》らに決《けっ》せざりけり。何《な》んしろ由利鎌之助《ゆりかまのすけ》の繰《く》り出《だ》す槍先《やりさき》の烈《はげ》しき勢《いきおい》には、流石《さすが》の佐助《さすけ》も時々《ときどき》は扱《あつか》い兼《か》ね、後《あと》へ〱と退《しざ》って居《い》る。左《さ》れど忍術《にんじゅつ》の奥義《おくぎ》を極《きわ》めし大達人《だいたつじん》、真逆《まさか》の時《とき》には奥《おく》の手《て》を出《だ》しさえすれば宜《い》いのだから平気《へいき》なもの。「彼《あ》の手《て》で行《ゆ》かねば斯《こ》うしてくれん」と、今《いま》しもヤッと一声掛《せいか》けると等《ひと》しく、佐助《さすけ》の姿《すがた》はパッと消《き》えて無《な》くなった。由「オヤッ、此奴不思《こやつふし》議《ぎ》だ。天狗《てんぐ》の孫《まご》ではあるまいか」と迂路《うろ》〱見廻《みまわ》して居《い》る折《おり》しも、佐「ハヽヽ、此処《ここ》だ〱」と、声掛《こえかけ》られ、鎌之助《かまのすけ》振《ふ》り返《かえ》って見《み》ると、背後《うしろ》にスックと立《た》って居《い》る。由「己《おの》れッ、卑怯《ひきょう》ッ」と、最《いと》も烈《はげ》しく突《つ》っ掛《かか》る。又《また》も二三合《ごう》斬《き》り結《むす》ぶと思《おも》うと、再《ふたた》び佐助《さすけ》は消《き》え失《う》せる。由「ワア、変《へん》な奴《やつ》だ、魔法使《まほうつか》いかも知《し》れない」と、四辺《あたり》を睨《にら》み廻《まわ》して居《お》ると、今度《こんど》は横合《よこあい》でパン〱手《て》を叩《たた》く。由「汝《おのれ》ッ、最早其《もはやそ》の手《て》は喰《く》わんぞ」隙間《すきま》もなく突《つ》っ掛《かか》る、又《また》消《き》える、又出《またで》る、五度《ど》も六度《ど》もスカタン喰《く》わされては、如何《いか》に豪勇無双《ごうゆうむそう》の人間《にんげん》でも堪《たま》らない。流石《さすが》の由利鎌之助《ゆりかまのすけ》も彼方《あなた》へ迂路《うろ》〱、此方《こなた》へ蹌踉《ひょろ》めき、突《つ》き出《だ》す槍《やり》の覘《ねら》いは狂《くる》ってシドロモドロとなって来《き》た。仕澄《しすま》したりと猿飛佐助《さるとびさすけ》、横合《よこあい》よりエイと一声《せい》、槍《やり》の千段巻《せんだんまき》をバラリズンと斬《き》り落《おと》した。由「ヤ、残念《ざんねん》」と一足《あしと》飛び退《さが》り、一刀《とう》の柄《つか》に手《て》を掛《か》けんとする間《かん》一髪《ぱつ》、バラリ躍《おど》り込《こ》んだる猿飛佐助《さるとびさすけ》は、相手《あいて》の利腕確《ききうでしか》と押《おさ》え、足《あし》を搦《から》んで捻《ね》じ倒《たお》さんとする。彼方《あっち》も何《な》んしろ五十人力《にんりき》と呼《よ》ばれた由利鎌之助《ゆりかまのすけ》、殊《こと》に必死《ひっし》を極《きわ》めて居《お》るのであるから、容易《ようい》には倒《たお》れない。今《いま》や両人《りょうにん》得物《えもの》を投《な》げ捨《す》て、エイヤッと引組《ひっく》み、互《たが》いに金剛力《こんごうりき》を出《だ》し、此処《ここ》を先途《せんど》と組《く》み合《あ》って居《い》る。此方《こちら》三好清海入道《みよしせいかいにゅうどう》は、既《すで》に手下《てした》を追《お》っ払《ぱら》い、或《あるい》は切《き》り倒《たお》して一刀《とう》の血振《ちぶる》いなし、ヒョイと彼方《あなた》を見《み》ると、佐助《さすけ》と張本《ちょうほん》とが一騎打《きうち》の勝負《しょうぶ》に及《およ》んで居《い》る。三「イヨー、未《ま》だ勝負《しょうぶ》が附《つ》かんな。ナカ〳〵彼奴豪《あいつえら》いぞ、ヨシ加勢《かせい》に及《およ》んでやろう」バラ〳〵進《すす》みより、三「オイ猿飛《さるとび》、早《はや》く何《ど》うかしないか。乃公《おれ》が背後《うしろ》から斬《き》り付《つ》けて遣《や》ろうか」佐「コリャ三好《みよし》、斬《き》っては不可《いけ》ない。殺《ころ》す位《くら》いなら之《こ》れ程骨《ほどほね》は折《お》らんのだ。生捕《いけど》りに遭《あわ》す積《つも》りだ。貴様其処《きさまそこ》で見物《けんぶつ》しろ」と、云《い》うより早《はや》く、佐助《さすけ》はブル〳〵と武《む》者振《しゃぶる》いしたと思《おも》うと、ヤッと満身《まんしん》の力《ちから》を絞《しぼ》り出《だ》し、跳《は》ね返《かえ》して由利鎌之助《ゆりかまのすけ》を捻《ね》じ倒《たお》し、グイと押《お》し伏《ふ》せ動《うご》かさず、猿「ヤイ何《ど》うだ。貴様《きさま》を殺《ころ》す積《つも》りなら造作《ぞうさ》はないのだが、見受《みう》ける処天晴《ところあっぱれ》の腕前《うでまえ》、山賊《さんぞく》の群《むれ》に置《お》くは惜《お》しきものと思《おも》い、一応意見《おういけん》に及《およ》び、改心《かいしん》させせん為《た》め、斯《か》く取《と》り押《おさ》えたのだ。何《ど》うだ張本《ちょうほん》、貴様《きさま》ほどの腕前《うでまえ》なら、今戦国《いませんごく》の世《よ》の中《なか》で、然《しか》るべき大名《だいみょう》に仕《つか》えなば、二千石《ごく》や三千石《ごく》は思《おも》いの儘《まま》だ。然《しか》るに主家再興《しゅかさいこう》に名《な》を借《か》り、軍用金《ぐんようきん》を集《あつ》めるとか味方《みかた》を募《つの》るとか、人聞《ひとぎ》きの良《よ》い事《こと》を云《い》って、密《ひそ》かに栄華《えいが》をしようとは不心得千《ふこころえせん》万《ばん》、縦《よ》しんば真実主家再興《まことしゅかさいこう》を計《はか》るにしろ山賊夜盗《さんぞくやとう》の汚名《おめい》を受《う》けては、志《こころざし》を貫《つらぬ》く事思《ことおも》いもよらず、汝《なんじ》に限《かぎ》らず昔《むかし》より斯《かか》る例《ためし》は沢山《たくさん》あれど、誰一人目的《たれひとりもくてき》を達《たっ》した者《もの》は嘗《かつ》てない。今日《こんにち》只今《ただいま》より本心《ほんしん》に立《た》ち帰《かえ》り、真人間《まにんげん》となれ。否《いや》と云《い》えば只《ただ》一刺《さ》しだぞッ」と、首筋押《くびすじおさ》えて一刀突《とうつ》きつける。三好清海入道《みよしせいかいにゅうどう》は不平顔《ふへいがお》、三「オイ猿飛《さるとび》、可笑《おか》しな説法《せっぽう》みた様《よう》な事《こと》は廃《よ》せく。早《はや》く片付《かたづ》けては何《ど》うだ、七面倒臭《めんどうくさ》い。早《はや》く斬《き》っちまえ」佐「馬鹿《ばか》云《い》え貴様《きさま》は兎角短《とかくたん》気《き》だから不可《いけ》ない。マア乃公《おれ》に任《まか》して置《お》け」尚《なお》も懇々《こんこん》と意見《いけん》を加《くわ》える。張本由利鎌之助《ちょうほんゆりかまのすけ》は悄然《しょうぜん》として佐助《さすけ》に向《むか》い、由「イヤ、恐《おそ》れ入《い》った。貴殿《きでん》は何《いず》れのお方《かた》かは知《し》らないが、腕前《うでまえ》と云《い》い情《なさ》けある御言葉《おことば》、鎌之助深《かまのすけふか》く後悔《こうかい》した。今日《こんにち》より心《こころ》を入《い》れかえ、以後《いご》は聊《いささ》かたりとも不正《ふせい》な事《こと》は仕《つかまつ》らず……」と、大《おお》いに恐縮《きょうしゅく》の体《てい》。佐助《さすけ》は漸々引起《ようようひきおこ》し、佐「イヤ、改心《かいしん》したとは有難《ありがた》い。何《ど》うも腕前《うでまえ》は確《たし》かなものだ」由「何《なん》とも早《は》や、赤面《せきめん》の到《いた》り。何卒御姓名《なにとぞごせいめい》を承《うけたま》わりたい」佐「ナアニ、別段名乗《べつだんなの》る程《ほど》のものではないが、何《なに》をか包《つつ》まん、我《われ》は信州上田《しんしゅううえだ》五万《まん》石真田安房守《ごくさなだあわのかみ》の嫡男幸村公《ちゃくなんゆきむらこう》の家来《けらい》にして、猿飛佐助幸吉《さるとびさすけゆきよし》と云《い》えるもの。尚《な》お之《こ》れなるは三好清海入道《みよしせいかいにゅうどう》である」由「エッ、偖《さ》ては噂《うわさ》に高《たか》い信州真田《しんしゅうさなだ》家《け》の豪傑猿飛殿《ごうけつさるとびどの》に三好殿《みよしどの》でござるか。此《こ》の御恩《ごおん》は決《けっ》して忘却仕《ぼうきゃくつかまつ》らぬ。就《つい》ては今夜《こんや》を限《かぎ》り下山《げざん》を致《いた》す我《わ》が所存《しょぞん》。何卒之《なにとぞこれ》より山《さん》塞《さい》へお越《こ》しあり、御《ご》一泊下《ばくくだ》されたし。手下《てした》の者共《ものども》も夫々説諭《それぞれせつゆ》いたし、善心《ぜんしん》に立《た》ち返《かえ》らせた上《うえ》、手当《てあて》を遣《つか》わし離散《りさん》いたさすの存意《ぞんい》、何《ど》うか見届《みとど》け下《くだ》されたい」と、赤心《まごころ》を打開《うちあ》け依頼《いらい》に及《およ》ぶ。両豪傑《りょうごうけつ》は快《こころよ》く承知《しょうち》いたし、打《う》ち連立《つれだ》って山塞《さんさい》へ来《きた》り、狸《たぬき》の天婦羅《てんぷら》、猪《しし》の刺身《さしみ》、鹿《しか》の炙焼《てりやき》、兎《うさぎ》の吸物《すいもの》、宛《まる》で獣《けだもの》の肉《にく》ずくめの料理《りょうり》で以《もっ》て馳走《ちそう》になる。其《そ》の夜《よ》は寝《やす》み、夜《よ》が明《あ》けると、鎌之助《かまのすけ》は手下《てした》の奴《やつ》に残《のこ》らず有金《ありがね》を分配《ぶんばい》なし、夫々意見《それぞれいけん》して下山《げざん》させ、山塞《さんさい》を焼《や》き払《はら》って、猿飛佐助《さるとびさすけ》、三好清海入道《みよしせいかいにゅうどう》と共《とも》に、鈴鹿峠《すずかとうげ》を立《た》ち退《の》き、三人其《にんそ》の夜《よ》は石部《いしべ》の宿《しゅく》に泊《とま》り、此処《ここ》で改《あらた》めて由利鎌之助《ゆりかまのすけ》の願《ねがい》により三人《にん》は義兄弟《ぎきょうだい》の盃《さかずき》を為《な》し、翌日石部《よくじついしべ》の宿《しゅく》を立《た》ち、ドシ〳〵都《みやこ》の土地《とち》へ参《まい》り込《こ》んで来《き》た。愈々之《いよいよこれ》より猿飛佐助《さるとびさすけ》が、南禅寺《なんぜんじ》の山門《さんもん》に於《おい》て、天下《てんか》の怪賊石川五右衛門《かいぞくいしかわごえもん》と忍術比《にんじゅつくら》べの一巻《まき》。

◎泥棒《どろぼう》と術比《じゅつくら》べは張合《はりあい》がない

悪《あく》に強《つよ》きものは善《ぜん》にも又強《またつよ》し。由利鎌之助《ゆりかまのすけ》は猿飛佐助《さるとびさすけ》、三好清海入道《みよしせいかいにゅうどう》と義兄弟《ぎきょうだい》の約《やく》を結《むす》んで大喜《おおよろこ》び。三人《にん》打《う》ち連立《つれだ》って京都《みやこ》の土地《とち》へ入《い》り込《こ》み、四条通《じょうどお》りの山城屋《やましろや》へ泊《とま》り、翌日《よくじつ》より三人《にん》は洛中洛外《らくちゅうらくがい》を彼方此方《あなたこなた》と見物《けんぶつ》して居《お》る。或日《あるひ》の事佐助《ことさすけ》は只独《ただひと》り、ブラリ宿屋《やどや》を立《た》ち出《い》で、来《く》るとはなしに東山南禅寺《ひがしやまなんぜんじ》へ歩《や》って参《まい》り、境内《けいだい》を彼方此方《あなたこなた》と散歩《さんぽ》を為《な》し、今《いま》しも立《た》ち帰《かえ》らんと、山門《さんもん》の下《した》を通《とお》り掛《かか》ると、何処《どこ》ともなしに密々話《ひそひそばなし》しの声《こえ》が聞《きこ》える。之《こ》れが普通《ふつう》の人間《にんげん》なら、少《すこ》しも聞《きこ》える気遣《きづか》いはないのだが、忍術《にんじゅつ》の極意《ごくい》に渉《わた》り、三丁《ちょう》四方《ほう》に針《はり》の落《お》つる音《おと》でも聞《きこ》えると云《い》う遠耳《とおみみ》の佐助《さすけ》だ。立《た》ち留《どま》って耳傾《みみかたむ》け、佐「ハテナ、確《しか》と二三人《にん》の話声《はなしごえ》だが、何処《どこ》で話《はな》して居《い》るのだろう。オヤ……ナニ……伏見桃山《ふしみももやま》……千鳥《ちどり》の香炉《こうろ》……、妙《みょう》な事《こと》を云《い》って居《い》るぞ。ヨシ何処《どこ》で話《はな》して居《い》るか、一つ調《しら》べてやろう」睨《じ》っと山門《さんもん》を見上《みあ》げ、暫《しば》らく耳《みみ》を澄《すま》して居《い》たが、礑《はた》と膝《ひざ》を叩《たた》いて、佐「ウム、此《こ》の上《うえ》だ……山門《さんもん》に極《きま》った」思《おも》わず高声《たかごえ》で云《い》った途端《はずみ》に、声《こえ》はパッタリ止《や》まって終《しま》った。佐「ハヽア、怪《あや》しき白気陰々《はっきいんいん》と立《た》ち昇《のぼ》るは、愈々何者《いよいよなにもの》か住居《すまい》なすと覚《おぼ》えたり。イデ正体見届《しょうたいみとど》けてくれん」と、豪胆極《ごうたんきわ》まる猿《さる》飛佐助《とびさすけ》は、草履脱《ぞうりぬ》ぎ捨《す》て大小刀《だいしょうとう》を背中《せなか》へ廻《まわ》すと見《み》えたるが、掌《てのひら》に唾《つばき》を附《つ》けると等《ひと》しく、山《さん》門《もん》の側《そば》に聳《そび》えたる銀杏《いちょう》の大木《たいぼく》にスラ〳〵と攀《よ》じ登《のぼ》り、音《おと》せぬ様《よう》に生《お》い茂《しげ》ったる枝《えだ》の中《なか》へ潜《もぐ》り込《こ》み、昵《じ》っと山門《さんもん》の楼上《ろうじょう》を窺《うかが》って居《い》ると、偖《さ》ても不思議《ふしぎ》や、ヒュッと風《かぜ》を切《き》って飛《と》び来《き》たった一つの手裏剣《しゅりけん》。咄嗟佐助《あわやさすけ》の顔《かお》の真只中《まっただなか》へプスッと突《つ》っ立《た》たんとする。此方《こなた》も左《さ》るもの、ヒラリ首《くび》を捻《ひね》って右手《めて》に確《しっ》かと受《う》け留《と》め、ヤッと一声《こえ》投《な》げ返《か》えす。夫《そ》れと同時《どうじ》に轟然《ごうぜん》たる種《たね》ケ島《しま》の筒音《つつおと》。弾丸《たま》は佐助《さすけ》の頭上《ずじょう》を掠《かす》め、遥《はる》か向《む》うへ飛《と》び去《さ》った。佐「フヽム、乃公《おれ》が此処《ここ》に忍《しの》んだるを見抜《みぬ》く程《ほど》の奴《やつ》は、ヨモ尋常《じんじょう》の者《もの》ではあるまい。姿《すがた》を見《み》せずして我《われ》を覘《ねら》い撃《う》たんとする腕前心得難《うでまえこころえがた》し。イデ乗《の》り込《こ》んで引《ひ》っ捕《と》らえてくれん」と、枝《えだ》の中《なか》より現《あら》われ出《い》で、ヤッと一声気合《こえきあい》と共《とも》に、五六間離《けんはな》れたる山門《さんもん》の楼上望《ろうじょうのぞ》んで、電光《でんこう》の如《ごと》く飛《と》び込《こ》み、足場《あしば》を図《はか》り油断《ゆだん》なく、四辺《あたり》を佶《きっ》と見廻《みまわ》すと、此処《ここ》は四畳《じょう》ばかりの一室《しつ》にて、何者《なにもの》の住居《すまい》なすにや、其《そ》の結構美麗《けっこうびれい》云わん方《かた》なく、金銀珠玉《きんぎんしゅぎょく》を山《やま》の如《ごと》く片隅《かたすみ》に積《つ》み重《かさ》ね、今迄人《いままでひと》の居《い》た模様《もよう》であるに、誰《た》れ一人《ひとり》も見《み》えない。佐「ハテナ、確《たしか》に此処《ここ》と睨《にら》んだのだが……」と、思《おも》いながら次《つぎ》の間《ま》を透《すか》して見《み》ると、二畳《じょう》ばかりの真暗《まっくら》の其《そ》の中《なか》に、口《くち》に呪文《じゅもん》を唱《とな》えつつ、梵《ぼん》字《じ》を切《き》って突《つ》っ立《た》ち居《い》る怪《あや》しき一人《にん》の男《おとこ》あり。之《こ》れが他《ほか》の人間《にんげん》には見《み》えないのだが、猿飛《さるとび》佐助《さすけ》の目《め》には能《よ》く分《わか》る。佐「オヤッ、汝《なんじ》は何者《なにもの》だッ」叫《さけ》ぶと共《とも》に突然《いきなり》飛《と》び附《つ》かんとする、途端《とたん》に件《くだん》の男《おとこ》の姿《すがた》は忽《たちま》ち消《き》えて無《な》くなった。佐助《さすけ》は驚《おどろ》くかと思《おも》いの外《ほか》、佐「フヽム此奴《こやつ》は只者《ただもの》ではない、忍術《にんじゅつ》の心得《こころえ》ありと覚《おぼ》えたり」と、云《い》うより早《はや》く、ヤッと一声《せい》銀杏《いちょう》の樹《き》の茂《しげ》みを望《のぞ》み、側《そば》にあった手裏剣《しゅりけん》拾《ひろ》い、発止《はっし》とばかり投《な》げつける。スルト案《あん》に違《たが》わず、一人《にん》の男《おとこ》が手裏剣《しゅりけん》片手《かたて》に姿《すがた》を現《あら》わし、パラリ楼上《ろうじょう》に飛《と》び戻《もど》りながら、男「ヤア、思《おも》いの外《ほか》に手《て》剛《ごわ》き若武士《わかざむらい》。汝《なんじ》も忍術《にんじゅつ》の心得《こころえ》あるよな、何処《いずく》の何者《なにもの》だッ……」佐助《さすけ》は呵々《からから》と嘲笑《あざわら》い、佐

「ハアヽヽ、我《わ》が名《な》を聞《き》きたくば汝《なんじ》の姓名《せいめい》を先《ま》ず名乗《なの》れ。見受《みう》ける処《ところ》武士《ぶし》にして武士《ぶし》にあらず、大方《おおかた》此《こ》の山門《さんもん》に楯《た》て籠《こも》り、不義《ふぎ》の栄華《えいが》を貪《むさぼ》る盗賊《とうぞく》の類《たぐい》ならん。何《ど》うだ我《わ》が睨《にら》んだ眼力《がんりょく》に狂《くる》いはあるまい」星《ほし》を指《さ》したる一言《ごん》に、件《くだん》の男《おとこ》は愕《ぎょっ》といたし、男「イヤ、恐《おそ》れ入《い》った。何《なに》を隠《かく》そう我《われ》こそは、豊臣家《とよとみけ》に恨《うら》みを抱《いだ》く石川《いしかわ》五右衛門《えもん》と云《い》える者《もの》である」聞《き》いた佐《さ》助《すけ》は打《う》ち驚《おどろ》き、佐「ナニ、偖《さ》ては兼《かね》て聞《き》き及《およ》ぶ、洛中洛外《らくちゅうらくがい》に専《もっぱ》ら噂《うわさ》の高《たか》き、盗賊《とうぞく》の張本《ちょうほん》石《いし》川《かわ》五右衛門《えもん》とは其方《そのほう》よな。シテ汝《なんじ》の忍術《にんじゅつ》は誰《たれ》に習《なら》った」石「我《わ》が師匠《ししょう》と云《い》うは、伊賀名張《いがなばり》の住人《じゅうにん》百々地《ももち》三太夫《だゆう》と云《い》う先生《せんせい》だ。シテ御身《おんみ》の姓名《せいめい》は……」佐「我《われ》は、信州上田《しんしゅううえだ》城主《じょうしゅ》真田《さなだ》

家《け》の臣《しん》猿飛佐助幸吉《さるとびさすけゆきよし》と云《い》うものだ。乃公《おれ》の師匠《ししょう》は戸沢山城守《とざわやましろのかみ》の実父《じっぷ》白雲斎先生《はくうんさいせんせい》である。然《しか》し世《よ》に稀《まれ》なる術《じゅつ》を会得《えとく》しながら、夫《そ》れを利用《りよう》して泥棒《どろぼう》を働《はたら》くとは心得違《こころえちが》い。師匠《ししょう》百々地《ももち》三太夫殿《だゆうどの》が聞《き》かれたら、定《さだ》めし残念《ざんねん》に思《おも》われるであろう」石「アハヽヽヽ、一応《おう》は尤《もっとも》なれど、我《わ》れ主《しゅ》を撰《えら》んで仕官《しかん》をいたせば、二千石《ごく》や三千石《ごく》を取《と》るは造作《ぞうさ》もないが夫《それ》では少々気《しょうしょうき》に入《い》らんのだ」佐「フム、何故《なぜ》気《き》に入《い》らん……」石「左《さ》れば乃公《おれ》と遊《あそ》び友達《ともだち》であった猿面《さるめん》藤吉《とうきち》は、今時《いまとき》を得《え》て天下《てんか》を取《と》ろうとして居《い》る……イヤ取《と》って居《い》るも同《おな》じ事《こと》だ。夫《そ》れを思《おも》えば、二千石《ごく》や三千石《ごく》を貰《もら》って、真面目《まじめ》に奉公《ほうこう》が出来《でき》るものか。依《よ》って一番秀吉《ばんひでよし》を向《むこ》うに廻《まわ》し、秀吉《ひでよし》は勿論《もちろん》其《そ》の旗下大名《はたしただいみょう》を荒《あら》して見《み》る積《つも》りで、斯《か》く盗賊《とうぞく》を働《はたら》いて居《い》る訳《わけ》だ。今迄《いままで》普《ふ》通《つう》の家《いえ》を悩《なやま》した事《こと》は嘗《かつ》てない。大抵大名《たいていだいみょう》ばかりを相手《あいて》として居《お》る……」佐「ハッハヽヽ、義賊《ぎぞく》仮令大名許《たとえだいみょうばか》りを相手《あいて》にした処《ところ》で、矢張《やは》り泥棒《どろぼう》は泥棒《どろぼう》だ。余《あま》り賞《ほ》められた話《はなし》じゃない。義賊《ぎぞく》と雖《いえど》も天下《てんか》の法《ほう》を破《やぶ》る以上《いじょう》は大罪《だいざい》は免《のが》れまい。今《いま》より了簡《りょうけん》を入《い》れ替《か》え、天晴世《あっぱれよ》の為《た》めに尽《つく》すが宜《よ》かろう」石「ハッハヽヽ、左様《さよう》な事《こと》は釈迦《しゃか》に説法提婆《せっぽうだいば》に講釈《こうしゃく》、百も承知《しょうち》二百も合点《がってん》だ。世《よ》の中《なか》は太《ふと》く短《みじか》く暮《くら》すが得《とく》だよ。マア意見《いけん》がましい事《こと》は抜《ぬき》にして、何《ど》うだ一番術比《ばんじゅつくら》べを遣《や》ろうではないか」佐「ハヽヽ泥棒《どろぼう》と術比《じゅつくら》べも張《は》り合《あい》がないが、白雲斎先生《はくうんさいせんせい》より習《なら》い覚《おぼ》えし腕前《うでまえ》を見《み》せてやろう。サア貴様《きさま》から術《じゅつ》を行《や》って見《み》ろ」石「オヽ心得《こころえ》たり」五右衛門《えもん》はヤッと一声《せい》叫《さけ》ぶと共《とも》に、今迄《いままで》ありし姿《すがた》は忽《たちま》ち消《き》えて、一匹《ぴき》の鼠《ねずみ》がチョロ〳〵と走《はし》って出《で》る。佐助《さすけ》は之《これ》を眺《なが》めて、佐「ハッハヽヽヽ、左様《さよう》な事《こと》は古《ふる》い〳〵……」と云《い》いつつ鼠《ねずみ》には目《め》も呉《く》れず、エイと掛《か》けたる声《こえ》と共《とも》に、身《み》を翻《ひるが》えすよと見《み》えたるが、見《み》る〳〵佐助《さすけ》の身体《からだ》は猫《ねこ》と変《へん》じ、眼《め》を怒《いか》らし牙《きば》を鳴《な》らし、咄嗟鼠《あわやねずみ》に飛《と》び掛《かか》らんとする。五右衛門《えもん》の術《じゅつ》は之《これ》にて破《やぶ》れ、スックと姿《すがた》を現《あら》わし、石「負《ま》けだ〳〵、ジャア今度《こんど》は此《こ》の手《て》で来《こ》い」と傍《かた》えにありたる火鉢《ひばち》の中《なか》へ何《なに》か投《な》げ込《こ》むよと見《み》る間《ま》に、パッと立《た》ち昇《のぼ》る火炎《かえん》と共《とも》に、石川《いしかわ》五右衛門《えもん》の姿《すがた》は消《き》え失《う》せた。佐「ウム、火遁《かとん》の術《じゅつ》を遣《や》ったか。小癪《こしゃく》な事《こと》をするな」云《い》うが早《はや》いか猿飛《さるとび》佐助《さすけ》は、師匠譲《ししょうゆず》りの鉄扇《てっせん》を空《そら》に向《む》けて、二三度《ど》打《う》ち振《ふ》ると斯《こ》は如何《いか》に、其処等《そこら》一面満々《めんまんまん》たる水《みず》となり、大洪水《だいこうずい》の来《き》たるかと審《いぶか》しむばかり。猿飛佐助《さるとびさすけ》は水《みず》の真只中《まっただなか》に突《つ》っ立《た》ち、四辺《あたり》に気《き》を配《くば》って居《い》ると、火焔《かえん》は水《みず》に打《う》ち消《け》され、何処《どこ》ともなく苦《くる》しげなる声《こえ》にて、石「ウム……、今度《こんど》も遣《や》られたか……」と、ヒョイと姿《すがた》を現《あら》わした五右衛門《えもん》は、フウ〳〵と苦《くる》しき溜息《ためいき》を吐《つ》いて居《い》る。

◎天下《てんか》でも盗《ぬす》む心《こころ》になれ

邪《じゃ》は正《せい》に勝《か》たず、猿飛佐助《さるとびさすけ》は五右衛門《えもん》を尻眼《しりめ》にかけ、佐「何《ど》うだ、貴様《きさま》の習《なら》い覚《おぼ》えし忍術《にんじゅつ》は最《も》う之《こ》れ丈《だ》けか」石「ナニ、風《かぜ》を起《おこ》し雲《くも》を呼《よ》ぶは何《なん》でもないこと。今度《こんど》こそは……」パッと姿《すがた》を消《け》すと同時《どうじ》に、其処等《そこら》一面真暗闇《めんまっくらがり》となり、一つの火《ひ》の玉《たま》フワリ〳〵と飛《と》んで来《く》る。佐助《さすけ》は少《すこ》しも驚《おどろ》かず、持《も》ったる鉄扇《てっせん》にてエイとばかりに背後《はいご》を払《はら》えば、アッと云《い》ったは確《たしか》に手応《てごた》え。暗闇《くらやみ》は忽《たちま》ち元《もと》の白昼《はくちゅう》となり、姿《すがた》を現《あら》わしたる五右衛門《えもん》の顔《かお》からは血《ち》がタラ〳〵流《なが》れて居《い》る。佐助《さすけ》はニッコと打《う》ち笑《わら》い、佐「コリャ五右衛門《えもん》、ソモ忍術《にんじゅつ》は相手《あいて》の目《め》を暗《くらま》す為《た》めに遣《つか》う術《じゅつ》だ。汝《なんじ》より腕前優《うでまえすぐ》れし此《こ》の乃公《おれ》を瞞着《まんちゃく》せんとは夫《そ》りゃ駄目《だめ》だ。火《か》遁《とん》の術《じゅつ》を行《おこな》えば水遁《すいとん》の術《じゅつ》で防《ふせ》ぎ、水遁《すいとん》の術《じゅつ》には火遁《かとん》で防《ふせ》ぐ、鼠《ねずみ》を出《だ》せば猫《ねこ》を出《だ》す、提灯《ちょうちん》と見《み》せかけて姿《すがた》は背後《せなか》にある位《くらい》は、之《こ》れ虚《きょ》を見《み》せて実《じつ》を隠《かく》すの法《ほう》である。我《われ》は火水木金土《かすいもくきんど》遁《とん》の五術《じゅつ》は、悉《ことごと》く記憶《きおく》なし、充分会得《じゅうぶんえとく》はして居《お》るが、滅多《めった》に行《や》った事《こと》はない。然《しか》るに汝《なんじ》は泥棒《どろぼう》の便利《べんり》に忍術《にんじゅつ》を使《つか》うとは心得違《こころえちが》い。先刻《せんこく》も聞《き》いて居《お》れば、伏見桃山《ふしみももやま》とか、千鳥《ちどり》の香炉《こうろ》とか云《い》って居《い》た様《よう》だが、察《さっ》する処伏見《ところふしみ》桃山城《ももやまじょう》なる秀吉公《ひでよしこう》の寝処《しんじょ》へ忍《しの》び込《こ》み、重宝千鳥《じゅうほうちどり》の香《こう》炉《ろ》を盗《ぬす》む考《かんが》えであろう。左様《さよう》な吝《けち》な心《こころ》を持《も》たずと、天下《てんか》でも盗《ぬす》む考《かんがえ》を持《も》て。人《ひと》は一代名《だいな》は末代《まつだい》、悪名《あくめい》を流《なが》すも芳《よ》き名《な》を流《なが》すも、詰《つま》り遣《や》り方《かた》は同《おな》じ事《こと》だ。日本開闢以来悪事《にほんかいびゃくいらいあくじ》の栄《さか》えし例《ためし》はないぞ。心《こころ》を入《い》れ代《か》え善心《ぜんしん》に立《た》ち返《かえ》れッ」と、云《い》いつつ押入《おしいれ》の戸《と》をサッと開《ひら》けば、中《なか》には二人《ふたり》の手下《てした》と一人《ひとり》の美人《びじん》が小《ちい》さくなって隠《かく》れて居《い》る。佐「何《ど》うだ五右衛門《えもん》、案《あん》に違《たが》わず汝《なんじ》の性根《しょうね》は腐《くさ》って居《い》る。斯《こ》んな事《こと》で忍術《にんじゅつ》が行《おこな》えると思《おも》うか。今日《こんにち》は此《こ》の儘別《ままわか》れるが、以《い》後再《ごふたた》び出合《であ》った節《せつ》には、汝《なんじ》の一命《めい》は無《な》きものと思《おも》えい」と、飽迄意見《あくまでいけん》に及《およ》び、楼上《ろうじょう》の欄干《らんかん》に片足掛《かたあしか》けると等《ひと》しく、エッと一声遥《せいはる》かの土地《とち》に何《なん》なく飛《と》び降《お》り、後《あと》をも見《み》ずに其《そ》の場《ば》を立《た》ち去《さ》る。跡《あと》に五右衛門《えもん》は額《ひたい》より流《なが》れ出《いず》る血汐《ちしお》を拭《ぬぐ》いながら、石「アヽ、恐《おそ》ろしい奴《やつ》に出《で》喰《く》わしたものだ。迚《とて》も彼奴《あいつ》には敵《かな》わない」と、茫然《ぼんやり》と溜息吐《ためいきつ》いて居《い》ると、手下《てした》と件《くだん》の美人《びじん》は押入《おしいれ》より這《は》い出《だ》し、甲「お頭《かしら》、却々大変《なかなかたいへん》な奴《やつ》ですなア」女「五右衛門殿《えもんどの》、額の傷《きず》は大《たい》した事《こと》は……」五「ウム、藤島藤太《ふじしまとうた》も丹波亀蔵《たんばかめぞう》も、尚《なお》お筆《ふで》も能《よ》く聞《き》け。彼《あ》の猿飛佐助《さるとびさすけ》と云《い》う奴《やつ》が、乃公《おれ》より弱《よわ》い奴《やつ》であったら、何《ど》うかして手下《てした》にしてくれんと忍術比《にんじゅつくら》べに及《およ》んで見《み》たが、却々《なかなか》一通《とお》りならぬ彼《かれ》の腕前《うでまえ》、脆《もろ》くも打《う》ち破《やぶ》られた。見受《みう》ける処義《ところぎ》に強《つよ》き武士《さむらい》であるから、此《こ》の隠家《かくれや》を滅多《めった》に人《ひと》に話《はな》す気遣《きづか》いはあるまいが、油断《ゆだん》は大敵《たいてき》である。之《これ》より此処《ここ》を引払《ひきはら》い、兼《かね》て第《だい》二の隠家《かくれが》といたして居《お》る知恩院《ちおんいん》の裏山《うらやま》へ引移《ひきうつ》ろう。早《はや》く用意《ようい》に及《およ》べい」と、五右衛《え》門《もん》は両人《りょうにん》の手下《てした》、及《およ》び妾《めかけ》のお筆《ふで》を促《うなが》し立《た》て、直様南禅寺《すぐさまなんぜんじ》の山門《さんもん》を引《ひき》払《はら》い、知恩院《ちおんいん》の裏山《うらやま》へと立《た》ち退《の》いた。此方猿飛佐助《こちらさるとびさすけ》は、宿《やど》へ帰《かえ》り、一伍一什《ぶしじゅう》を両人《りょうにん》に話《はな》すと、三「フム夫《そ》れは面白《おもしろ》かったろう。乃公《おれ》を連《つ》れて行《ゆ》けば、引捕《ひっとら》えて呉《く》れる者《もの》を……」

由「ハヽヽ、天下《てんか》の怪賊石川《かいぞくいしかわ》五右衛《え》門《もん》ともあろうものが左様容易《そうようい》に捕《つかま》られる者《もの》ではない。然《しか》し正道《せいどう》に行《ゆ》けば天晴出世《あっぱれしゅっせ》も出来《でき》るのだが、邪道《じゃどう》に踏《ふ》み込《こ》み、不義《ふぎ》を働《はたら》いては仕方《しかた》がない」と、鎌之助《かまのすけ》は我身《わがみ》に思《おも》い比《くら》べて、嘆息《たんそく》して居《い》る。清海入道《せいかいにゅうどう》は呵々《からから》と打《う》ち笑《わら》い、三「ハヽヽ、自分《じぶん》が泥棒《どろぼう》であった者《もの》だから、五右衛《え》門《もん》の贔屓《ひいき》をして居《い》やアがる。廃《よ》せ〳〵満《つま》らない」佐「イヤ、貴様《きさま》の様《よう》に何《なに》も蚊《か》も頭《あたま》から見賤《みくび》るものではない。由利《ゆり》の云《い》う通《とお》り、五右衛《え》門《もん》も盗賊《とうぞく》でなかったら、天下《てんか》に名《な》を轟《とどろ》かす人物《じんぶつ》だ」と、之《これ》も頻《しき》りに惜《お》しんで居《い》る。

翌日《よくじつ》になると三豪傑《ごうけつ》は都《みやこ》を立《た》って、伏見街道《ふしみかいどう》に出《い》で、大阪迄《おおさかまで》は僅《わず》かの里程《みちのり》であるから、ブラ〳〵出掛《でか》けようと云《い》うので、急《いそ》がず騒《さわ》がず歩《ある》いて居《い》た為《た》め、丁度伏見藤《ちょうどふしみふじ》の森《もり》の辺《あた》りへ来《く》ると、日《ひ》が暮《く》れて終《しま》った。佐「オイ三好《みよし》、余《あま》り愚図《ぐず》附《つ》いて居《い》たから、此《こ》んな処《ところ》で日《ひ》が暮《く》れたぞ。何処《どこ》かに宿屋《やどや》はないか」三「ハヽヽヽ、宿屋《やどや》なんかある様《よう》な気《き》の利《き》いた処《ところ》じゃない。百姓家《ひゃくしょうや》ですら碌《ろく》に見《み》えないじゃないか」由「左様《そう》だ、田舎《いなか》でも随分淋《ずいぶんさび》しい処《ところ》だ。然《しか》し彼処《ここ》に一つ庵寺《あんでら》が見《み》えるよ。今夜《こんや》は彼《あ》れへ厄介《やっかい》になろうではないか」佐「ウム、雨露《うろ》さえ凌《しの》げば結構《けっこう》だ」と、暢気《のんき》な三人《にん》はブラ〳〵庵寺差《あんでらさ》して出掛《でか》けて来《き》た。随分古寺《ずいぶんふるでら》と見《み》え、軒《のき》は破《やぶ》れ朽《く》ち、椽《えん》は腐《くさ》れ落《お》ち、門《もん》は傾《かたぶ》いて扉《とびら》は辺《あた》りに打《ぶ》っ倒《たお》れ、寺内《じない》は雑草生《ざっそうお》い茂《しげ》り、昼《ひる》さえ狐狸《こり》の出《で》そうな処《ところ》だ。三「オヤッ、之《こ》りゃ酷《ひど》い。坊主《ぼうず》は住《す》んで居《い》ないだろう」佐「然《しか》し、烟《けむ》りが立《た》って居《い》る塩梅《あんばい》では、人《ひと》が居《い》るに相違《そうい》ない。三好《みよし》……貴様《きさま》は坊主《ぼうず》だから、先《さき》に立《た》って案内《あんない》を乞《こ》うて見《み》い」三「ヨシ来《き》た」清海入道《せいかいにゅうどう》は雑草《ざっそう》踏《ふ》み分《わ》け玄関《げんかん》へ進《すす》み、三「頼《たの》もう〳〵、行《ゆ》き暮《く》れて難渋《なんじゅう》のもの、一夜《や》の宿《やど》を願《ねが》いたい」呼《よ》べど叫《さけ》べど返答《へんとう》がない。短気《たんき》の清海入道《せいかいにゅうどう》、三「オヤッ、之《こ》れ程《ほど》呼《よ》んだら、天《てん》へでも聞《きこ》えそうな筈《はず》だ。此処《ここ》の坊主《ぼうず》は聾《つんぼ》か知《し》ら……」ズカ〳〵玄関《げんかん》へ上《あが》り、奥《おく》へノソ〳〵来《きた》って見《み》ると、囲炉裏《いろり》が切《き》って中《なか》には朽木《くちき》が燻《くす》ぶって居《い》る。三「此《こ》の塩梅《あんばい》では、今迄人《いままでひと》が居《い》たに違《ちが》いないが……、ハテナ」彼方此方《あなたこなた》を探《さが》し廻《まわ》り、果《はて》は雪隠迄《せっちんまで》開《あ》けて見《み》るに、誰《たれ》も居《い》ない。三「妙《みょう》だ、真逆狐狸妖怪《まさかこりようかい》が焚火《たきび》をして居《お》りもしなかろうが……一体何処《たいどこ》へ来《う》せたのだろう」と、囁《つぶや》きながらヒョイと片隅《かたすみ》を見《み》ると、一升徳利《しょうどくり》が二三本並《ぼんなら》べてあり、禿《は》げた膳《ぜん》の上《うえ》には、二三種《しゅ》の肴《さかな》が取《と》り揃《そろ》えてある。三「イヨー、御馳走《ごちそう》があって主《あるじ》が居《い》ないとは不思議《ふしぎ》だ。オーイ猿飛《さるとび》も由利《ゆり》も来《こ》い〳〵。人間《にんげん》は誰《たれ》も居《い》ないのに云々《こうこう》だよ……」両「フム、妙《みょう》だな。然《しか》し今《いま》に戻《もど》るだろう。上《あが》って待《ま》って居《お》ろう」三人《にん》は囲炉裏《いろり》の側《そば》へ来《きた》り、火《ひ》を掻《か》きまぜて温《あたた》まって居《い》る。処《ところ》が何時迄《いつまで》経《た》っても人《にん》間《げん》らしい者《もの》は戻《もど》って来《こ》ない。清海入道《せいかいにゅうどう》は最《も》う我慢《がまん》が出来《でき》なくなったと見《み》え、ボツ〳〵一升《しょう》徳利《どくり》に手《て》を掛《か》け、振《ふ》って見《み》て、三「ウム、有《あ》る〳〵、三本共《ぼんとも》一杯《ぱい》這《は》入《い》って居《い》る。此処《ここ》は豪《ごう》気《き》だ。何《ど》うだろう猿飛《さるとび》、我々《われわれ》は未《ま》だ晩飯《めし》を食《く》わないのだが、遠慮《えんりょ》なく頂戴《ちょうだい》しようじゃないか」佐「ハヽヽ、乃公《おれ》も其《そ》の気《き》はあるのだが、庵主《あるじ》が戻《もど》って喧《やか》ましく云《い》うだろう。最《も》う少《すこ》し待《ま》って見《み》い」と、云《い》って居《い》る中《うち》、素早《すばや》い由利鎌之助《ゆりかまのすけ》は、膳《ぜん》の側《そば》へ座《すわ》り込《こ》み肴《さかな》を摘《つま》んで頬張《ほおば》りながら、由「イヨー、精進料理《しょうじんりょうり》かと思《おも》ったら、之《こ》りゃ蛸《たこ》の天婦羅《てんぷら》だ。味《うま》い〳〵ナカ〳〵洒落《しゃれ》てる……、オヤッ之《こ》れは鰻《うなぎ》の蒲焼《かばやき》らしい。兄貴《あにき》一つ何《ど》うだい」鼻《はな》の先《さき》へ突付《つきつ》けられ、猿飛佐助《さるとびさすけ》もソロ〳〵躙《にじ》りより、佐「オイ〳〵、由利《ゆり》……膳《ぜん》を此方《こちら》へ出《だ》せ。一人《ひとり》で占領《せんりょう》するとは酷《ひど》い。オヤッ清海入道徳利《せいかいにゅうどうとくり》から口呑《くちの》みは余《あま》りだ」と、三人《にん》は一本《ぽん》ずつ徳利《とくり》を分捕《ぶんど》り、ガブ〳〵口呑《くちの》みをしては、ムシャ〳〵肴《さかな》を摘《つま》み食《く》い、何《な》んしろ空腹《すきばら》だから酔《よい》の廻《まわ》るのも早《はや》い。名々《めいめい》一升《しょう》を平《たい》らげ、肴《さかな》を残《のこ》らず喰《く》って終《しま》うと、大分酔《だいぶんよ》いが廻《まわ》って来《き》た。三「アヽ、宜《い》い気持《きも》ちだ。睡《ねむ》くなった、乃公《おれ》はお先《さき》に御免蒙《ごめんこう》むろう」其《そ》の儘横《ままよこ》になると、続《つづ》いて佐助《さすけ》と鎌之助《かまのすけ》も、転《ころ》り〳〵と囲炉裏《いろり》の側《そば》へ打《ぶ》っ倒《たお》れ、肱《ひじ》を枕《まくら》にグウ〳〵と寝込《ねこ》んで仕舞《しま》った。

◎ヤイ破坊主目《やぶれぼうずめ》を覚《さま》せッ

軈《やが》て暫《しばら》くすると、ノソリ〳〵と戻《もど》り来《き》たった一人《ひとり》は此《こ》の寺《てら》の和尚《おしょう》と見《み》え、和「アヽ寒《さむ》い〳〵、折角遣《せっかくや》り始《はじ》めようと思《おも》って居《い》る矢先《やさき》へ、今来《いまこ》いソリャ来《こ》いと吐《ぬか》して、行《い》って見《み》れば夫婦喧嘩《ふうふげんか》の仲裁《ちゅうさい》とは馬鹿《ばか》〳〵しい。然《しか》し日頃能《ひごろよ》く気《き》をつけて呉《く》れるので、万更《まんざ》ら知《し》らぬ顔《かお》も出来《でき》ないし、能《よ》く年《とし》にも恥《は》じず痴話喧嘩《ちわげんか》をするものだ」一人言《ひとりごと》を云《い》いつつ入《い》り来《き》たったは、身《み》の丈《たけ》抜群《ばつぐん》にして大兵肥満《たいひょうひまん》、眼孔炯々《がんこうけいけい》として人《ひと》を射《い》り、一曲《くせ》ありげの大入道《おおにゅうどう》。三好《みよし》清海入道《せいかいにゅうどう》よりも、未《ま》だ一層大兵《そうたいひょう》だ。ヒョイと一足踏《あしふ》み込《こ》んで立《た》ち留《ど》まり、主「オヤッ、鼾《いびき》の声《こえ》が聞《きこ》えるぞ。之《こ》りゃ妙《みょう》だ。乃公《おれ》の留守《るす》に誰《たれ》か勝手《かって》に来《う》せたのであろう」と、云《いい》つつ囲炉《いろ》裏《り》の側《そば》へ来《き》て見《み》ると、三人《にん》の男《おとこ》が酔《よ》っ払《ばら》い、前後《ぜんご》も知《し》らず高鼾《たかいびき》で居《お》る。主「オヤッ、之《こ》りや怪《け》しからん、……無作法《ぶさほう》な奴《やつ》だ」と、片脇《かたわき》の膳《ぜん》の上《うえ》を見《み》ると、肴《さかな》は悉《ことごと》く食《く》い尽《つく》し、一升徳利《しょうどくり》は三本共倒《ぼんともたお》れて居《い》る。イヤ怒《おこ》った大入道《おおにゅうどう》、赫《か》っと目《め》を剥《む》いて唸《うな》り出《だ》した。主「ウム……、能《よ》くも折角《せっかく》の酒肴《さけさかな》を断《ことわ》りなく喰《く》い荒《あら》した。己《おの》れッ三人共捻《にんともひね》り潰《つぶ》してくれん」と、枕頭《まくらもと》に突《つ》っ立《た》ち、トウ〳〵と床板《とこいた》を踏《ふ》み鳴《なら》し雷《いかずち》の如《ごと》き大音張《だいおんは》り上《あ》げ、主「ヤイッ、三人《にん》の泥棒起《どろぼうお》きろ〳〵」と、怒鳴《どな》りながら、足《あし》を揚《あ》げて猿飛佐助《さるとびさすけ》を蹴《け》らんとする。佐助《さすけ》は先刻《せんこく》より目《め》を覚《さま》し、昵《じ》っと様子《ようす》を窺《うかが》って居《い》た処《ところ》であるから、ヒラリ身《み》を躱《かわ》して、五七間彼方《けんあなた》へパッと飛《と》び退《さが》った。遣《や》り損《そん》じた件《くだん》の大入道《おおにゅうどう》は、佐助《さすけ》には目《め》も呉《く》れず、今度《こんど》は清海入道《せいかいにゅうどう》の胸倉《むなぐら》摑《つか》んでグッと引起《ひきおこ》し、主「ヤイ、破坊主目《やぶれぼうずめ》を覚《さま》せッ」云《い》われて清海入道《せいかいにゅうどう》、三「ア、、睡《ねむ》い〳〵……ムニャ〳〵……、誰《たれ》だ〳〵」目《め》を擦《こす》りながら能々見《よくよくみ》ると、見上《みあげ》るばかりの大入道《おおにゅうどう》が自分《じぶん》の胸倉《むなぐら》を摑《つか》んで居《い》る。三「オヤッ、和尚戻《おしょうもど》ったか」主「ナニッ、和尚戻《おしょうもど》ったかとは何《な》んだ。何故断《なぜことわ》りなく酒肴《さけさかな》を食《く》った。承知《しょうち》をしないから覚悟《かくご》しろ」ヤッと一声掛《せいか》けると共《とも》に、サシもの清海入道《せいかいにゅうどう》を目《め》よりも高《たか》く差上《さしあ》げ、庭《にわ》の片隅望《かたすみのぞ》んで微塵《みじん》になれと投《な》げつけた。清海入道《せいかいにゅうどう》は寝惚《ねぼ》けて居《い》る処《ところ》を不意《ふい》に遣《や》られたから堪《たま》らない。三「痛《いた》いッ、己《おの》れッ猪虎《ちょこ》才千万《ざいせんばん》なり。信州真田家《しんしゅうさなだけ》の豪傑三好清海入道《ごうけつみよしせいかいにゅうどう》を知《し》らないかッ」叫《さけ》びさま起《お》き上《あが》ってパッと飛《と》びつくと、二度目《どめ》には腰帯《こしおび》掴《つか》んで、二三度《ど》キリ〱と片手《かたて》で振《ふ》り廻《まわ》し遥《はる》か向《む》うの本堂《ほんどう》へ投《な》げ込《こ》んだ。此《こ》の体見《ていみ》たる由利鎌之助《ゆりかまのすけ》は、何条猶予《なんじょうゆうよ》いたそうや、五十人力《にんりき》の力足《ちからあし》ドウ〱と踏《ふ》み鳴《なら》し、エイヤッと組《く》みついた。件《くだん》の大入道《おおにゅうどう》は怯《びく》ともせず、主「ハッハヽヽ、汝《なんじ》も泥《どろ》棒《ぼう》だな。殊勝《しゅしょう》にも組付《くみつ》いて来《く》るとは小癪《こしゃく》なり、振《ふ》り飛《と》ばされん用心《ようじん》しろ」云《い》うが早《はや》いか、猿臂《えんぴ》を伸《のば》し鎌之助《かまのすけ》の帯際《おびぎわ》ムンズと引《ひ》っ掴《つか》み、オーと唸《うな》ったと見《み》る間《ま》に、宙《ちゅう》にグイと提《ささ》げた。流石大力無双《さすがたいりきむそう》と誇《ほこ》ったる由利鎌之助《ゆりかまのすけ》も、思《おも》わず足《あし》が浮《う》いてフラ〱となった処《ところ》を、エイと一振《ふ》り振《ふ》って、之《これ》も本堂《ほんどう》へ投《な》げ込《こ》んだ。此《こ》の怪僧《かいそう》の大力《たいりき》には、猿飛佐助《さるとびさすけ》も大《おお》いに驚《おどろ》き、佐「オヤッ、此奴《こいつ》は尋常《じんじょう》の坊主《ぼうず》ではあるまい。三好《みよし》と由利《ゆり》を小供扱《こどもあつか》いにする非凡《ひぼん》の怪《かい》力《りき》。通常《つうじょう》では勝《か》つ事出来《ことでき》ない」と、思《おも》ったる佐助幸吉《さすけゆきよし》は、ヤッと一声掛《せいか》けたと思《おも》うと、姿《すがた》がパッと消《き》え失《う》せた。流石《さすが》の怪僧《かいそう》も密《ひそ》かに驚《おどろ》き、主「オヤッ、此奴魔法使《こやつまほうつか》いか知《し》ら……姿《すがた》が消《き》えるとは妙《みょう》だ。ヤイッ卑怯《ひきょう》な奴出《やつで》て来《う》せい」四辺《あたり》キョロ〱見廻《みまわ》して居《い》ると、背後《うしろ》へ廻《まわ》った猿飛佐助《さるとびさすけ》は、突然坊主《いきなりぼうず》の耳《みみ》を掴《つか》んで、グイ〱引張《ひっぱ》る。主「ヤヽッ、耳《みみ》を引張《ひっぱ》るとは……汝《うぬ》ッ」背後《うしろ》を振《ふ》り向《む》くと今度《こんど》は前《まえ》へ廻《まわ》って鼻《はな》をグイと捻《ひね》る。主「痛《いた》ッ、己《おの》れッ……」大入道《おおにゅうどう》はキリ〱舞《まい》をして居《お》る。佐助《さすけ》は二三間向《げんむこ》うへスックと姿《すがた》を現《あら》わし、佐「ハッハヽヽ、坊主《ぼうず》何《ど》うだ。力《ちから》が強《つよ》くっても敵《かな》うまいが……」嘲《あざ》けり笑《わら》われて、大入道《おおにゅうどう》は大《おお》いに怒《いか》り傍《かた》えに立《た》てかけてある二間柄大身《けんづかおおみ》の槍《やり》を手早《てばや》く追取《おっと》り、主「サア、槍玉《やりだま》に揚《あ》げてくれる、其処動《そこうご》くなッ」隆々《りゅうりゅう》と勢《いきお》い烈《はげ》しく突《つ》っ掛《かか》って来《く》る。佐助《さすけ》は咄嗟田楽刺《あわやでんがくざ》しと思《おも》いの外《ほか》、又《また》もやパッと姿《すがた》を隠《かく》した。スカタン食《く》って蹌踉《ひょろめ》く大入道《おおにゅうどう》の頭《あたま》へ、鉢《はち》をカップリ追《お》っ被《かぶ》せた。主「ウワー、巫山戯《ふざけ》た事《こと》をしやアがる。何処《どこ》だ〳〵……出《で》ろ〳〵」狂気《きょうき》の如《ごと》く地団《じだん》太踏《だふ》んで居《お》ると、隙《すき》を覘《ねら》ってエイと槍《やり》を引《ひ》っ手繰《たく》ったる猿飛佐助《さるとびさすけ》は、向《むこ》うへスックと姿《すがた》を現《あら》わし、佐「何《ど》うだ入道《にゅうどう》、閉口《へいこう》したか」飽迄愚弄《あくまでぐろう》せられて、大入道《おおにゅうどう》は満面朱《まんめんしゅ》を注《そそ》ぎ、大手《おおで》を拡《ひろ》げて只《ただ》一掴《つか》みと飛《と》び掛《かか》る。途端《とたん》に佐助《さすけ》の姿《すがた》はパッと消《き》え、大入道《おおにゅうどう》はガンと柱《はしら》へ頭突《ずづき》を持《も》って行《ゆ》き、主「痛《いた》いッ」背後《うしろ》へ転倒《ひっくりかえ》ってウム〳〵唸《うな》って居《い》る。一度《ど》ならず二度《ど》も三度《ど》も斯《こ》んな目《め》に遭《あ》わされては、如何《いか》に豪勇無双《ごうゆうむそう》の怪僧《かいそう》も、堪《たま》ったものじゃアない。果《はて》はポロリ〳〵と口惜涙《くやしなみだ》を溢《こぼ》し、撞乎《どっか》と其《そ》の場《ば》へ座《すわ》り込《こ》み、切歯扼腕《せっしやくわん》ウム〳〵と唸《うな》り出《だ》した。最《も》う宜《よ》かろうと猿飛佐助《さるとびさすけ》、ヒョイと姿《すがた》を現《あら》わして改《あらた》まり、佐「アイヤ豪僧《ごうそう》、御身《おんみ》は豈矢普通《よもやふつう》の僧《そう》侶《りょ》ではござるまい。願《ねが》わくば姓名《せいめい》を承《うけたま》わりたい。我《われ》こそは信州上田《しんしゅううえだ》の城主《じょうしゅ》、真田安房守昌《さなだあわのかみまさ》幸《ゆき》の嫡男《ちゃくなん》、与《よ》三郎幸村《ろうゆきむら》の郎党《ろうとう》にいたして、猿飛佐助《さるとびさすけ》と云《い》えるもの。まった之《これ》なるは三好清《みよしせい》海入道《かいにゅうどう》、由利鎌之助《ゆりかまのすけ》と申《もう》す者《もの》でござる。何《ど》うか御尊名《ごそんめい》を洩《も》されよ」と、鄭重《ていちょう》に出《で》られて、件《くだん》の怪僧《かいそう》も漸々《ようよう》気色《けしき》を和《やわら》げ、主「成程《なるほど》、夫《そ》れで分《わか》った。真田家《さなだけ》には忍術《にんじゅつ》の大名人猿飛佐《だいめいじんさるとびさ》助幸吉《すけゆきよし》なるものありと聞《き》き及《およ》んで居《い》た。偖《さ》ては御身《おんみ》が猿飛《さるとび》か。道理《どうり》で消《きえ》たり現《あらわ》れたり、何《なん》だか変手古《へんてこ》だと思《おも》って居《い》た。我《われ》は目下《もっか》当破《とうやぶ》れ寺《でら》に住《すま》い、浮世《うきよ》を捨《す》てて俄道心《にわかどうしん》と世間《せけん》の目《め》を眩《くら》まし、鉄牛和尚《てつぎゅうおしょう》とは名乗《なの》って居《お》れど、元《もと》は伊予松山《いよまつやま》の城主加藤嘉明《じょうしゅかとうよしあき》の臣《しん》にいたして、同《どう》国松前《こくまつさき》に於《おい》て三万《まん》石《ごく》、役無《やくな》し大名《だいみょう》と迄《まで》云《い》われたる塙団右衛門藤原直之《ばんだんえもんふじわらのなおゆき》の成《な》れの果《はて》である」と、名乗《なの》るを聞《き》いた三人《にん》は、ハッと飛《と》び下《さが》り、平身叩頭《へいしんていとう》に及《およ》んで慇懃《いんぎん》に、佐「然《しか》らば、御《おん》身《み》が天下名題《てんかなだい》の豪傑塙殿《ごうけつばんどの》でござったか」三「左様《さよう》とは存《ぞん》ぜず、先刻《せんこく》よりの無礼《ぶれい》の段々《だんだん》」由「何卒《なにとぞ》、勘弁《かんべん》の程《ほど》お願《ねが》い申《もう》す」団「アハヽヽヽ、左様改《さようあらた》まっては困《こま》る。某《それがし》も全体乱暴《ぜんたいらんぼう》な事《こと》は大好《だいすき》なのだが、何《な》んしろ折角楽《せっかくたの》しんで居《い》た酒肴《さけさかな》を喰《く》い荒《あら》されたので、腹《はら》も立《た》とうじゃないか。考《かんが》えて見《み》てくれ。然《しか》し猿飛《さるとび》、御身《おんみ》の忍術《にんじゅつ》には此《こ》の団右衛門《だんえもん》も往生《おうじょう》した。天下《てんか》に恐《おそ》るる者《もの》なしと自《みずか》ら許《ゆる》して居《い》る此《こ》の乃公《おれ》を子供扱《こどもあつか》いにするとは驚《おどろ》いた。何《な》んしろ便利《べんり》な術《じゅつ》である」と、果《はて》は四人大笑《にんおおわら》いとなり、又団右衛門《まただんえもん》は一走《はし》り、酒肴《さけさかな》を持《も》ち帰《かえ》り、四豪傑互《ごうけつたが》いに差《さ》しつ献《さ》されつ夜《よ》もすがら種々《しゅじゅ》の物語《ものがた》りに及《およ》んで居《い》る。

◎大阪城内《おおさかじょうない》の槍試合《やりじあい》

意気相投《いきあいとう》ずれば昨日《きのう》の敵《てき》も今日《きょう》の味方《みかた》。塙団《ばんだん》右衛門《えもん》は三豪傑《ごうけつ》と大言壮語《たいげんそうご》、誰《た》れ憚《はばか》らず飲《の》み明《あか》し語《かた》り合《あ》って居《い》たが、夜《よ》が明《あ》けると猿飛《さるとび》、三好《みよし》、由利《ゆり》の三人《にん》は塙団右衛門事仮《ばんだんえもんことか》りの名《な》鉄牛和尚《てつぎゅうおしょう》に相別《あいわか》れ、藤《ふじ》の森《もり》の荒《あ》れ寺《でら》を立《た》ち退《の》き、何《なん》なく大阪《おおさか》へ着《ちゃく》し、八軒家《けんや》の船宿《ふなやど》へ泊《とま》り込《こ》み、三人《にん》は日々市中《にちにちしちゅう》を彼方此方《あなたこなた》と徘徊《はいかい》して居《い》る内《うち》、図《はか》らずも大谷刑部少輔吉隆《おおたにぎょうぶしょうゆうよしたか》の家来勝《けらいかつ》沼新吾左衛門《ぬましんござえもん》と云《い》う者《もの》の危難《きなん》を助《たす》けた。之《こ》れが為《た》めに大谷吉隆《おおたによしたか》は殿下秀吉公《でんかひでよしこう》に云々《しかじか》と物語《ものがた》る。スルト秀吉《ひでよし》は筑前守《ちくぜんのかみ》の昔《むかし》し、大徳寺《だいとくじ》の焼香場《しょうこうば》に於《おい》て、一度《ど》猿飛《さるとび》、三好《みよし》には対面《たいめん》した事《こと》があるから、秀「フム、真田《さなだ》の豪傑猿飛佐助《ごうけつさるとびさすけ》、三好清海入道《みよしせいかいにゅうどう》が参《まい》り居《お》るとは意外《いがい》である。由利鎌之助《ゆりかまのすけ》と云《い》える者《もの》と三人《にん》、予《よ》が目通《めどおり》を得《え》させよ」とある。吉隆《よしたか》は此《こ》の事《こと》を家来勝沼新《けらいかつぬましん》吾左衛門《ござえもん》に伝《つた》える。新吾左衛門《しんござえもん》より三人《にん》に通知《つうち》をする。何《な》んしろ三人《にん》も、陪臣《ばいしん》の身《み》を以《もっ》て太閤殿下《たいこうでんか》に面謁《めんえつ》をするのは、此《こ》の上《うえ》なき名誉《めいよ》であると、快《こころよ》く承知《しょうち》を為《な》し、大谷刑部吉隆《おおたにぎょうぶよしたか》に連《つ》れられ大阪城内《おおさかじょうない》へ伺候《しこう》した。スルト秀吉《ひでよし》より改《あらた》めて、当時大阪城内《とうじおおさかじょうない》にあって、槍術指《そうじゅつし》南番《なんばん》をいたして居《い》る、亀井流槍術《かめいりゅうそうじゅつ》の開祖《かいそ》亀井新十郎《かめいしんじゅうろう》と試合《しあい》を為《な》し、座興《ざきょう》を添《そ》えよとの上意《じょうい》が下《さが》る。刑部吉隆《ぎょうぶよしたか》は之《これ》を三人《にん》に伝《つた》える。三人《にん》は如何《いか》でか辞退《じたい》すべき、直《ただ》ちに承諾《しょうだく》に及《およ》び、猿飛佐助《さるとびさすけ》は由利鎌之助《ゆりかまのすけ》に向《むか》い、佐「オイ由利《ゆり》、貴様《きさま》は槍《やり》の名人《めいじん》だ。一番出《ばんで》て見《み》ろ。我々《われわれ》を代表《だいひょう》して出《で》るんだから負《まけ》ちゃア不可《いか》んぞ」由「ヨシ、心得《こころえ》たり」と、鎌之助《かまのすけ》は身仕度《みじたく》に及《およ》んで庭前《ていぜん》に現《あら》われた。双方共丹穂《そうほうともたんぽ》付《つ》きの稽古槍《けいこやり》、互《たが》いに式礼宜《しきれいよろ》しく、東西《とうざい》に分《わか》れて身構《みがま》えた。椽側《えんがわ》には殿下秀吉公《でんかひでよしこう》を始《はじ》め、英雄豪傑星《えいゆうごうけつほし》の如《ごと》く、綺羅《きら》を飾《かざ》って居流《いなが》れ、所謂太閤殿下《いわゆるたいこうでんか》上覧《じょうらん》の晴試合《はれじあい》、双方精神込《そうほうせいしんこ》めて少《すこ》しの油断《ゆだん》なし。エイと云《い》えばヤッと答《こた》え、気合《きあい》を入《い》れつつジリ……と進《すす》む有様《ありさま》は、両虎深山《りょうこしんざん》に威《い》を振《ふる》い、双竜珠《そうりゅうたま》を争《あらそ》うも斯《か》くやと思《おも》うばかり。満《まん》座寂《ざしん》として声《こえ》なく、恰《あたか》も水《みず》を打《う》ったる如《ごと》くなり、一方《ぽう》に竜《りゅう》の勢《いきおい》を示《しめ》せば、此方《こちら》は虎《とら》の勇《ゆう》を現《あら》わし、両方共容易《りょうほうともようい》に附《つ》け入《い》らず、造《つく》り付《つ》けたる仁王《におう》の如《ごと》く、大事《だいじ》を取《と》って却々油断《なかなかゆだん》をしない。殊《こと》に亀井新十郎《かめいしんじゅうろう》は、何《な》んしろ殿下秀吉《でんかひでよし》の指南番《しなんばん》である丈《だ》け、新「ウム、此奴《こいつ》は侮《あなど》り難《がた》き相手《あいて》である。仮令敗《たとえおく》れを取《と》る迄《まで》も、見苦《みぐる》しき振舞《ふるまい》をしてはならぬ。勝《か》つなくとも互角《ごかく》の勝負《しょうぶ》をすれば結構《けっこう》だ」と、自分《じぶん》が名人《めいじん》だから相手《あいて》の手並《てなみ》を見抜《みぬ》き、用心益々堅固《ようじんますますけんご》にジリ〳〵と進《すす》む。此方由利鎌之助《こなたゆりかまのすけ》も其《そ》の通《とお》り、由「フヽム、越前朝倉家《えちぜんあさくらけ》に於《おい》て、槍《やり》を取《と》っては万夫不当《ばんぷふとう》と呼《よ》ばれた乃公《おれ》だ。万《まん》一不覚《ふかく》を取《と》っては相成《あいな》らぬ」と、注意《ちゅうい》オサ〱怠《おこた》りなく、隙《すき》を覘《ねら》って待《ま》ち構《かま》える。今《いま》しも鎌之助《かまのすけ》は何処《どこ》に隙《すき》をや見出《みだ》しけん、エイと叫《さけ》んで繰《く》り出《だ》す槍先電光石火《やりさきでんこうせっか》、新《しん》十郎《ろう》も忽《たちま》ち開《ひら》いて突《つ》っ掛《かか》る其《そ》の鋭《するど》き、陽炎《かげろう》の閃《ひら》めくに似《に》て目《め》にも遮《さえぎ》らぬ其《そ》の早業《はやわざ》、鎌之助《かまのすけ》が踏《ふ》ん込《ご》み〱、繰《く》り出《だ》す槍《やり》は、ヒラ〱と数《すう》十本《ぼん》に閃《ひら》めき渉《わた》り、正《まさ》に之《こ》れ千本《ぼん》槍《やり》かとも疑《うたが》うばかり。左《さ》れど亀井《かめい》新《しん》十郎《ろう》は少《すこ》しも驚《おどろ》かず、突《つ》けば開《ひら》き、開《ひら》けば突《つ》き入《い》り、一上《じょう》一下《げ》虚々実々《きょきょじつじつ》、千変《ぺん》万化《ばんか》の秘術《ひじゅつ》を尽《つく》して、負《ま》けず劣《おと》らず渉《わた》り合《あ》って居《い》たが、今《いま》や鎌之助《かまのすけ》が突《つ》き出《だ》す早業《はやわざ》に、新《しん》十郎《ろう》も槍《やり》を引《ひ》く隙《すき》もなく、ズッと手元《てもと》へ附《つ》け入《い》られたかと思《おも》うと、参《まい》ったと云《い》う声《こえ》が新《しん》十郎《ろう》の口《くち》より出《で》た。俄《にわか》に拍手喝采《はくしゅかっさい》は起《おこ》り、シタリヤ〱と異口同音《いくどうおん》に賞《ほ》め讃《そや》す。秀吉公《ひでよしこう》は鎌之助《かまのすけ》の腕前感賞《うでまえかんしょう》あり、双方《そうほう》へ杯《さかずき》を下《くだ》される。鎌之助《かまのすけ》は上々《じょうじょう》の首尾《しゅび》にて、既《すで》に其《そ》の場《ば》を退《さが》らんとする折柄《おりから》、△「アイヤ、由利殿《ゆりどの》とやら暫《しば》らく……」と、呼《よ》び留《と》めつつ立《た》ち現《あら》われたる此《こ》の一人《にん》は、之《これ》なん筑前福岡《ちくぜんふくおか》五十有余万石《ゆうよまんごく》、黒田《くろだ》甲斐守長政《かいのかみながまさ》の家臣《かしん》にいたして、同国大隈《どうこくおおくま》に於《お》て三万石《まんごく》、天下《てんか》三槍《そう》の随《ずい》一と呼《よ》ばれたる、後藤又兵衛基次《ごとうまたべえもとつぐ》なり。幸《さいわ》い今日主人長政《こんにちしゅじんながまさ》の供《とも》をして陪覧《ばいらん》の席《せき》に列《れっ》して居《い》たのであった。何《な》んしろ後藤又兵衛《ごとうまたべえ》と云《い》えば、諸国大名《しょこくだいみょう》は素《もと》よりの事《こと》、殿下秀吉公《でんかひでよしこう》ですら、一目《もく》置《お》いて居《い》る豪傑《けつ》だ。陪臣《ばいしん》ながらも名題《なだい》の人物《じんぶつ》、黒田家《くろだけ》五十有余万石《ゆうよまんごく》は、又兵衛基次《またべえもとつぐ》の槍先《やりさき》で取《と》ったと云《い》う位《くら》い価値《かち》のある人物《じんぶつ》だ。ズカ〱と其《そ》の場《ば》へ進《すす》み出《い》で、秀吉公始《ひでよしこうはじ》め一同《どう》に礼式《れいしき》なし、又「イヤ、由利氏《ゆりうじ》とやら、御身《おんみ》の槍術《そうじゅつ》は誠《まこと》に鮮《あざやか》だ。拙者《せっしゃ》は後藤又兵衛基次《ごとうまたべえもとつぐ》でござる。一本《ぽん》お相手申《あいてもう》そう。勝《か》つも負《ま》けるも時《とき》の運《うん》、亀井殿《かめいどの》すら参《まい》ったと云《い》う位《くら》い。又兵衛《またべえ》ナカ〱及《およ》ぶまいが、何《なに》も殿下《でんか》の御座興《ござきょう》だ。マア遣《や》って見《み》ない事《こと》には話《はなし》にならん。イザ参《まい》ろう」云《い》われて鎌之助《かまのすけ》も、後藤又兵衛《ごとうまたべえ》と聞《き》いては、少々驚《しょうしょうおどろ》いた。根《ね》が豪胆不敵《ごうたんふてき》の気象《きしょう》であるから、莞爾《かんじ》と打《う》ち笑《わら》い、由「イヤ、之《これ》は〱、今日本普《いまにほんあま》ねく天《あめ》が下《した》に於《お》いて、槍《やり》を取《と》っては向《むか》う処敵《ところてき》なしと云《い》われたる後藤又兵衛基次殿《ごとうまたべえもとつぐどの》。迚《とて》も我々如《われわれごと》きがお相手《あいて》には……」と、謙遜《けんそん》の其《そ》の言《こと》葉《ば》に、末座《ばつざ》で聞《き》いて居《い》た三好清海入道《みよしせいかいにゅうどう》は声荒《こえあ》らげ、三「オイ〱由利《ゆり》、何《なに》を云《い》うのだ。相手《あいて》は天下名題《てんかなだい》の後藤殿《ごとうどの》、負《ま》けた処《ところ》で恥《はじ》にはならず、勝《か》ったら貴様《きさま》の誉《ほまれ》でないか。早《はや》く遣《や》れ〱」又「左様《そう》とも〱、サア一手参《てまい》ろう」と、促《うなが》されて由利鎌之助《ゆりかまのすけ》、由「然《しか》らば、御《ご》免《めん》」と、槍提《やりひっさ》げて悠然《ゆうぜん》と立《た》ち出《い》でる。全体鎌之助《ぜんたいかまのすけ》は後藤又兵衛《ごとうまたべえ》と聞《き》いて、実《じつ》は試合《しあ》って見《み》たくって堪《たま》らないのだ。云《い》うても相手《あいて》は有名《ゆうめい》の人物《じんぶつ》で、大名《だいみょう》と互角《ごかく》に交際《つきあ》って居《い》る位《くら》いだから、云《い》わば先輩《せんぱい》、一応《おう》は辞退《じたい》をするのが礼《れい》であると、斯《か》く謙遜《けんそん》をしたのであったが、清《せい》海入道《かいにゅうどう》の勧《すす》めるを幸《さいわ》いと、ズカ〳〵と進《すす》み出《い》で、由「後藤殿《ごとうどの》、お手柔《てやわら》かに……」又「拙者《せっしゃ》とても、御同様《ごどうよう》……」両人《りょうにん》ピタリと槍《やり》を構《かま》えた。秀吉公始《ひでよしこうはじ》め一統《とう》の面々《めんめん》は、瞬《またたき》もせず見物《けんぶつ》なし、△「ウム、之《これ》は又《また》一段《だん》の見物《みもの》であろう」と、何《いず》れも片唾《かたず》を呑《の》んで手《て》に汗握《あせにぎ》り、試合《しあ》う本人《ほんにん》よりも、見物《けんぶつ》の方《ほう》が一生懸命《しょうけんめい》だ。大敵《たいてき》と見《み》て恐《おそ》れず小敵《しょうてき》と見《み》て侮《あなど》らず、鍛練《たんれん》の腕前《うでまえ》ある後藤又兵衛《ごとうまたべえ》丈《だ》けに、大事《だいじ》を取《と》って放心《うっかり》突《つ》っ込《こ》まない。稍暫《ややしばら》くはエイヤッと睨《にら》み合《あ》って居《い》る。由利鎌之助《ゆりかまのすけ》も此処《ここ》ぞ一生懸命《しょうけんめい》と、大事《だいじ》に構《かま》えたる儘《まま》、不動《ふどう》の姿勢《しせい》で気《き》を配《くば》る。何時迄《いつまで》経《た》っても果《はて》しがないから、又兵衛基次《またべえもとつぐ》ヤッと一声《せい》、隆々《りゅうりゅう》と槍《やり》を扱《しご》いて、相手《あいて》に誘《さそ》いの隙《すき》を見《み》せると、忽《たちま》ち喚《おめ》き叫《さけ》んで、突《つ》っ掛《かか》った鎌之助《かまのすけ》の鋭《するど》き槍先《やりさき》、ヒラリ体《たい》を開《ひら》いた又兵衛《またべえ》は、エイと気合《きあい》の声諸共《こえもろとも》、槍《やり》を真甲《まっこう》に振《ふ》り上《あ》げて、相手《あいて》の小手《こて》を発止《はっし》と打《う》った。此処等辺《ここらあた》りの槍試合《やりじあい》になると、只突《ただつ》くばかりではない。叩《たた》く、払《はら》う、薙《なぎ》る、槍《やり》一本《ぽん》で太刀《たち》の代用《だいよう》もすれば棒《ぼう》の代《かわ》りもする。所謂千変万化《いわゆるせんぺんばんか》に使《つか》い分《わ》けるのが秘術《ひじゅつ》らしい。今《いま》しも又兵衛《またべえ》が払《はら》って来《き》た槍《やり》を、此方《こなた》も手練《しゅれん》の腕前《うでまえ》だ、心得《こころえ》たりと巧《たくみ》に払《はら》って受《う》け流《なが》し、飛込《とびこ》みさま突《つ》っ掛《かか》るを、又兵衛《またべえ》手許《てもと》に寄《よ》せつけず、エイオーと竜虎《りゅうこ》の争《あらそ》い、胡蝶《こちょう》の狂《くる》い戯《たわむ》るるに等《ひと》しく、闘《たたか》い十七八合《ごう》にして更《さら》に勝負《しょうぶ》が決《けっ》しない。満座《まんざ》何《いず》れも酔《よ》えるが如《ごと》く、アレヨ〳〵と云《い》うばかり。鎌之助《かまのすけ》は気《き》を焦《いら》ち、上下左右《じょうげさゆう》に大変化《だいへんか》を現《あら》わし、突《つ》き出《だ》し繰《く》り込《こ》む其《そ》の早業《はやわざ》は、槍《やり》は手《て》の内《うち》より自然《しぜん》に出《い》ずるかと怪《あや》しむばかり。目《め》にも止《とま》らぬ奮闘激戦《ふんとうげきせん》、左《さ》れど相手《あいて》は少《すこ》しも騒《さわ》がず、又《また》もや七八合《ごう》の渉《わた》り合《あい》に及《およ》び、今《いま》しも鎌之助《かまのすけ》が槍身《やりみ》になり、エイと横《よこ》に払《はら》った槍《やり》の為《た》め、咄嗟《あわや》又兵衛《またべえ》は薙《な》ぎ倒《たお》されたかと思《おも》いの外此《ほかこ》の時遅《ときおそ》く彼《か》の時早《ときはや》し、大喝《だいかつ》一声《せい》ヤッと叫《さけ》んだ又兵衛基次《またべえもとつぐ》、夫《そ》れと同時《どうじ》に参《まい》ったと云《い》う声《こえ》が鎌之助《かまのすけ》の口《くち》より出《で》た。秀吉公始《ひでよしこうはじ》め一同《どう》の諸大名《しょだいみょう》は、薩張《さっぱ》り訳《わけ》が分《わか》らない。大「オヤッ、確《たしか》に勝《か》ちと思《おも》う鎌之助《かまのすけ》が参《まい》ったとは妙《みょう》だ……、一体《たい》何《ど》うしたのだろう」と、思《おも》いながら鎌之助《かまのすけ》の額《ひたい》を見《み》ると、鉢巻《はちまき》に少々《しょうしょう》血《ち》が染《にじ》んで居《い》る。□「フヽム、矢張《やっぱ》り又兵衛《またべえ》は豪《えら》い、何時《いつ》の間《ま》に彼《あ》の様《よう》な早業《はやわざ》を遣《や》ったのだろう。然《しか》し由利鎌之助《ゆりかまのすけ》もナカ〳〵天晴《あっぱれ》の腕前《うでまえ》であるわい」と、俄《にわか》に拍手喝采《はくしゅかっさい》の声《こえ》が起《おこ》る。後藤又《ごとうまた》兵衛《べえ》は徐《おもむ》ろに会釈《えしゃく》なし、又「失礼《しつれい》を仕《つかま》った。痛《いた》みはござらぬか」由「ナニ、大《たい》した事《こと》はござらん。恐《おそ》れ入《い》ったるお腕前《うでまえ》。迚《とて》も某如《それがしごと》きの及《およ》ぶ処《ところ》にあらず」と、一礼《れい》して引退《ひきさが》る。秀吉《ひでよし》公《こう》も悉《ことごと》く満足《まんぞく》の体《てい》にて、秀「イヤ、又兵衛《またべえ》は別看板《べつかんばん》だが、由利鎌之助《ゆりかまのすけ》の働《はたら》きは美事《みごと》〳〵、実《じつ》に天下《てんか》得難《えがた》き豪傑《ごうけつ》である」と、当座《とうざ》の褒美《ほうび》として、お印籠《いんろう》を拝領《はいりょう》する。由利鎌之助《ゆりかまのすけ》は大《たい》層面目《そうめんぼく》を施《ほどこ》し、猿飛佐助《さるとびさすけ》、三好清海入道《みよしせいかいにゅうどう》と共《とも》に、厚《あつ》く礼《れい》を述《の》べて退出《たいしゅつ》する。

◎花《はな》より団子《だんご》の主義《しゅぎ》だ

勝《か》つも負《ま》けるも時《とき》の運《うん》。後藤又兵衛《ごとうまたべえ》には負《ま》けたが、亀井新十郎《かめいしんじゅうろう》には打《う》ち勝《か》った由利鎌之《ゆりかまの》助《すけ》は、上々《じょうじょう》の首尾《しゅび》で宿屋《やどや》へ戻《もど》る。スルト秀吉《ひでよし》は鎌之助《かまのすけ》を所望《しょもう》とあって三千石《ごく》を以《もっ》て召抱《めしかか》えんと、大谷刑部吉隆《おおたにぎょうぶよしたか》迄《まで》沙汰《さた》が下《くだ》った。吉隆《よしたか》は由利鎌之助《ゆりかまのすけ》に此《こ》の趣《おもむき》を伝《つた》えると、由「ハッ、御諚《ごじょう》の程《ほど》は忝《かたじけ》なく候《そうら》えど、真田家《さなだけ》に前役《せんやく》ござれば、此《こ》の義《ぎ》は御辞退申《ごじたいもう》し上《あ》げます」潔《いさぎ》よく断《ことわ》ったのは、利欲《りよく》に迷《まよ》わず天晴立派《あっぱれりっぱ》な心掛《こころが》けと、誰《た》れ賞《ほ》めない者《もの》もない。然《しか》るに三人《にん》は宿屋《やどや》に帰《かえ》ると、佐「オイ由利《ゆり》、今日《きょう》の勝負《しょうぶ》は五分《ぶ》〱だ。亀井《かめい》に勝《か》って後藤《ごとう》に負《ま》けたのだから、少《すこ》しも恥《はじ》にはならない」三「左様《そう》だ〱、乃公《おれ》は嬉《うれ》しかったよ。貴様《きさま》の槍術《そうじゅつ》は後藤《ごとう》に次《つ》ぐ名人《めいじん》だ」と、之《こ》れ迄人《までひと》を賞《ほ》めた事《こと》のない清海入道《せいかいにゅうどう》も、今日《きょう》ばかりは鎌之助《かまのすけ》の腕前《うでまえ》に敬服《けいふく》して居《い》る。此処《ここ》で三豪傑《ごうけつ》は、暫《しば》らく大阪《おおさか》に足《あし》を留《と》めて居《い》る内《うち》に、早《は》や二ケ年《ねん》の月日《つきひ》も過《す》ぎた。其《そ》の間《あいだ》に豊臣秀吉公《とよとみひでよしこう》は、朝鮮征伐《ちょうせんせいばつ》を思《おも》い付《つ》き、西国大名《さいこくだいみょう》は留守居《るすい》を除《のぞ》く外《ほか》、大方出陣《おおかたしゅつじん》に及《およ》んだ。然《しか》るに戦争《せんそう》は央《なかば》にして、秀吉公《ひでよしこう》は慶長《けいちょう》三年《ねん》八月《がつ》十八日薨去《にちおかくれ》、出征《しゅっせい》の軍勢《ぐんぜい》は引揚《ひきあ》げる。早《はや》くも此《こ》の事《こと》を探《さぐ》り知《し》った猿飛佐助《さるとびさすけ》は、佐「之《これ》は大変《たいへん》だ、秀吉公《ひでよしこう》が薨去《おかくれ》になると、又天下《またてんか》は大乱《たいらん》の基《もと》である。一刻《こく》も早《はや》く我《わ》が君《きみ》に御通知申《ごつうちもう》さんければならぬ」と、特《とく》に三好清海入道《みよしせいかいにゅうどう》を信州《しんしゅう》へ返《かえ》した。間《ま》もなく幸村《ゆきむら》よりの返書《へんしょ》が到着《とうちゃく》する。其《そ》の文面《ぶんめん》によると「此処両三年《ここりょうねん》を出《い》でずして、天下分《てんかわ》け目《め》の大合戦《だいかっせん》が起《おこ》るに違《ちが》いない。夫《そ》れ迄《まで》は其《そ》の方大阪《ほうおおさか》に留《とま》り、能《よ》く徳川家及《とくがわけおよ》び大阪方《おおさかがた》の模様《もよう》を探《さぐ》って通知《つうち》をいたせ。まった由利鎌之助《ゆりかまのすけ》なる豪傑《ごうけつ》を召連《めしつ》れ居《い》るとやら、両人協力《りょうにんきょうりょく》の上万事《うえばんじ》を計《はか》ってくれよ。兎《と》に角汝《かくなんじ》の臨機《りんき》の処置《しょち》に委《まか》す」と、認《したた》めてある。佐助《さすけ》は大《おお》いに喜《よろこ》び、直様返書《すぐさまへんしょ》を認《したた》めて飛脚《ひきゃく》を返《かえ》し、其《そ》の後《のち》は鎌之助《かまのすけ》と共《とも》に、頻《しき》りに諸国大名《しょこくだいみょう》の挙動《きょどう》を探《さぐ》り、一々之《いちいちこ》れを上田《うえだ》へ差《さ》して通知《つうち》して居《お》ったが、一日佐助《じつさすけ》は鎌之助《かまのすけ》に向《むか》い、佐「オイ由利《ゆり》、今急《いまきゅう》に戦争《せんそう》が起《おこ》る訳《わけ》ではないから、此処《ここ》で只便々《ただべんべん》として居《い》るのは面白《おもしろ》くない。一つ中国地《ちゅうごくち》より九州地方《しゅうちほう》へ漫遊《まんゆう》に出掛《でか》けようではないか」由「ウム、夫《そ》れ宜《よ》かろう。大阪表《おおさかおもて》の模様《もよう》は大抵分《たいていわか》って居《い》る。善《ぜん》は急《いそ》げだ早《はや》く出立《しゅったつ》しよう」と、此《こ》処《こ》で両人《りょうにん》は、探《さぐ》り得《え》たる一伍一什《ぶしじゅう》を詳《くわ》しく書面《しょめん》に認《したた》め、且《か》つ九州地方《しゅうちほう》へ漫遊《まんゆう》の事《こと》を記《しる》して、飛脚《ひきゃく》をして信州上田《しんしゅううえだ》へ送《おく》り届《とど》けさせ、両人《りょうにん》は其《そ》の翌日大阪《よくじつおおさか》を立《た》って中国地《ちゅうごくち》へと志《こころざ》し、先《ま》ず第一番《だいばん》に摂州花隈《せっしゅうはなくま》へと歩《や》って来《き》た。佐「オイ由利《ゆり》、乃公《おれ》は一つ戸沢山城守殿《とざわやましろのかみどの》に面会《めんかい》したい積《つも》りだ。夫《そ》れに付《つ》いて猿飛佐助《さるとびさすけ》と名乗《なの》って行《ゆ》くのは都合《つごう》が悪《わる》いから、武者修業者《むしゃしゅぎょうしゃ》だと云《い》って乗《の》り込《こ》んで見《み》よう」由「フム、面白《おもしろ》いな、乃公《おれ》も連《つ》れて行《ゆ》け」佐「イヤ、独《ひと》りで行《ゆ》く。貴様《きさま》待《ま》って居《お》れ」此処《ここ》で由利鎌之助《ゆりかまのすけ》を宿《やど》へ残《のこ》し置《お》き、佐助《さすけ》は只《ただ》一人《にん》で、山城守《やましろのかみ》の館《やかた》へ差《さ》して歩《や》って来《き》た。何《な》んしろ当時忍術《とうじにんじゅつ》の大名人《だいめいじん》と呼《よ》ばれた戸沢山城守《とざわやましろのかみ》だ。其《そ》の勢《いきおい》は宏大《こうだい》なもの。佐助《さすけ》は案内《あんない》を乞《こ》うて奥《おく》へ通《とお》り、山城守《やましろのかみ》に対面《たいめん》なし、佐「手前《てまい》は、旅《たび》の修業者由利鎌《しゅぎょうしゃゆりかま》之助《のすけ》と申《もう》すもの。何《ど》うか一手御教導《てごきょうどう》に預《あずか》りたい」と、義弟《ぎてい》の姓名《せいめい》を其《そ》の儘《まま》云《い》って居《い》る。スルト山城守《やましろのかみ》は、山「フム、御身《おんみ》が由利鎌之助《ゆりかまのすけ》と仰《おお》せられるか。先年大阪城内秀吉公《せんねんおおさかじょうないひでよしこう》の御前《ごぜん》試合《しあい》に於《お》いて、亀井新《かめいしん》十郎《ろう》、後藤又兵衛《ごとうまたべえ》と試合《しあ》った御人《ごじん》でござるか。イヤ能《よ》くお訪《たず》ね下《くだ》された、左《さ》らば試合申《しあいもう》そう」と、裏《うら》の道場《どうじょう》へ導《みちび》かれ、両人身仕度《りょうにんみじたく》に及《およ》んで立《た》ち上《あが》った。然《しか》し佐助《さすけ》にして見《み》ると、仮《かり》にも師匠白雲斎先生《ししょうはくうんさいせんせい》の嫡男《ちゃくなん》であるから、余《あま》り無茶《むちゃ》な立合《たちあい》も出来《でき》ない。慎重《しんちょう》の態度《たいど》を取《と》って打《う》ち向《むか》い、昵《じっ》と相手山城守《あいてやましろのかみ》の様子《ようす》を窺《うかが》いながら、軈《やが》てポン〱と打《う》ち合《あわ》し、約《およ》そ十五六合《ごう》の試合《しあい》に及《およ》んだが、佐助《さすけ》は胸中《きょうちゅう》に、佐「フヽム、之《これ》は容易《ようい》ならん手《て》の内《うち》である」と、尚《なお》も勇気盛《ゆうきさか》んに渉《わた》り合《あ》って居《い》る。スルト此方山城守《こなたやましろのかみ》も、少々驚《しょうしょうおどろ》いたる体《てい》にて、山「之《これ》は真実《しんじつ》の由利鎌之助《ゆりかまのすけ》ではあるまい。鎌之助《かまのすけ》は槍術無双《そうじゅつむそう》の名人《めいじん》と聞《き》き及《およ》ぶが、此《こ》の修業者《しゅぎょうしゃ》には槍《やり》の癖《くせ》は微塵《みじん》もない。或《あるい》は誰《たれ》か変名《へんみょう》で入《い》り込《こ》んだものと見《み》える」と、流石《さすが》は忍術《にんじゅつ》の大名人《だいめいじん》、早《はや》くも見破《みやぶ》り、益々《ますます》油断《ゆだん》なく斬《き》り結《むす》び、奮闘激戦《ふんとうげきせん》十七八合《ごう》に及《およ》び、却々《なかなか》勝負相附《しょうぶあいつ》かない。豪気《ごうき》の猿飛佐助《さるとびさすけ》は気《き》を焦《いら》ち、大喝《だいかつ》一声《せい》エイと木剣弾《ぼっけんはじ》き飛《と》ばし、突然相手《いきなりあいて》の手許《てもと》に飛込《とびこ》み、電光石火《でんこうせっか》の勢鋭《いきおいするど》く、正面《しょうめん》より咄嗟《あわや》打《う》ち下《お》ろさんとする途端《とたん》に、山城守《やましろのかみ》の姿《すがた》はパッと其《そ》の儘《まま》消《き》え失《う》せた。佐助《さすけ》は兼《かね》て期《き》したる事《こと》なれば少《すこ》しも騒《さわ》がず、エイと叫《さけ》んで、木剣《ぼっけん》を乾《いぬい》の隅《すみ》へ投《な》げつけると、参《まい》ったと云《い》う声《こえ》が乾《いぬい》の隅《すみ》から聞《きこ》えた。夫《そ》れと同時《どうじ》に山《やま》城守《しろのかみ》の姿《すがた》は忽然《こつぜん》と現《あら》われ、山「イヤ、天晴《あっぱれ》お手《て》の内《うち》、察《さっ》する処御身《ところおみ》は由利鎌之助《ゆりかまのすけ》ではござるまい。父白雲斎《ちちはくうんさい》死《し》する以前《いぜん》に、信州鳥居峠《しんしゅうとりいとうげ》の麓《ふもと》に於《おい》て、佐助《さすけ》なる一少年《しょうねん》に忍術《にんじゅつ》の極意《ごくい》を譲《ゆず》りしと云《い》い遺《のこ》されしが、万一《もしや》御身《おみ》は其《そ》の佐助《さすけ》なる者《もの》にはなきや。只今某《ただいまそれがし》五遁《とん》の術《じゅつ》を行《おこな》いしに、乾《いぬい》の隅《すみ》へ木剣《ぼっけん》を投《な》げし手練《しゅれん》、我《わ》が姿《すがた》を見極《みきわ》めし者《もの》にあらざれば、容易《ようい》に出来《でき》ない仕事《しごと》である。本名如何《ほんみょういか》に……」と、尋《たず》ねられ、佐助《さすけ》はハッと後《うしろ》へ飛《と》び退《しざ》り、夫《そ》れへ平伏《へいふく》して、佐「ハッ、恐《おそ》れ入《い》ったる御眼力《ごがんりょく》。如何《いか》にも某《それがし》は御父白雲斎先生《おんちちはくうんさいせんせい》より忍術《にんじゅつ》の極意《ごくい》を受《う》けし猿飛佐助幸吉《さるとびさすけゆきよし》でござる。無礼《ぶれい》の段《だん》は平《ひら》に御許容下《ごきょようくだ》されたし」と、三拝九拝《ばいはい》して挨拶《あいさつ》する。山城守《やましろのかみ》は左《さ》こそと打《う》ち点頭《うなず》き、山「イヤ、夫《そ》れ聞《き》いて拙者《せっしゃ》も安堵《あんど》いたす。一度《ど》は是非《ぜひ》対面《たいめん》いたしたく存《ぞん》じて居《い》た処《ところ》。然《しか》し天晴《あっぱれ》なる腕前《うでまえ》、迚《とて》も尋常《じんじょう》にては敵《かな》い難《がた》し」と、非常《ひじょう》の賞讃《しょうさん》をいたして居《い》る。佐助《さすけ》も大《おお》いに喜《よろこ》び、夫《それ》より山城守《やましろのかみ》に願《ねが》い、師匠白雲斎先生《ししょうはくうんさいせんせい》の位牌《いはい》へ礼拝焼香《れいはいしょうこう》なし、まった墓詣《はかまい》りをいたし、席《せき》を改《あらた》めて両人《りょうにん》は酒宴《しゅえん》の催《もよお》し、互《たが》いに忍術武術《にんじゅつぶじゅつ》の物語《ものがたり》に及《およ》び、興《きょう》の尽《つ》きるを知《し》らないと云《い》う光景《ありさま》。佐助《さすけ》は夜《よ》に入《い》って暇《いとま》を告《つ》げ、後日《ごじつ》の再会《さいかい》を約《やく》して立帰《たちかえ》り、鎌之助《かまのすけ》に向《むか》い始終《しじゅう》の顚末《てんまつ》を話《はな》す。由「フム、夫《そ》れは面白《おもしろ》かった。由利鎌《ゆりかま》之助《のすけ》でないと見破《みやぶ》る処《ところ》が豪《えら》い。流石《さすが》は忍術《にんじゅつ》の先生《せんせい》である」と、感服《かんぷく》して居《い》る。翌朝両豪傑《よくちょうりょうごうけつ》は花隈《はなくま》を立《た》ち、段々《だんだん》と足《あし》に任《まか》せて道《みち》を急《いそ》ぎ、兵庫《ひょうご》も早《は》や過《す》ぎ、今《いま》しも須磨《すま》の浦辺《うらべ》に差《さ》し掛《かか》って来《く》ると、途傍《みちばた》の松並木《まつなみき》の根元《ねもと》に、大兵肥満《たいひょうひまん》の武士《ぶし》一人《にん》、腰打《こしう》ち掛《か》けてジロリ〳〵と往《おう》来《らい》を睨《ね》め廻《まわ》して居《い》る。両人《りょうにん》は別《べつ》に気《き》にも留《と》めず、スッと其《そ》の前《まえ》を行《ゆ》き過《す》ぎんとすると、件《くだん》の武士《ぶし》は俄《にわか》に大音《だいおん》張《は》り上《あ》げ、武「ヤイ待《ま》て両人《りょうにん》。武士《ぶし》は相見互《あいみたが》い、乃公《おれ》の腰掛《こしか》けたる前《まえ》を通《とお》れば、一応《おう》の挨拶位《あいさつぐら》いはあって然《しか》るべき筈《はず》だ。貴様《きさま》も日本《にっぽん》の人間《にんげん》なら乃公《おれ》も同《おな》じ日本人《にっぽんじん》だ。汝《なんじ》も武士《ぶし》なら乃公《おれ》も武士《ぶし》だ。云《い》わば四海兄弟《かいけいてい》ではないか。マア此処《ここ》へ掛《か》けて一吹服《ぷくの》め……」二人《ふたり》は顔見合《かおみあわ》せてズカ〳〵後戻《あともど》り、佐「之《こ》れは我々《われわれ》が黙《だま》って行《ゆ》き過《す》ぎたは悪《わる》かった。由利休《ゆりやす》んで行《ゆ》こうではないか」由「ウム、折角呼留《せっかくよびと》められて振《ふ》り切《き》るも気《き》の毒《どく》、四辺《あたり》の景色《けしき》でも眺《なが》めて行《ゆ》こう」佐「ウム、宜《よ》い景色《けしき》だ。須磨《すま》、舞子《まいこ》、明石《あかし》と云《い》えば、往昔《むかし》から景色《けしき》の良《よ》い処《ところ》に極《きま》って居《い》るが、来《き》て見《み》ると又格別《またかくべつ》だなア」武「ハッハヽヽ、此《こ》の乱世《らんせい》の時代《じだい》に悠長《ゆうちょう》らしく、景色《けしき》が何《ど》うの風流《ふうりゅう》のと、可笑《おか》しな事《こと》を云《い》うな。乃公《おれ》は景色《けしき》なんかは何《ど》うでも宜《よ》い。花《はな》より団子《だんご》の主義《しゅぎ》だ。何《ど》うだ貴様等両人《きさまらりょうにん》、チト金《かね》を貸《か》さんか」由「ハッハヽヽ、到頭本音《とうとうほんね》を吹《ふ》き出《だ》した。大抵此《たいていこ》んな事《こと》だろうと思《おも》ったが、金《かね》の無心《むしん》とは驚《おどろ》いた。アハヽヽ」武「オヤッ、貴様怪《きさまけ》しからん奴《やつ》だ。愈々金《いよいよかね》を貸《か》さないと、腕突《うでずく》で取《と》るぞッ。性根《しょうね》を据《す》えて返答《へんとう》しろ」と、顋髯《あごひげ》撫《な》でつつ両人《りょうにん》を尻眼《しりめ》に掛《か》けて居《い》る。

◎天下《てんか》に通用《つうよう》しないぞ

斬盗《きりと》り強盗《ごうとう》は武士《ぶし》の慣《なら》いとは、乱暴武士《らんぼうぶし》の云《い》う事《こと》だ。腕突《うでずく》でも取《と》るぞと聞《き》いた佐助《さすけ》と鎌之助《かまのすけ》は、一番《ばん》此奴《こやつ》冗戯《からかっ》て遣《や》ろうと云《い》う考《かんが》えで、佐「ハヽヽヽ、威《おど》かした処《ところ》で、乃公《おれ》も之《こ》れ迄《まで》チョイ〳〵遣《や》って来《き》たのだ。然《しか》し何《なん》の因縁《いんねん》もない奴《やつ》に、金《かね》を只呉《ただく》れてやると云《い》うも可笑《おか》しなもの。又貰《またもら》う方《ほう》にも極《きま》りが悪《わる》いだろう」武「イヽヤ、乃公《おれ》は少《ちっ》とも極《きま》りが悪《わる》い事《こと》はない。実《じつ》は昨夜《さくや》も宿《やど》へ泊《とま》る事《こと》が出来《でき》ず、剰《あまつさ》え好《すき》な酒《さけ》も呑《の》まない始末《しまつ》だ。幾等《いくら》か分配《ぶんぱい》しろ」佐「スルト、酒代《さかだい》を呉《く》れと云《い》うのか」武「如何《いか》にも」佐「マア、お気《き》の毒《どく》だが真平《まっぴら》だ。貴様此《きさまこ》の街道《かいどう》に眼張《がんば》って人《ひと》の懐裡《ふところ》を覘《ねら》って居《い》る追剝同然《おいはぎどうぜん》の奴《やつ》だろう」武「ナニイ、追《おい》剝《はぎ》とは酷《ひど》い……」佐「酷《ひど》くっても体裁《ていさい》の宜《よ》い追剝《おいはぎ》だ。否《いや》と云《い》ったら無理《むり》にでも取《と》るに違《ちが》いない」武「ウム、……夫《そ》りゃア武士《ぶし》が一旦頭《たんあたま》を下《さ》げて頼《たの》むに、夫《そ》れを聞《き》かない様《よう》な不《ふ》人情《にんじょう》な奴《やつ》は人間《にんげん》でない。腕突《うでずく》で奪《と》ったって構《かま》うものか」佐「夫《そ》れが不可《いか》ん。追剝処《おいはぎどころ》か強盗《ごうとう》だ」武「ダカラ、斬盗《きりと》り強盗《ごうとう》は武士《さむらい》の慣《なら》いと云《い》うではないか」佐「夫《そ》れは、自分勝手《じぶんかって》の小《こ》理屈《りくつ》だ。天下《てんか》に通用《つうよう》しないぞ。殊《こと》に我々《われわれ》に向《むか》っては駄目《だめ》だ。両刀《りょうとう》の手前威《てまえおど》かされて金《かね》を出《だ》したとあっては末代迄《まつだいまで》の名折《なお》れだ。マアお断《ことわ》り……」武「ナニッ、貸《か》さぬッ」佐「左様《そう》だ、昨日《きのう》から食《く》わず飲《の》まずで大変困《たいへんこま》って居《い》る、何《ど》うかお恵《めぐ》みに預《あずか》りたいと、下手《したて》に出《で》て頼《たの》めば兎《と》に角《かく》、左《さ》もない時《とき》は一文《もん》も出《だ》す事《こと》は出来《でき》ない。左様思《そうおも》って貰《もら》おうかい……」武「オヤッ、生意気《なまいき》な事《こと》を云《い》やアがる。ジャア腕突《うでずく》で取《と》るから左様思《そうおも》えい」と、短慮《たんりょ》一徹《てつ》の武士《ぶし》と見《み》え、突然佐助《いきなりさすけ》に飛《と》び掛《かか》り、襟頭《えりくび》掴《つか》むよと見《み》えたるが、ヤッと一声微塵《せいみじん》になれと投《な》げ出《だ》した。佐助《さすけ》は投《な》げられながら、中途《ちゅうと》でグルリ〳〵と二三度筋斗《どもんどり》打《う》って、スックと向《むこ》うへ立《た》

ち上《あが》り、佐「アハヽヽヽ、投《な》げた位《くら》いで金《かね》は出《だ》さんぞ」武「ウヌ、猪虎才《ちょこざい》なり」と、又《また》も
や飛《と》び掛《かか》ろうとする折《おり》しも、背後《うしろ》より由利鎌之助《ゆりかまのすけ》は、件《くだん》の武士《さむらい》に躍《おど》り掛《かか》り、引《ひ》っ抱《かか》えて投《な》げ出《だ》そうとしたが、驚《おどろ》くべし武士《さむらい》の身体《からだ》は、地《ち》から生《は》えた大木《たいぼく》の如《ごと》く、突《つ》けども押《お》せども動《うご》かばこそ、大磐石《だいばんじゃく》の如《ごと》くであるから、由「ヤヽッ、此奴《こやつ》強《つよ》い奴《やつ》だ、何《なに》をッ」金剛力《こんごうりき》を出《だ》して捻《ね》じ倒《たお》さんと力味《りき》んで居《い》る。武士《さむらい》は怯《びく》ともせず、武「ヤイ、邪魔立《じゃまだ》てするな、其処退《そこの》けッ」と、云《い》うより早《はや》く、パッと体《からだ》を一振《ふ》り振《ふ》ると、左《さ》しもの由利鎌之助《ゆりかまのすけ》は、勢《いきお》いに跳《は》ねられ、パッと二三間《げん》向《むこ》うへ飛《と》んだ。夫《そ》れには目《め》も呉《く》れず、オーと叫《さけ》んだ件《くだん》の武士《さむらい》は、勢《いきお》い烈《はげ》しく猿飛佐助《さるとびさすけ》に飛《と》び掛《かか》る。佐助《さすけ》も飛《と》び付《つ》かれては堪《たま》らない。ヤッと云《い》ったる其《そ》の儘《まま》、今《いま》迄有《まであ》りし佐助《さすけ》の姿《すがた》は、パッと消《き》えて見《み》えなくなった。武士《さむらい》は四辺《あたり》キョト〱、武「オヤッ、不思議《ふしぎ》〱、姿《すがた》を隠《かく》すとは卑怯《ひきょう》な奴《やつ》。出《で》て来《う》せい〱……」と、怒鳴《どな》って居《い》ると、佐《さ》助《すけ》は頭上《ずじょう》の松《まつ》ケ枝《え》から、佐「此処《ここ》だ〱、幾等力《いくらちから》が強《つよ》くっても、乃公《おれ》の早業《はやわざ》には敵《かな》わないぞ。チト遊《あそ》びに来給《きたま》え……、アハヽヽ」嘲《あざ》けり笑《わら》われて、イヤ怒《おこ》ったの怒《おこ》らんのじゃない。武士《ぶし》は満面朱《まんめんしゅ》を注《そそ》ぎ、武「オッ、飽迄嘲弄《あくまでちょうろう》するかッ。己《おの》れッ今《いま》に見《み》ろッ」パッと双肌《もろはだ》脱《ぬ》ぐと等《ひと》しく、松《まつ》の幹《みき》に無手《むんず》と抱《だ》きつき、ヤーウーンと、左《さ》しも二抱《かか》えもあろうと云《い》う松《まつ》

の木《き》を、一生懸命《しょうけんめい》に揺《ゆ》り出《だ》した。之《これ》を眺《なが》めた鎌之助《かまのすけ》は呆《あき》れ返《かえっ》て、由「オヤ〳〵、酷《ひど》い奴《やつ》があるものだ。彼《あ》の松《まつ》を根《ね》こぎに遭《あわ》す積《つも》りか知《し》ら……無法《むほう》な男《おとこ》もあったものだ」枝《えだ》の上《うえ》では猿飛佐助《さるとびさすけ》、佐「ホヽオ、ボツ〳〵松《まつ》が動《うご》き出《だ》した。事《こと》に依《よ》ったら引抜《ひきぬ》くかも分《わか》らん。テモ恐《おそ》ろしい力《ちから》だ、一体何者《たいなにもの》だろう」見《み》て居《い》ると松《まつ》は段々揺《だんだんゆ》り出《だ》し、メリ〳〵〳〵と地鳴《じな》りがして来《き》た。佐「オヤ〳〵、之《こ》れは大変《えら》い怪力《かいりき》だ。松込《まつご》み倒《たお》されては堪《たま》らない」と、ヒラリと隣《とな》りの樹《き》に飛《と》び移《うつ》った。件《くだん》の武士《さむらい》は夫《そ》れとも知《し》らず、相変《あいかわ》らずウン〳〵遣《や》って居《い》る。余《あま》りの可笑《おか》しさに、佐助《さすけ》は思《おも》わず噴飯《ふきだ》すと、ヒョイと見揚《みあ》げた武士《さむらい》は、怒《おこ》るまい事《こと》か、武「オヤッ、折角骨《せっかくほね》を折《お》って遣《や》って居《い》るに、断《ことわ》りなしに他《ほか》の樹《き》へ飛《と》び移《うつ》るとは不埒《ふらち》な奴《やつ》。全体貴様《ぜんたいきさま》は猿《さる》の生《うま》れ替《かわ》りか知《し》ら……」云《い》いつつ落胆《らくたん》して、撞乎《どっか》と大地《だいち》に尻餅《しりもち》つき、フウ〳〵と苦《くる》しき呼吸遣《いきづか》い。此《こ》の時由利鎌之助《ときゆりかまのすけ》は声《こえ》をかけ、由「アイヤ豪傑《ごうけつ》、御身《おんみ》の姓名《せいめい》は何《なん》と申《もう》す。我々《われわれ》は信州上田《しんしゅううえだ》の城主真田《じょうしゅさなだ》家《け》の臣《しん》にして、樹《き》の上《うえ》に止《とま》って居《い》るのは猿飛佐助《さるとびさすけ》、某《それがし》は由利鎌之助《ゆりかまのすけ》である」と、名乗《なの》るを聞《き》いて件《くだん》の武士《さむらい》は、武「ナニ、貴様等《きさまら》は真田《さなだ》の家来《けらい》で、猿飛《さるとび》と由利《ゆり》と云《い》うものか。道理《どうり》で樹《き》の上《うえ》でヒョイ〳〵猿《さる》の様《よう》に飛《と》んで居《い》ると思《おも》った。乃公《おれ》は肥後熊本加藤家《ひごくまもとかとうけ》二十四将《しょう》の其《そ》の中《うち》で、持《も》ったる力《ちから》が底知《そこし》れず、横紙破《よこがみやぶ》りと異名《いみょう》を取《と》ったる荒川熊蔵鬼《あらかわくまぞうおに》の清澄《きよずみ》とは我《わ》が事《こと》である」と、聞《き》いた猿飛佐助《さるとびさすけ》は、パッと樹上《じゅじょう》より飛《と》び降《お》り、佐「偖《さ》ては、天下《てんか》に高名《なだい》なる荒川熊蔵殿《あらかわくまぞうどの》でござったか。左様《そう》とは知《し》らず無礼《ぶれい》の段々《だんだん》」由「何卒《なにとぞ》、許《ゆる》し下《くだ》し置《お》かれたい」と、鄭重《ていちょう》に挨拶《あいさつ》する。熊蔵清澄《くまぞうきよずみ》も言葉《ことば》を和《やわら》げ、熊

「ハヽヽヽ、名乗《なの》り合《あ》って見《み》れば味方同志《みかたどうし》だ。何《ど》うだ何処《どこ》かで一杯《ぱい》遣《や》ろうか」佐「如何《いか》にも、天下《てんか》の豪傑《ごうけつ》に出会《であ》って、此《こ》の儘別《ままわか》れるも何《なん》とやら、お交際《つきあ》い申《もう》そう」熊「オイ〳〵お交際《つきあ》い申《もう》そうと云《い》った処《ところ》で、知《し》ってる通《とお》り一文《もん》なしだからなア……」由「イヤ、及《およ》ばずながら金《かね》に心配《しんぱい》は少《すこ》しもない」と、三人《にん》は程近《ほどちか》き舞子《まいこ》の浜《はま》へ歩《や》って参《まい》り、一軒《けん》の料理屋《りょうりや》へ押《お》し上《あが》り、酒肴《さけさかな》を命《めい》じて互《たが》いに呑《の》み据《す》えて居《い》たが、軈《やが》て佐助《さすけ》は十両《りょう》を取出《とりだ》して、佐「僅《わず》かだが、之《こ》れ丈《だ》け進上申《しんじょうもう》そう」熊「之《これ》は、忝《かたじけ》ない。遠慮《えんりょ》なく貰《もら》って置《お》こう」と、件《くだん》の十両《りょう》を懐中《かいちゅう》なし、熊「早速《さっそく》だが、伏見《ふしみ》に急用《きゅうよう》があるのだ。最《も》う別《わか》れるよ。又後日再会《またごじつさいかい》しよう……」と、プイと行《い》って仕舞《しま》った。後《あと》に二人《ふたり》は顔見合《かおみあわ》せ、佐「ハッハヽヽヽ、頭抜《ずぬ》けた豪傑《ごうけつ》も金《かね》がなくては往生《おうじょう》だろう。十両貰《りょうもら》うとプイと行《い》って仕舞《しま》うとは余《あま》り現金《げんきん》だ」由

「ハヽヽヽ、然《しか》し強《つよ》い男《おとこ》だ。乃公《おれ》が尻《しり》へ組《く》み附《つ》くと、一振《ふ》り振《ふ》って跳《は》ね飛《と》ばしたよ。何《な》んと恐《おそ》ろしい怪力《かいりき》だ」と、二人《ふたり》は感心《かんしん》しながら勘定済《かんじょうすま》せ、舞子《まいこ》の浜《はま》を立《た》ってドシ〳〵と、

播州姫路《ばんしゅうひめじ》の城下《じょうか》も早《は》や過《す》ぎ、何《なん》なく備前岡山浮田中納言秀家《びぜんおかやまうきたちゅうなごんひでいえ》の城下《じょうか》へ差《さ》して乗《の》り込《こ》んで来《き》た。

◎彼奴盗人眼《あいつぬすっとめ》をして居《い》るよ

偖《さ》ても両豪傑《りょうごうけつ》は備前岡山《びぜんおかやま》の城下《じょうか》へ歩《や》って来《きた》り、児島屋《こじまや》八兵衛《べえ》と云《い》う宿《やど》へ泊《とま》り、酒肴《さけさかな》を命《めい》じて呑《の》んで居《い》ると、奥《おく》の間《ま》で客《きゃく》とも見《み》えぬ大勢《おおぜい》の者《もの》が、ワイ……と笑《わら》い興《きょう》じて話《はなし》をして居《い》る。佐助《さすけ》は女中《じょちゅう》に向《むか》い、佐「オイ、一体《たい》彼《あ》りゃ何《な》んだ。大層賑《たいそうにぎ》わしいではないか」女「ハイ、今夜《こんや》お泊《とま》りの修験者《しゅげんじゃ》がございまして、其《そ》の方《かた》が何《なに》か面白《おもしろ》い法《ほう》を行《おこな》って見《み》せるとか仰《おっ》しゃいまして、夫《そ》れで彼《あ》の様《よう》に家内《かない》の者《もの》や、御近処《ごきんじょ》のお方《かた》、又《また》はお客様《きゃくさま》が集《あつ》まって待《ま》って居《お》られますので……」佐「フム其奴《そいつ》は面白《おもしろ》いな。我々《われわれ》でも見物《けんぶつ》は出来《でき》るか」女「誰方《どなた》でも、差支《さしつか》えはございません。御酒《ごしゅ》が済《す》みましたら行《い》って御覧《ごらん》なさいませ。何《なん》でも魔法《まほう》を使《つか》うのじゃと云《い》う話《はな》しでございます」佐「ナニ、魔法使《まほうつか》い……夫《そ》れは後学《こうがく》の為《た》めに見《み》せて貰《もら》おう、ノオ由利《ゆり》」由「ウム、是非共拝見《ぜひともはいけん》しよう」両人《りょうにん》は酒《さけ》を済《すま》し、奥《おく》の座敷《ざしき》へ出《で》て参《まい》り、佐「ヤア、皆《みな》の者許《ものゆる》してくれ、我々《われわれ》も見物《けんぶつ》させて貰《もら》おう」皆「之《これ》はお武家様《ぶけさま》、サア〳〵ズッと此方《こちら》へ……」由「イヤ、之《こ》れで結構《けっこう》。然《しか》し修験者先生《しゅげんじゃせんせい》は未《ま》だか……」△「最《も》う、お見《み》えでございます」二人《ふたり》は程好《ほどよ》い処《ところ》へ座《ざ》を構《かま》え、皆《みな》と一緒《しょ》に雑談《ざつだん》をして待《ま》って居《い》ると、漸々《ようよう》其処《そこ》へ修験者《しゅげんじゃ》が歩《や》って来《き》た。上座《じょうざ》の褥《しとね》の上《うえ》にデンと座《すわ》り、一同《どう》をジロ〳〵見渡《みわた》して居《い》る。猿飛佐助《さるとびさすけ》は昵《じ》っと修験者《しゅげんじゃ》を打《う》ち眺《なが》め、佐「フヽム、此奴《こいつ》は偽修験者《にせしゅげんじゃ》だ。眼孔《がんこう》の鋭《するど》い処《ところ》と云《い》い、ヨモ普通《ただ》の人間《にんげん》ではない。何《ど》うも油断《ゆだん》のならぬ奴《やつ》だ」と、思《おも》って居《い》ると、由利鎌之助《ゆりかまのすけ》も、由「オイ猿飛《さるとび》、彼奴人相《あいつにんそう》の悪《わる》い……盗人目《ぬすっとめ》をして居《い》るよ」佐「マア、黙《だま》って見《み》て居《お》れ……」と、素知《そし》らぬ顔《かお》で控《ひか》えて居《い》る。スルト修験者《しゅげんじゃ》は、修「ヤア方々《かたがた》、私《わし》は諸国《しょこく》を廻《まわ》って居《い》る修験者《しゅげんじゃ》だが、真言秘密《しんごんひみつ》の法《ほう》を以《もっ》て、種々《いろいろ》の術《じゅつ》を存知《ぞんじ》て居《い》る。先《ま》ず第《だい》一番《ばん》に姿《すがた》を隠《かく》す術《じゅつ》を行《おこな》って見《み》せる」云《い》いつつ突《つ》っ立《た》ち上《あが》り、背後《うしろ》の壁《かべ》へピタリと引《ひ》っ付《つ》いたと思《おも》うと、段々《だんだん》と姿《すがた》が薄《うす》くなり、果《は》ては全《まった》く消《き》えて終《しま》った。一同《どう》は大《おお》いに驚《おどろ》き、又《また》は感心《かんしん》して、皆「オヤッ、之《こ》りゃ何《ど》うじゃ」と、パチ〳〵と手《て》を拍《たた》く。姿《すがた》は見《み》えないが壁《かべ》の中《なか》にて、修「ヤア皆《みな》の衆《しゅう》、此処《ここ》へ大《おお》きな鼠《ねずみ》を出《だ》して見《み》せる」云《い》うかと思《おも》うと、巽《たつみ》の隅《すみ》より二匹《ひき》の鼠《ねずみ》がチョロ〳〵と走《はし》り出《い》で、大勢《おおぜい》の中《なか》を這《は》い廻《まわ》る。皆「ウワー、妙々《みょうみょう》……」と、騒《さわ》いで居《お》る内鼠《うちねずみ》は忽《たちま》ちに消《き》え失《う》せる。何《な》んしろ芝居等《しばいなど》でする仁木弾正《にっきだんじょう》が、鼠《ねずみ》を使《つか》って伊達家《だてけ》の奥殿《おくでん》へ忍《しの》び込《こ》んだ様《よう》な工合《ぐあい》で、兎角伊賀流《とかくいがりゅう》の忍術《にんじゅつ》には鼠《ねずみ》が附《つ》き物《もの》だ。左《さ》れど佐助《さすけ》の習《なら》って居《い》る伊賀流《いがりゅう》には鼠《ねずみ》は使《つか》わない。所謂武術《いわゆるぶじゅつ》の極意《ごくい》から割《わ》り出《だ》した術《じゅつ》であるから、素《もと》より不思議《ふしぎ》でも何《なん》でもない。今此《いまこ》の修験者《しゅげんじゃ》が行《や》って居《い》る術《じゅつ》を見《み》て猿飛佐助《さるとびさすけ》は、佐「ハヽヽ、イヨ〳〵此奴《こいつ》は石川《いしかわ》五右衛門《えもん》の仲間《なかま》かも知《し》れない。ヨーシ一つ取《と》り挫《ひし》いで遣《や》ろう」思《おも》いながら密《ひそ》かに鎌之助《かまのすけ》の耳《みみ》に口《くち》よせ、佐「オイ由利《ゆり》、貴様《きさま》は密《そっ》と此処《ここ》を抜《ぬ》け出《だ》し、座敷《ざしき》へ帰《かえ》って寝《ね》て居《お》れい。決《けっ》して睡《ねむ》る事《こと》はならんぞ。此処《ここ》で修験者《しゅげんじゃ》が彼《あ》んな事《こと》を遣《や》って居《い》る間《ま》に、屹度何《きっとなに》か怪《あや》しい事《こと》があるに違《ちが》いない。此奴《こやつ》は泥棒《どろぼう》の頭《かしら》と乃公《おれ》は睨《にら》んだ」由「ヨシ、乃公《おれ》が一番見破《ばんみやぶ》って遣《や》ろう」と、鎌之助《かまのすけ》はソッと其《そ》の場《ば》を立《た》ち、向方《むこう》へ行《い》ったのは誰《たれ》も知《し》らない。其《そ》の中《うち》に修験者《しゅげんじゃ》の姿《すがた》がボーッと壁《かべ》に現《あら》われ、段々《だんだん》と濃《こゆ》くなって、歴然夫《はっきりそ》れへ姿《すがた》を現《あら》わすと、見物《けんぶつ》は拍手喝《はくしゅかっ》采異口同音《さいいくどうおん》に賞《ほ》め讃《そや》す。修「アヽ、只今《ただいま》のはホンの前芸《まえげい》である。今度《こんど》は皆《みな》を睡《ねむ》らせて見《み》せる」何《なに》か口中《こうちゅう》に呪文《じゅもん》を唱《とな》え、一同《どう》の顔《かお》をジッと見詰《みつ》めて居《い》ると、斯《こ》は如何《いか》に、一人二人《ひとりふたり》とボツ〳〵居睡《いねむ》りを始《はじ》める。之《こ》れが矢張《やっぱ》り方今《ほうこん》の催眠術《さいみんじゅつ》の類《るい》だ。然《しか》るに佐助《さすけ》は心《こころ》に油断《ゆだん》せず、睡《ねむ》った振《ふ》りして眤《じ》っと様子《ようす》を窺《うかが》って居《い》ると、今迄有《いままであ》りし修験者《しゅげんじゃ》の姿《すがた》は、パッと再《ふたた》び消《き》えて失《な》くなった。其《そ》の途端《とたん》に猿飛佐助《さるとびさすけ》は、ムク〱と立《た》ち上《あが》り、四辺《あたり》に気《き》を配《くば》って居《い》ると、俄《にわか》に由利鎌之助《ゆりかまのすけ》の寝《ね》たる居間《いま》に当《あた》って、ドタンバタンと烈《はげ》しき物音《ものおと》。オヽと叫《さけ》んだ猿飛佐助《さるとびさすけ》は、バラ〱と駆《か》けつけると、真暗《まっくら》の中《なか》で鎌之助《かまのすけ》と件《くだん》の修験者《しゅげんじゃ》が、組《く》んず転《ころ》んず捻《ね》じ合《あ》って居《い》る。佐「ヤア、由利《ゆり》〱、引《ひ》っ捕《とら》えたか」由「オヽ兄貴《あにき》、此奴《こやつ》は大胆不敵《だいたんふてき》の奴《やつ》で、此《こ》の居間《いま》へ忍《しの》び込《こ》み、床《とこ》の胴巻《どうまき》と大小刀《だいしょう》を盗《ぬす》まんとしたから、乃公《おれ》は引《ひ》っ摑《つか》んで離《はな》さないのだ。却々《なかなか》強《つよ》くて自由《じゆう》にならん、ウーン〱」流石《さすが》の鎌之助《かまのすけ》も、一生懸命《しょうけんめい》挑《いど》み争って居《い》る。佐「ウム、左様《そう》か巧《うま》い事《こと》をやった。未《ま》だ何処《どこ》かで金銭《きんせん》を盗《と》られて居《い》るだろう。最初《さいしょ》に姿《すがた》を隠《かく》した時《とき》に、早《は》やウンと仕事《しごと》は遣《や》って居《い》るんだ。逃《にが》すな確《しっか》り摑《つか》んで放《はな》すな……」由「ウム、此奴手剛《こいつてごわ》い奴《やつ》だ。汝《うぬ》ッ糞《くそ》ッ……」鎌之助程《かまのすけほど》の豪傑《ごうけつ》も、大汗塗《おおあせみどろ》となり、逃《にが》してならぬと武者振《むしゃぶ》りついて居《い》る。其《そ》の暇《ひま》に猿飛佐助《さるとびさすけ》は、大勢《おおぜい》の居《い》る処《ところ》へ歩《や》って参《まい》り、佐「コリャ、起《お》きろ〱、泥棒《どろぼう》だ〱」呼《よ》び起《おこ》されて一同《どう》は目《め》を覚《さま》し、忽《たちま》ち慌《あわ》て騒《さわ》ぎ、△「ナニ火事《かじ》だ……泥棒《どろぼう》だ、何処《どこ》に〱」と、総立《そうだ》ちになって周章《あわ》て居《い》る内《うち》に、斯《こ》はソモ如何《いか》に灯火《あかり》は一時《じ》にパッと消《き》え、キャッと叫《さけ》んだ悲鳴《ひめい》の声《こえ》。之《こ》れを聞《き》くと等《ひと》しく、豪気《ごうき》の猿飛佐助《さるとびさすけ》も、撞乎《どっか》と尻餅《しりもち》つき、佐「ヤヽッ、失策《しま》った……到頭逃《とうとうにが》した……」と、立《た》ち上《あが》らんとする処《ところ》へ、由利鎌之助《ゆりかまのすけ》はフウ〱云《い》って駆《か》け込《こ》み来《きた》り、由「兄貴《あにき》〱、何処《どこ》だ〱、大変《えら》い事《こと》をやった。逃《にが》して仕舞《しま》った……」佐「オヽ、左様《そう》だろう、今更《いまさら》仕方《しかた》もない。今灯火《いまあかり》を消《け》したのも彼奴《あいつ》の所業《しわざ》だ。逃《に》げしなに当家《とうけ》の亭主《ていしゅ》を突《つ》ッ殺《ころ》し逃《に》げたのだ」由「エッ、亭主《ていしゅ》を突《つ》っ殺《ころ》した……」佐「左様《そう》だ、我々《われわれ》に見現《みあら》わされたを残念《ざんねん》に思《おも》い、罪《つみ》なき亭主《ていしゅ》を殺《ころ》し、其《そ》の罪《つみ》を我々両人《われわれりょうにん》に塗《ぬ》り付《つ》ける考《かんが》えだ。其《そ》の証拠《しょうこ》に亭主《ていしゅ》の咽喉吭《のどぶえ》に貫《つらぬ》いた短刀《たんとう》は乃公《おれ》のものだ。今《いま》に召捕《めしと》り役人《やくにん》が来《く》るだろう」由「ケド、何《ど》うして夫《そ》れが分《わか》って居《い》る」佐「夫《そ》れ位《くら》いは、分《わか》らないで何《ど》うなるものか。彼《あ》の修験者《しゅげんじゃ》が逃《に》げしなに、我々両人《われわれりょうにん》が人殺《ひとごろ》しを遣《や》ったと、奉行所《ぶぎょうしょ》へ訴《うった》えて出《で》たに違《ちが》いない。チャンと道行《みちゆき》は分《わか》って居《い》る」由「フヽム、酷《ひど》い事《こと》をしやアがる。何《ど》うしよう此《こ》の上《うえ》は……」佐「マア宜《よ》い乃公《おれ》に任《まか》して置《お》け」灯火《あかり》を点《とも》して調《しら》べて見《み》ると、果《はた》して亭主《ていしゅ》は咽喉吭《のどぶえ》を貫《つ》かれ其《そ》の短刀《たんとう》は猿飛佐助《さるとびさすけ》の持物《もちもの》であるから、由「ヤヽッ、成程之《なるほどこ》れは兄貴《あにき》の短刀《たんとう》……フヽム……」と、由利鎌之助始《ゆりかまのすけはじ》め一同《どう》は、猿飛佐助《さるとびさすけ》の天眼通《てんがんつう》に敬服《けいふく》して居《お》る折《おり》しもあれ、家《いえ》の裏表《うらおもて》まで召捕《めしと》り役人約《やくにんおよ》そ七八十人《めい》、△「ヤア〱、人殺《ひとごろ》しの大罪人《だいざいにん》は何処《いずれ》にある。神妙《しんみょう》にしろう、御用《ごよう》〱」と、ドッと一度《ど》に乱入《らんにゅう》する。

◎泥棒《どろぼう》の癖《くせ》に胆玉《きもだま》の小《ち》さい奴《やつ》だ

冤罪《えんざい》に依《よ》って不浄《ふじょう》の縛《いましめ》を受《う》けるは、男子《だんし》の潔《いさぎ》よしとする処《ところ》にあらずと、猿飛佐助《さるとびさすけ》と由利《ゆり》鎌之助《かまのすけ》は決心《けっしん》なし、佐「ヤア由利《ゆり》、此《こ》の場《ば》は一先《ま》ず逃《に》げるが勝《かち》じゃ。卑怯《ひきょう》に似《に》たれど大事《だいじ》の身体《からだ》だ。サア続《つづ》けい」由「オヽ合点《がってん》」と、両人《りょうにん》は急《いそ》ぎ居間《いま》に取《と》って返《かえ》すと、衣類大小刀《いるいだいしょう》は女中《じょちゅう》が何処《どこ》かへ片付《かたづ》けて分《わか》らない。左様《そうこ》斯うする内捕方役人《うちとりかたやくにん》は、表《おもて》と勝手口《かってぐち》より犇々《ひしひし》と詰《つ》め掛《か》ける。家《いえ》の内《うち》は鼎《かなえ》の沸《わ》くが如《ごと》く、上《うえ》を下《した》への大騒動《おおそうどう》。両豪傑《りょうごうけつ》も着物大小刀《きものだいしょう》を捜《さが》す間《ま》合《あい》もなくなった。着《き》のみ着《き》の儘《まま》で以《もっ》て、猿飛佐助《さるとびさすけ》は先《さき》に立《た》ち、ヤッと叫《さけ》んで捕方役人《とりかたやくにん》の真《まっ》只中《ただなか》へ躍《おど》り込《こ》む。続《つづ》いて鎌之助《かまのすけ》も飛《と》び込《こ》んだ。投《な》げつけ跳《は》ね退《の》け突《つ》き倒《たお》し、佐「ヤア、由《ゆ》利油断《りゆだん》をするな。乃公《おれ》に続《つづ》けい」佐助一人《さすけひとり》なら得意《とくい》の忍術《にんじゅつ》で逃《に》げ出《だ》すのだが、由利鎌之助《ゆりかまのすけ》が居《い》るから左様《そう》は行《ゆ》かない。佐助《さすけ》は無二無三《むむ》に暴《あば》れ出《だ》す。同《おな》じく由利鎌之助《ゆりかまのすけ》も無手《むて》で以《もっ》て、薙《な》ぎ立《た》て蹴《け》りつけ捲《まく》り立《た》て、獅子奮迅《ししふんじん》の勢《いきおい》を現《あら》わし何《なん》なく一方《ぼう》の血路《けつろ》を開《ひら》き、バラ〳〵と表《おもて》へ飛《と》び出《だ》し、ヤレ安心《あんしん》と五六間《けん》駆《か》け出《だ》したる其《そ》の折柄《おりから》、後《あと》なる由利鎌之助《ゆりかまのすけ》を遣《や》り過《すご》し、ヌッと闇《やみ》の中《なか》より現《あら》われ出《い》でたる一人《にん》の勇士《ゆうし》あり。手早《てばや》く提《さ》げたる鉄棒《てつぼう》を真甲《まっこう》に狙《ねら》いをつけ、ヤッと投《な》げたる手練《しゅれん》の早業《はやわざ》。行《ゆ》かんとする鎌之助《かまのすけ》の向脛《むこうずね》へ発止《はっし》と命《あた》る。何条《なんじょう》堪《たま》らん不意《ふい》を喰《くら》って、流石豪勇無双《さすがごうゆうむそう》の由利鎌之助春房《ゆりかまのすけはるふさ》も、アッと叫《さけ》んで頭顛倒《ずでんどう》と打《ぶ》っ倒《たお》れた、処《ところ》へ差《さ》して二三十人《にん》の捕方役人《とりかたやくにん》、役「ソレッ、召捕《めしと》れい」と、二重三重《じゅうじゅう》に折《お》り重《かさな》り、何《なん》なく高手小手《たかてこて》に縛《しば》り上《あ》げる。由「アヽ残念《ざんねん》だ。百や二百の人数《にんず》に召捕《めしと》られる乃公《おれ》ではないが、不運《ふうん》な時《とき》は仕方《しかた》がない。然《しか》し義兄貴《あにき》さえ首尾《しゅび》能《よ》く逃《に》げて呉《く》れたら、今《いま》に救《すく》い出《だ》して呉《く》れるは必定《ひつじょう》」と、鎌之助《かまのすけ》は泰然自若《たいぜんじじゃく》として居《い》たが、到頭城内《とうとうじょうない》へ引立《ひった》てられた。此方《こなた》猿飛佐助《さるとびさすけ》は、真先《まっさき》に駆《か》け出《いだ》し、佐「鎌之助《かまのすけ》、続《つづ》けい」と、ドシ〳〵宙《ちゅう》を飛《と》んで走《はし》り出《だ》したが、真逆鎌之助《まさかかまのすけ》が遣《や》られたとは知《し》らないから、韋駄天走《いだてんばし》りに、三十丁《ちょう》ばかり逃《に》げ延《の》び、ヒョイと踏《ふ》み留《とま》り、背後《うしろ》を振《ふ》り返《かえ》って見《み》ると、鎌之助《かまのすけ》の姿《すがた》が見《み》えん。佐「オヤッ、鎌之助《かまのすけ》は何《ど》うしたのだろう。乃公《おれ》の走《はし》るのが余《あま》り早《はや》いので、能《よ》く追付《おっつ》かないのか知《し》ら……、夫《そ》れにしても遅《おそ》い事《こと》だ」と、稍暫《ややしば》らく待《ま》って居《い》るが来《こ》ない。佐「失策《しま》った、遣《や》られたな由利《ゆり》は……夢中《むちゅう》に走《はし》って気《き》が附《つ》かなかった。残念《ざんねん》な事《こと》をした。斯《こ》んな事《こと》と知《し》ったら、先《さき》に逃《に》げ出《だ》すのじゃなかった……」と、密《ひそか》に後《あと》へ取《と》って返《かえ》し、様子《ようす》を探《さぐ》って見《み》ると、何《ど》うやら城内《じょうない》へ引立《ひった》てられた模様《ようす》だ。佐「ウム、愈々召捕《いよいよめしと》られたな。此《こ》の上《うえ》は盗《ぬす》み出《だ》した上《うえ》で、大守浮田《たいしゅうきた》中納言秀家《ちゅうなごんひでいえ》に頭《あたま》を下《さ》げさせねば腹《はら》の虫《むし》が承知《しょうち》をしない」と、思案《しあん》を定《さだ》めてズン〳〵田舎道《いなかみち》へ出《で》て参《まい》り、二里《り》ばかりも来《く》ると山路《やまじ》に差《さ》し掛《かか》った。佐「オヽ寒《さむ》い。宿屋《やどや》を逃《に》げ出《だ》したなりの姿《すがた》だから堪《たま》らない」寒気《かんき》は膚肌《はだ》を劈《つんざ》くばかり、流石《さすが》の佐助《さすけ》もガタ〳〵慄《ふる》えながら、ズン〳〵山路《やまじ》を登《のぼ》って行《ゆ》くと、一つの辻堂《つじどう》がある。佐「オヽ、之《こ》れ幸《さいわ》い」と、辻堂《つじどう》の中《なか》へ飛《とび》込《こ》み、横《よこ》になって睡《ね》ようとしても、寒《さむ》さで却々睡《なかなかねむ》られない。佐「アヽ困《こま》った。城下《じょうか》に迂路《うろ》ついて居《い》るより、田舎《いなか》が宜《よ》かろうと思《おも》って出《で》て来《き》たのだが、斯《こ》う寒《さむ》くっては遣《や》り切《き》れない」と、鎌之助《かまのすけ》取《と》り戻《もど》しの手段《しゅだん》につき、種々考《いろいろかんが》えて居《い》る折《おり》しも、ザク〳〵雪踏《ゆきふ》み分《わ》けて人《ひと》の来《く》る足音《あしおと》がする。耳《みみ》の敏《するど》い佐助《さすけ》は早《はや》くも聞《き》きつけ、佐「オヤッ、此《こ》の真夜中《まよなか》に何者《なにもの》だろう」扉《とびら》の間《あいだ》から昵《じ》っと透《すか》して見《み》ると、異様《いよう》の扮装《いでたち》したる山賊《さんぞく》らしい四人連《にんづ》れ。四辺構《あたりかま》わず高声《たかごえ》で、甲「オイ、今夜《こんや》の様《よう》な寒《さむ》い晩《ばん》に、幾等眼張《いくらがんば》って居《い》た処《ところ》で、一人《ひとり》も鳥《とり》は引《ひ》っ掛《かか》る気遣《きづか》いねえよ。暫《しば》らく辻堂《つじどう》で焚火《たきび》をして温《あたたま》ろうではないかい」乙「ウム、宜《よ》かろう〳〵」と、四人《にん》は辻堂《つじどう》の椽《えん》に近寄《ちかよ》り、落葉枯枝《おちばかれえだ》を寄《よ》せ集《あつ》め、ドン〳〵焚火《たきび》をして温《あたたま》って居《い》る。佐《さ》助《すけ》は大《おお》いに喜《よろこ》び、佐「イヨー、忝《かたじけ》ない。此奴泥棒《こいつどろぼう》だな。一つ無心《むしん》を吹掛《ふきか》けてやろう」突然《いきなり》扉《とびら》を開《ひら》いて立《た》ち現《あら》われ、佐「ヤイ、四人《にん》の奴等《やつら》……」声《こえ》掛《か》けられて吃驚《びっくり》いたし、四「ウハヽヽ」と、椽《えん》から転《ころ》げ落《お》ちる、逃《に》げ出《だ》そうとする、大騒《おおさわ》ぎを遣《や》って居《い》る。佐助《さすけ》はニコ〳〵笑《わら》いながら、佐「コリャ〳〵、決《けっ》して怪《あや》しい者《もの》ではない。貴様泥棒《きさまどろぼう》の癖《くせ》に胆玉《きもだま》の少《ちい》さい奴《やつ》だ。マア此処《ここ》へ来《こ》い」と、云《い》われて四人《にん》は、ジロ〳〵佐助《さすけ》の風体《ふうてい》を見《み》て威張《いば》り出《だ》し、甲「ヤイ、手前《てめえ》は何《な》んだ。武士《さむらい》の様《よう》でもあるし、町人《ちょうにん》の様《よう》でもなし、変《へん》な風体《なり》をして居《い》るやアがるが……」佐「ハッハヽヽ、左様《そう》だろう……実《じつ》の処人間《ところにんげん》だ……」乙「オヤッ、人間《にんげん》は分《わか》ってるわい。シテ何《なん》の用《よう》で待《ま》てと云《い》ったんだ」佐「他《ほか》でもない、少々無心《しょうしょうむしん》がある」丙「ワア、泥棒《どろぼう》に無心《むしん》とは驚《おどろ》いた。何《ど》んな無心《むしん》だ」佐「見掛《みか》けの通《とお》り、袷素肌《あわせすはだ》で寒《さむ》くて仕様《しよう》がない。貴様等《きさまら》が其《そ》の上《うえ》に着《き》て居《い》る温《あたた》かそうな上着《うわぎ》を一枚《まい》呉《く》れ。人《ひと》に隠徳《いんとく》を施《ほどこ》して置《お》くと、首《くび》を切《き》られる時《とき》でも痛《いた》くないものだ。地獄《じごく》へ行《い》っても楽《らく》な仕事《しごと》の方《ほう》へ廻《まわ》される。早《はや》く出《だ》せ」甲「ヤイ、縁喜《えんぎ》でもねえ。首《くび》を斬《き》られる時《とき》に痛《いた》かろうが痛《いた》くなかろうが、地獄《じごく》へ行《い》って苦《くる》しもうが何《ど》うしようが、左様《そん》な事《こと》は構《かま》わねえ。オイ鈍《どん》八、此奴《こいつ》キ印《じるし》かも知《し》れねえぜ。打《う》っ放《ちゃ》って置《お》いてボツ〳〵出掛《でか》けようじゃねえか」鈍「ウム、宜《よ》かろう」四人《にん》が立《た》ち上《あが》る。佐「コリャ、待《ま》て〳〵、何《ど》うしても聞《き》かないな」四「ハッハヽヽ、何処《どこ》の世界《せかい》に泥棒《どろぼう》に無心《むしん》を云《い》う奴《やつ》がある者《もの》か。愚図《ぐず》〳〵云《い》ってやアがると、一枚《まい》の袷《あわせ》も脱《ぬ》がして終《しま》うぞッ……」佐「ハヽヽ、愈々《いよいよ》承知《しょうち》をせんと云《い》うと、乃公《おれ》の方《ほう》から追剝《おいはぎ》をするから左様《そう》思《おも》えッ」四「アハヽヽ、巫山戯《ふざけ》た事《こと》を吐《ぬか》しやアがる。追剝《おいはぎ》は此方《こちら》の稼業《かぎょう》だ。素人《しろうと》の手前等《てまえら》に本職《ほんしょく》を取《と》られて堪《たま》るかい。ゴテ〳〵吐《ぬか》すと袷処《あわせどころ》か命《いのち》を取《と》るぞッ」佐「ハッハヽヽ、貴様《きさま》等《ら》こそ命《いのち》を無《な》くさない様《よう》に用心《ようじん》しろ」甲「オヤッ、此《こ》の野郎《やろう》生意気《なまいき》な事《こと》を云《い》ってやアがる。エヽイ面倒《めんどう》だ、遣《や》っ付《つ》けろ」と、四人《にん》は突然《いきなり》飛《と》び掛《かか》って来《く》る。佐助《さすけ》は引外《ひっぱず》して、チョイ〳〵と相手《あいて》を摑《つか》み、エイヤッと右《みぎ》と左《ひだり》に投《な》げ出《いだ》し、何《なん》なく四人《にん》を投《な》げ出《いだ》し、見向《みむ》きもせず澄《すま》した顔《かお》で、焚火《たきび》に昵《じ》っと温《あた》って居《い》る。四人《にん》の奴《やつ》は顔《かお》を顰《しか》めて漸々《ようよう》起《お》き上《あが》り、甲「ア、、痛《いた》い〳〵、途方《とほう》もない強《つよ》い奴《やつ》だ」と、青《あお》くなって震《ふる》えて居《い》る。佐助《さすけ》は尻眼《しりめ》にかけ、佐「何《ど》うだ、貴様等《きさまら》の百人《にん》や二百人《にん》に恐《おそ》れる乃公《おれ》ではない。一命《めい》は取《と》らないから早《はや》く衣物《きもの》を出《だ》せ」四人《にん》から一枚《まい》ずつ衣物《きもの》を分捕《ぶんど》り、夫《そ》れを着込《きこ》んで、佐「ウム、大分《だいぶん》暖《あたたか》くなった。コリャ〳〵其処《そこ》に持《も》ってるのは何《な》んだ」甲「ヘエ、之《これ》は弁当《べんとう》で……」佐「ウム、弁当《べんとう》とは丁度《ちょうど》幸《さいわ》い。空腹《くうふく》で困《こま》って居《い》る処《ところ》だ。之《こ》れへ出《だ》せ〳〵。オヤッ……貴様《きさま》腰《こし》に何《なに》をブラ下《さ》げて居《い》る」乙「コヽ之《これ》は……其《そ》の、酒《さけ》なんで……」佐「洒落《しゃれ》た奴《やつ》だ、益々《ますます》好都合《こうつごう》だ。遠慮《えんりょ》なく馳走《ちそう》になろう。徳利《とくり》と弁当《べんとう》を出《だ》せ」丙「旦那《だんな》、何方《どっち》か片一方《かたいっぽう》で御勘弁《ごかんべん》に預《あず》りとう存《ぞん》じます」佐「吝《しみ》ッ垂《たれ》た事《こと》を云《い》うな。夫《そ》れも大方盗《おおかたぬす》んだものだろう。出《だ》せ〳〵……」佐助《さすけ》は泥棒《どろぼう》が渋々差《しぶしぶさ》し出《だ》す徳利《とくり》と弁当《べんとう》を受《う》け取《と》り、夫《そ》れへ並《なら》べて四人《にん》に見《み》せつけ、佐「乃公《おれ》が余《あま》ったら貴様等《きさまら》に恵《めぐ》んでやる……」と、徳利《とくり》を焚火《たきび》の中《なか》へ突《つ》っ込《こ》んで燗《かん》を為《な》し、佐「ウム、之《これ》で宜《い》い〳〵、僅《わず》か二升《しょう》ばかりの酒《さけ》……口《くち》飲《の》みにしては直《すぐ》に無《な》くなる。茶碗《ちゃわん》か猪口《ちょく》の様《よう》なものはないか」丁「ヘエ、夫迄《それまで》はツイ用意《ようい》して……」佐「気《き》の利《き》かん奴《やつ》だ。以後気《いごき》をつけろ」四「ホイ〳〵、宜《い》い面《つら》の皮《かわ》だ。肝腎《かんじん》の酒《さけ》も弁当《べんとう》も捲《ま》き上《あ》げられ、お負《ま》けに小言《こごと》を食《く》やア世《せ》話《わ》はねえ……」と、小賊共《しょうぞくども》は残念《ざんねん》そうに眺《なが》めて居《い》る。

◎肴《さかな》は骨《ほね》が残《のこ》してある夫《そ》れでも甜《なめ》ろ

豪胆極《ごうたんきわ》まる猿飛佐助《さるとびさすけ》は、見《み》る〳〵酒《さけ》も肴《さかな》も残《のこ》らず平《たい》らげて仕舞《しま》い、佐「エーイ、満腹《まんぷく》〳〵、着《き》るものも沢山着《たくさんき》る、食《く》うものはドッサリ食《く》い、お負《ま》けに酒《さけ》を呑《の》んで、身体《からだ》がポオ〳〵と暖《あたた》かくなって来《き》て、何《ど》うやら睡《ねむ》くなった」と、聞《き》いた四人《にん》は呆気《あっけ》に取《と》られ、甲「オイ鈍《どん》八、乃公等《おれら》は泥棒開業以来《どろぼうかいぎょういらい》斯んな目《め》に遭《あ》った事《こと》はねえよ」鈍「左様《そう》だ〱、今夜《こんや》は何《なん》と云《い》う悪日《あくにち》ぞやだ」丙「旦那《だんな》、最《も》う済《す》みましたか」佐「オヽ、済《す》んだぞ」甲「ヘエ、少《ちっ》たア残《のこ》して置《お》いて下《くだ》さいやしたか」佐「ウム、少《ちっ》たア残《のこ》って居《い》る筈《はず》だ」乙「ヘエ、肴《さかな》は何《ど》うです……」佐「有《あ》るだろう、見《み》ろ」丙「オヤ〱旦那酒《だんなさけ》は一滴《しずく》もねえじゃございませんか」丁「ホイ〱肴《さかな》も飯《めし》も奇麗《きれい》に喰《く》っちまって、何《な》に一つ残《のこ》っちゃア居《い》ねえよ」佐「イヤ、酒《さけ》は無《な》いかも知《し》れんが、肴《さかな》は骨《ほね》が沢山残《たくさんのこ》してあるだろう。夫《そ》れでも甜《なめ》ろ〱」甲「ワア、犬《いぬ》や猫《ねこ》じゃアあるまいし、左様《そん》な事《こと》が出来《でき》ますものか」四人《にん》は泣《な》き出《だ》しそうな顔《かお》で居《い》る。佐助《さすけ》は平気《へいき》の平左《へいざ》で、酔眼朦朧《すいがんもうろう》と見開《みひら》き、佐「ヤイ四人《にん》の奴《やつ》、貴様等《きさまら》の頭《かしら》は何《なん》と云《い》う奴《やつ》だ」甲「ヘエ、雲風群東次《くもかぜぐんとうじ》と云《い》いまして、魔法使《まほうつか》いの豪《えら》いお頭《かしら》ですぜ」佐「ナニ、魔法《まほう》使《つか》い……フム……シテ何処《どこ》に居《い》る」乙「今夜《こんや》は、岡山《おかやま》の城下《じょうか》へ参《めい》ってる筈《はず》ですが、今《いま》に此処《ここ》へ戻《もど》って見《み》えましょう」佐「フム、何《ど》う云《い》う風体《ふうてい》をして居《い》る」丙「今夜《こんや》は、修験者《しゅげんじゃ》の姿《すがた》で……ドッサリ儲《もう》けて帰《かえ》る筈《はず》なんですよ」佐「ハヽア、修験者《しゅげんじゃ》の姿《すがた》か……、イヤ分《わか》った、夫《そ》れを聞《き》いては気《き》の毒《どく》だが、貴様等《きさまら》四人《にん》を返《かえ》す事《こと》はならん。暫《しば》らく窮屈《きゅうくつ》でも我慢《がまん》をしろう」と、狼狽《うろた》え騒《さわ》ぐ四人《にん》を何《なん》なく縛《しば》り上《あ》げ、珠数繋《じゅずつなぎ》にして辻堂《つじどう》の中《なか》へ投《ほう》り込《こ》み、自分《じぶん》は辻堂《つじどう》の椽《えん》に腰掛《こしか》け、佐「偖《さ》ては、今夜《こんや》の偽修験者《にせしゅげんじゃ》は山賊《さんぞく》の頭《かしら》よな。我々《われわれ》が斯《か》くなったのも奴《やつ》の為《ため》だ。一番《ばん》生捕《いけど》って責《せ》め上《あ》げてくれん」と、ヤッと一声《せい》遁身《とんしん》の術《じゅつ》を以《もっ》て姿《すがた》を隠《かく》す。待《ま》つ間程《まほど》なく向《むこ》うより、ミシ〳〵聞《きこ》ゆる人《ひと》の足音《あしおと》、佐「フヽム、戻《もど》って来《う》せたな」佐助《さすけ》はヒラリ傍《かた》えの松《まつ》ケ枝《え》に飛《と》び上《あが》り、枝《えだ》の上《うえ》より睨《じ》っと向《む》うを見《み》て居《い》ると、左様《そん》な事《こと》とは夢《ゆめ》にも知《し》らぬ偽修験者《にせしゅげんじゃ》は、手下《てした》の奴《やつ》に何《なに》か包《つつ》みを背負《せお》わせ、ノソ〳〵辻堂《つじどう》の前《まえ》に来《きた》り、四辺《あたり》を見《み》廻《ま》わして一人言《ひとりごと》、修「オヤッ、何時《いつ》も此処《ここ》に待《ま》って居《い》る筈《はず》だが、一体《たい》何処《どこ》へ行《い》ったのだろう。焚火《たきび》がしてあるからには、今迄此処《いままでここ》に居《い》たに違《ちが》いない……」と、云《い》いつつ辻堂《つじどう》の扉《とびら》を引《ひ》き開《あ》けんとする間《かん》一髪《ぱつ》パッと枝《えだ》の上《うえ》より飛《と》び降《お》りた猿飛佐助《さるとびさすけ》は、突然《いきなり》修験者《しゅげんじゃ》の帯際《おびぎわ》摑《つか》み、佐「ヤイ、岡山城下児島屋《おかやまじょうかこじまや》に於《お》いて、愚民《ぐみん》を惑《まど》わし剰《あまつさ》え亭主《ていしゅ》を殺《ころ》し、其《そ》の罪《つみ》を他人《たにん》に塗《ぬ》りつけ、踪跡《あと》を暗《くら》ました偽修験者奴《にせしゅげんじゃめ》、我《わ》れ此処《ここ》にあって先刻《せんこく》より汝《なんじ》を待《ま》つとは知《し》らざるか」と、大喝《だいかつ》一声《せい》ズル〳〵、引《ひ》き戻《もど》す。修験者《しゅげんじゃ》は吃驚仰天《びっくりぎょうてん》、修「ヤッ偖《さ》ては手前《てまえ》は児島屋《こじまや》に泊《とま》って居《い》た武士《さむらい》だな」佐「如何《いか》にも、其《そ》の通《とお》りだ。サア尋常《じんじょう》に縛《ばく》に付《つ》けい」と、捻《ね》じ倒《たお》さんとする一刹那《せつな》、件《くだん》の修験者《しゅげんじゃ》は、ヤッと掛《か》けたる声諸共《こえもろとも》、姿《すがた》は消《き》えて見《み》えなくなった。

佐助《さすけ》は少《すこ》しも驚《おどろ》かず、佐「ハッハヽヽ、生嚙《なまかじ》りの忍術《にんじゅつ》を以《もっ》て、乃公《おれ》を瞞着《まんちゃく》せんとは笑止《しょうし》千万《せんばん》。其《そ》の手《て》は食《く》わぬぞッ」と、呼《よ》ばわりながら側《そば》に落《お》ちたる小石《こいし》を拾《ひろ》い取《と》るが早《はや》いか、エイとばかり辻堂《つじどう》の屋根《やね》へ向《む》けて発止《はっし》と投《な》げる。スルト不思議《ふしぎ》や屋根《やね》の上《うえ》では、ワッと悲鳴《ひめい》の声聞《こえきこ》え、コロ〳〵と転《ころ》がり落《お》ちる件《くだん》の修験者《しゅげんじゃ》、満《まん》の悪《わる》さと、丁度下《ちょうどした》に燃《も》え上《あが》って居《い》る焚火《たきび》の中《なか》へ、頭顛倒《ずでんどう》と落《お》ち込《こ》んで、起《お》きも上《あが》らず蠢動《うごめ》いて居《い》る。シテ遣《や》ったりと猿飛佐助《さるとびさすけ》、パッと飛《と》び込《こ》み襟頭摑《えりがみつか》みズル〳〵と引出《ひきだ》し、佐「ヤイ泥棒《どろぼう》、小癪《こしゃく》にも乃公《おれ》に向《むか》って忍術《にんじゅつ》を使《つか》わんとは生意気《なまいき》だ。汝《なんじ》の術《じゅつ》を見破《みやぶ》る位《ぐら》いは何《なん》でもない。我《われ》こそは信州上田《しんしゅううえだ》の城主真田左《じょうしゅさなださ》衛門尉幸村《えもんのじょうゆきむら》の郎党《ろうとう》にいたして、忍術《にんじゅつ》の名人《めいじん》と云《い》われたる猿飛佐助幸吉《さるとびさすけゆきよし》なるぞッ」と、聞《き》いた件《くだん》の修験者《しゅげんじゃ》は愈々驚《いよいよおどろ》き、修「ヤヽッ、御身《おんみ》が名題《なだい》の猿飛佐助《さるとびさすけ》かッ。夫《それ》では敵《かな》わぬ筈《はず》だ、イヤ降参《こうさん》〳〵」と、額《ひたい》より流《なが》れ出《い》ずる血汐《ちしお》を拭《ぬぐ》い、溜息《ためいき》を吐《つ》いて居《い》る。佐助《さすけ》は呵々《からから》と嘲笑《あざわら》い、佐「貴様《きさま》は、未《ま》だ素人《しろうと》も同然《どうぜん》だな。本家本元《ほんけほんもと》の乃公《おれ》の目《め》を暗《くら》ます事《こと》が出来《でき》ると思《おも》うか。能《よ》くも今夜児島屋《こんやこじまや》に於《おい》て、我々《われわれ》に亭主殺《ていしゅごろ》しの罪《つみ》を冠《かぶ》せ、義弟由利鎌之助《ぎていゆりかまのすけ》を召捕《めしと》らせたな。サア之《これ》より汝《なんじ》を城下《じょうか》に引立《ひった》て、黒白《こくびゃく》を明白《めいはく》にして、義弟《ぎてい》を助《たす》け出《だ》さんけりゃア相成《あいな》らん」と、高手小手《たかてこて》に縛《しば》り上《あ》げた。偽修験者《にせしゅげんじゃ》の雲風群東次《くもかぜぐんとうじ》は観念《かんねん》の目《め》を閉《と》じ、群「アヽ恐《おそ》れ入《い》った。師匠《ししょう》の誡《いましめ》を破《やぶ》ったばかりに身《み》を亡《ほろぼ》す基《もとい》となった。今更《いまさ》ら何《ど》うなるものか。サア早《はや》く引《ひ》っ立《た》てて貰《もら》おう」度胸《どきょう》を据《す》えて冷笑《あざわら》って居《い》る。此《こ》の時《とき》猿飛《さるとび》佐助《さすけ》は、佐「コリャ、貴《き》様《さま》の師匠《ししょう》と云《い》うのは誰《たれ》の事《こと》だ。忍術《にんじゅつ》の師匠《ししょう》であろう」群「ヘエ左様《そう》です。師匠《ししょう》は霧隠才蔵《きりがくれさいぞう》宗連《むねつれ》と云《い》って、元《もと》蘆名《あしな》下野守《しもつけのかみ》の浪人《ろうにん》なんだ」佐「フム、蘆名《あしな》の浪人《ろうにん》霧隠才蔵《きりがくれさいぞう》だな。今何処《いまどこ》に居《い》る」群「イヤ、住家《すみか》丈《だ》けは云《い》いますまい。夫《そ》れは何《ど》んな目《め》に遭《あ》わされても申《もう》されませんよ」佐「ナンダ、云《い》えない……ヨシ強《し》いて尋《たず》ねはいたさん。人間《にんげん》は左様《そう》ありたいものだ。一旦《たん》誓《ちか》った事《こと》は生命《いのち》に替《か》えても云《い》わないが当然《とうぜん》。其《そ》の精神《せいしん》に免《めん》じて汝《なんじ》の命《いのち》は助《たす》けてやる。附《つい》ては乃公《おれ》も一度《ど》霧隠才蔵《きりがくれさいぞう》に出会《であ》い、交《まじわ》りを結《むす》んで置《お》きたいと思《おも》うが、何《ど》うだ乃公《おれ》の頼《たの》みを聞《き》き入《い》れ、教《おし》えてはくれまいか」と、云《い》われて雲風群東次《くもかぜぐんとうじ》、暫《しば》らく差《さ》し俯向《うつむ》いて居《い》たが、群「イヤ、左様《そう》事《こと》を分《わ》けて頼《たの》まれては、此《こ》の上否《うえいや》とは申《もう》されますまい。宜《よろ》しい申《もう》しましょう。然《しか》し手下《てした》の奴《やつ》にも包《つつ》み隠《かく》してある位《くらい》ですから、何《ど》うか吾儕《わっし》の行《ゆ》く方《ほう》向へ来《き》て下《くだ》さいませ」佐「オヽ、合点《がってん》だ」と、佐助《さすけ》は辻堂《つじどう》の中《なか》の四人《にん》の小賊《しょうぞく》の縛《いましめ》を解《と》き懇々《こんこん》と意見《いけん》を加《くわ》えて放《はな》ちやり、群東次《ぐんとうじ》の縄《なわ》を解《と》き放《はな》し、佐「サア、案内《あんない》をいたせ」群「ヘイ、斯《こ》うお出《い》でなさいませ」群東次《ぐんとうじ》は猿飛《さるとび》佐助《さすけ》を連《つ》れ、ドシ〳〵と先《さき》に立《た》って歩《ある》き出《だ》す。

◎猿《さる》が取次《とりつぎ》とは珍《めず》らしい

悪《あく》にも強《つよ》きものは善《ぜん》にも又強《またつよ》し、雲風群東次《くもかぜぐんとうじ》は改心《かいしん》をして命《いのち》を助《たす》けられ、猿飛佐助《さるとびさすけ》を連《つ》れて、三里《り》ばかり離《はな》れたる竜天山《りゅうてんざん》の麓《ふもと》へ差《さ》して歩《や》って来《き》た。群「モシ猿飛様《さるとびさま》、彼《あ》の向《む》うに見《み》える小屋《こや》が、師匠霧隠才蔵先生《ししょうきりがくれさいぞうせんせい》の隠家《かくれが》です。吾儕《わっし》が先《さき》へ這入《はい》るのは何《ど》うも極《きま》りが悪《わる》うございますから、一つ済《す》みませんが、先《さき》へ行《い》っては下《くだ》さるまいか」佐「ヨシ、乃公《おれ》が案内《あんない》を乞《こ》うてやろう」兼《かね》て一物《もつ》ある猿飛佐助《さるとびさすけ》は、ツカ〳〵と門前《もんぜん》に入《い》り込《こ》み、佐「頼《たの》もう〳〵」と、声《こえ》を掛《か》けると、奥《おく》よりチョロ〳〵と出《で》て来《き》た一匹《ぴき》の猿《さる》、人間《にんげん》の様《よう》に畏《かしこ》まって辞義《じぎ》をする。佐「オヤッ、猿《さる》が取次《とりつぎ》とは珍《めず》らしい。何《ど》うも可愛《かわい》らしい猿《さる》だ……」と、云《い》いつつ頭《あたま》を撫《な》でると見《み》せかけ、グッと首筋《くびすじ》引《ひ》っ摑《つか》み、ヤッと一声表《せいおもて》の方《かた》へ投《な》げ出《だ》せば、偖《さ》ても不思議《ふしぎ》や件《くだん》の猿《さる》は、俄《にわか》に姿《すがた》が人間《にんげん》と変《かわ》り、スル〳〵と傍《かた》えの松《まつ》の木《き》へ攀《よ》じ登《のぼ》り、ハッタと佐助《さすけ》を睨《にら》み据《す》える。猿飛佐助《さるとびさすけ》は怯《びく》ともせず、佐「ハッハヽヽ、乃公《おれ》の目《め》を暗《くら》まさんとは小癪千《こしゃくせん》万《ばん》、伊賀流《いがりゅう》の忍術《にんじゅつ》なんかに誤魔化《ごまか》される乃公《おれ》ではないぞ。サア早《はや》く降《お》りて来《き》て腕《うで》前比《くら》べに及《およ》べい」と、云《い》われて樹上《じゅじょう》の霧隠才蔵何条猶予《きりがくれさいぞうなんじょうゆうよ》いたすべき、パッと地上《ちじょう》に飛降《とびお》りて大音揚《だいおんあ》げ、才「ヤア、汝《なんじ》は何者《なにもの》だ。察《さっ》する処《ところ》我《わ》が住家《すみか》へ尋《たず》ね来《き》たったは、何《なに》か思惑《おもわく》あっての事《こと》ならん。まった猿《さる》を人間《にんげん》と見破《みやぶ》ったる其《そ》の眼力《がんりょく》、ヨモ尋常《じんじょう》のものではあるまい。早《はや》く名乗《なの》れい」敦圉荒《いきまきあら》く問《と》い詰《つ》める。佐助《さすけ》は莞爾《かんじ》と打《う》ち笑《わら》い、佐「ハッハヽヽ、夫《そ》れ位《くら》いの事《こと》が分《わか》らぬ様《よう》では、忍術《にんじゅつ》の名人猿飛《めいじんさるとび》と云《い》われるかッ……」才「何《な》んとッ、然《しか》らば汝《なんじ》は今天下《いまてんか》に高名《こうめい》なる猿飛佐助《さるとびさすけ》かッ……」佐「如何《いか》にも左様《そう》だ。其方《そのほう》と術比《じゅつくら》べに及《およ》ばん為《た》め乗《の》り込《こ》み来《きた》ったり」と、云《い》われて霧隠才蔵《きりがくれさいぞう》は呵々《からから》と嘲笑《あざわら》い、才「ハヽヽ、廃《よ》せ〳〵、幾等貴様《いくらきさま》が忍術《にんじゅつ》の大名人《だいめいじん》と云《い》われても、我《われ》に敵《かな》う道理《どうり》がない。目下天下《もっかてんか》に於《おい》て此《こ》の術《じゅつ》を会得《えとく》なしたる義賊《ぎぞく》の張本石川《ちょうほんいしかわ》五右衛門《えもん》は乃公《おれ》と兄弟分《きょうだいぶん》だ。まった門人《もんじん》にも、雲風群東次《くもかぜぐんとうじ》、怪雲胴《かいうんどう》六、木鼠藤《きねずみとう》七、竜巻八平太《たつまきへいた》を始《はじ》め、到《いた》る処《ところ》に山塞《いわや》を構《かま》え、味方《みかた》を募《つの》り軍用金《ぐんようきん》を集《あつ》め、都《みやこ》より石川《いしかわ》五右衛門《えもん》の通知《つうち》あり次第《しだい》、素破《すわ》と云《い》わば一挙《きょ》に事《こと》を起《おこ》さんの計略《けいりゃく》である。我《われ》は則《すなわ》ち軍師《ぐんし》として此《こ》の処《ところ》に閑居《かんきょ》なし居《い》るのである。イデヤ之《これ》より我《わ》が術《じゅつ》の威徳《いとく》を現《あら》わし、汝《なんじ》を味方《みかた》に引入《ひきい》れ呉《く》れん。万《まん》一否《いや》と云《い》ったが最後《さいご》、胴《どう》と首《くび》とは一処《しょ》に附《つ》けて置《お》かぬぞッ」と、相手《あいて》を呑《の》んだる不敵《ふてき》の大言《たいげん》。聞《き》くより佐助《さすけ》は大《おお》いに怒《いか》り、佐「フム、偖《さて》こそ汝《なんじ》は石川五右衛門《いしかわごえもん》と示《しめ》し合《あわ》せ、天下《てんか》を覘《ねら》うとは猪虎才《ちょこざい》なり。此《こ》の猿飛《さるとび》の耳《みみ》に入《い》ったるからには、許《ゆる》しは置《お》かん。覚《かく》悟《ご》に及《およ》べい」と、此処《ここ》で両人《りょうにん》は忍術比《にんじゅつくら》べに及《およ》ぶのだが、石川《いしかわ》五右衛門《えもん》と南禅寺《なんぜんじ》の山門《さんもん》で術《じゅつ》比《くら》べに及《およ》んだ時《とき》と、大同小異《だいどうしょうい》、別《べつ》に大《たい》した違《ちが》いはないから、重複《ちょうふく》に渉《わた》るを避《さ》けて、此処《ここ》には省略《はぶ》く事《こと》にする。両人術比《りょうにんじゅつくら》べの結果《けっか》は、霧隠才蔵《きりがくれさいぞう》の負《ま》けとなった。佐助《さすけ》は才蔵《さいぞう》を取《と》って押《おさ》え、佐「サア何《ど》うだ、以後改心《いごかいしん》いたすに於《おい》ては許《ゆる》し遣《つか》わす。夫《そ》れとも殺《ころ》してくれと云《い》えば殺《ころ》してもやる。汝如《なんじごと》きは僅《わずか》の忍術《にんじゅつ》を鼻《はな》にかけ、夫《そ》れを好《よ》き道《みち》に使《つか》わず、悪《あし》き方《ほう》に使《つか》い、万民《ばんみん》を苦《くる》しむるとは言語道断《ごんごどうだん》、愈々改心《いよいよかいしん》するか何《ど》うじゃ」と、五右衛門《えもん》との出会《であ》い一件《けん》を物語《ものがた》って意見《いけん》に及《およ》ぶと、根《ね》からの悪人《あくにん》でない霧隠才蔵《きりがくれさいぞう》は、暫《しば》らく悄然《しょうぜん》と首《くび》ウナ垂《だ》れて居《い》たが、稍《やや》あって顔《かお》を上《あ》げ、才「ア、、悪《わる》かった〳〵、始《はじ》めて迷《まよ》いの夢《ゆめ》が覚《さ》めた。我《わ》れ蘆《あし》名家恩顧《なけおんこ》の家《いえ》に生《うま》れながら、主家《しゅか》の滅亡《めつぼう》を見《み》るに忍《しの》びず、如何《どう》にかして之《これ》を再興《さいこう》せんものと、種々《しゅじゅ》に心《こころ》を砕《くだ》く中《うち》、図《はか》らず伊賀名張《いがなばり》に於《おい》て、百々地《ももち》三太夫先生《だゆうせんせい》より忍術《にんじゅつ》を習《なら》い覚《おぼ》え、兄弟分《きょうだいぶん》の石川《いしかわ》五右衛門《えもん》と示《しめ》し合《あわ》せ、豊臣《とよとみ》の天下《てんか》を覆《くつがえ》して、一国《こく》一城《じょう》の主《しゅ》とならんの考《かんが》えを起《おこ》し、不義《ふぎ》の業《わざ》とは知《し》りながら、他《た》に方法《ほうほう》のなき儘《まま》、斯《か》く味方《みかた》に山賊《さんぞく》を働《はたら》かせ、密《ひそ》かに軍用金《ぐんようきん》を集《あつ》め、時節《じせつ》の到来《とうらい》を待《ま》って居《い》たのである……」と、聞《き》いた佐助《さすけ》は呵々《からから》と打《う》ち笑《わら》い、佐「ハッハヽヽ、夫《そ》れが心得違《こころえちが》い。今天下麻《いまてんかあさ》の如《ごと》く乱《みだ》れ、英雄豪傑各処《えいゆうごうけつかくしょ》に起《おこ》り、互《たが》いに武威《ぶい》を争《あらそ》って居《い》る時《とき》なれば、槍先《やりさき》の功名《こうみょう》まった腕次第《うでしだい》で、一国《こく》一城《じょう》の主《あるじ》となるは最《い》と安《やす》き事《こと》ならずや。然《しか》るに何《なに》を苦《くる》しんで斯《かか》る汚《けが》れたる行《おこない》をいたす。万《まん》一天運巡《てんうんめぐ》り来《きた》って、首尾《しゅび》能《よ》く本望《ほんもう》を達《たっ》したにした処《ところ》で、永続《ながつづ》きのする気遣《きづか》いはない。今日《こんにち》より心《こころ》を入《い》れかえ、我《われ》と同《おな》じく真田家《さなだけ》の臣《しん》となる気《き》はないか。我《わ》が弟分《おとうとぶん》の由利鎌之助春房《ゆりかまのすけはるふさ》も、元《もと》は云々《しかじか》の素性《すじょう》であって、一時《じ》は主家再興《しゅかさいこう》の為《た》めに、山賊《さんぞく》の張本《ちょうほん》と相成《あいな》って居《い》たが、我《わ》が意見《いけん》を聞《き》いて、翻然《ほんぜん》心《こころ》を改《あらた》め、今《いま》は真田《さなだ》の郎党《ろうとう》となり、我《われ》と同《おな》じく諸国漫遊《しょこくまんゆう》に及《およ》んで居《い》るのである」と、一伍一什《ぶしじゅう》を物語《ものがた》る。霧隠才蔵《きりがくれさいぞう》も始《はじ》めて夢《ゆめ》の覚《さ》めたる心地《ここち》、才「御教訓《ごきょうくん》、身《み》に染《し》み渉《わた》って誠《まこと》に忝《かたじけ》ない。只今《ただいま》より此《こ》の霧隠才蔵《きりがくれさいぞう》の一身《しん》は、お身《み》にお任《まか》せ申《もう》す。殺《ころ》すとも生《い》かすとも御勝手《ごかって》次第《しだい》……」と、身《み》を投《な》げ出《いだ》して依頼《いらい》に及《およ》ぶ。猿飛佐助《さるとびさすけ》も大《おお》いに喜《よろこ》び、尚《なお》も懇々誠《こんこんいま》しめた上《うえ》、才蔵《さいぞう》を自分《じぶん》の義弟《おとうと》となし、改《あらた》めて一室《しつ》に通《とお》り、此処《ここ》に義兄弟《ぎきょうだい》の誓《ちかい》を立《た》て、才蔵《さいぞう》は酒肴《さけさかな》を取出《とりだ》して厚《あつ》く饗応《もてな》す。処《ところ》へノソ〱入《い》り込《こ》み来《き》たった雲風群東次《くもかぜぐんとうじ》は、群「ヘイ先生《せんせい》、お目出度《めでと》う存《ぞん》じます。何《ど》うか吾儕《わっし》も其《そ》の中《なか》へ加《くわ》えて下《くだ》さる訳《わけ》には参《まい》りませんか」才「オヽ、貴様《きさま》は群東次《ぐんとうじ》か……馬鹿《ばか》云《い》え、汝等如《なんじらごと》き盗人根性《ぬすびとこんじょう》の奴《やつ》は仕方《しかた》がない。義兄弟《ぎきょうだい》の石川《いしかわ》五右衛《え》門《もん》とも以来絶交《いらいぜっこう》だ。夫《そ》れに付《つい》ても昨夜貴様《さくやきさま》は不埒《ふらち》な事《こと》を遣《や》ったな。彼《あ》れ程乃公《ほどおれ》が行《ゆ》くなと云《い》って聞《き》かしたに、強《し》いて言葉《ことば》を背《そむ》き、勝手《かって》な真似《まね》をするから失策《しくじ》るのだ。今更《いまさ》ら喧《やか》ましく云《い》っても仕方《しかた》がないが、之《これ》より岡山城内《おかやまじょうない》へ名乗《なの》って出《で》ろ。左様《そう》しないと由利鎌之助《ゆりかまのすけ》の冤《えん》罪《ざい》は晴《は》れないぞ」群「エッ、何《なに》も蚊《か》も御存知《ごぞんじ》で……、何《ど》うも済《す》まねえ事《こと》で……、吾儕《わっし》も改心《かいしん》した印《しる》しに、潔《いさぎ》よく名乗《なの》って出《で》る積《つも》りでございますから、何《ど》うか御勘弁下《ごかんべんくだ》さいませ」と、後悔《こうかい》に及《およ》んで居《お》る。才「ウム、宜《よ》く云《い》った。ジャア猿飛佐助殿《さるとびさすけどの》……イヤ義兄貴《あにき》……お供《とも》いたしましょう」佐「如何《いか》にも、一刻《こく》も早《はや》く岡山城内《おかやまじょうない》へ乗《の》り込《こ》み、義弟鎌之助《ぎていかまのすけ》を取《と》り返《かえ》さんければ相成《あいな》らん」と、三人《にん》は身仕度《みじたく》いたし、竜天山《りゅうてんざん》の隠家《かくれが》を立《た》ち退《の》き、ドシ〳〵と足《あし》に任《まか》せ、岡山城下《おかやまじょうか》に乗《の》り込《こ》んで来《く》る。

◎一度睨《どにら》んだ眼力《がんりょく》は狂《くる》わないぞ

人《ひと》は一代名《だいな》は末代《まつだい》。霧隠才蔵《きりがくれさいぞう》は猿飛佐助《さるとびさすけ》の意見《いけん》に従《したが》い、遂《つい》に義兄弟《ぎきょうだい》の約《やく》を結《むす》び、佐助《さすけ》と共《とも》に岡山城下《おかやまじょうか》へ乗《の》り込《こ》んで来《き》た。取敢《とりあ》えず児島屋《こじまや》へ歩《や》って参《まい》り、後家《ごけ》のお初《はつ》に委細《いさい》の話《はなし》をして、佐助《さすけ》は衣類大小刀《いるいだいしょう》を受取《うけと》り、佐「兎《と》に角《かく》、此《こ》の雲風群東次《くもかぜぐんとうじ》がお前《まえ》の亭主《ていしゅ》を殺《ころ》したのであるが、今《いま》は大切《たいせつ》な証拠人《しょうこにん》だから、腹《はら》も立《た》とうが我慢《がまん》をして呉《く》れ。亭主《ていしゅ》の仇《かたき》はお上《かみ》で討《う》って下《くだ》さるから」と、宥《なだ》め慰《なぐさ》め、尚《な》お佐助《さすけ》は才蔵《さいぞう》に向《むか》い、佐「才蔵《さいぞう》、乃公《おれ》は之《これ》より城内《じょうない》へ忍込《しのびこ》み、由利鎌之助《ゆりかまのすけ》の様子《ようす》を探《さぐ》って来《く》るから、待《ま》って居《い》てくれ」才「オイ義兄貴《あにき》、其《そ》の役目《め》は乃公《おれ》に譲《ゆず》って貰《もら》いたい。何《な》んしろ義兄弟《ぎきょうだい》となって未《ま》だ手柄《てがら》も現《あら》わした事《こと》はなし、由利《ゆり》鎌之助《かまのすけ》にも会《あ》って置《お》きたいのだから……」佐「ジャア、首尾《しゅび》能《よ》く遣《や》ってくれ。又鎌之助《またかまのすけ》を生捕《いけど》った奴《やつ》も序《ついで》に調《しら》べて来《き》てくれ」才「合点《がってん》だ」才蔵《さいぞう》は充分身仕度《じゅうぶんみじたく》に及《およ》び、ブラリ宿屋《やどや》を立出《たちい》で、岡山城外《おかやまじょうがい》へ歩《や》って来《きた》り、搦手《からめて》の塀《へい》を何《なん》なく乗《の》り越《こ》え、五遁《とん》の術《じゅつ》で姿《すがた》を隠《かく》し、漸《よう》やく牢屋《ろうや》の前《まえ》に来《きた》り、才「オイ、由利《ゆり》〳〵」スルト牢内《ろうない》では由利鎌之助《ゆりかまのすけ》、最《も》う義兄貴《あにき》が助《たす》け出《だ》しに来《き》そうなものだと待《ま》ち兼《か》ねて居《い》る処《ところ》へ、誰《たれ》かは知《し》らず我《わ》が名《な》を呼《よ》ばれて、由「オイ誰《たれ》だ〳〵、兄貴《あにき》ではないかい。姿《すがた》を隠《かく》して居《い》ては薩張《さっぱ》り分《わか》らないよ。一寸姿《ちょっとすがた》を見《み》せてくれ」才「ハヽヽ、白昼《ひる》だから姿《すがた》を現《あらわ》すのは大変《たいへん》だ。乃公《おれ》は云々斯様《しかじかかよう》〳〵、義兄弟《ぎきょうだい》の約《やく》を結《むす》んだ霧隠才蔵宗連《きりがくれさいぞうむねつれ》と云《い》うものだ。義兄貴《あにき》の猿飛《さるとび》に頼《たの》まれて、お前《まえ》の様子《ようす》を探《さぐ》りに来《き》たのだ」由「フム、夫《そ》れは御苦労《ごくろう》。然《しか》し早《はや》く助《たす》け出《だ》して呉《く》れない事《こと》には、好《す》きな酒《さけ》も飲《の》む事《こと》が出来《でき》ず、蛆虫同様《うじむしどうよう》の牢番《ろうばん》に迄口汚《までくちぎた》なく叱《しか》り飛《とば》され、癪《しゃく》に障《さわ》って堪《たま》らない。何《ど》うか救《すく》い出《だ》してくれ」才「イヤ、夫《そ》れは気《き》の毒《どく》だが、義兄《あにき》の云《い》うには只救《ただすく》い出《だ》したばかりでは面白《おもしろ》くない、当国《とうこく》の大守浮田中納言秀家《たいしゅうきたちゅうなごんひでいえ》に頭《あたま》を下《さ》げさす積《つも》りだ、依《よ》って暫《しば》らく辛棒《しんぼう》せよとの伝言《でんごん》だよ」由「フム、其奴《そいつ》も面白《おもしろ》かろう。ジャア我慢《がまん》をして居《お》ろう。成《なる》べく早《はや》く頼《たの》むぞ」才「心得《こころえ》た。未《ま》だ一つ聞《き》きたいのは、何《なん》と云《い》う奴《やつ》がお前《まえ》を召捕《めしと》ったのだ」由「夫《そ》れは、浮《う》田《た》の豪傑花房助兵衛《ごうけつはなぶさすけべえ》と云《い》う奴《やつ》で、不意《ふい》に投《な》げ棒《ぼう》で遣《や》られた」才「夫《そ》れさえ聞《き》けば大丈夫《だいじょうぶ》、今《いま》に救《すく》い出《だ》すから、窮屈《きゅうくつ》でも辛棒《しんぼう》しろ」由「ヨシ〳〵、此《こ》んな牢屋《ろうや》を叩《たた》き破《やぶ》るは最《い》と安《やす》い事《こと》だが身動《みうごき》の出来《でき》ない様《よう》に縛《しば》り上《あ》げられて居《い》るから、大《おお》いに困《こま》って居《い》る。何分頼《なにぶんたの》むよ」才「如何《いか》にも、承知《しょうち》した」才蔵《さいぞう》は得意《とくい》の忍術《にんじゅつ》で城内《じょうない》を忍《しの》び出《い》で、ドシ〳〵宿屋《やどや》へ戻《もど》り来《きた》り、委細《いさい》を猿飛佐助《さるとびさすけ》に話《はな》すと、佐「フム、流石《さすが》の鎌之助《かまのすけ》も閉口《へいこう》して居《い》るだろう」才「左様《そう》だ、酒《さけ》が呑《の》めないと云《い》って、愚痴《ぐち》を溢《こぼ》して居《い》たよ」佐「ハヽヽ、牢内《ろうない》へ投《ほ》り込《こ》まれても酒《さけ》の事《こと》は忘《わす》れられないと見《み》える。ヨシ一刻《こく》も早《はや》く救《すく》い出《だ》し、花房助兵衛《はなぶさすけべえ》と云《い》う奴《やつ》を取《と》り挫《ひし》いで遣《や》らんけりゃア相成《あいな》らぬ」と、両人《りょうにん》は種々《いろいろ》と協議《きょうぎ》を凝《こら》し、結句浮田家《けっくうきたけ》の侍大将斎藤真《さむらいたいしょうさいとうしん》五郎春種《ろうはるたね》と云《い》う豪傑《ごうけつ》に向《む》けて頼《たの》み込《こ》み、斎藤真五郎《さいとうしんごろう》より大守秀家《たいしゅひでいえ》に此《こ》の事言上《ことごんじょう》に及《およ》ぶ。スルト秀家《ひでいえ》も一応《おう》其《そ》の者《もの》を目通《めどお》りさせよとの言葉《ことば》が下《くだ》った。軈《やが》て当日《とうじつ》に相成《あいな》ると、猿飛佐助《さるとびさすけ》と霧隠才蔵《きりがくれさいぞう》の両人《りょうにん》は、斎藤真《さいとうしん》五郎《ろう》春種《はるたね》に案内《あんない》せられて秀家公《ひでいえこう》の目通《めどお》りに出《い》で、ハッと平伏《へいふく》に及《およ》ぶと、真《しん》五郎《ろう》は大守秀家《たいしゅひでいえ》に打《う》ち向《むか》い、真「ハッ、恐《おそ》れながら両人《りょうにん》を召連《めしつ》れましてございます」秀「フム、両人《りょうにん》能《よ》くぞ参《まい》った。予《よ》は中納言秀家《ちゅうなごんひでいえ》である。見知《みし》り置《お》け」佐「ハッ、不肖猿飛佐助奴《ふしょうさるとびさすけめ》に御目通《おめどお》り仰《おお》せつけられ、身《み》に取《と》り恐悦至極《きょうえつしごく》に存《ぞん》じまする」才「手前《てまえ》は、霧隠才蔵《きりがくれさいぞう》にございます」と、夫々挨拶《それぞれあいさつ》に及《およ》ぶ。秀家《ひでいえ》は機嫌麗《きげんうる》わしく、秀「両人共《りょうにんども》、其方等《そのほうら》の武勇《ぶゆう》は兼《かね》て聞《き》き及《およ》ぶ。殊《こと》に猿飛佐助《さるとびさすけ》は忍術《にんじゅつ》の大名人《だいめいじん》とやら、何《ど》うじゃ予《よ》の面前《めんぜん》に於《おい》て、其《そ》の術《じゅつ》を見《み》せては呉《く》れまいか」云《い》われて猿飛佐助《さるとびさすけ》は、佶《きっ》と容《かたち》を改《あらた》め、佐「之《これ》は又《また》、異《い》な事《こと》を承《うけたま》わる者《もの》かな。某《それがし》はワザ〱当城内《とうじょうない》へ忍術《にんじゅつ》を御覧《ごらん》に供《そな》えん為《た》め、罷《まか》り越《こ》したる義《ぎ》には之《こ》れなく、本日《ほんじつ》お目通《めどお》りを願《ねが》いしは、義弟由利鎌之助春房《ぎていゆりかまのすけはるふさ》儀《ぎ》、何等《なんら》の罪《つみ》あってお召捕《めしと》りに相《あい》成《な》りしや、一応《おう》此《こ》の儀《ぎ》承《うけたま》わり度《たく》、次第《しだい》に依《よっ》ては某《それがし》にも存《ぞん》じ寄《よ》りが之《こ》れありまする」と、憚《はばか》る気色《けしき》もなく述《の》べ立《た》てると、秀家《ひでいえ》打《う》ち点頭《うなず》き、秀「成程《なるほど》、其《そ》の儀《ぎ》は斎藤真《さいとうしん》五郎《ろう》より聞《き》き及《およ》んだ。予《よ》に於《おい》ては更《さら》に存《ぞん》ぜぬ処《ところ》。ヤア〱花房助兵衛《はなぶさすけべえ》早《は》や参《まい》れ……」声《こえ》に応《おう》じて遥《はる》か下手《しもて》よりズカ〱出《で》て来《き》たったる花房助兵衛《はなぶさすけべえ》は、ハッと其《そ》れへ平伏《へいふく》する。秀家佶《ひでいえきっ》と睨《にら》まえ、秀

「ヤア助兵衛《すけべえ》、汝《なんじ》は先夜《せんや》見廻《みまわ》り中《ちゅう》に、人殺《ひとごろ》しの大罪人《だいざいにん》を召捕《めしと》りしとやら、相違《そうい》ないか」助「ハイ、如何《いか》にも召捕《めしと》りました。確《たしか》に彼《か》れは児島屋《こじまや》の亭主《ていしゅ》を殺《ころ》したる大罪人《だいざいにん》と心得《こころえ》、投《な》げ棒《ぼう》を以《もっ》て生捕《いけど》り、城内《じょうない》の牢屋《ろうや》へ投《ほ》り込《こ》み置《お》きました。夫《そ》れが何《ど》う仕《つかまつ》りましてござる……」秀「其《そ》の儀《ぎ》に付《つ》き、彼《か》れ猿飛佐助《さるとびさすけ》なる者《もの》、願出《ねがいい》での筋《すじ》あり、決《けっ》して人殺《ひとごろ》しの罪人《ざいにん》にあらずと申《もう》し居《お》るのじゃ」助「ヘエ……、夫《そ》れは又《また》妙《みょう》な事《こと》を……アイヤ夫《それ》なる猿飛氏《さるとびうじ》、由利鎌之《ゆりかまの》助《すけ》なるものが人殺《ひとごろ》しの大罪人《だいざいにん》でないと云《い》う証拠《しょうこ》がござるか。某《それが》し貴殿《きでん》の人相《にんそう》を見《み》るに、前《せん》夜真先《やまっさき》に逃《に》げ出《いだ》せし曲者《くせもの》と能《よ》く似《に》て居《お》る様《よう》に心得《こころえ》る。仮令其許《たとえそのもと》が忍術《にんじゅつ》の大名人《だいめいじん》であろうが、真田《さなだ》の家来《けらい》であろうが、左様《さよう》な事《こと》に怯々《びくびく》する花房助兵衛《はなぶさすけべえ》にあらず。北条家征伐《ほうじょうけせいばつ》の砌《みぎ》り、太閤秀吉公《たいこうひでよしこう》の横面《よこづら》を抛《は》った此《こ》の助兵衛《すけべえ》だ。余人《よじん》はイザ知《し》らず、我《わ》が目《め》を暗《くら》まさんとは猪虎才《ちょこざい》なり。一度《ど》睨《にら》んだ眼力《がんりょく》は決《けっ》して狂《くる》わないぞ。ウム……」短気無双《たんきむそう》の助兵衛《すけべえ》早《は》や唸《うな》り出《だ》した。之《これ》を聞《き》いた猿飛佐助《さるとびさすけ》と霧隠才蔵《きりがくれさいぞう》は大《おお》いに怒《いか》り、佐「ナント、某《それがし》をも同類《どうるい》と申《もう》すか。成程前夜《なるほどぜんや》は逃《に》げ出《だ》したには相違《そうい》ないが、夫《そ》れは斯様《かよう》〳〵の理由《わけ》あっての事《こと》。人殺《ひとごろ》しなぞとは以《もっ》ての外《ほか》、万《まん》一他《ほか》に人殺《ひとごろ》しの罪人現《ざいにんあら》われ出《い》でし節《せつ》は何《なん》といたす」才「左様《そう》だ〳〵、何《ど》うも助兵衛《すけべえ》らしい面《つら》をして居《い》やアがる。返答《へんとう》の次第《しだい》に依《よっ》ては花房助兵衛《はなぶさすけべえ》とは云《い》わさぬぞッ」と、両人《りょうにん》ジリ〱と詰《つ》めよせる。素破事《すわこと》こそ起《おこ》ったりと、秀家公始《ひでいえこうはじ》め一同《どう》の者《もの》、手《て》に汗握《あせにぎ》り片唾《かたず》を呑《の》んで見物《けんぶつ》する。此《こ》の時助兵衛《ときすけべえ》呵々《からから》と打《う》ち笑《わら》い、助「アハヽヽ、幾等《いくら》烏《からす》が鷺《さぎ》と誤魔化《ごまか》そうとしても此《こ》の助兵衛《すけべえ》は其《そ》の手《て》には乗《の》らんぞ。貴様等《きさまら》は余程《よほど》図迂《ずう》〱しい奴《やつ》だ」と、傍若無人《ぼうじゃくぶじん》に罵《あざけ》り立《た》てる。イヤ霧隠才蔵《きりがくれさいぞう》怒《おこ》るまい事《こと》か、スックと立《た》ち上《あが》ったと思《おも》うと、肩衣《かたぎぬ》跳《は》ねのけ、ズカ〱と助兵衛《すけべえ》の前《まえ》に躍《おど》り出《い》で、才「ヤイ助兵衛《すけべえ》、問答無益《もんどうむえき》だ。腕突《うでずく》で勝負《しょうぶ》を決《けっ》せん。サア来《こ》い」と、突然《いきなり》助兵衛《すけべえ》に組《く》みついた。此方《こちら》花房助兵衛《はなぶさすけべえ》とても、天下《てんか》に聞《きこ》えし名題《なだい》の豪傑《ごうけつ》、何条猶予《なんじょうゆうよ》いたすべき、助「オヽ、面白《おもしろ》い、君前《くんぜん》とも憚《はばか》らず無《ぶ》礼《れい》を働《はたら》くとは勘弁《かんべん》ならん。イデ一摑《つか》みに遭《あわ》してくれん」同《おな》じく組《く》みつき、秀家《ひでいえ》の目通《めどお》りで、ドタンバタンと捻《ね》じ合《あ》った。佐助《さすけ》は見《み》るより、佐「オヽ、才蔵負《さいぞうま》けるな、乃公《おれ》が控《ひか》えて居《い》る。叩《たた》き倒《たお》せい、捻《ね》じ伏《ふ》せい。可哀想《かわいそう》だから例《れい》の奥《おく》の手《て》は出《だ》すな……」止《と》めもせず嗾《け》し掛《か》けて居《い》る。余《あま》りの事《こと》に秀家《ひでいえ》も気色《けしき》を変《か》え、秀「ヤア、無礼《ぶれい》であろうぞ両人《りょうにん》、斎藤真五《さいとうしん》郎《ろう》彼《あ》れを制止《とめ》よッ」ハッと答《こた》えて真五郎《しんごろう》、バラリ其《そ》の場《ば》へ進《すす》み出《い》で、真「アイヤ両人《りょうにん》、鎮《しず》まれ〱」漸《よう》やく二人《にん》を引割《ひきわ》ける。此《こ》の時猿飛佐助《ときさるとびさすけ》は声高《こえたか》く、佐「コリャ花房《はなぶさ》、霧隠才蔵《きりがくれさいぞう》との争《あらそい》は済《す》んでも、此《こ》の猿飛佐助《さるとびさすけ》の方《ほう》は未《ま》だ済《す》まさぬぞッ。誠人殺《まことひとごろ》しの罪人他《ざいにんほか》にありし節《せつ》は何《な》んとする」助「オヽ其《そ》の時《とき》は此《こ》の助兵衛《すけべえ》が頭《あたま》を下《さ》げて詫《わび》をする迄《まで》の事《こと》だ」佐「ヨシ、今《いま》に詫《わび》をさせてやるから左様《そう》思《おも》えッ。汝《なんじ》の落度《おちど》は主君《しゅくん》の落度《おちど》となるを忘《わす》れるなッ」殊更《ことさ》ら念《ねん》を押《お》して置《お》いて、次《つぎ》の間《ま》に向《むか》って声高《こえたか》く、佐「ヤア〳〵、雲風群東次《くもかぜぐんとうじ》早《は》や参《まい》れッ」オヽ答《こた》えて次《つぎ》の間《ま》より、ズカ〳〵入《い》り込《こ》み来《き》たった雲風群東次《くもかぜぐんとうじ》は、遥《はる》か下手《しもて》に平伏《へいふく》すると、佐「オヽ大儀《たいぎ》〳〵、コリャ群東次《ぐんとうじ》、何《なに》も蚊《か》も白状《はくじょう》いたせッ。相手《あいて》が誰《たれ》であろうが怯々《びくびく》するなッ」群「ヘイ、合点《がってん》です。改心《かいしん》した印《しる》しにお殿様《とのさま》のお目通《めどお》りで、素張《すっぱ》りと懺悔《ざんげ》いたしましよう」と、ジロリ助兵衛《すけべえ》の方《かた》へ打《う》ち向《むか》った。

◎汝等《なんじら》のピイ〳〵に負《ま》けて堪《たま》るか

過《あやま》って改《あらた》むるに憚《はばか》る事勿《ことなか》れ。此《こ》の時雲風群東次《ときくもかぜぐんとうじ》は、群「モシ花房様《はなぶささま》、児島屋《こじまや》の亭主《ていしゅ》を殺《ころ》した下手人《げしゅにん》は、此《こ》の雲風群東次《くもかぜぐんとうじ》でございますと云《い》ったばかりでは分《わか》りますまいが、実《じつ》は云々斯様《しかじかかよう》〳〵で、猿飛様《さるとびさま》に我《わ》が術《じゅつ》を見破《みやぶ》られた口惜《くや》し紛《まぎ》れに、罪《つみ》を塗《ぬ》り付《つ》ける積《つも》りで遣《や》った仕事《しごと》なんです。何《なに》も由利鎌之助様《ゆりかまのすけさま》に罪《つみ》はないのですから、何《ど》うか吾儕《わたし》を召捕《めしと》って下《くだ》さいませ」助「ハッハ、、、小賢《こざか》しくも企《たく》んだり。由利鎌之助《ゆりかまのすけ》を救《すく》い出《だ》さん苦肉《くにく》の計略《けいりゃく》として、汝《なんじ》を抱《だ》き込《こ》んで下手人《げしゅにん》なぞとは片腹痛《かたはらいた》い。左様《そん》な事《こと》に欺《あざむ》かれる此《こ》の花房助兵衛《はなぶさすけべえ》にあらず。強《たっ》てと申《もう》すと同罪《どうざい》だぞッ」之《これ》を聞《き》いて霧隠才蔵《きりがくれさいぞう》は赫《かっ》と怒《いか》り、才「オヤッ、浮田家名題《うきたけなだい》の花房助兵衛《はなぶさすけべえ》ともあろうものが、其《そ》の言葉《ことば》は何事《なにごと》だ。我々《われわれ》は苟《かり》にも忍術《にんじゅつ》の心得《こころえ》ある人間《にんげん》だ。城内《じょうない》へ忍《しの》び込《こ》んで、由利鎌之助《ゆりかまのすけ》を盗《ぬす》み出《だ》そうと思《おも》えば、何《なん》の造作《ぞうさ》もない訳《わけ》だ。然《しか》し夫《それ》では真田家《さなだけ》の郎党《ろうとう》ともあろうものが、主君《しゅくん》の顔《かお》へ泥《どろ》を塗《ぬ》る道理《どうり》。依《よ》って善悪邪正《ぜんあくじゃせい》を明《あきらか》にし、晴天白日《せいてんはくじつ》の身《み》の上《うえ》として、大手《おおで》を振《ふ》って連《つ》れ帰《かえ》りたさに、態々《わざわざ》下手人《げしゅにん》を召捕《めしと》って乗込《のりこ》んだのだ。愈々疑《いよいようたが》いあらば宿屋《やどや》の後家《ごけ》お初《はつ》、まった家族《かぞく》の者《もの》を呼出《よびだ》して取調《とりしら》べを願《ねが》いたい」と、飽迄屈《あくまでくっ》せぬ其《そ》の言葉《ことば》に、大守秀家公《たいしゅひでいえこう》も成程《なるほど》と打《う》ち点頭《うなず》き、夫《それ》より掛役人《かかりやくにん》に命《めい》じ、児島屋《こじまや》の後家《ごけ》を役所《やくしょ》へ呼出《よびいだ》し、群東次《ぐんとうじ》と突《つ》き合《あわ》して尋問《じんもん》に及《およ》ぶと、お初《はつ》も雲風群東次《くもかぜぐんとうじ》を下《げ》手人《しゅにん》に違《ちが》いないと申《もう》し立《た》てる。取調《とりしら》べの結果《けっか》を秀家公《ひでいえこう》に上申《じょうしん》する。秀「フム、然《しか》らば人殺《ひとごろ》しの大罪人《だいざいにん》は雲風群東次《くもかぜぐんとうじ》とやらに極《きま》った。ヤア〳〵花房助兵衛《はなぶさすけべえ》、早《はや》く由利鎌之助《ゆりかまのすけ》を牢内《ろうない》より連《つ》れ出《いだ》せい」助兵衛《すけべえ》は妙《みょう》な顔《かお》して、大守《たいしゅ》の命令《めいれい》だから背《そむ》く訳《わけ》にも行《ゆ》かず、不承無承《ふしょうぶしょう》に下《した》役《やく》に命《めい》じ、牢内《ろうない》より由利鎌之助《ゆりかまのすけ》を連《つ》れ出《だ》して来《く》る。鎌之助《かまのすけ》は大広間《おおひろま》へ歩《や》って来《きた》り、佐助《さすけ》の姿《すがた》を見《み》るや、由「オヽ、義兄貴《あにき》が救《すく》い出《だ》しに来《き》てくれたのか。忝《かたじけ》ない、最《も》う斯《こ》うなったら千人力《にんりき》だ。ヤイ夫《それ》なる花房助兵衛《はなぶさすけべえ》、此《こ》の間《あいだ》は好《よ》くも投《な》げ棒《ぼう》で乃公《おれ》を召捕《めしと》った。サア浮田公《うきたこう》の御前《ごぜん》に於《お》て一騎打《きうち》の勝負《しょうぶ》をいたせ。貴様等《きさまら》に負《ま》ける乃公《おれ》ではないぞ」スルト猿飛佐助《さるとびさすけ》も、佐「アイヤ花房氏《はなぶさうじ》、疑《うたが》い晴《は》れし真《しん》の罪人現《ざいにんあら》われたからは、約束《やくそく》により詫《わび》をいたしては如何《どう》だ……ハヽヽ、左様《そん》なに残念《ざんねん》そうな顔《かお》をしなくっても宜《い》い。サア何《ど》うだ〳〵」と、右左《みぎひだ》りより詰《つ》め寄《よ》せる。流石《さすが》の花房助兵衛《はなぶさすけべえ》も、進退茲《しんたいここ》に谷《きわ》まり、苦虫《にがむし》を噛《か》んだような顔《かお》して居《い》る。正面《しょうめん》なる大守秀家公《たいしゅひでいえこう》は、秀「ヤア、両人共静《りょうにんともしず》まれ〳〵、家来《けらい》の落度《おちど》は主《しゅ》の落度《おちど》、予《よ》が詫《わび》をいたす。何《ど》うか今回《こんかい》の事《こと》は許《ゆる》し呉《く》れよ」と、昵《じ》っと頭《あたま》を下《さ》げる。猿飛佐助《さるとびさすけ》は漸々《ようよう》得心《とくしん》いたし、佐「イヤ、御前《ごぜん》のお詫《わび》とありますれば兎《と》や角《かく》は申《もう》しません。之《こ》れにて沢山《たくさん》で……」得意《とくい》そうにして居《い》ると、今度《こんど》は由利鎌之助《ゆりかまのすけ》が承知《しょうち》せず、由「オイ猿飛《さるとび》、乃公《おれ》は未《ま》だ気《き》に入《い》らないよ」佐「何故《なぜ》だッ……」由「何故《なぜ》と云《い》って、投《な》げ棒《ぼう》なんかで不意《ふい》に遣《や》られたればこそ召捕《めしと》られたのだ。尋常《じんじょう》に勝負《しょうぶ》をすれば決《けっ》して引《ひ》けは取《と》らない。依《よ》って是非共此《ぜひともこ》の処《ところ》で立《た》ち合《あ》って見《み》たい積《つも》りだ」飽迄聞《あくまでき》き入《い》れないから、佐助《さすけ》も詮方《せんかた》なく、此《こ》の事《こと》を大守《たいしゅ》へ言上《ごんじょう》する。秀家承知《ひでいえしょうち》に及《およ》び、秀「然《しか》らば、早《はや》く立《た》ち合《あ》って宜《よ》かろう」と、ある。相手《あいて》の花《はな》房助兵衛《ぶさすけべえ》も打《う》ち喜《よろこ》び、助「ハッ、心得《こころえ》ました。詫《わび》なんかは死《し》んでもするのは否《いや》だが、腕前《うでまえ》比《くら》べとあらば相手《あいて》になってやろう。千軍万馬《せんぐんまんば》を往来《おうらい》した此《こ》の助兵衛《すけべえ》、汝等《なんじら》のピイ〱に負《ま》けて堪《たま》るか」勇《いさ》み返《かえ》って立《た》ち上《あが》った。由利鎌之助《ゆりかまのすけ》も恥辱《ちじょく》を雪《そそ》ぐは此《こ》の時《とき》にありと、手早《てばや》く用意《ようい》に及《およ》び、庭前《ていぜん》へ躍《おど》り出《だ》す。近侍《きんじ》は夫《そ》れへ丹穂附《たんぼつき》二間柄《けんえ》の槍《やり》と、丸太《まるた》の様《よう》な大《おお》きな木剣《ぼっけん》を持《もっ》て出《で》る。鎌之助《かまのすけ》は槍追《やりお》っ取《と》り、隆々《りゅうりゅう》と扱《しご》きを入《い》れ、ピタリと身構《みがま》える。花房助兵衛《はなぶさすけべえ》は浮田家名題《うきたけなだい》の大力無双《たいりきむそう》、大太刀使《おおたちつか》いの名人《めいじん》だ。件《くだん》の木剣《ぼっけん》を大上段《だいじょうだん》に振《ふ》り冠《かぶ》り、エイヤッと気合《きあい》を入《い》れ、暫《しば》らくの間《あいだ》は双方睨《そうほうにら》み合《あ》って居《い》たが、軈《やが》て助兵衛《すけべえ》は大喝《だいかつ》一声《せい》、打《う》ち下《おろ》したる木剣《ぼっけん》は唸《うな》りを生《しょう》じ、其《そ》の勢《いきお》いの烈《はげ》しい事《こと》は一通《とお》りでない。ヒラリ身《み》を開《ひら》いた由利鎌之助《ゆりかまのすけ》、心得《こころえ》たりと電光石火《でんこうせっか》の早業《はやわざ》を以《もっ》て、繰《く》り出《だ》す槍先《やりさき》は稲妻《いなずま》の如《ごと》く、鉄壁《てっぺき》も物《もの》かはと突《つ》っ掛《かか》って行《ゆ》く。相手《あいて》も左《さ》るもの一足後《あしあと》へ飛《と》び退《さが》り、中段《ちゅうだん》に取《と》って、ジリ〱詰《つ》めよせる。鎌之助《かまのすけ》は気《き》を焦《いら》ち、何条何程《なんじょうなにほど》の事《こと》やあらんと、千変万化《せんぺんばんか》の秘術《ひじゅつ》を現《あら》わし、隙間《すきま》もなく突《つ》っ掛《かか》る。何《な》んしろ双方聞《そうほうきこ》ゆる豪傑同志《ごうけつどうし》、一進《しん》一退法《たいほう》に叶《かな》い、少《すこ》しも甲乙《こうおつ》は見《み》えざりける。由利鎌之助《ゆりかまのすけ》はイヨ〱精神《せいしん》を励《はげ》まし、飽迄勝《あくまでかち》を制《せい》せんものと、エイオーと繰《く》り出《だ》す早業目《はやわざめ》にも止《とま》らず、流石豪勇無双《さすがごうゆうむそう》の花房助兵衛《はなぶさすけべえ》も、稍《やや》ともすれば扱《あつか》い兼《か》ね額《ひたい》よりタラ〱と汗《あせ》を流《なが》し、後《あと》へ〳〵と引《ひ》っ退《さが》る。助「ヤヽッ、此奴《こやつ》却々《なかなか》強《つよ》いぞ、チェッ残念《ざんねん》ッ」と、突《つ》きくる槍《やり》を引《ひ》っ外《はず》し、パッと手許《てもと》に飛《と》び込《こ》まんとする一刹那《せつな》、エイと掛《か》けたる気合《きあい》と共《とも》に、繰《く》り出《だ》したる槍先鋭《やりさきするど》く、助兵衛《すけべえ》遂《つい》に受《う》け損《そん》じ、胸《むね》の真只中《まっただなか》を突《つ》き捲《まく》られ、ヨロ〳〵と蹌踉《よろ》めきながら、助「参《まい》った」木剣《ぼっけん》投《な》げ出《だ》し、助「ウム、見掛《みか》けに依《よ》らん豪《つよ》い奴《やつ》だ。感心《かんしん》〳〵……」由「ハッハヽヽ、負《ま》けても敵手《あいて》を賞《ほ》める処《ところ》が花房助兵衛《はなぶさすけべえ》だ。何《ど》うだ、投《な》げ棒《ぼう》に掛《かか》ったのは不意《ふい》を喰《く》った為《た》めだ。真《しん》の腕前《うでまえ》は斯《こ》んなものだぞ」助「ナニイ、畳《たたみ》の上《うえ》の水練《すいれん》は幾等上手《いくらじょうず》でも役《やく》に立《た》つかい。素破戦場《すわせんじょう》と相成《あいな》らば一番《ばん》槍《やり》一番《ばん》乗《の》りは貴様等《きさまら》に譲《ゆず》らんぞ」頻《しき》りに負《ま》けず口《ぐち》を叩《たた》いて居《い》る。大守秀家公《たいしゅひでいえこう》も殊《こと》の外満足《ほかまんぞく》の体《てい》にて、秀「ヤア、天晴美事《あっぱれみごと》〳〵、先年大阪城内《せんねんおおさかじょうない》に於《お》いて、殿下御在世《でんかございせい》の砌《みぎ》り、其方《そのほう》と黒田《くろだ》の後藤又兵衛《ごとうまたべえ》と槍試合《やりしあい》に及《およ》び、引《ひ》けは取《と》ったが、又兵衛《またべえ》を除《のぞ》くの外《ほか》、天下恐《てんかおそ》らく敵《てき》なしとの専《もっぱ》ら評判《ひょうばん》。今日《こんにち》げに汝《なんじ》の腕前《うでまえ》を見《み》て、左《さ》こそと思《おも》い合《あ》わされる。何《ど》うじゃ猿飛佐助《さるとびさすけ》、序《ついで》に汝《なんじ》の忍術《にんじゅつ》を見《み》せてはくれぬか」強《たっ》ての所望《しょもう》に、佐助《さすけ》も否《いな》み兼《か》ね、佐「ハッ、仰《おお》せには候《そうら》えども、之《これ》なる霧隠才蔵宗連《きりがくれさいぞうむねつれ》は、尤《もっと》も伊賀流《いがりゅう》の忍術《にんじゅつ》に達《たっ》したるものにございますれば、此《こ》の者《もの》の忍術《にんじゅつ》を御覧下《ごらんくだ》さるよう願《ねが》わしゅう存《ぞん》じまする」秀「フム、其方《そのほう》も忍術《にんじゅつ》の達人《たつじん》と申《もう》すか。イヤ誰《たれ》にても苦《くる》しゅうない。早《はや》く〳〵」

懇望《こんもう》の体《てい》に、佐助《さすけ》は才蔵《さいぞう》に目配《めくば》せすると、心得《こころえ》たりと才蔵《さいぞう》突《つ》っ立《た》ち上《あが》り、ヤッと一声掛《せいか》けると等《ひと》しく、今迄《いままで》ありし姿《すがた》は掻《か》き消《け》す如《ごと》く消《き》え失《う》せた。アッと一同驚《どうおどろ》いて居《い》る折《おり》しも、一匹《ぴき》の鼠《ねずみ》が欄間《らんま》をチョロ〱走《はし》って行《ゆ》く。一同「ヤヽッ、鼠《ねずみ》が……」云《い》って居《い》る内《うち》に、鼠《ねずみ》の姿《すがた》は見《み》えなくなり、花房助兵衛《はなぶさすけべえ》の鼻《はな》をグイ〱引張《ひっぱ》る者《もの》がある。助「ヤイッ、誰《たれ》だ、乃公《おれ》の鼻《はな》を引張《ひっぱ》るのは……」甲「拙者《せっしゃ》は、少《ちっ》とも知《し》らんよ」助「夫《それ》でも、今確《いまたし》かに引《ひ》っ張《ぱ》った……」プン〱怒《おこ》って居《い》ると、今《いま》は耳《みみ》をグイと引張《ひっぱ》る。助「オヤッ、耳《みみ》を引張《ひっぱ》るとは怪《け》しからん。アヽ痛《いた》い〱……左様《そう》鬚《たぶさ》を摑《つか》んでは……」乙「オイ花房氏《はなぶさうじ》、貴公《きこう》は一人《ひとり》で何《なに》を云《い》って居《い》る。誰《たれ》も左様《そん》な事《こと》をしては居《い》ないじゃないか。我々《われわれ》は側《そば》に居《い》て大変迷惑《たいへんめいわく》だ」助「迷《めい》惑《わく》と云《い》って、今現在引張《いまげんざいひっぱ》ったのだ」一同「ハヽヽ、花房氏《はなぶさうじ》は何《ど》うかして居《い》るよ」助「汝《うぬ》ッ、浮田家《うきたけ》で鬼《おに》と呼《よ》ばれた豪傑花房助兵衛《ごうけつはなぶさすけべえ》を嘲弄《ちょうろう》するかッ、ウム……」真赤《まっか》になって怒《おこ》り出《だ》す。折柄呵々《おりからからから》と背後《せなか》で嘲笑《あざわら》うものがある。

◎テモ奇体《きたい》の術《じゅつ》もあるものじゃ

短気《たんき》の花房助兵衛《はなぶさすけべえ》、憤《むっ》といたし、何奴《どいつ》なるかと振《ふ》り返《かえ》って見《み》ると、何時《いつ》の間《ま》にやら、霧隠才蔵《きりがくれさいぞう》が突《つ》っ立《た》ち、ニコ〱笑《わら》って居《い》る。助「オヤッ、今乃公《いまおれ》の鼻《はな》を引張《ひっぱ》ったり、耳《みみ》を摘《つま》んだり、髷《まげ》を摑《つか》んでグイ〱と遣《や》ったのは御身《おんみ》か」才「如何《いか》にも左様《そう》だ。彼《あ》れが忍術《にんじゅつ》の一手《ひとて》で、霧隠《きりがくれ》と云《い》う術《じゅつ》だ」助「イヨー、剣呑《けんのん》〱、スルト首《くび》を掻《か》き切《き》る位《くらい》は何《なん》でもないだろう」才「素《もと》より造作《ぞうさ》はない。御所望《ごしょもう》とあらば斬《き》って見《み》せる」助「ワア、真平《まっぴら》〱、シテ鼠《ねずみ》も貴公《きこう》だな」才「左様《さよう》、伊賀流忍術《いがりゅうにんじゅつ》とは鼠《ねずみ》を使《つか》って何処《どこ》へでも入《い》り込《こ》むのだ」助「ハ、ア、何《ど》うも便利《べんり》だな。今度《こんど》は何《なに》を見《み》せてくれる」才「今度《こんど》は、彼《あ》の庭《にわ》の松《まつ》ケ枝《え》に飛上《とびあが》って見《み》せる」助「フム、彼《あ》の松《まつ》は頂上迄《ちょうじょうまで》二十間《けん》からあるよ」才「何間《なんげん》あっても宜《よろ》しい。高《たか》い程《ほど》仕事《しごと》が楽《らく》だ」と、云《い》いつつズカ〱と椽側《えんがわ》に現《あら》われ出《い》でたる霧隠才蔵《きりがくれさいぞう》は、ヤッと一声叫《せいさけ》ぶと共《とも》に、飛鳥《ひちょう》の如《ごと》くパッと松《まつ》の梢《こずえ》に飛上《とびあが》り、樹《き》から樹《き》へ、枝《えだ》から枝《えだ》へ、宛《あたか》も猿猴《ましら》の如《ごと》く其《そ》の素早《すばや》い事譬《ことたと》うるに物《もの》なき光景《ありさま》。一同《どう》はアッと驚《おどろ》き、異口同音《いくどうおん》に喝采《かっさい》する。何時《いつ》の間《ま》にやら才蔵《さいぞう》は、自分《じぶん》の席《せき》へ戻《もど》り、テンと座《すわ》って莞爾《にこ》〳〵笑《わら》って居《い》る。助「オヤッ、之《こ》りゃ妙《みょう》じゃ。此処《ここ》へ何時《いつ》戻《もど》ったか分《わか》らんとは不思議《ふしぎ》だ。テモ奇体《きたい》な術《じゅつ》もあるものじゃ」と、流石《さすが》の豪傑《ごうけつ》も舌《した》を捲《ま》いて恐《おそ》れ戦《おのの》いて居《い》る。才蔵《さいぞう》は大守《たいしゅ》に向《むか》って敬礼《けいれい》なし、才「ハッ、未熟《みじゅく》なる腕《うで》前御笑覧《まえごしょうらん》に供《きょう》し、恐《おそ》れ入《い》り奉《たてまつ》りまする」秀「オヽ、天晴《あっぱれ》〳〵、予《よ》も始《はじ》めて斯《か》かる奇術《きじゅつ》を見《み》て感服《かんぷく》いたした。何《ど》うも驚《おどろ》き入《い》った事《こと》である」才「イヤ、別段不思議《べつだんふしぎ》な事《こと》はございませんが、彼《あ》れ位《くらい》は未《ま》だ〳〵普通《ふつう》の事《こと》。或《あるい》は雲《くも》を起《おこ》し雨《あめ》を降《ふら》し、雲《くも》に乗《の》って空中《くうちゅう》を駆《か》けるは最《い》と安《やす》く、義兄猿飛佐助《ぎけいさるとびさすけ》は闇中物《あんちゅうもの》を見《み》る事犬猫《こといぬねこ》よりも素早《すばや》く、三町《ちょう》四方《ほう》の出来事《できごと》は、針《はり》の落《お》つる音《おと》をも知《し》ると云《い》う腕前《うでまえ》。之《こ》れ所謂武術《いわゆるぶじゅつ》の心眼《しんがん》より起《おこ》りし術《じゅつ》かと心得《こころえ》ます。迚《とて》も某如《それがしごと》きの及《およ》ぶ処《ところ》ではございません」と、賞《ほ》め立《た》てて吹《ふ》き捲《まく》ると、秀家《ひでいえ》始《はじ》め一同《どう》は、今更《いまさら》の如《ごと》く驚《おどろ》き恐《おそ》れ、秀「サテ〳〵、恐《おそ》るべき人物《じんぶつ》かな。真田親子《さなだおやこ》は智仁勇《ちじんゆう》三徳《とく》を備《そな》え、居《い》ながら天下《てんか》の事《こと》を知《し》ると聞《き》き及《およ》んだが、斯《か》かる家来《けらい》を手足《てあし》の如《ごと》く動《うご》かして居《い》るゆえ、諸国《しょこく》の内幕秘密《ないまくひみつ》も能《よ》く分《わか》る道理《どうり》だ。流石《さすが》は武田家《たけだけ》以来《いらい》の軍師《ぐんし》と云《い》わるる程《ほど》あり、良《よ》き家来《けらい》を沢山持《たくさんも》って居《い》るものだ」と、大《おお》いに感服《かんぷく》に及《およ》ぶ。其処《そこ》で当座《とうざ》の引出物《ひきでもの》として、二振《ふ》りの太刀《たち》を猿飛《さるとび》、由《ゆ》利《り》、霧隠《きりがくれ》の三人《にん》に下《さ》げ取《と》らす。三人《にん》は大層面目《たいそうめんぼく》を施《ほどこ》し、上々《じょうじょう》の首尾《しゅび》にて退出《たいしゅつ》する。然《しか》るに由利《ゆり》鎌之助《かまのすけ》と入《い》り代《かわ》って、牢屋《ろうや》へ投《ほ》り込《こ》まれたる雲風群東次《くもかぜぐんとうじ》は、其《そ》の夜《よ》の中《うち》に牢屋《ろうや》を破《やぶ》って抜《ぬ》け出《い》で、何処《いずこ》ともなく逐電《ちくでん》して仕舞《しま》った。此方《こなた》三人《にん》は宿屋《やどや》へ差《さ》して戻《もど》り来《きた》り、改《あらた》めて三人義兄弟《にんぎきょうだい》の盃《さかずき》を為《な》し、蜀朝《もろこし》の玄徳《げんとく》、関羽《かんう》、張飛《ちょうひ》三人《にん》が、桃園《とうえん》に義《ぎ》を結《むす》んだ故事《こじ》に倣《なら》い、血《ち》を啜《すす》って誓《ちかい》を立《た》て、第《だい》一番《ばん》が猿飛佐助幸吉《さるとびさすけゆきよし》、次《つぎ》が由利鎌之助春房《ゆりかまのすけはるふさ》、末《すえ》が霧隠才蔵宗連《きりがくれさいぞうむねつれ》と云《い》う順序《じゅんじょ》で三勇士《ゆうし》は飽迄真田家《あくまでさなだけ》の為《た》めに尽《つく》そうと云《い》う事《こと》に相成《あいな》る。処《ところ》が其《そ》の翌日《よくじつ》に当《あた》り、三人《にん》は今《いま》しも出立《しゅったつ》の準備《したく》を整《ととの》えて居《い》る処《ところ》へ、斎藤真五郎《さいとうしんごろう》と花房助兵衛《はなぶさすけべえ》は馬上《ばじょう》にて駆《か》けつけ来《きた》り、濃州関《のうしゅうせき》ケ原《はら》に於《お》いて、関東関西《かんとうかんさい》の大合戦《だいがっせん》が起《おこ》ると云《い》う事《こと》を知《し》らせてくれた。三豪傑《ごうけつ》は勇《いさ》み立《た》ち、直様濃州関《すぐさまのうしゅうせき》ケ原《はら》へ乗《の》り込《こ》み、大谷刑部少輔吉隆《おおたにぎょうぶしょうゆうよしたか》の手《て》に属《ぞく》して、非常《ひじょう》なる働《はたらき》を遣《や》ったが、時利《ときり》あらずして戦争《せんそう》は徳川方《とくがわがた》の勝利《しょうり》となり、幾等《いくら》三勇士《ゆうし》が地団太踏《じだんだふ》んだ処《ところ》が仕《し》方《かた》がない。佐「アヽ、残念《ざんねん》な事《こと》をいたした。之《これ》から徳川《とくがわ》の狸爺《たぬきおやじ》がニョキ〳〵と、頭《あたま》を擡《もた》げ出《だ》すのだ。オイ由利《ゆり》、霧隠《きりがくれ》、信州《しんしゅう》へ帰《かえ》った処《ところ》で、今真田家《いまさなだけ》は何《なに》か徳川家《とくがわけ》とゴタ〳〵が起《おこ》って居《い》ると云《い》う話《はなし》だから、其《そ》の間《あいだ》に九州《しゅう》の方《ほう》を歩《ある》いて来《こ》ようじゃないか。主家《しゅか》は別《べつ》に気遣《きづか》いはあるまいと乃公《おれ》は思《おも》うのだ」由「ウム、宜《よ》かろう。折角岡山迄《せっかくおかやままで》行《い》って居《い》たのだ、行《ゆ》こう〳〵」三人《にん》は相談《そうだん》をして、密《ひそ》かに関《せき》ケ原《はら》を立《た》ち退《の》き、ドシ〳〵と足《あし》に任《まか》せて歩《や》って来《き》たのが芸州広島《げいしゅうひろしま》、此処《ここ》で福島左衛門太夫正則《ふくしまさえもんだゆうまさのり》に対面《たいめん》して、至極面白《しごくおもしろ》き件《くだ》りがあるのであるが、先《さき》を急《いそ》ぐから夫《そ》れは省略《はぶ》く事《こと》にして、三人《にん》は何《なん》なく広島城下《ひろしまじょうか》を立退《たちの》き、岩国《いわくに》も過《す》ぎ徳山《とくやま》も通《とお》り、長州萩《ちょうしゅうはぎ》へ乗《の》り込《こ》んで来《き》て、防長《ぼうちょう》二ケ国《こく》の大守毛利有馬頭輝元《たいしゅもうりありまのかみてるもと》の城下《じょうか》へ歩《や》って来《き》た。三人《にん》は城下《じょうか》に足《あし》を留《とど》め、毛利家《もうりけ》の様子《ようす》を探《さぐ》って見《み》ると、関《せき》ケ原戦争以来《はらせんそういらい》、家康《いえやす》の機嫌《きげん》を損《そん》じ、中国《ちゅうごく》十州《しゅう》の大守《たいしゅ》と云《い》われた毛利家《もうりけ》も、僅《わず》か防長《ぼうちょう》二ケ国《こく》の大守《たいしゅ》にしられたのであるが、夫《そ》れに甘《あまん》じて何《ど》うやら此《こ》の頃《ごろ》では、徳川家《とくがわけ》に心《こころ》を傾《かたむ》けて居《い》る様子《ようす》だから、佐「オイ、毛利家《もうりけ》は駄目《だめ》だよ、一番腹癒《ばんはらい》せに悪戯《いたずら》をして立退《たちの》いて遣《や》ろうか」由「ウム、夫《そ》れは面白《おもしろ》い」才「シテ、何《ど》う云《い》う悪戯《いたずら》をするのだ」佐「乃公《おれ》の考《かんがえ》では、云々《しかじか》にして驚《おどろ》かして遣《や》るのだ」才「ハッハヽヽ、其《そ》の役目《やくめ》は乃公《おれ》が引受《ひきう》けた」佐「ウム、巧《うま》く遣《や》ってくれ」才「合点《がってん》だ……」其《そ》の日《ひ》が暮《く》れると才蔵《さいぞう》は身仕度《みじたく》に及《およ》んで、黒装束《くろしょうぞく》に目《め》ばかり頭巾《ずきん》の扮装《いでたち》となり、才「ジャア、行《い》って来《こ》よう」二「油断《ゆだん》をするな」才蔵宗連《さいぞうむねつれ》は闇《やみ》に紛《まぎ》れて萩城内《はぎじょうない》へ忍《しの》び込《こ》み、何《なん》なく宿直《しゅくちょく》の詰処《つめしょ》へ窺《うかが》いよると、若武士《わかざむらい》が四人火鉢《にんひばち》を囲《かこ》んで、自慢話《じまんばなし》を遣《や》って居《い》る。甲「何《ど》うだ各々《おのおの》、斯《こ》う世《よ》の中《なか》が穏《おだやか》では困《こま》るな」乙「イヤ、心配《しんぱい》するな、今《いま》に徳川《とくがわ》と豊臣《とよとみ》と手切《てぎ》れの合戦《かっせん》が起《おこ》ると云《い》う話《はな》しがあるから……。フム、其《そ》の時《とき》には乃公《おれ》は先陣《せんじん》を承《うけたまわ》って一番槍《ばんやり》の功名《こうみょう》がしたいものだ」丁「ハッハヽ貴公《きこう》は兎角影弁慶《とかくかげべんけい》で不可《いけ》ない。御身《おんみ》の一番槍《ばんやり》は、其処等《そこら》の後家《ごけ》や娘《むすめ》になら利《き》くかも知《し》らないが、素破合戦《すわかっせん》と云《い》う場合《ばあい》には迚《とて》も〳〵だ」甲「ハッハヽヽ、違《ちが》いない。夫《そ》れ位《くら》いが関《せき》の山《やま》だ」乙「之《これ》は怪《け》しからん。武士《さむらい》に向《む》って無礼《れい》の一言《ごん》聞《き》き捨《す》てならん……」丙「ハヽヽ、廃《よ》せ〳〵、怒《おこ》ったって仕方《しかた》がない。御身《おんみ》が之《こ》れと云《い》う功名《こうみょう》をした事《こと》があるか」と互《たが》いに争《あらそ》いを始《はじ》めた。之《これ》を聞《き》いて居《い》た霧隠才蔵《きりがくれさいぞう》は、才「イヨー、豪《えら》そうな事《こと》を云《い》って居《い》るわい。何《ど》れ彼《あ》の向《むこ》うの奴《やつ》の髷《たぶさ》を切《き》って遣《や》ろう」パッと五遁《とん》の術《じゅつ》で身《み》を隠《かく》し、何《なん》なく内部《ないぶ》へ入《い》り込《こ》み、用意《ようい》なしたる剪刀《はさみ》を取出《とりだ》し、プッツリ根《ね》元《もと》から摘《つ》み切《き》った。スルト当人《とうにん》は一向《こう》知《し》らないが、三人《にん》が夫《そ》れと気附《きづ》き、三「オヤッ、佐《さ》藤《とう》、御身《おんみ》の髷《たぶさ》が無《な》くなった……之《これ》は不思議《ふしぎ》だ」と、云《い》われて佐藤《さとう》と云《い》う若武士《わかざむらい》、頭《あたま》を撫《な》でて見《み》て吃驚仰天《びっくりぎょうてん》、乙「オヤッ、今迄《いままで》確《たしか》に有《あ》った筈《はず》の……」甲「ハヽヽ、確《たしか》にあった筈《はず》もないものじゃ。余《あま》り一番槍《ばんやり》なんて豪《えら》そうに云《い》うから、此《こ》のお城《しろ》の神様《かみさま》が腹《はら》を立《た》て、坊主《ぼうず》になれと云《い》う印《しる》しに、髷《まげ》を切《き》ったのかも知《し》れん」乙「ワア……、夫《そ》れにしても怪《あや》しい事《こと》だ。何《ど》うしよう〳〵」果《は》ては頭《あたま》抱《かか》えてオイ〳〵泣《な》き出《だ》す。三人《にん》は腹《はら》を抱《かか》えて大笑《おおわら》いを遣《や》って居《い》ると、斯《こ》は如何《いか》に、残《のこ》り三人《にん》の頭《あたま》も見《み》る〳〵髷《まげ》が無《な》くなった。甲「オヤ〳〵、乃公《おれ》も髷《まげ》を取《と》られた—ワア……」丙「ヤヽッ、拙者《せっしゃ》も」丁「ワア〱……、乃公《おれ》は無事《ぶじ》だと思《おも》ったら、最終《しまい》に此《こ》の通《とお》り……」と、四人《にん》は泣《な》くやら喚《わめ》くやら、大騒《おおさわ》ぎを遣《や》って居《い》る。

◎却々人間《なかなかにんげん》の化《ば》け方《かた》が巧《うま》いぞ

霧隠才蔵《きりがくれさいぞう》は仕合《しあわ》せよしと、其《そ》の儘城内《ままじょうない》を抜《ぬ》け出《だ》し、宿屋《やどや》へ戻《もど》り来《きた》り、四人《にん》の髷《まげ》を取《と》り出《いだ》すと、佐「ハッハヽヽ、御苦労《ごくろう》〱、十日《か》ばかり毎夜忍《まいよしの》び込《こ》んで、城内《じょうない》の奴《やつ》を残《のこ》らず坊主《ぼうず》にしてくれ」由「面白《おもしろ》いな、乃公《おれ》も行《ゆ》きたい……」才「馬鹿《ばか》云《い》え、貴様《きさま》が行《い》っては足手纏《あしでまと》いだ」三人《にん》は笑《わら》い興《きょう》じて其《そ》の夜《よ》は寝《やす》み、翌晩《よくばん》からは才蔵宗連《さいぞうむねつれ》、毎夜《まいよ》〱忍《しの》び込《こ》んでは髷《まげ》を切《き》り取《と》り、到頭《とうとう》十日《か》の間《あいだ》に、六十七人《にん》の髷《まげ》を切《き》った。サア城内《じょうない》では大騒《おおさわ》ぎ、宿直《とのい》の詰所《つめしょ》には妖怪現《ようかいあら》われ、髷《まげ》を切《き》ると云《い》う噂《うわさ》がパッと拡《ひろ》まり、若武士共何《わかざむらいどもいず》れも安《やす》き心《こころ》もなく、宿直《しゅくちょく》の順番《じゅんばん》に当《あた》ったものは、怯々《びくびく》して青《あお》くなり、或《あるい》は甲《かぶと》を被《かぶ》り、中《なか》には鍋《なべ》を引《ひ》っ被《かぶ》って、夜通《よどお》し頭《あたま》を抱《かか》えて居《い》る奴《やつ》もある。夫《それ》でも、尚《な》お続々《ぞくぞく》と切《き》られるから、大守輝元安《たいしゅてるもとやす》からぬ事《こと》に思《おも》い、主「何《ど》うも、怪《け》しからん事《こと》である。我《わ》が家《いえ》は先祖大江大膳太夫広元公《せんぞおおえだいぜんのたゆうひろもとこう》より、連綿《れんめん》として今日《こんにち》に及《およ》び、常《つね》に武《ぶ》を以《もっ》て鳴《な》る家柄《いえがら》に、斯《かか》る不吉《ふきつ》の兆《ちょう》あるは捨《す》て置《お》き難《がた》し、之《こ》れ必竟妖《ひっきょうよう》怪狐狸《かいこり》の所業《しわざ》ならん。誰《たれ》か退治《たいじ》る者《もの》はあらざるや。万《まん》一妖怪《ようかい》の正体《しょうたい》見届《みとど》け、之《これ》を生捕《いけど》った者《もの》には、五百石《こく》の加増《かぞう》を申《もう》し付《つ》ける」と、大評定《おおひょうじょう》を開《ひら》いて一同《どう》に伝《つた》える。日頃《ひごろ》武勇自《ぶゆうじ》慢《まん》、力自慢《ちからじまん》の若武士《わかざむらい》共《ども》は、五百石《こく》が欲《ほ》しさに我《われ》も〳〵と願《ねが》い出《で》て、△「ハッ、今晩《こんばん》こそは此《こ》の奥村卯《おくむらう》八郎《ろう》が宿直《とのい》を勤《つと》め、首尾《しゅび》能《よ》く怪物《かいぶつ》を生捕《いけど》って御覧《ごらん》に入《い》れます」主「オヽ、其方《そち》ならば仕損《しそん》じる事《こと》はあるまい。確《しか》と申《もう》し付《つ》ける。五百石《こく》であるぞよ」奥「ハッ、畏《かしこ》まり奉《たてまつ》る」威勢《いせい》よく引受《ひきう》け、力味返《りきみかえ》って其《そ》の夜宿直《よとのい》の詰所《つめしょ》へ出掛《でか》け、眼《まなこ》を怒《いか》らして構《かま》えて居《い》ると、何《ど》うした事《こと》か真夜中頃《まよなかごろ》から俄《にわ》かに睡《ねむ》くなり、コクリ〳〵と居睡《いねむ》りを始《はじ》め、目《め》が覚《さ》めて見《み》ると、案《あん》の条髷《じょうまげ》を取《と》られて居《い》る。出《で》る者《もの》も〳〵斯《こ》んな有様《ありさま》で、今《いま》は早《は》や百人以上《にんいじょう》も坊主《ぼうず》にせられ、髷《まげ》が延《の》びる迄《まで》は何《いず》れも病気届《びょうきとどけ》をして出《で》て来《こ》ない。輝元《てるもと》イヨ〳〵躍起《やっき》となり、城代家老桂能登守《じょうだいかろうかつらのとのかみ》、毛利家名題《もうりけなだい》の豪傑井上五郎兵衛《ごうけついのうえごろべえ》、益田越中守《ますだえっちゅうのかみ》等《ら》を招《まね》き、主「兼《かね》て、汝等《なんじら》も聞《き》く通《とお》り、近頃夜《ちかごろよ》な〳〵宿直《とのい》の詰所《つめしょ》へ髷切《まげぎ》りの怪物現《かいぶつあら》われ、既《すで》に百人以上《にんいじょう》も坊《ぼう》主《ず》にしられたとやら。之《こ》れ此《こ》の儘《まま》に捨《す》て置《お》く時《とき》は、予《よ》が威勢鈍《いせいにぶ》きに似《に》て隣国《りんごく》への聞《きこ》えも面《おも》白《しろ》からず、其方共《そのほうども》三人相談《にんそうだん》の上《うえ》、早々正体《そうそうしょうたい》を見届《みとど》けて宜《よ》かろう」三人《にん》は承諾《しょうだく》して、井上《いのうえ》五郎《ろ》兵《べ》衛《え》が其《そ》の夜《よ》の宿直番《とのいばん》と相成《あいな》った。五「己《おの》れッ今夜《こんや》は逃《にが》す事《こと》じゃアないぞ」と、五郎《ろ》兵《べ》衛《え》力味返《りきみかえ》り、ドシ〳〵宿直《とのい》の詰処《つめしょ》へ歩《や》って来《きた》り、五「今《いま》に、出《で》て来《う》せたら、大力無双《たいりきむそう》と呼《よ》ばれた此《こ》の五郎《ろ》兵《べ》衛《え》が一摑《つか》みに遭《あわ》して呉《く》れる、汝《うぬ》ッ……」出《で》ない先《さき》から唸《うな》って居《い》る。然《しか》るに此方《こなた》霧隠才蔵《きりがくれさいぞう》は、之《こ》れを聞《き》いて佐助《さすけ》に向《むか》い、才「猿飛《さるとび》、今夜《こんや》は豪《えら》い事《こと》になって来《き》た」佐「何《ど》うした」才「他《ほか》じゃアないが、今夜《こんや》の宿直番《とのいばん》は毛利家名題《もうりけなだい》の井上《いのうえ》五郎《ろ》兵衛《べえ》だ」佐「フム愈々《いよいよ》城内《じょうない》でも妖怪変化《ようかいへんげ》と思《おも》ったのだな。然《しか》し才蔵《さいぞう》、井上《いのうえ》五郎《ろ》兵《べ》衛《え》ともあろう者《もの》の髷《まげ》を切《き》るのは気《き》の毒《どく》だ。今夜《こんや》丈《だ》けは見合《みあわ》すが宜《よ》い」由「オイ〳〵猿飛《さるとび》、弱《よわ》い事《こと》を云《い》うではないか。相手《あいて》が豪傑《ごうけつ》だから尚《な》お面白《おもしろ》い。才蔵構《さいぞうかま》う事《こと》はない遣《や》れ〳〵」才「ウム、乃公《おれ》も一時《じ》は左様《そう》思《おも》ったのだが、既《すで》に先年太閤殿下《せんねんたいこうでんか》御在世《ございせい》の砌《みぎ》り、伏見桃山城《ふしみももやまじょう》に於《おい》て、石川《いしかわ》五右衛門《えもん》が忍込《しのびこ》み、千鳥《ちどり》の香炉《こうろ》を盗《ぬす》んで立《た》ち出《い》でる時《とき》、豪傑仙石権兵衛《ごうけつせんごくごんべえ》の為《た》めに引捕《ひっと》らえられた例《ため》しもある。忍術《にんじゅつ》も豪傑《ごうけつ》に掛《かか》ると能《よ》く破《やぶ》れるものだ。ダカラ乃公《おれ》も心配《しんぱい》して居《い》る」由「成程《なるほど》、夫《そ》れも左様《そう》だな。ケド井上《いのうえ》五郎《ろ》兵《べ》衛《え》が宿直《とのい》をしたからと云《い》って、其《そ》の夜《よ》に限《かぎ》り行《ゆ》かないのは卑怯《ひきょう》に当《あた》るよ。髷《まげ》を切《き》らんでも宜《よ》い。何《なに》か悪戯《いたずら》をしてやれ」佐「ウム、夫《そ》れも宜《よ》かろう。髷丈《まげだ》けは廃《よ》せ。天下《てんか》の豪傑《ごうけつ》の髷《まげ》を切《き》るのは余《あま》り無情極《むじょうきわ》まる」才「心得《こころえ》たり」と、例《れい》に依《よ》って才蔵《さいぞう》は出掛《でか》け、ノソリ〳〵と宿直《とのい》の詰処《つめしょ》に来《きた》って見《み》ると、井上《いのうえ》五郎《ろ》兵衛《べえ》は撞乎《どっか》と座《すわ》り込《こ》み、四辺《あたり》をギロ〳〵睨《ね》め廻《まわ》して居《い》る。才「イヨー大《おお》きい眼《め》を剥《む》いて居《い》るな。何《ど》うしてやろう……」暫《しば》らく考《かんが》えて居《い》たが、才「ウム左様《そう》だ、刀《かたな》を隠《かく》して遣《や》ろう……」背後《うしろ》へソッと窺《うかが》いより、刀《かたな》を取《と》ろうとすると、流石《さすが》は心得《こころえ》ある豪傑《ごうけつ》だ。右《みぎ》の手《て》は整然《ちゃん》と膝《ひざ》に乗《の》せて居《い》るが、左《ひだり》の手《て》は刀《かたな》を確《しっ》かと握《にぎ》り、素破《すわ》と云《い》わば抜《ぬ》き打《う》ちに斬《き》って捨《す》てんの身構《みがま》えだ。才「オヤッ、之《これ》は不可《いか》ん……ヨシ一つ睡《ねむ》らしてやろう……」才蔵《さいぞう》は正面《しょうめん》の壁《かべ》の処《ところ》に突《つ》っ立《た》ち、勿論身体《もちろんからだ》は隠《かく》して居《い》るから見《み》える気遣《きづか》いはない。口中《こうちゅう》に呪文《じゅもん》を唱《とな》え、九字《くじ》を切《き》って居《い》ると、案《あん》の定《じょう》井上《いのうえ》五郎《ろ》兵衛《べえ》は術《じゅつ》に掛《かか》ってコクリ〳〵と居睡《いねむ》りを始《はじ》めたが、我《われ》と我《わ》が心《こころ》を励《はげ》まし、五「ウム、睡《ねむ》くなったぞ……、偖《さ》ては髷切《まげき》り妖怪《ようかい》が現《あら》われる時刻《じこく》だな……己《おの》れフ……ム……、何《なに》をッ」赫《か》っと両眼《りょうがん》を開《ひら》き、白眼《にら》み据《す》えて居《い》るが、間《ま》もなくコクリ〳〵と居《い》睡《ねむ》り始《はじ》める。五「之《これ》は不可《いか》ん、アヽ睡《ねむ》い〳〵……オヽ左様《そう》じゃ……」小柄《こづか》を抜《ぬ》き取《と》り、膝《ひざ》に突《つ》っ立《た》て、五「之《こ》れ〳〵、睡《ねむ》ると膝《ひざ》へ立《た》つから痛《いた》い……之《これ》なら大丈夫《だいじょうぶ》だ……ウム……」我慢《がまん》をして眼張《がんば》って居《い》る。才「オヤッ、之《こ》れは駄目《だめ》だ、矢張《やは》り豪傑《ごうけつ》は豪傑《ごうけつ》らしい事《こと》を遣《や》るわい。ヨーシ此《こ》の手《て》で行《ゆ》かねば此方《こっち》で遣《や》る」才蔵《さいぞう》も少々《しょうしょう》意地《いじ》になり、ヤッと叫《さけ》ぶと共《とも》に鼠《ねずみ》に姿《すがた》を変《か》えチョロ〳〵と五郎兵衛《ろべえ》の周囲《しゅうい》を走《はし》り廻《まわ》り、今《いま》しも五郎兵衛《ろべえ》の肩口《かたぐち》へパッと飛《と》び上《あが》らんとする途端《とたん》に、井上《いのうえ》五郎兵衛《ろべえ》スックと立《た》ち上《あが》り、ヒョイと体《たい》を捻《ひね》った。スルト鼠《ねずみ》はスカを喰《く》ってバッタリ下《した》へ落《お》ちる。其《そ》の一刹那《せつな》五郎兵衛《ろべえ》は、矢庭《やにわ》に足《あし》を挙《あ》げて、エイと一声鼠《せいねずみ》を目掛《めが》けてハッタと蹴《け》る。何条堪《なんじょうたま》らん、鼠《ねずみ》は勢《いきおい》に余《あま》って向《むこ》うの襖《ふすま》にドンと当《あた》る、拍子《ひょうし》に術《じゅつ》は破《やぶ》れて才蔵《さいぞう》の姿《すがた》はスックと現《あら》われた。見《み》るより五郎兵衛《ろべえ》は声高《こえたか》く、五「ヤア、怪《あや》しき鼠《ねずみ》と思《おも》いしに、偖《さ》ては鼠《ねずみ》に化《ば》けて乃公《おれ》を誑《たぶら》かさん手段《しゅだん》よな。左様《そんな》手《て》に乗《の》る五郎兵衛《ろべえ》ではないぞ。イデ引捕《ひっとら》えて正体《しょうたい》見現《みあら》わしてくれん」と、大手《おおで》を拡《ひろ》げて飛《と》び掛《かか》った。才蔵《さいぞう》も失策《しま》ったとは思《おも》ったが、最《も》う仕方《しかた》がない。二三間横手《げんよこて》へパッと飛《と》び退《の》き、向《むこ》うの欄間《らんま》へ飛《と》びついた。五「ヤヽ、此奴却々人間《こやつなかなかにんげん》の化《ば》け方《かた》が巧《うま》いぞ、逃《にが》してなるか」と、欄間目掛《らんまめが》けて躍《おど》りかかる。才「ハヽヽヽ今度《こんど》は此方《こっち》だ」ヒョイ〳〵と逃《に》げ廻《まわ》る。五郎兵衛《ろべえ》は飽迄妖怪《あくまでようかい》と思《おも》って居《い》ると見《み》え、太刀《たち》をも抜《ぬ》かず、彼方此方《あちらこちら》と追《お》い廻《まわ》して居《い》る。才蔵《さいぞう》も五郎兵衛程《ろべえほど》の豪《ごう》傑《けつ》に捕《とら》えられては迚《とて》も助《たす》からないと承知《しょうち》して居《い》るから、宜《い》い加減《かげん》に逃《に》げ出《だ》そうと、今《いま》しも五郎兵衛《ろべえ》が、ヤッと勢鋭《いきおいするど》く飛《と》び掛《かか》って来《く》る隙《すき》を見澄《みすま》し、エイと一声肩口《せいかたぐち》を踏《ふ》まえ、向《むこ》うへパッと飛《と》んだと思《おも》うたら、忽《たちま》ち姿《すがた》は消《き》えてしまった。五「ヤヽッ、肩《かた》を踏《ふ》み台《だい》にするとは不埒《ふらち》ッ……」四辺《あたり》を見《み》ると最《も》う姿《すがた》が見《み》えない。五「失策《しま》った、到頭逃《とうとうにが》した。夫《それ》にしても鼠《ねずみ》に化《ば》けたり人間《にんげん》に化《ば》けたり、却々変通自在《なかなかへんつうじざい》な妖怪《ようかい》だ。人間《にんげん》の言葉《ことば》も能《よ》く使《つか》い分《わ》けるわい。ヨシ明晩《みょうばん》は否《いや》が応《おう》でも引《ひ》っ捕《とら》えて遣《や》らなきゃア承知《しょうち》が出来《でき》ない」と、夜《よ》が明《あ》けると此《こ》の事《こと》を大守輝元《たいしゅてるもと》に言上《ごんじょう》する。主「ウム、流石《さすが》は五郎兵衛《ごろべえ》だ。髷《まげ》を取《と》られぬ処《ところ》が豪《えら》い。今夜《こんや》は巧《うま》く生捕《いけど》りいたせい」と、大層満足《たいそうまんぞく》の体《てい》。

◎勝手《かって》に夜通《よどお》し眼《め》を剝《む》て居《お》れ

此方霧隠才蔵《こなたきりがくれさいぞう》は、漸《よう》やく城内《じょうない》を忍《しの》び出《い》で、一目散《もくさん》に宿《やど》へ戻《もど》り来《きた》り、才「ア丶苦《くる》しい〳〵、到頭遣《とうとうや》り損《そん》じた」佐「オ丶才蔵《さいぞう》か、何《ど》うした」才「斯様《かよう》〳〵だ。這々《ほうほう》の体《てい》で逃《に》げて帰《かえ》った」由「ハッハ丶丶、剣呑《けんのん》な処《ところ》だったな。然《しか》し無事《ぶじ》で結構《けっこう》〳〵」佐「ハッハ丶丶、ダカラ乃公《おれ》が見合《みあわ》せろと云《い》ったのだ。必竟忍術《ひっきょうにんじゅつ》も相手《あいて》に隙《すき》があればこそ行《おこな》えるのだが、構《かま》え込《こ》んで居《い》ては容易《ようい》に施《ほどこ》せる者《もの》ではない。ヨシ明晩《みょうばん》は乃公《おれ》が乗《の》り込《こ》み、行《ゆ》き掛《が》けの駄賃《だちん》に驚《おどろ》かしてやろう」其《そ》の夜《よ》は三人事《にんこと》なく寝《やす》み、翌晩《よくばん》になると佐助《さすけ》は身仕度《みじたく》して宿《やど》を立《た》ち出《い》で、ドシ〳〵と萩城内《はぎじょうない》へ忍《しの》び込《こ》み、宿直《とのい》の詰処《つめしょ》へ来《き》たって見《み》ると、井上《いのうえ》五郎兵衛《ろべえ》が眼張《がんば》って居《い》る。佐「イヨー、居《い》るな〳〵、此奴《こやつ》の相手《あいて》になっては面倒《めんどう》だ。勝手《かって》に夜通《よどお》し目《め》を剝《む》いて居《お》れ」悪口《あっこう》云《い》いつつ、丁度《ちょうど》五郎兵衛《ろべえ》の控《ひか》えて居《い》る背後《うしろ》の衝立《ついたて》へ持《も》って行《い》って、用意《ようい》の矢立《たてと》取り出《いだ》し、墨黒々《すみくろぐろ》と「徳川《とくがわ》の流《なが》れの水《みず》に濁《にご》されて、腹腐《はらわたくさ》る毛利武士《もうりさむらい》」、其《そ》の脇《わき》へ「上気《のぼせ》下《さ》げの妙薬進上《みょうやくしんじょう》」と、書《か》き流《なが》し、之迄《これまで》に切《き》り取《と》ったる髷《まげ》を緒《お》で括《くく》り、夫《そ》れを衝立《ついたて》の上《うえ》からブラ下《さ》げ置《お》き、末尾《しまい》へ以《もっ》て来《き》て「信州上田《しんしゅううえだ》、真田家《さなだけ》の郎党猿飛佐助幸吉《ろうとうさるとびさすけゆきよし》、由利鎌之助春《ゆりかまのすけはる》房《ふさ》、霧隠才蔵宗連《きりがくれさいぞうむねつれ》」と、名前《なまえ》を書《か》き、佐「アハヽヽヽ、之《これ》で宜《よ》い〳〵、今《いま》に五郎兵衛《ろべえ》が驚《おどろ》くであろう。後《あと》は野《の》となれ山《やま》となれ、騒《さわ》ぎたいほど勝手《かって》に騒《さわ》げ」と、其《そ》の儘後《ままあと》をも見《み》ずして城内《じょうない》を立《た》ち退《の》き、宿屋《やどや》へ差《さ》して戻《もど》り来《きた》り、佐「サア、出立《しゅったつ》しよう。斯《こ》う〳〵にして置《お》いた」才「ハッハヽヽ、夫《そ》れを知《し》ったら五郎兵衛《ろべえ》の奴《やつ》、真赤《まっか》になって怒《おこ》るに違《ちが》いない。イヤ面白《おもしろ》い〳〵」と、三人《にん》は急《いそ》ぎ其《そ》の夜《よ》の中《うち》に、萩《はぎ》の城下《じょうか》を立《た》ち退《の》いた。然《しか》るに此方萩城内《こなたはぎじょうない》では、井上《いのうえ》五郎兵衛《ろべえ》詰処《つめしょ》で力味返《りきみかえ》り、五「ウム、今夜《こんや》は許《ゆる》さんぞ。最《も》う出《で》る刻限《こくげん》だ」と、云《い》いつつヒョイと背後《うしろ》の衝立《ついたて》を見《み》ると、金《きん》の無地《むじ》であった筈《はず》の衝立《ついたて》へ、何《なに》か書《か》き流《なが》し、傍《そば》に可笑《おか》しな房《ふさ》がブラ〳〵下《さが》って居《い》る。五「オヤッ、何時我君《いつわがきみ》は此《こ》の衝立《ついたて》へ……」と、云《い》いつつ近寄《ちかよ》り来《きた》り、読《よ》み下《くだ》して見《み》ると以前《いぜん》の通《とお》り書《か》いてあるから、イヤ五郎兵衛《ろべえ》は怒《おこ》るまい事《こと》か、五「ヤッ、未《ま》だ墨《すみ》の渇《かわ》き切《き》らない処《とこ》を見《み》ると、今《いま》の先《さ》き忍《しの》び込《こ》んで書《か》いたものと見《み》える。飽迄乃公《あくまでおれ》を馬鹿《ばか》にしやアがって……偖《さ》ては先達《せんだって》よりの髷切《まげき》りは、真田家《さなだけ》の忍術使《にんじゅつつか》い猿《さる》飛等《とびら》三人《にん》の所業《しわざ》よな。残念《ざんねん》〱、知《し》らなんだ〱」と、頻《しき》りに地団太踏《じだんだふ》んでも、最《も》う後《あと》の祭《まつ》りだ。夜中《やちゅう》ながら五郎兵衛《ろべえ》は、大守輝元《たいしゅてるもと》に言上《ごんじょう》すると、余《あま》りの馬鹿《ばか》〱しさに、腹《はら》は立《た》てども仕方《しかた》がない。遂《つい》に此《こ》の場限《ばかぎ》り、沙汰《さた》なしと云《い》う事《こと》になり、此《こ》の事件《じけん》も有耶無耶《うやむや》で済《す》んで終《しま》った。此方《こなた》三豪傑《ごうけつ》は、ドシ〱道《みち》を急《いそ》ぎ、夜《よ》の引《ひ》き明《あ》けに、伊佐《いさ》の駅《しゅく》へ歩《や》って来《きた》り、三人《にん》は兎《と》ある宿《やど》へ泊《とま》って一日寝通《じつねどお》し、晩景《ばんけい》になると又《また》も宿《やど》を立《た》ち、佐「何《ど》うだ、夜道《よみち》を歩《ある》く方《ほう》が、気楽《きらく》で宜《い》いなア」由「ウム左様《そう》だ、然《しか》し酒《さけ》が呑《の》みたくっても、一々叩《いちいちたた》き起《おこ》すのが手数《てすう》で困《こま》る」才「オイ、歩《ある》きながら酒《さけ》を呑《の》まないでも、宿《やど》へ着《つ》いて呑《の》んだら宜《よ》かろう」由「処《ところ》が、夜中《やちゅう》の旅《たび》は見《み》るものがなくって、淋《さび》しいから退屈《たいくつ》だろう、酒《さけ》でもチョイ〱呑《の》まなくっちゃア遣《や》り切《き》れない。貴様《きさま》と兄貴《あにき》は犬猫同然《いぬねこどうぜん》で、闇《やみ》でも目《め》が光《ひか》る代物《しろもの》だから差支《さしつか》えなかろうが、乃公《おれ》は左様《そう》は行《ゆ》かないよ」才「ハッハヽヽ、又愚痴《またぐち》を溢《こぼ》し始《はじ》めた……」と、話《はな》しながら、三人《にん》は今《いま》しも四郎《ろう》ケ原《はら》へ差《さ》し掛《かか》って来《く》ると、見渡《みわた》す限《かぎ》り茫々《ぼうぼう》たる原野《げんや》、身《み》の丈《た》けほどの萱芒《かやすすき》は隙間《すきま》もなく生茂《おいしげ》って、其《そ》の物凄《ものすご》い事《こと》一通《とお》りでない。只聞《ただきこ》ゆるものは彼方此方《あちらこちら》で虫《むし》の啼《すだ》く声《こえ》ばかり。成《な》れど三人《にん》は少《すこ》しも頓着《とんちゃく》はない。萱《かや》や芒《すすき》を踏《ふ》み分《わ》け〳〵、ズン〳〵原《はら》を横切《よこぎ》って行《ゆ》くと、俄《にわ》かに聞《きこ》ゆる悲鳴《ひめい》の声《こえ》、女「アレー、お助《たす》け〳〵……」先《さき》に立《た》った由利鎌之助《ゆりかまのすけ》は、由「オヤッ、何処《どこ》かで婦女《おんな》が叫《さけ》んだ様《よう》だ」佐「ウム、確《たしか》に夜盗《やとう》の所業《しわざ》であろう。ソレ行《ゆ》けい」三豪傑《ごうけつ》は兎角《とかく》の猶予《ゆうよ》にも及《およ》ばず、声《こえ》する方向《ほうがく》へドン〳〵駆《か》け出《だ》した。処《ところ》が叫《さけ》び声《ごえ》は西《にし》で聞《きこ》えるかと思《おも》えば東《ひがし》で聞《きこ》え、薩張《さっぱ》り見当《けんとう》がつかない。才「之《これ》では不可《いけ》ん。風《かぜ》の吹《ふ》き塩梅《あんばい》で方向《ほうがく》が分《わか》らん。三人《にん》が三方《ぼう》へ手分《てわ》けしよう」佐「ウム夫《そ》れ〳〵、由利貴様《ゆりきさま》此《こ》の道《みち》を行《ゆ》けい。乃公《おれ》は之《こ》れを行《ゆ》く。才蔵《さいぞう》は向《むこ》うへ行《い》って見《み》ろ」二「オヽ、合点《がってん》だ」三人《にん》は三方《ぼう》へ分《わか》れ、ドン〳〵駆《か》け出《だ》した。然《しか》るに三人《にん》の中《うち》で由利鎌之助《ゆりかまのすけ》は、東《ひがし》に向《むか》ってズン〳〵踏《ふ》み分《わ》けて進《すす》み、漸々《ようよう》十丁許《ちょうばか》り来《き》たかと思《おも》うと、向《むこ》うにチラ〳〵灯光《あかり》が見《み》える。由「ウム、彼処《あしこ》だ〳〵」光《ひか》りを目当《めあ》てに進《すす》んで行《ゆ》くと、一つの池《いけ》へ出《で》た。由「オヤッ、池《いけ》だッ」云《い》いつつ昵《じっ》と月光《つきあか》りで向《むこ》うを透《すか》して見《み》ると、池《いけ》の辺《ほと》りに地蔵堂《じぞうどう》が建《た》ってある。其《そ》の前《まえ》で二人《ふたり》の人影《ひとかげ》が頻《しき》りに何《なに》か争《あらそ》って居《い》る。女「何《ど》うぞ、お助《たす》け……アレ〳〵」男「馬鹿云《ばかい》え、傲性《ごうじょう》を張《は》ると許《ゆる》さんぞ。乃公《おれ》の云《い》う事《こと》を能《よ》く聞《き》けッ……」男《おとこ》は婦女《おんな》を抱《だ》き竦《すく》めて居《い》る様子《ようす》。由「ウム、太《ふと》い奴《やつ》だ」利《き》かぬ気《き》の由利鎌之助《ゆりかまのすけ》は、バラ〳〵と其《そ》の場《ば》へ躍《おど》り込《こ》み、由「ヤイッ、泥棒《どろぼう》ッ、婦女《おんな》を捕《とら》えて何《な》んとするッ」大喝《だいかつ》一声《せい》諸共《もろとも》に、件《くだん》の男《おとこ》に飛《と》び掛《かか》り、婦女《おんな》を捕《とら》えた手《て》を振《ふ》り放《はな》し、ヤッとばかりに肩《かた》に担《かつ》ぎ、頭顛倒《ずんでんどう》と投《な》げつけた。スルト相手《あいて》の男《おとこ》はクル〳〵と二三遍《べん》筋斗《もんどり》打《う》ち、スックと向《む》うへ立《た》ち上《あが》り、怒《いか》りの声荒《こえあら》げ、男「ヤア、何奴《どいつ》なるぞ無礼者奴《ぶれいものめ》ッ、許《ゆる》しは置《お》かぬ」と、突然《いきなり》鎌之助《かまのすけ》に躍《おど》り掛《かか》り、利腕《ききうで》無手《むんず》と摑《つか》むと見《み》るや、エイと声《こえ》かけ、体《たい》を沈《しず》めて背負《せお》い投《な》げ、微塵《みじん》になれと投《な》げ返《かえ》す。鎌《かま》之助《のすけ》も左《さ》るもの、中途《ちゅうと》でクルリと身《み》を翻《ひるがえ》し、ヒラリ立《た》ち上《あが》るや、由「汝《うぬ》ッ、猪虎才千万《ちょこざいせんばん》なる其《そ》の腕立《うでた》て、武士《ぶし》と見受《みう》けるが、婦女《おんな》を捕《とら》えて辱《はずか》しめんとは悪《にっく》き奴《やつ》。イデ引《ひ》っ捕《とら》えて……」と、再《ふたた》び飛《と》びついて来《く》る。相手《あいて》も左《さ》るもの、パッと身《み》を躱《かわ》し、武「オッ我《われ》に手向《てむか》わんとは大胆至極《だいたんしごく》、真《まっ》二つにいたしてくれる」と、スラリ一刀《とう》引抜《ひきぬ》いて、真甲《まっこう》より切《き》り込《こ》んだ。鎌之助《かまのすけ》も同《おな》じく抜《ぬ》き放《はな》し、怯《お》めず臆《おく》せず、上段下段丁々発止《じょうだんげだんちょうちょうはっし》と火花《ひばな》を散《ち》らして切《き》り結《むす》んで居《い》る。

◎マア内輪同志《うちわどうし》だから許《ゆる》してやる

両虎相闘《りょうこあいたたか》う時《とき》は、一方《ぼう》は疵附《きずつ》き一万《ぼう》は倒《たお》る。豪傑由利鎌之助《ごうけつゆりかまのすけ》と名《な》も知れぬ勇士《ゆうし》は、月光《つきあか》りを便《たよ》りとなし、地蔵堂《じぞうどう》の前《まえ》に於《おい》て、負《ま》けず劣《おと》らず、此処《ここ》を先途《せんと》と奮闘激戦《ふんとうげきせん》の光景《ありさま》は、目《め》覚《ざ》ましくも又勇《またいさ》ましかりける事共《ことども》なり。婦女《おんな》は只迂路《ただうろ》〳〵と、彼方《あっち》へ廻《まわ》り此方《こっち》へ走《はし》り、何《ど》うなる事《こと》かと心配《しんぱい》して居《い》る。然《しか》るに何《いず》れ劣《おと》らぬ勇士《ゆうし》と勇士《ゆうし》、既《すで》に三十有余合《ゆうよごう》の闘《たたかい》に及《およ》んだが、更《さら》に勝負《しょうぶ》が相附《あいつ》かない。件《くだん》の勇士《ゆうし》は気《き》を焦《いら》ち、武「ヤア、却々貴様強《なかなかきさまつよ》い奴《やつ》だ。打物業《うちものわざ》は面倒《めんどう》なり。イデ組打《くみうち》で勝負《しょうぶ》を決《けっ》せん……」と、太刀《たち》をガラリと投《な》げ出《いだ》す。鎌之助《かまのすけ》も同《おな》じく太刀《たち》投《な》げ捨《す》て、由「オヽ、見掛《みか》けに依《よ》らぬ手剛《てごわ》い奴《やつ》だ。サア組打《くみう》ち来《こ》い」互《たが》いにエイヤッと引《ひ》っ組《く》んで、阿云《あうん》の吐《つ》く息凄《いきすさ》まじく、力足《ちからあし》を踏《ふ》み鳴《なら》し、喚《おめ》き叫《さけ》んで捻《ね》じ合《あ》って居《い》る。処《ところ》へバラ〳〵と走《はし》って来《き》た霧隠才蔵《きりがくれさいぞう》は、才「イヨー、遣《や》ってるな。由利《ゆり》の兄貴《あにきま》負けるな。尾《び》には乃公《おれ》が控《ひか》えて居《い》る」と、地蔵堂《じぞうどう》の椽《えん》に腰打《こしう》ち掛《か》け暢気《のんき》に見物《けんぶつ》いたして居《い》る。処《ところ》が両人《りょうにん》、果《は》ては組《く》んだる儘打《ままぶ》っ倒《たお》れ、上《うえ》になり下《した》になり、組《く》んず転《ころ》んず捻《ね》じ合《あ》って居《お》って、何《いず》れも互角《ごかく》の腕前《うでまえ》と見《み》え、之《こ》れ又勝負《またしょうぶ》が更《さら》に附《つ》かない。才蔵《さいぞう》は突っ立《た》ち上《あが》り、才「之《これ》は驚《おどろ》いた。由利《ゆり》が少々剣呑《しょうしょうけんのん》だぞ。何《ど》れ乃公《おれ》が交代《こうたい》してやろう……オイ由利《ゆり》〳〵、貴様《きさま》暫《しば》らく休息《きゅうそく》しろ、乃公《おれ》が代《かわ》って相手《あいて》になってやる」由「ウム〳〵、待《ま》て〳〵、貴様《きさま》ばかりでは迚《とて》も駄目《だめ》だ。此奴《こいつ》の帯《おび》を摑《つか》んで引倒《ひったお》してくれ。早《は》やく手伝《てつだ》えい」才「ハヽヽヽ、一人《ひとり》に二人《ふたり》掛《がか》りとは意苦地《いくじ》がない……」由「エヽイ、左様《そん》な事《こと》を云《い》って居《お》る場合《ばあい》じゃない。迂闊《うか》〳〵するとと乃公《おれ》が危《あぶ》ない……」才「ハヽヽ、迂闊《うか》〳〵しなくっても同《おな》じ事《こと》だ。マア左様《そん》な事《こと》は何《ど》うでも宜《よ》い。ヨシ手伝《てつだ》ってやろう」と、才蔵《さいぞう》は上《うえ》になったる件《くだん》の武士《ぶし》の帯際《おびぎわ》摑《つか》み、ヤッとばかりに引倒《ひきたお》そうとしたが、何《ど》うして〳〵、相手《あいて》は下《した》になったる鎌之助《かまのすけ》に組《く》みついて少《ちっ》とも放《はな》れず、武「ヤイッ、二人掛《ふたりがか》りとは何事《なにごと》だ。幾等引張《いくらひっぱ》ったって乃公《おれ》は何《なん》ともないぞ」大磐石《だいばんじゃく》の如《ごと》く怯《びく》とも動《うご》かない。才「オヤッ、此奴強《こいつつよ》い泥棒《どろぼう》だ。ウムン〳〵……」懸命《けんめい》に引《ひ》っ張《ば》って居《い》る。斯《かか》る折柄《おりから》、何時《いつ》の間《ま》に入《い》り込《こ》んだるにや、地蔵堂《じぞうどう》の扉《とびら》を開《ひら》いて、ヌッと現《あら》われ出《い》でたる猿飛佐助《さるとびさすけ》は、呵々《からから》と打《う》ち笑《わら》い、佐「オイ、由利《ゆり》、霧隠《きりがくれ》、最《も》う廃《よ》せ〳〵。其《そ》の者《もの》は我々《われわれ》の味方《みかた》だ〳〵、同志討《どうしうち》をするなッ」意外《いがい》の言葉《ことば》に、三人《にん》はアッと驚《おどろ》き、中《なか》にも鎌之助《かまのすけ》に組付《くみつ》いて居《い》た件《くだん》の武士《ぶし》は、ヒョイと顔《かお》を上《あ》げ、猿飛佐助《さるとびさすけ》を見《み》て二度吃驚《どびっくり》。男

「ヤッ、貴様《きさま》は猿飛《さるとび》じゃアないか」佐「オヽ、穴山岩千代《あなやまいわちよ》か久《ひさ》しいなア」と、聞《き》いた鎌之《かまの》助《すけ》と才蔵《さいぞう》は、慌《あわ》てて飛《と》びのき、由「ナニ、之《こ》れが穴山岩千代《あなやまいわちよ》かッ」佐「ウム左様《そう》だ。真田《さなだ》家《け》七勇士《ゆうし》の一人《にん》にて、穴山岩千代《あなやまいわちよ》とは之《こ》れだ」由「エッ、夫《そ》れなら左様《そう》と早《はや》く云《い》って呉《く》れれば宜《い》いものを……無駄骨折《むだぼねお》ったわい……」と、才蔵《さいぞう》と顔見合《かおみあわ》せて囁《ぼや》いて居《い》る。穴「オイ猿飛《さるとび》、貴様《きさま》も意地《いじ》の悪《わる》い奴《やつ》だ。何故《なぜ》、早《はや》く知《し》らさない。シテ其奴等《そいつら》二人《にん》は何《な》んだ」佐「之《こ》れは、由利鎌之助春房《ゆりかまのすけはるふさ》、霧隠才蔵宗連《きりがくれさいぞうむねつれ》と云《い》って、乃公《おれ》とは義兄弟《ぎきょうだい》の約束《やくそく》をした矢張《やは》り真田《さなだ》家《け》の郎党《ろうとう》だッ」穴「フム、之《これ》が兼《かね》て我《わ》が君《きみ》よりお話《はな》しあった二人《にん》か。イヤ知《し》らぬ事《こと》とて失《しつ》礼仕《れいつかまつ》った」二「ナニ、我々《われわれ》も飛《と》んだ無礼《ぶれい》をいたした……」互《たが》いに挨拶《あいさつ》をする。此《こ》の時猿《ときさる》飛佐助《とびさすけ》は、佐「コリャ穴山《あなやま》、貴様《きさま》は不埒《ふらち》な奴《やつ》だぞ。我々真田家勇士《われわれさなだけゆうし》の面汚《つらよご》しだ」穴「オヤッ、怪《け》しからん事《こと》を吐《ぬか》す。何《なに》が面汚《つらよご》しだ。今《いま》一遍《ぺん》云《い》って見《み》ろ」佐「黙《だま》れ此奴《こいつ》、久《ひさ》しく別《わか》れて居《い》る内《うち》に、見下《みさ》げ果《は》てたる根性《こんじょう》になったな。サア其《そ》の婦女《おんな》は何《ど》うしたのだ。アレー〳〵お助《たす》けと云《い》って居《い》たぞ」穴「ヤイ此《こ》の婦女《おんな》が何《ど》うしたとは可笑《おか》しな事《こと》を吐《ぬか》す。一方《ぼう》聞《き》いて下知《げち》なすなと云《い》う事《こと》があるぞ。実《じつ》は道《みち》に踏《ふ》み迷《まよ》い、此《こ》の原中《はらなか》へ入《い》り込《こ》んで日《ひ》が暮《く》れかかり、仕方《しかた》がないから地蔵堂《じぞうどう》で一夜《や》を明《あか》さんと寝《ね》て居《い》る処《ところ》へ、之《こ》れなる婦女《おんな》が歩《や》って来《き》て、身《みな》投げをしようとするから、乃公《おれ》が飛出《とびだ》して抱《だ》きとめたが、何《ど》うぞ助《たす》けてくれい……死《し》なせてくれいと、強《しい》て申《もう》すから、乃公《おれ》も腹《はら》を立《た》て、傲性《ごうじょう》を張《は》るな……マア乃公《おれ》の云《い》う事《こと》を聞《き》けと斯《こ》う云《い》って、頻《しき》りに争《あらそ》って居《い》たのだ。其処《そこ》へ不意《ふい》に之《これ》なる由利《ゆり》が飛込《とびこ》んで来《き》て、不埒《ふらち》とか何《なん》とか云《い》って、乃公《おれ》に打《ぶ》っ附《つ》かったのだ。之《これ》でも乃公《おれ》が不埒《ふらち》か」佐「ナニ、身《み》投《な》げをしようとしたのを助《たす》けたのか」穴「ウム如何《いか》にも其《そ》の通《とお》り……」由「ハッハヽヽ、夫《そ》れで悉皆《しっかい》相分《あいわか》った。成程《なるほど》左様《そう》云《い》やア左様《そう》だろう」才「オイ〳〵、今更《いまさら》左様《そう》だろうもないものだ。シテ婦女《おんな》、今《いま》云《い》う通《とお》りか」女「ハイ、左様《さよう》でございます。死《し》なねばならぬ事《こと》がございまして……」穴「ソレ見《み》ろ、貴様等《きさまら》は能々《よくよく》見定《みさだ》めずと、乃公《おれ》を泥棒《どろぼう》とか強姦《ごうかん》をして居《い》るものと思《おも》って、飛《と》んでもない事《こと》を吐《ぬか》す奴《やつ》だ。他《ほか》の奴《やつ》だったら許《ゆる》す事《こと》じゃアないが、マア内輪《うちわ》同志《どうし》だから許《ゆる》してやる。以後《いご》気《き》をつけろ」由「ホイ〳〵、飛《と》んだ処《ところ》で叱《しか》られるものだ。猿飛《さるとび》も猿飛《さるとび》だ。堂《どう》の中《なか》で暢気《のんき》に見物《けんぶつ》するとは殺生《せっしょう》だ」佐「イヤ、乃公《おれ》は先刻霧隠《せんこくきりがくれ》より一足先《あしさき》に此処《ここ》へ来《き》たのだが、ヒョイと見《み》ると、相手《あいて》が穴山岩千代《あなやまいわちよ》だから、之《これ》には何《なに》か様子《ようす》があらんと、ワザと堂《どう》の中《なか》で忍《しの》んで見《み》て居《い》たものだ。マア事柄《ことがら》が判《わか》って見《み》れば、味方同志《みかたどうし》だ。腹《はら》の立《た》つ事《こと》もない。然《しか》し穴山《あなやま》貴様《きさま》は何故《なぜ》此《こ》の地方《ちほう》へ来《き》て居《い》る。確《たし》か貴様《きさま》は越後《えちご》地へ、行《い》って居《い》ると聞《き》いて居《い》たが」穴「オヽ、此《こ》の度《たび》お家《いえ》の大変《たいへん》を貴様等《きさまら》に知《し》らせん為《た》め九州地《しゅうち》方《ほう》へ乗《の》り込《こ》む積《つも》りで、此処迄《ここまで》来《き》た」佐「エヽッ、お家《いえ》の大変《たいへん》とは一体《たい》何《ど》んな事《こと》だ。我々《われわれ》は少《ちっ》とも知《し》らない……」穴「イヤ、知《し》らぬも道理《どうり》、今度《こんど》俄《にわ》かに徳川家《とくがわけ》よりの命令《めいれい》として信州《しんしゅう》上田城《うえだじょう》を退散《たいさん》せよとの事《こと》だ」佐「ナント、上田城《うえだじょう》を退散《たいさん》せいッ、シテ安房守様《あわのかみさま》や御主人《ごしゅじん》は何《ど》う云《い》う御所存《ごしょぞん》だ」穴「左《さ》れば、我々恩顧譜代《われわれおんこふだい》の郎党《ろうとう》は、敵《かな》わぬ迄《まで》も徳川《とくがわ》の大軍《たいぐん》を一城《じょう》の下《もと》に誘《おび》きよせ、美事《みごと》一戦《せん》に蹴散《けちら》してくれんと、御親子《ごしんし》にお願《ねが》い申《もう》し上《あ》げると雖《いえど》も、何《ど》う云《い》う思召《おぼしめ》しか知《し》らないが、更《さら》にお聞《き》き入《い》れなく今《いま》は徳川《とくがわ》を相手《あいて》にする時機《じき》ではない。暫《しば》らく世《よ》を忍《しの》んで居《い》れば其《そ》の中《うち》に好《よ》き機会《きかい》が来《く》る。先《ま》ず夫《そ》れ迄《まで》は気《き》の毒《どく》ながら、家来《けらい》に暇《ひま》を遣《つか》わし、心利《こころき》きたる一族郎党《ぞくろうとう》を引連《ひきつ》れ、紀州《きしゅう》九度山《どさん》の麓《ふもと》に閑居《かんきょ》する積《つも》りであると、斯様《かよう》に仰《おお》せられるのだ」佐「フム……、時《とき》よ時節《じせつ》とは云《い》え残念《ざんねん》な事《こと》だ。オメ〳〵城《しろ》を明《あ》け渡《わた》すとは何《なん》たる事《こと》であろう。シテ貴様始《きさまはじ》め一同《どう》の者《もの》は承知《しょうち》をしたのか」穴「承知《しょうち》をするもせんも、思《し》慮分別《りょふんべつ》ある我《わ》が君《きみ》が申《もう》されるに、乃公等《おれら》が強《しい》て傲性《ごうじょう》を張《は》る事《こと》は出来《でき》ない。夫《そ》れに聞《き》けば徳《とく》川家《がわけ》は、何《ど》うかして真田家《さなだけ》を旗下《はたした》にしたいと云《い》う考《かんがえ》から我《わ》が君幸村公《きみゆきむらこう》の叔父君《おじぎみ》にいたして、徳川家《とくがわけ》に随身《ずいしん》して居《い》られる、真田伊豆守信之様《さなだいずのかみのぶゆきさま》がお越《こ》しであったが、御親子《ごしんし》は飽迄御《あくまでご》承知《しょうち》がないので、家康《いえやす》の狸爺《たぬきおやじ》も大《おお》いに怒《いか》り、真田親子《さなだおやこ》を征伐《せいばつ》に及《およ》べと云《い》ったものだ。夫《そ》れを伊豆守様《いずのかみさま》がイロ〳〵に嘆願《たんがん》して、漸々《ようよう》一命《めい》は助《たす》かり、高野山《こうやさん》へ登《のぼ》って出家《しゅっけ》をせよとの事《こと》なんだ。処《ところ》が坊主《ぼうず》なんかは嫌《きら》いだとあって、九度山《どさん》の麓《ふもと》で百姓《ひゃくしょう》をすると申《もう》し立《た》て、其《そ》の通《とお》り極《きま》り、近々《きんきん》上田《うえだ》の城《しろ》を立《た》ちのき、紀州《きしゅう》へ行《ゆ》かれる都合《つごう》だが、幸村公《ゆきむらこう》は是非共《ぜひとも》貴様等《きさまら》三人《にん》を呼《よ》び戻《もど》さんければ相成《あいな》らん。遅《おそ》くなったら九度山《どさん》の麓《ふもと》へ来《こ》い。貴様《きさま》の未来《みらい》の妻《さい》たる楓《かえで》には、炊事万端《すいじばんたん》をさせんければならんから、一緒《しょ》に連《つ》れて行《ゆ》くと斯《こ》う仰《おっ》しゃる。夫《そ》れゆえ乃公《おれ》はワザ〳〵貴様等《きさまら》を探《さが》し廻《まわ》って居《お》ったのである」と、一伍一什《ぶしじゅう》を聞《き》き終《おわ》った三人《にん》は、歯《は》を噛《か》み鳴《なら》し、無念《むねん》の涙《なみだ》を、ハラ〳〵と流《なが》し、佐「アヽ、お悼《いた》わしい事《こと》だ。清和源氏《せいわげんじ》の嫡流《ちゃくりゅう》にして、海野小太郎幸氏公《うんのこたろうゆきうじこう》より連綿《れんめん》として、由緒正《ゆいしょただ》しき真田家《さなだけ》も、運命《うんめい》とは云《い》いながら、代々住《だいだいす》み馴《な》れし上田城《うえだじょう》を見捨《みす》て、紀州《きしゅう》へ退散《たいさん》とは何《なん》たる事《こと》だ。替《かわ》れば変《かわ》る世《よ》の中《なか》である」と、四人《にん》は暫《しば》し袖《そで》に涙《なんだ》を絞《しぼ》り、男泣《おとこな》きに泣《な》いて居《い》る。スルト件《くだん》の婦女《おんな》は、何《なに》に思《おも》いけん、恐《おそ》る〳〵夫《そ》れへ進《すす》み出《い》で、女「先刻《せんこく》より、お物語《ものがた》りを聞《き》いて居《お》りますれば、貴公様方《あなたさまがた》は真田様《さなださま》の御家来《ごけらい》とやら。何《なに》をお隠《かく》し申《もう》しましょう。妾《わたくし》は以前越前敦賀《いぜんえちぜんつるが》の城主大谷家《じょうしゅおおたにけ》の御《ご》息女《そくじょ》で、今《いま》は真田家《さなだけ》へお輿入《こしい》りになって居《い》られまする、千代姫様《ちよひめさま》の侍女《こしもと》を勤《つと》めて居《お》りました若葉《わかば》と申《もう》すものでございます」四「エッ、シテ又其《またそ》の若葉《わかば》が……何故《なぜ》身投《みな》げを……」若「ハイ、妾《わたくし》は先年《せんねん》千代《ちよ》姫様《ひめさま》が真田家《さなだけ》へお輿入《こしい》りの時《とき》、お暇《ひま》が出《で》まして、故郷《こきょう》の長州吉田《ちょうしゅうよしだ》へ帰《かえ》って居《い》ました処《ところ》、前頃《せんごろ》父《ちち》と母《はは》とが一ケ月《げつ》ばかりの間《あいだ》に死去《しきょ》いたし、後《あと》に残《のこ》った兄《あに》の藤《とう》九郎《ろう》と申《もう》しますが、父母《ふぼ》の無《な》くなったを幸《さいわ》い、妾《わたくし》を下《しも》の関《せき》へ売《う》り飛《と》ばす考《かんが》えで、喧《やか》ましく云《い》われ、一層《そう》死《し》んだが増《ま》しと、今夜此処《こんやここ》へ逃《に》げて来《き》たのでございまする」と、涙《なんだ》と共《とも》に身《み》の上話《うえばな》し。情《なさ》けに脆《もろ》きは勇士《ゆうし》の常《つね》、佐「フム、聞《き》いて見《み》れば憫《あわれ》な話《はな》しだ。何《ど》うだ婦女《おんな》、一緒《しょ》に紀州《きしゅう》へ連《つ》れて行《い》ってやろうか」女「ハイ、夫《そ》れは妾《わたくし》よりお願《ねが》い申《もう》したい位《くらい》でございます。何《ど》うぞ御迷惑《ごめいわく》でもございましょうが……」穴「ウム、宜《よ》しく〳〵、連《つ》れて行《い》ってやる」と、四豪傑《ごうけつ》は若葉《わかば》を連《つ》れて其《そ》の場《ば》を立《た》ち、道中急《どうちゅういそ》ぎに急《いそ》ぎ、紀州《きしゅう》九度山《どさん》へ差《さ》して立《た》ち帰《かえ》り、久《ひさ》し振《ぶ》りにて主従《しゅじゅう》の対面《たいめん》、イヨ〳〵幸村大阪入城《ゆきむらおおさかにゅうじょう》、真田家《さなだけ》の勇士豪傑《ゆうしごうけつ》は、同《おな》じく入城《にゅうじょう》いたし、夏冬再度《なつふゆりょうど》の合戦《かっせん》に於《おい》て、比類《ひるい》なき働《はたらき》を為《な》し、就中猿飛佐助《なかんずくさるとびさすけ》は徳川《とくがわ》の本陣茶臼山《ほんじんちゃうすやま》へ忍《しの》び込《こ》んでの大功名《だいこうみょう》、由利鎌之助《ゆりかまのすけ》は只《ただ》一騎《き》、藤堂家《とうどうけ》二万《まん》の大軍《たいぐん》を蹴破《けやぶ》って敵味方《てきみかた》の目《め》を驚《おどろか》し、霧隠才蔵宗連《きりがくれさいぞうむねつれ》は真田山抜《さなだやまぬ》け穴地雷火《あなじらいか》の装置《そうち》を為《な》し、関東大軍《かんとうたいぐん》の胆《きも》を寒《さむ》からしめる等《とう》、抜群《ばつぐん》の働《はたらき》をしたのであったが、夫《そ》れは難波戦記《なんばせんき》に詳《くわ》しく載《の》って居《い》るから、此処《ここ》には省略《はぶ》く事《こと》といたし、其《そ》の後《のち》三豪傑《ごうけつ》の面々《めんめん》は、秀頼公《ひでよりこう》に従《したが》い、九州島津家《しゅうしまづけ》へ落《お》ち延《の》び、豊臣再度《とよとみさいど》の旗挙《はたあ》げにつき大《おお》いに尽力《じんりょく》したと云《い》う事《こと》である。先《ま》ず此《こ》の辺《へん》で大団円《だいだんえん》といたして置《お》く事《こと》にする。

凡例

一、本書は『立川文庫』第四十編「猿飛佐助」（立川文明堂　大正二年刊）を底本とした。

一、「仮名づかい」は、一部を除き「現代仮名遣い」にあらためた。送り仮名については統一せず底本どおりとした。おどり字のうち、「ヽ」「〳〵」等は、底本のままとした。

一、漢字の表記については、原則として「常用漢字表」に従って底本の表記を改め、表外漢字は、底本の表記を尊重した。ただし人名漢字については適宜慣例に従った。

一、漢字については、現代仮名遣いでルビを付した。ただし漢数字については一部をのぞきルビを付していない。

一、誤字・脱字と思われる表記は適宜訂正した。会話の「」や、句点（「。」）読点（「、」）については、読みやすさを考慮して、あらためたり付け足したりした箇所がある。

一、今日の人権意識に照らして不当・不適切と思われる語句や表記がみられる箇所もあるが、時代的背景と作品の価値に鑑み、修正・削除はおこなわなかった。

一、地名、人名、年月日等、史実と異なる点もあるが、改めずに底本のままとした。

立川文庫について

立川《たちかわ》文庫は、明治四十四年（一九一一）から、関東大震災後の大正十三年（一九二四）にかけて、大阪の立川文明堂《たつかわぶんめいどう》（現・大阪府大阪市中央区博労町《ばくろうまち》）から刊行された小型の講談本シリーズである。発行者は、兵庫県出身の出版取次人で立川文明堂の社主・立川熊次郎《たつかわくまじろう》。したがって、一般には「たちかわ」と言い慣《な》らわされているが、「たつかわ」と読むのが正しい。

当初は、もと旅回りの講釈師・玉田玉秀斎《ぎょくしゅうさい》（二代目　本名・加藤万次郎）の講談公演を速記した「速記講談」であった。が、やがてストーリーを新たに創作し、講談を書きおろすようになる。いわゆる、「書き講談」のはしりであった。

立川文庫では、著者名として雪花山人《せっかさんじん》、野花《のばな》（やか、とも）散人《さんじん》など、複数の筆名が用いられているが、すべては大阪に拠点をおいた二代目・玉田玉秀斎のもと、その妻・山田敬《けい》、さらには敬の連れ子で長男の阿鉄《おてつ》などが加わり、玉秀斎と山田一族を中心とする集団体制での制作、共同執筆であった。

その第一編は、『一休禅師』。ほかには『水戸黄門』『大久保彦左衛門《おおくぼひこざえもん》』『真田幸村』『宮本武蔵』など、庶民にも人気のある歴史上の人物が並んでいたが、何といっても爆発的な人気を博したのは、第四十編の『真田三勇士　忍術之名人　猿飛佐助《さるとびさすけ》』にはじまる〝忍者もの〟であった。

猿飛佐助は架空の人物である。しかしこの猿飛佐助をはじめとする忍者は、それぞれのキャラクターと、奇想天外な忍術によって好評を博し、立川文庫の名を一躍、世に知らしめるとともに、映画や劇作など、ほかの分野にもその人気が波及して、世間に忍術ブームを巻き起こした。

判型は四六半切判《はんぎり》、定価は、一冊二十五銭（現在なら九百五十円〜一千円ぐらい）だった。総刊数二百点近く、のべ約二百四十の作品を出版し、なかには一千版を重ねたベストセラーもあった。

青少年や若い商店員を中心とした層に、とくに歓迎され、夢や希望、冒険心を培い、ひいては文庫の大衆化、大衆文学の源流の一つとも成った。立川文庫の存在は、その後の文学のみならず、演劇・映画（日本で大規模な商業映画の製作が始まったのは明治四十五年、日活の創業から）など、さまざまな娯楽分野にも多大きな影響を与えている。

解説

加来耕三
（歴史家・作家）

猿飛佐助と〝真田十勇士〟

いよいよ、真打ちの登場――。

本書の主人公・猿飛佐助《さるとびさすけ》が、主君・真田幸村《さなだゆきむら》（正しくは信繁《のぶしげ》）を助けて活躍する、〝真田十勇士〟の物語は、このシリーズ「立川文庫セレクション」の『真田幸村』でも触れたように、「立川文庫」の〝ドル箱〟となった。

なにしろ、架空の忍者「猿飛佐助」や「霧隠才蔵《きりがくれさいぞう》」を、日本人の記憶の中に定着させたのが「立川文庫」であったからだ。二人がようやくメンバーに加わり、十勇士十人が勢揃いするのも、「立川文庫」においてであった。

もっとも「立川文庫」はどこまでも大《おお》らかで、十勇士の設定、略歴一つとっても一定しておらず、極論すれば「猿飛佐助」と「霧隠才蔵」の名前を入れかえても、そのまま通用するような講談が、数多くつくられていた（逆に、このあたりが魅力の一つであったかもしれない）。

江戸時代、すでに十勇士の一《いつ》・三好清海入道《みよしせいかいにゅうどう》は、中期に成立した軍記物《ぐんきもの》＝『真田三代記』に九十歳の高齢で登場していた。が、その身の丈は八尺余り（約二メートル四〇センチ）に及んでいた。それが「立川文庫」の本作＝『真田三勇士忍術之名人《にんじゅつのめいじん》 猿飛佐助』では、ふいに十九歳に改められているかと思えば、同じ「立川文庫」でも、先発する『智謀真田幸村』（本シリーズ前作の底本）では九十六歳とあった……。

これらの記述には、そもそも確固たる論理性はなく、歴史の史料的裏付けもなかった。根本をたどるには「立川文庫」の、各々のその時、担当した作者の、頭の中にでも入り込んでみなければ、不可能であったろう。なぜ、「猿飛佐助」がこのような形になったのか、と問いかけても、答えは永遠に返ってこない。

けれども、「猿飛佐助」は何を語ろうとしたのか――これを検証することは可能である。

まず、次のような図式ができた。

――〝真田十勇士〟を解体する、と〝真田〟と〝十勇士〟に二分される。

〝十勇士〟はフィクションで根拠にとぼしいものだが、彼らの与えられた宿命・使命は〝忍び〟も含め、最大公約数を「影」に集約することができた。

彼らは歴史の裏方として、何をしたのか。その主君である真田幸村を助けて活躍したわけだが、その幸村も前作でふれたように、歴史の表舞台に姿を現わしたのは、四十九年の生涯の中で、大坂冬の陣に先立ち、大坂城に入城した慶長十九年（一六一四）十月から数えて、たかだか半年あまりにすぎなかった。

しかも彼は、父・昌幸《まさゆき》の裏方＝「影」をつとめた人物であったともいえた。

つまり、猿飛佐助を含めた〝十勇士〟の活躍は、真田家における幸村の役割を、物語風に広げたもの、と解釈することもできたわけだ。

加えて、〝十勇士〟のもちいた軍略・兵法や武術・忍術といったものは、歴史の「史片」として存在していた。〝術〟からの、各種へのアプローチは可能であり、「真田幸村」を創りあげたもの＝真田家三代の歴史は、史料・文献的に再現が不可能ではなかった。

歴史学の常套語《じょうとうご》に、「未発の発芽」というのがある。いまだ発せざるの芽、芽吹《めぶ》く前の芽――これは、過去をさかのぼることの重要性を述べていた。

たとえば、読者のあなたを知ろうと歴史家が考えた場合、その父母や家族、もっといえば祖父・祖母の人となりを知れば、理解は深まるとの考え方である。

幸い真田家が忽然《こつぜん》と、歴史の舞台に登場したのは、初代の幸隆《ゆきたか》からであり、その三男・昌幸《まさゆき》が幸村の父となる。史実の「信繁」から「幸村」を創り出した秘訣は、昌幸から幸隆へとさかのぼることで、より一層、その輪郭《りんかく》を明確化できるに違いなかった。

それは一面、この一族が手にした、乱世を生き抜くための術《すべ》、叡智、すなわち技術、手法をも具体化することにつながっていた。

信州（現・長野県）の数多《あまた》いた土豪の中から現われ、名将・武田信玄と邂逅《かいこう》することによって、独自の生き方を探し求めて悪戦苦闘した初代幸隆。その父のおかげで、幼少期より信玄の愛弟子《まなでし》となり得て、その傍らにあって武田家の軍略・兵法をも学び、家伝に加味することのできた二代目の昌幸。彼を世に出すために、長篠《ながしの》・設楽原《したらがはら》で戦死したともいえる長兄信綱《のぶつな》、次兄昌輝《まさてる》の残したものは――。

偉大なる二代目・昌幸が、二度にわたって徳川家康の軍勢に立ち向い、二度とも勝利をおさめた上田合戦――その真田戦法を修得した信幸《のぶゆき》（のち信之）と「信繁」＝「幸村」の兄弟。この二人の兄弟が、真田家の、すべての手の内を活用して戦ったのが、大坂の陣であった。

「信繁」は「幸村」と名を変えて、死して末代にまでその武名を残し、その兄は生き残って徳川の時代を生き抜いた。冬の陣・夏の陣において、幸村が何をどのようにしたのか。その言動の狭間から、〝十勇士〟の虚構を廃した、真の像が浮かびあがってくる。

編年体でたどりつつ、ジグソーパズルを解くように、謎のピースを一つずつ埋めていく作業を試みると、まったく関連がないように思われてきた人物や場面に、共通する原理・原則が存在したことも知れるにちがいない。

〝真田十勇士〟が誕生するまで

大坂夏の陣が終わり、豊臣家が滅亡した翌元和二年（一六一六）の二月、平戸商館長リチャード・コックス（イギリス東インド会社所属）が、ジャワの会社あてに送った手紙には、豊臣秀吉の後継者・秀頼《ひでより》が大坂落城を逃れて、薩摩（現・鹿児島県西部）あるいは琉球（現・沖縄県）にいる、との伝聞を述べたくだりが出てくる。

確かに筆者も以前、テレビの歴史番組で、鹿児島県に残る秀頼ゆかりの史跡をレポートしたことがあった。戦国時代末期、谷山村《たにやま》（現・鹿児島県鹿児島市谷山）に突然、出現した謎の人々。「食い逃げ」とあだ名されながら、薩摩藩が保護していた男性の貴人。秀頼の墓と称されるもの――云々。

江戸期の伝承には、真田幸村のみならず後藤又兵衛《またべえ》や木村重成《しげなり》、薄田隼人《すすきだはやと》までが薩摩に逃げたというものもあった（江戸前期成立の、知恩院《ちおんいん》の旧記まとめた『知恩院旧記採要録《きゅうきさいようろく》』）

かつての、幸村の碁敵のもとへあらわれる男の話――毎年一度おとずれながら、六年目から来なくなる――や、九年間、幸村の代参に来た男が、十年目から来なくなる話など、江戸時代に入っても幸村は生きていた、との真田伝説は創られていく。

そのトップを切ったのは、江戸時代前期――寛文十二年（一六七二）に成立した軍記物語『難波戦記《なんばせんき》』であったろう。この物語では、幸村は大坂の陣で戦死を遂げている。が、興味深いのは、すでに架空の人物――三好清海入道・三好為三《いさ》入道・由利鎌之助《ゆりかまのすけ》・穴山小助《あなやまこすけ》・海野《うんの》六郎兵衛・望月卯左衛門《もちづきうざえもん》の六人が登場していることだ。

彼らは忍法ではなく、豪傑として主君幸村を守り、戦いに臨む。
「立川文庫」にも、もっとも影響を与えたとされる『真田三代記』には、主君秀頼と薩摩に逃れた幸村――信繁ではない誤りの初出か――が、その翌年、長年の心労がたたって幾度も血をはき、ついに秀頼の手厚い看護の甲斐もなく、死んでいくという物語が語られていた（秀頼もこの翌月に病死）。

この書物は成立年代が不詳だが、おそらくは江戸中期――幸隆―昌幸―幸村の三代の事蹟が述べられており、小説として楽しむ分には問題はないが、幸村が四百余人の兵を率いて北条軍四万五千を破った初陣の話や、「地雷火《じらいび》」（地面に埋めて導火線によって爆発させる爆弾）、似たような「銅連火《どうれんび》」という地雷を使う話はいただけない。
「大坂城内に於《おい》て、幸村、謀計に心身を苦しめ、或いは影武者、又は火攻め、種々の工夫を以《もっ》て関東勢を悩ますと雖《いえど》も、天命の帰する処《ところ》、いづれも術計齟齬《そご》し、流石の幸村も今日如何ともすべき様なく」――まるで天才軍師・諸葛孔明《しょかつこうめい》をもってしても、ついに宿敵・魏《ぎ》の曹操《そうそう》の待つ北伐に成功しなかった蜀漢《しょくかん》帝国のように、大坂方の幸村は描かれていた。

そして結局、彼は大坂城の抜穴をつたって川筋へと舟を漕ぎ出し、海上へ逃れて、その後、薩摩へ赴《おもむ》く。

この『真田三代記』には、先の『難波戦記』に比べ、穴山小助・由利鎌之助・三好清海入道・三好為三入道・海野六郎に加え、根津甚八《ねづじんぱち》、筧金六《かけいきんろく》の名前が新たに加わっていた。いずれも、幸村の重要な家臣として、である。

さらには、霧隠鹿右衛門という忍びも登場していた（ただし、望月は前作の卯左衛門ではなく、六郎兵衛と主水の二人に分かれて登場する）。

〝真田十勇士〟という呼び方は、「立川文庫」がはじめて使ったようだが、もとは戦国屈指の人気者・山中鹿介《しかのすけ》の〝尼子十勇士〟がモデルであったかと思われる。

それに『南総里見八犬伝《なんそうさとみはっけんでん》』や中国の『水滸伝《すいこでん》』、アレクサンドル・デュマの『三銃士』などが、明治に入ってから影響を与えたのであろう。

大阪で「立川文庫」が大流行するのは、大阪人の嫌う徳川家康を追いつめた真田幸村に、喝采を送った延長であった、と筆者は考えている。逆に言えば、大阪にはそもそも豊臣秀吉びいきがあった。

また、すでにふれた大坂夏の陣で戦死したはずの幸村が、薩摩国へ密かに豊臣秀頼を連れて落ちのびた、という伝説も、やがて「立川文庫」で合流。十勇士（正確にはうち三人）は、徳川の追っ手から逃れて、秀頼・幸村を守り、薩摩国へ――。

――ちなみに、十勇士の前には〝七傑〟〝七人勇士〟という組み合わせもあった。

ただし、数多く刊行された「立川文庫」のシリーズは、先に触れたように、すべてが一巻読み切りの形で構成されており、人物の個性や使用する忍術の種類を入れかえても、何ら支障はなかった。

これはほかのメンバーにもいえることで、前述の『真田三代記』にすでに登場していた「三好清海入道」は、この作品では九十歳の高齢であった。それでいて、身の丈が八尺余り（約二メートル四十センチ）もあったというのだから、作者の振りまわす想像力は桁《けた》はずれに凄い。

ところが、この清海入道――先にもふれたように、「立川文庫」の大正二年（一九一三）刊行＝『真田三勇士忍術之名人　猿飛佐助』では、突然に十九歳に改められていた。

そうかと思えば、この作品に先行して刊行された、明治四十四年刊行の『智謀　真田幸村』では、なぜか清海入道は九十歳を飛び越えて、九十六歳となっていた。

彼が十九歳になったのは、おそらく出現した猿飛佐助が十五歳であったことから、仲間として年齢を近づけるため、大幅にちぢめられたからであろう。

ただし、清海入道は「忍者」ではなかった。巨体の腕自慢＝豪傑である。

『真田家豪傑　三好清海入道』（大正三年刊）では、十八貫目（約六十七・五キロ）の鉄の棒を五十人力の力で振りまわしていた。

猿飛佐助、参上

「立川文庫」のシリーズは、いずれの作品も、他の作品のことを考え、互いに配慮したような形跡はなかった。それどころか、この文庫の創り出した二大スター「猿飛佐助」と「霧隠才蔵」のうち、一方の才蔵は作品によっては、大坂夏の陣で徳川家康の生命《いのち》をつけねらい、〝天下のご意見番〟である大久保彦左衛門に、もう少し、というところで阻止され、家康を討ちそこねて死ぬ設定になっていた。

そうかと思えば、別の作品では幸村とその主君・豊臣秀頼を護衛して、大坂城を脱出することになっている（この場合、生き残ったのは佐助と根津甚八とあわせて三人）。

十勇士の残る七人は、幸村の影武者となって、夏の陣で討死を遂げる。荒唐無稽といえばそれまでだが、「立川文庫」のご都合主義、何でもありは、検証するほどに同じ大阪人として赤面してくる。実在した忍びがこのシリーズを読めば、さぞかし彼らは腹を立て、一緒にしてくれるな、と憤ったにちがいない。

それにしても〝真田十勇士〟――なかでも、猿飛佐助はしぶとい。小説や映画、テレビにくり返し個性を変えて、「大正」「昭和」「平成」「令和」とその後も登場し続けている。

あきれるのは、『大日本人名辞書』（大日本人名辞書刊行会＝講談社学術文庫）である。この人名辞書には、次のような説明文が掲載されていた。筆者の独断で、少し、読みやすくしている。

サルトビ　サスケ　猿飛佐助　忍術家、名（諱《いみな》）は幸吉《ゆきよし》。森備前守《びぜんのかみ》の浪士・鷲尾佐太夫《わしおさだいふ》の子、信濃《しなの》（現・長野県）に漂泊《ひょうはく》す。

真田幸村、一日狩《かり》して山に入る。村長《むらおさ》および佐太夫等、案内をつとめる。時に佐助、鍋蓋山《ぶたやま》の隠士《いんし》じつは戸澤白雲斎に従い、剣と忍術を学び奥儀を得たり。

昌幸に謁し、「猿飛」の姓を賜わり、これ（真田家）に仕えて近侍となる。初めて軍《いくさ》に従い、沼田城を攻めて功あり。天目山の役、幸村に請《こ》うて（武田）勝頼の軍に従い、戦《いくさ》に敗れて死す。

二世佐助は、元井辺《いべ》武助と云う。近江斎藤氏の臣にして、忍術を善《よく》す。徳川氏に従い、家康の命をもって甲州に入り、信玄の城内に入りて初代の佐助の為《ため》に捕えられ、其《そ》の郎等《ろうとう》となる。佐助戦死の時、其の譲《じょう》を受けて第二世となる。幸村に従い九度山《くどやま》に往来し、大坂夏乱に戦死す。

文中の森備前守は、森武蔵守長可《ながよし》であろうか。もしそうであるなら、その家臣に鷲塚佐太夫はいない。彼は架空の人物となる。ただストーリーは、途中まで本作――大正二年（一九一三）の立川文庫第四十編『真田三勇士忍術之名人　猿飛佐助』と重なっていた。

なお本作では、佐太夫には二人の子供があり、娘の名を小夜、息子が佐助であった。これは先の人名辞書には述べられていない。

佐助は猿と鬼ごっこをして遊び、十間、二十間（約十八から三十六メートル）の高さから、自在に飛びおり、とびあがったり、鹿も通れない断崖絶壁をも駆けまわっていたという。その少年に注目したのが、前述の人名辞書にも登場した「戸澤白雲斎」（同人名辞書には、この人物の項はない）。架空の人物だが、立川文庫では甲賀《こうが》流忍術の流祖とされている。不思議なことに、白雲斎は近江甲賀の里（現・滋賀県甲賀《こうか》市）の出身ではなかった。

いずれにせよ、白雲斎が佐助に三年間、十五歳までに教えた忍術は、水遁《とん》・木遁・金遁・土遁・火遁といった術で、よき主君をと念じていたとき、あらわれたのが真田幸村であった。このとき幸村は、講談の中では望月六郎、穴山岩千代（小助）、海野六郎、三好清海入道、三好為三入道、筧十蔵の、六人の豪傑をしたがえていた（欠けているのは、佐助のほか、由利鎌之助、根津甚八、霧隠才蔵の四人）。

物語では十勇士ではなく、佐助が加わって〝七人勇士〟が誕生したことになっていた。無責任きわまりない、自由奔放《ほんぽう》な物語である。

ちなみに、講談では三年後、十九歳の佐助には許嫁《いいなずけ》もできている。真田家の侍大将・海野太郎左衛門（海野六郎の叔父）の娘・楓《かえで》である。彼女は真田昌幸の奥方付きの女中であった。十八歳の才色兼備で、和歌が得意と設定されていた。

〝真田十勇士〟には真実などカケラもないが、もし無理やりでも例外を捜せ、となったならば、すでにみた真田三代――なかでも「表裏比興《ひょうりひきょう》の者」（スケールが大きすぎて、読めない男）と豊臣秀吉の側近に呼ばれた、昌幸にすべてはつながっていたように思われる。

忍びが食べた丸薬

蛇足ながら、その忍びが、身をかくして敵方へしのびこみ、情報収集にあたるとき、食したものとして、江戸時代に書かれた軍略・兵法書には「兵糧丸《ひょうろうがん》」というのがあった。丸薬で一日に二、三粒を服すれば、それだけで空腹を感じないというのだ。加えて、体力も落ちないというのだから、もし、本当に存在したならば、すばらしい。

今日のビジネスマン戦士にも、ぜひとも活用したいサプリメントだ。

おそらく、疲労回復を念頭に、今日ならば感冒にかからない予防的なエキス、胃腸の働きをととのえるための要素――そうしたものを混ぜ合わせて、造ったものではなかろうか。

かつて読んだ『日本の食物文化』（小沢滋著・昭和十五年〈一九四〇〉刊行）には、「兵糧丸」は植物性食品であれば五穀を主体としたもの、動物性食品ならば魚類を素材にし、それに酒や砂糖などももちいられたのではないか、といった推理がなされていたが、大豆の粉、そば粉、うなぎの白干しなどは、イメージとしては使えそうにも思う。

ただ、気になるのは、飢えは「兵糧丸」でしのげたとして、喉の渇きはどうやって止めたのだろうか。梅干しに黒砂糖、高麗人参なども、頭には一応は浮かぶのだが……。

喉の渇きが、完全に止め得たのかどうか。忍法で人が本当に消えるかどうか、と同じくらいこれは難しい問題である。

やがて「大正」から「昭和」に移ると、少年たちの間では主人の幸村以上に、家来の〝真田十勇士〟が人気を博するようになった。そのため彼ら十勇士は、「立川文庫」の設計を多少は踏まえつつ、斬新な形で小説や映画などにも、幾度となく取り上げられるようになった。

十勇士の一人、由利鎌之助は鎖鎌の達人と設定されがちだが、「立川文庫」では彼は、槍の使い手であった。姓や名に、歴史上連想するものは幾つかあるが、彼ら十勇士の存在については皆目、その確証を示す資料は見当らない。

それにしても、時代劇に出てくる忍者ほど、私共歴史家からみて噴飯《ふんぱん》なものはない。まず全身を覆う黒装束、ご丁寧に鼻も口も塞《ふさ》いでいる。あれでどうやって息継ぎをして、走れるのだろうか。手裏剣の類《たぐい》も滑稽だ。

次々と飛び出す鉄製の手裏剣は、いったいどこに隠しもっていたのだろうか。刀や七つ道具をもち、間抜けな忍者は、さらに鎖帷子《くさりかたびら》まで着ている。あれでどうすれば、天高く跳躍ができるのだろうか。

――きわめつけが、〝とんぼ返り〟だ。

忍びにも跳躍法はあった。が、空中回転の技法はない。否、必要なかったのである。

「塀《へい》の高さが一・五メートルなら、助走をつかってどうにか飛び越えられたが、それ以上は無理だな。降下も、地盤が軟弱なところでせいぜい四メートルが限度だよ」

と、筆者は生前お世話になった、時代考証家の稲垣史生《しせい》氏から聞いたことがある。

忍びの子供たちは、麻の葉の急生長に合せ、その葉先を飛ぶ訓練をした、とも。

だが、高く飛ぶ必要はあっても、忍びに空中でバク転をやる必要はどこにもなかった。

蛇足ながら、〝とんぼ返り〟の初出は、『平家物語』ではなかったか、と筆者は思ってきた。のちの源頼朝《みなもとのよりとも》、木曾義仲《きそよしなか》らの挙兵につながる、以仁王《もちひとおう》の平家追討の令旨《りょうじ》を奉じ、源頼政《よりまさ》が大和（現・奈良県）に向う途中、宇治橋を押し渡るさい、三井寺《みいでら》（園城寺《おんじょうじ》）の僧兵・浄妙房《じょうみょうぼう》が長刀《なぎなた》（薙刀）の柄を折られ、太刀を抜いて、蜘蛛手《くもで》・角縄・十文字・蜻蛉返《とんぼ》り・水車で戦った、と『平家物語』にあった。

十文字以下は、いずれも太刀打ちの名称であり、「蜻蛉返り」は前に切って出た太刀を、姿勢をそのままにして、後方へ退《さが》る技法であったかと思われる。なぜならば、蜻蛉は前向きのまま、後退できる特性をもっていた。これは理解できる。なるほど、蜻蛉は前向き後退が可能だ。が、忍びに空中回転はありえなかったろう。飛べばそこを突かれ、斬られてしまう。アクロバットにも限界はあった。いずれもが虚仮《こけ》（うそ）であり、第一、「忍者」などという名称そのものが、歴史的には存在しなかった。

いずれにせよ、史実の真田信繁を含む真田家三代は歴史の表へ、〝十勇士〟は主君幸村と裏の世界へ、各々、道をわかって消えていったのである。

（かく・こうぞう）

猿飛佐助　〔立川文庫セレクション〕

2019 年 12 月 10 日　初版第 1 刷印刷
2019 年 12 月 20 日　初版第 1 刷発行

著　者　雪花山人
発行者　森下紀夫
発行所　論 創 社
〒101-0051　東京都千代田区神田神保町 2-23　北井ビル
tel. 03（3264）5254　fax. 03（3264）5232　web. http://www.ronso.co.jp/
振替口座　00160-1-155266
装幀／宗利淳一
印刷・製本／中央精版印刷　組版／フレックスアート
ISBN978-4-8460-1878-8　